突破瓶颈

当代诗词创作的理论思辨与进阶技法

段维 编著

长江出版传媒 长江文艺出版社

图书在版编目（CIP）数据

突破瓶颈：当代诗词创作的理论思辨与进阶技法 /
段维编著. -- 武汉 ：长江文艺出版社，2022.9
ISBN 978-7-5702-2782-2

Ⅰ. ①突… Ⅱ. ①段… Ⅲ. ①诗词－诗歌创作－中国
Ⅳ. ①I207.2

中国版本图书馆 CIP 数据核字(2022)第 123055 号

突破瓶颈：当代诗词创作的理论思辨与进阶技法
TUPO PINGJING : DANGDAI SHICI CHUANGZUO DE LILUN SIBIAN YU
JINJIE JIFA

责任编辑：陈欣然　向欣立　　　　　　　责任校对：毛季慧
封面设计：颜森设计　　　　　　　　　　责任印制：邱　莉　王光兴

出版：长江出版传媒　长江文艺出版社
地址：武汉市雄楚大街 268 号　　　　邮编：430070
发行：长江文艺出版社
http://www.cjlap.com
印刷：湖北鄂南新华印刷包装股份有限公司

开本：720 毫米×970 毫米　　　1/16　　印张：22　　　插页：1 页
版次：2022 年 9 月第 1 版　　　　2022 年 9 月第 1 次印刷
字数：370 千字

定价：80.00 元

前　言

　　我从 2006 年自习诗词,至今忽忽十五年矣。有经验也有教训。人们常讲,写诗填词需要天分和灵性,似乎意味着后天学不来。我觉得这话并非毫无道理,但也不是金科玉律。所谓天分也好,灵性也罢,其实是一种热爱,一种痴迷。爱得深,迷得久,天分就显现了,灵感就激活了。

　　我习诗词与一般人不同,一边练习,一边博览各类关于诗词写作的教材和学术著作,这当中有大量属于网络资料,目的在于力图弄清楚诗词涉及的概念、章法和技巧,然后再用前人的经典作品去对照、解析和验证。这样的方法很笨拙,却也将基础夯得比较牢固。后来机缘巧合,我在湖北省老年大学开设诗词研讨班,又在"诗词世界""云帆诗友会"等网络平台上开设诗词高级研习班,与众多诗词爱好者教学相长,是这些学员们倒逼着我更广泛、更深入地学习和钻研诗词理论,从而指导他们、也指导我自己的写作。他们每一个或刨根问底或古怪刁钻的问题,都是促使我破解难题的动力。这样,我涉及的问题也就越来越细、越来越深,积累的讲稿也就越来越厚、越来越见系统性了。感谢昔日同事张忠先生在本书出版过程中的鼓励与帮助,让我感受到老朋友不因时空移易和岗位变化而耗损或消失的真情厚谊。感谢吾乡诗友付向阳先生拨冗帮我审读书稿,纠正了诸多谬误。感谢众多学员的大量习作,这些习作中出现过一般教材或专著未曾涉及的各式各样的个性化问题,自然地成了本书某些认识或观点的"大数据"支撑。感谢出版社领导和编辑的眷顾,许我以较优的出版条件和较高的出版规格。

　　这本书的定位走的是一种"平衡"路线,既注重比较深入地探讨一些研究者往往容易忽略的只有亲身创作才会遇到的问题,从而靠近"专著",又力求对普通创作者具有实际的释疑和指导作用,以靠近"教材"。这两者的结合正好适宜已经入门、亟需提升水平的诗词创作者阅读,也正好体现书名中的"进阶"之意。我之所以采用专题的形式来成书,是因为这样做还有利于具体而微地探讨一些关键问题,而不至于为了照顾逻辑架构去浪费笔墨;但这不等于说本书是随心所欲的拼合，恰恰相反，我十分注重围绕"创作"这个中心来部署逻辑隐线。第一讲至第六讲，力求破除诗词水平提升存在于观念和理论上的拦路虎。第七讲至第十二讲，专门破译格律诗词如律诗、绝句及词的体性、章法难题，从形式上解除诗人的枷锁。第十三讲至第十五讲针对古体诗和新古体诗词进行探讨，我认为"古体诗"是诸诗体中最难者，"新古体诗词"是诸诗体中最新者，值得我们关注。第十六讲算是一个理论探讨的小结，以此检验诗人经过进阶训练后所达到的新高度。第十七讲至第十九讲是针对三个个案问题进行的辨析，涉及诗人们广泛触及的唱和问题、诗词"出格"与"游戏"问题以及诗词吟诵问题。至此，初学者完成了一次既专门又系统的淬炼，从而达到对自己创作水平的检视与提升。

古人云"十年磨一剑"，而我这一剑则持续磨了整整十五年。多亏业余研究不纳入现行考核机制，否则，在一个曾促使研究者恨不能"一年磨十剑"的学术跃进时期，我也是注定坐不住冷板凳的。当然，学术水平的高低并非仅以耗费时间的长短来界定。虽然成稿颇费时日，但由于自己的天分和能力有限，许多自己认为是"秘籍"的东西可能不具有普适性，自己认为颇有创意的见解也许是某些小众的老生常谈。好在从较长的教学实践和较多的诗友交流反馈来看，其效果得到了比较令人满意的检验。再就是，我的这本书参考了众多专家学者的观点，只要是能够明确认定的，我都在文中提及姓名或文章和著作；而网上的资料被一转再转，无法确定原创者，我只能一并在这里表示谢意。为了不将众多无名者的成果据为己有，我特地将本书的著作形式写为"编著"，以求名副其实。

写诗填词的时候是轻松愉快的，条分缕析的时候是紧张劳神的，或许这一张一弛正好谱就了我诗词生涯的协奏曲。我愿在其中做一个永不停歇的舞者……

庚子岁末成稿于江城文泉书苑
辛丑春初修改于老家拂尘园

目　录

第一讲 诗的语言及其表达技巧

随着中华传统文化的复兴,写旧体诗词的人日益增多,据说日产量超过全唐诗的总和。但数量毕竟不等于质量。在这些海量的诗词中,精品其实并不多。不少所谓的诗词不过是随意吐出的顺口溜、符合形式规范的格律溜,也有相当一部分是屡遭诟病的"老干体",还有一些颇受争议的所谓追求新变的"实验体"。这些问题的出现,溯其原因无疑是多方面的,但其中的"语言"问题可以说是一个非常关键的因素。下面我们就专门针对这个问题谈一下个人认识。

一、诗语的两大忌讳

1. 一忌诗句的台阁化

文学史上的"台阁体",指起源于明朝永乐至成化年间的,以当时馆阁文臣杨士奇、杨荣、杨溥(号称"三杨")为代表的一种文学创作风格。"三杨"都是当时的台阁重臣,故他们的诗文有"台阁体"之称。"台阁体"诗文内容大多比较贫乏,虽然艺术上追求平正典雅,但多为应制、题赠、应酬而作,题材常是"颂圣德,歌太平"。这也导致某些"台阁体"诗作有内容空洞、千篇一律的问题,历来为人诟病。"台阁体"的这些特点在当代也有体现,如今,各行各业的一些老中青"新手"上路,会自觉或不自觉地犯同样的毛病。其中最为相似的就是所谓的"老干体"。

老年人学写诗词是受爱好驱使,入门不久,因此有不少不合格律、立意欠深、口号堆砌的情况。"老干体"作为一种代称,往往包含了一种专业对业余的轻蔑①,后来渐渐成了某个类别的代称,与年龄、身份没有必然联系了。这个概念其实并不准确,但经由网络传播,成了一种约定俗成的当代诗词流派。

---

① 参见陈子茹:《浅陋集》第 2 部,百花文艺出版社 2013 年版。

进入到这个"方阵"之中的当代诗词作者，其语言特色主要表现为两点：一是激情来了抑制不住喊口号，或者使用假大空模式的概念化、公文式语言；二是内容不是赤裸裸的赞颂就是恶狠狠的咒骂。为了便于分析说明，先举一个例子：

读 书 感 怀

网络　佚名

宁静终能明远志，诗书满腹气常华。

痴迷夜读临仙境，融会贯通为国家。

这首诗基本上是表态性的口号，诗味不浓，总体上是一种公文式的表达，较能代表"老干体"的风格。

如今说到"老干体"，往往首推郭沫若为其鼻祖。著名诗人聂绀弩也作过一些迎合时俗的诗，檀作文在《聂绀弩体及其背后的诗学理论问题》一文中讥其为"另一种形式的'老干体'"——这种意义上"老干体"，就可上溯到"台阁体"，或更早时期的官场唱酬之作了。①

谈到"台阁体"或"老干体"问题，我不妨多说几句。我有这样一种判断：当激情奔涌时，每个人都有直着嗓子大声喊出来的冲动，这是情绪的一种生理性释放，没有什么不可以的。但若要写成诗，你就得把控好这种情绪，否则，即便不是时政题材，也会写出类似"老干体"的作品，只不过时政题材更容易陷入老干体窠臼而已。因而我觉得，能将激情实时捂住，或许才是力戒老干体诗风的关键切入点。就我自身感受以及与一些诗友的交流心得来看，每个人都天然地、或多或少地带有"老干体"基因，就看是被抑制还是被激活。一般情况下，身处顺境或者特别兴奋时，最容易激发喊口号的冲动；而当国破家亡、妻离子散时，其沉痛感反而抑制了直白表达的倾向，转而变得沉郁，如郭沫若、老舍、茅盾等一大批时彦在抗战时期的诗词②。"老干体"诗词作者们也不必自惭形秽，一些"老干体"诗人在掌握了诗词的表现手法后，完全能够华丽地转型为比较"纯粹"的诗人。我的观点是，"老干体"诗人要努力争取转型，实在转型不了或者转型不到位，那就随心而歌吧，毕竟诗词的生态不可能是绝对单一的独秀。在这里，我要郑重甚至是严肃地指出："老干体"一词不带任何"侮辱"性质。在我看来，它也是诗词"长河"中的一个流派，就目前实际创作情况来看，"老干体"依旧

---

①　转引自杨子怡：《古今诗坛"老干体"之漫论》，载《诗词学》第 3 辑，年暨南大学出版社 2014 版。

②　参见李遇春：《中国当代旧体诗词论稿》，华中师范大学出版社 2010 年版。

还是当下诗词大厦的基石。

下面再举我的一首时政绝句习作，这样的内容稍不注意很容易写成"老干体"，我将在后文中说明我在写作过程中是如何力求避免这一点的。

观中国女排十一连胜直播有感

段　维

弥天历历战云浮，一色衣衫红熟秋。

浪恶风高帆正举，压舱石是铁榔头。

这首七言绝句，题材小，也具体，但弄不好也会写成"啦啦队"的口号。我由赛场紧张的气氛入手，用"战云浮"来形象地加以描绘；再就是由队员们的红色球衣联想到"红熟秋"的醉美画面；第三句呼应第一句的气氛而且把意境"拉升"起来，"帆正举"彰显了队员们"克难奋进"的姿态，最后一句化用当前使用较多的"压舱石"的说法，但却把它与人称"铁榔头"的教练郎平联系起来，这是别人没有做过的，这应该算是创新，也达到了较好的效果。

这里顺势插叙几句：2021年恰逢中国共产党百年华诞，各级各类诗词组织都在"以诗写史"，有的只是写某些史"点"，有的则写某些史"面"，更有的还系统地抒写"长卷"。我也是其中的组织者和创作者之一。实际情况是，一些平时写感怀诗、山水诗写得很好的诗人，一旦让其写时政诗尤其是以诗写史，就成了丈二和尚摸不着头脑。其中有两个难点：一是要准确地理解史实并抓住其核心要义；二是要尽量写出诗意，避免堆砌史料、罗列概念、空喊口号等倾向。我的体会是，以诗写史应在尊重史实的基础上做到"三要"：一要有独特的思考（认知），二要有独特的视角（情志），三要有独特的语言（意象）。三者有一亦可，兼具上佳。

2.二忌诗句口水化

近体诗是一种雅正的语体文，尽管现在也有白话近体诗词，但白话首先是需要对日常口语进行提炼和雅化的。即便是口语化的诗，也不是照搬生活中的俚俗语言，而是有所取舍。口水化的诗词，既使用俚俗语言，又带有因使用散文句法形成的某种腔调，在青少年中比较流行。

这种诗词口水化的影响，在新诗界体现为四种口语诗："废话口语诗""陈述口语诗（梨花体）""套话口语诗"和"脏话口语诗"。

天上的白云真白啊｜真的，很白很白｜非常白｜非常非常十分白｜极

其白｜贼白｜简直白死了｜啊——　　——乌青（废话体）

毫无疑问｜我做的馅饼｜是全天下｜最好吃的——赵丽华（梨花体）

爷爷总是忘不了｜临死还耿耿于怀｜1968 年　拎着皮带｜把他打翻在地｜再踏上一只脚｜

使其永世不得翻身的｜不是军人不是警察｜而是一个戴眼镜的人

爷爷总是忘不了｜临死还耿耿于怀——伊沙（套话体）

你就像｜1个屁1样 TM 地飘着。｜所到之处，寻找着同样腐烂的气味。｜只不过，你选择了这里，TM 地继续腐烂。｜1个 SB 的领路人，在通往不再 SB 的路上｜1度 SB 的要死。｜你要做的，就是永远走在 TM 的路上。｜等待无法预知的，TM 的飞翔。——范儿（粗话体）

以上新诗，无论其作者的探索方向如何，都与中国人五千年文化熏陶所形成的含蓄蕴藉的审美观念相去甚远。

那么口水化在近体诗中的表现是怎样的呢？看某诗人的亲亲宝宝系列的一首《西江月》：

一霎欢天喜地，一时苦脸愁眉。言说隔壁那谁谁。不用练琴受累。

还有手机电脑，更兼坦克围棋。爷爷送了个飞机。都是最新科技。

再看一首来自"天涯社区"的《西江月》：

放假何来休息，陪妻去逛商场。周围美女腿真长，看得心潮膨胀。

生活似云似雾，老婆如虎如狼。东西全是我来扛，还说你丫皮痒。

这两首都是词中的小令，比较短小。第一首基本是新词语的散文腔堆砌，立意也很直白，就是厌学、贪玩。第二首则带有庸俗的调侃味，语言也不干净，立意也很低俗。那么怎样的语言才是诗的语言呢？我觉得，概而言之，就是有美感、有创意、有韵味。

二、诗语的构成技法

1. 追求诗味宜擅用赋比兴

赋、比、兴是《诗经》中的主要表现手法，也是中国古代诗词创作的三种主要表现手法。叶嘉莹在《境界说与中国传统诗说之关系》一文中，明确提到在中国传统文化中,用来表现感发之生命的三种最基本的方式,就是"赋、比、兴"。

历代学者对赋比兴的含义进行了研究,有各种各样的解释,但还是以宋代朱熹所作的解释最为通畅明白,也最为人们所普遍接受。朱熹认为:"赋者,敷陈其事而直言之者也。……比者,以彼物比此物也。……兴者,先言他物以引起所咏之词也。"①

可见,"赋"作为文体通常指的是铺陈、排比,而作为与"比""兴"手法相对应的表现手法——"赋笔"则主要指的是一种直接的叙述方法即"直陈";"比"就是比喻;"兴"是指借物起兴,即借一物引起所咏之辞或所抒之情。有时"比"和"兴"二者难以区分,就统称为"比兴"。

当下一些诗人不太注重"赋笔"的运用,觉得"赋笔"就是直接叙述,形象性不够,因而缺少文采,其实这是一种误解。明代人谢榛曾说:"余尝考之《三百篇》,赋七百二十,兴三百七十,比一百一十。"②若要避免叙述的平淡而力求出彩,其实是需要靠炼字、句法的活用以及对比角度的选取。

比兴手法对于诗人们来说更为得心应手。因为用好了比兴,不仅语言形象生动,还可以给读者以联想的空间。如古人以水喻愁的句子,有李颀云的"请量东海水,看取浅深愁",秦少游的"落红万点愁如海",贺铸的"试问闲愁都几许?一川烟草,满城飞絮,梅子黄时雨",贺方回以三种物象比喻愁思之多,尤为新奇。李后主也有名句:"问君能有几多愁?恰似一江春水向东流。"同时,他还有"自是人生长恨水长东"这样的句子。顾随先生认为,"问君能有几多愁?恰似一江春水向东流",其美中不足在"恰似",盖明喻不如暗喻,一道破"如""似",意味便浅。而"自是人生长恨水长东",恰好免去此一微疵,使尽泯"比喻"之迹,而笔致转高一层。③ 对此,我有不同看法。李煜首次写出"问君能有几多愁?恰似一江春水向东流"这样的句子,是令人惊艳的,而且意象非常鲜活,画面感十分强烈。与之相比,"自是人生长恨水长东"的意象则有些涩滞,没有前者那样明丽晓畅。当然,这只是个人看法。

---

① 转引自高波:《"赋、比、兴"的思维层级及中国特色》,载《楚雄师范学院学报》2021 年第 1 期,第 33 页。

② 谢榛:《四溟诗话》卷二,商务印书馆 1936 年版,转引自高波《"赋、比、兴"的思维层级及中国特色》,载《楚雄师范学院学报》2021 年第 1 期,第 33 页。

③ 参见周汝昌等:《唐宋词鉴赏辞典(唐·五代·北宋)》,上海辞书出版社 1988 年版,第 125—126 页。

2.诗语应当用文言范式来写

用文言范式写作,并不是说一字一句都必须用古奥的文言文,而是指按文言文的遣词造句规则来整合语素。一些新词时语完全可以整合进诗句之中,关键是看能否化用得浑融无迹。

要很好地整合新词时语,有三种最简便的方法:一是用好对仗格式,二是用好文言虚词,三是注意新旧词语的配伍。拓展地说一句,写"时政诗"遇到一些概念、术语避无可避时,可以将其视作"新词时语"来看待,处理办法可以借鉴以下所讲。

先看第一种方法:

对仗有如公府仪仗,两两相对。对仗与汉魏时代的骈偶文句密切相关,可以说是由骈偶发展而成的,对仗本身应该也是一种骈偶。大家知道,对仗是律诗的核心部分,有一种类似顶梁柱的作用。它具有句读对称、平仄相反、上下句关联紧密等特点,这自然也就形成了一种比较严格的文言范式,新词时语嵌入其中,无疑就自然地遵守了这种范式。举著名网络词人李子(曾少立)的词为例:

鹧 鸪 天

生活原来亦简单,非关梦远与灯阑。驱驰地铁东西线,俯仰薪金上下班。

无一病,有三餐,足堪亲友报平安。偏生滋味还斟酌,为择言辞久默然。

词中"驱驰""俯仰""地铁""薪金"都是新词时语,但通过纳入对仗格式,我们读起来并不觉得突兀。

再看第二种方法:

旧体诗中运用新词语,多数情况下不可能像"枯藤老树昏鸦、小桥流水人家、古道西风瘦马"那样做"列锦"处理,而是以运用文言虚词对新词时语进行"黏合"为宜。新词时语在文言虚词的黏合下,能达到某种程度上的新旧平衡。举无以为名的一首七律为例:

艳 遇

邂逅红颜上酒楼,小资情调一匙愁。

心如桌布衣掀角,口似餐刀话截头。

花拒国营宁受雨,梦逃城管不禁秋。

霓虹架亮灯桥处,可有豪车载远游。

诗中的"桌布""餐刀""国营""城管"等都是典型的新词时语,而用"如""似"
"宁""不"等文言虚词,在诗中起到了对新词时语的黏合作用。

最后看第三种方法:

配伍,原指把两种或两种以上的药物配合起来同时使用。药物配伍之后可
以加强药理作用、减弱毒性或刺激性,防止副作用、矫正恶味。这里借用来指传
统词语与新生词语搭配使用,使新生词语显得不那么突兀、扎眼。关于时语入
诗,魏新河先生曾说,现代词汇入诗要慎重。一句之中如有现代词汇,必须辅以
诗词色彩较浓的词汇进行调剂,否则就容易白过头。[①]

这里有一个问题需要提出来讨论,诗句中的"配伍"比例如何掌握呢?是新
旧对等,还是旧多新少抑或相反?如果我们把当下旧体诗划分为"雅言诗"和
"白话诗",将具体词语划分为"旧词"和"新词"的话,上述例诗基本上属于雅言
诗范畴,其使用的词语显然也是旧词的比重远大于新词。那么这种现象在"白
话诗"中也同样成立吗?我们先看一些成例。李子以独具特色的"白话词"竖起
了"李子体"的大旗,他为数不多的诗作中也有将新词时语用得较好的例子:

故人之京纪饮

帝京灯火夜缤纷,我自楚湘君自秦。

曾戏掌纹论命运,终知足迹是生存。

中年亦有将军肚,盛世俱非下岗人。

语到深心已深醉,一杯浊酒泼红尘。

诗中的"掌纹""将军""下岗人"都是新词语,但总体来说,新词语在诗中所
占的比例并不大,传统的词语仍然占据优势比例。我们再看这首更"白"一些的
伍锡学的诗:

车 水

南风过池塘,清水荡晴波。

我同新队长,车水灌新禾。

去年遭虫害,口粮四百多。

今岁苗架好,风里舞婆娑。

农民无别愿,餐餐饭满锅。

为了盘中餐,两脚快如梭。

---

① 参见辜学超:《段维时政七律小议》,载《九州诗词》,2017 年夏季号。

这首古风的新词时语更多,似乎是一首更加"典型"的白话诗。那么是否可以说,白话诗本身就是以"新"为基调的,更"新"的新词时语自然会占有绝对优势呢?

需要补充说明的是,前述几种方法,其实都是在消解新词时语在"雅言诗"中的不谐和感,或许完全可以抑或本来就该综合起来运用。还是举我自己的诗例:

四十八岁生日感怀

天命应知细检无,时浇块垒放粗疏。

二三黑客抓狂也,四五红颜感旧乎?

日月尽销青玉案,浮沉漫注紫砂壶。

汀洲偶拾疮痍铁,都道秦皇汉武车。

诗中的"黑客""抓狂"是更新一点的网络词语,将其放入对仗格式,同时辅以"也""乎"这些文言虚词,使网络新词时语显得并不是那么突兀。正是因为考虑到对仗因素,我的新词时语主要运用在律诗中,尤其是七律中。因为五律联句字数少,难以腾挪与平衡,所以用起来要更困难一些。依个人的体验,诗成之后,还应多吟诵几遍,以求气韵流畅、音律和谐。

3.注意语言上的"创新"

(1)吸收口语

鸣喂几声惊鹤起,冲天一箭射穿蓝。——段维《东湖水岸即景》

青眼横波威士忌,白头惊艳曼陀罗。——滕伟明《杂录五首之一》

这两联都是吸收当时口语的做法。第一联中"鸣喂"是口语词,是我家乡鄂东英山的乡民遇到闷热之际,用力呼唤风的号子。这里引用过来为的是引出下句,即号子把野鹤惊飞了。第二联中威士忌是洋酒 whisky 的音译,也可以算是一种口语词。

顺便说一句,诗词中最好不要直接用西文字母或阿拉伯数字之类的东西。如 whisky,可像滕伟明先生一样先翻译成"威士忌"后再入诗。但聂绀弩先生就用过字母入诗。如《有赠》:"龄官戏串牢坑里,阿 Q 人生天地间。"这种做法不宜提倡,因为平仄只是针对汉字而言的。一定要用,可以沿着鲁迅先生考证"阿 Q"名字到底应该怎么写的思路,将"阿 Q"翻译成"阿贵"或"阿桂"后再入诗。当然,如果遇到极特殊的情况避无可避时,我认为西文字母、阿拉伯数字应该放可平可仄的字位,如七言诗的一、三、五字,或五言诗的或一或三字处。如我的一首七律《参加学校第六届教学节开幕式所思所感》,其颔联为:"潮兴商海鞋轻湿,文傍 C 刊谁厚非?"这里的"C 刊"是中文核心期刊的简称,非常流行,多数人都明白其意,而别的字词又无法替代,故只好如此处理。

需要注意的是,吸收口语必须对口语进行必要的提炼。如果不加提炼而直接引用,有可能成为"口水诗"。

(2)拼合熟语

林纾先生在《畏庐论文》中讲到:词中之拼字法,盖用寻常经眼之字,一经拼集,便生异观。如"花""柳"者,常用字也,"昏""暝"二字亦然;一拼为"柳昏花暝"则异矣。"玉""香"者,常用字也,"娇""怨"二字亦然;一拼为"玉娇香怨"则异矣。"烟""雨"者,常用字也,"颦""恨"二字亦然;一拼为"恨烟颦雨"则异矣。"绮""罗"常用字也,"愁""恨"二字亦然;一拼为"愁罗恨绮"则异矣……

林先生所举之例,偏于婉约;而毛主席诗词中的这类拼合则有刚有柔,豪婉兼备。例如:天高云淡、红装素裹、山高路远、枯木朽株、愁思恨缕,等等。

(3)拆分成语

拆分成语又分两类。一是直接拆分;二是间接拆分。

直接拆分就是把成语(多为四字)拆开来使用(两个字一组)或者语序略加变化后使用。前者比如,"春夏秋冬"对仗"阴晴圆缺",这是成语相对,显得因袭过重。如果我们拆分成"春夏"对仗"阴晴";"秋冬"对仗"圆缺",就不那么打眼了。据说东坡作《聚远楼》诗,本合用"青山绿水",对"野草闲花",以此太熟,故易以"云山烟水"。此深知诗病也。[①]

间接拆分就是运用诗的诵读节奏,把成语拆分在不同的句读节奏之中。正如林从龙先生所说:"四字成语,放在三四五六字处,殊觉活泼,此乃造句之一法,在对句中尤显,'才如天马行空惯,笔似蜻蜓点水轻。'(清袁枚诗句)"这是什么道理呢?原来七言句的节奏是上四下三,四字成语用在那个地方,念来有两字属上,两字属下,就有了陌生化的感觉,好像产生了新的意义。[②] 因此,如果超过四个字的成语,也从第三字处起置为宜。我写有一联句为"敬佛香缘鸡的屁,等闲民以食为天",也是运用了这一拆分方法。

---

① 转引自缪钺:《诗词散论》,陕西师范大学出版社 2008 年版,第 35 页。
② 参见周啸天:《论张力》,载《中华诗词》,2018 年第 4 期。

（4）巧用代换字

刘永济先生认为，词为了增加语词的"色泽"，还运用两种方法：换字与代字。我们姑且简称为"代换字"。①

换字法本骈文家常用，主要是避免重复，或因声律有碍，不得不换用同义异音的字。换字是以新鲜之字换去陈旧的字，以美丽之字换去平常的字。例如：以"霜丝"换"白发"，以"秋镜"换"秋水"，以"商素"换"秋天"，以"金缕"换"柳丝"，以"银浦"换"天河"……

代字情形更复杂，大致有如下数端：

其一，以形容词代名词，如以"檀栾"代"修竹"，以"金碧"代"楼台"②……

其二，以美丽名词代普通名词，如以"珠斗"代"北斗"，以"翠幄"代"密叶"，以"玉龙"代"玉笛"③……

其三，以名词代形容词，如以"鞠尘"代"柳色"或"水色"，以"葡萄"代春水色，以"桂华"代"月色"④……

其四，以古代今，包括以古人代今人和以古地代今地。前者如以"蛮素"代"侍妾"，以"潘郎、檀郎"代美少年，以"沈郎"代清瘦之人。后者如以"西陵"代妓女游乐之地，以"桃溪"代指辞别旧欢，以"西州"代指痛别老友之地。

代字也好，换字也罢，历来就有不同看法。如王国维在《人间词话》中就写道："词忌用替代字。"但事情也不能如此绝对。我觉得写古风或填长调时，为了不损害其"古色古香"的韵味或"要眇宜修"的词之体性，适当使用代换字是完全可以的。

尤其是一些缺少诗意的新词时语，为了不使整首诗看起来字面不谐，也可以适当考虑代换字词。比如：

---

① 参见刘永济：《微睇室说词》"小引"，转引自徐晋如：《大学诗词写作教程》，广西师范大学出版社 2007 年版，第 114—116 页。

② 以"檀栾"代修竹，出自枚乘《兔园赋》"修竹檀栾"，吴梦窗的《声声慢》中"檀栾金碧"句即用此。"金碧"系楼台的形容词，即以代楼台用，聂冠卿《多丽》词有"况东城凤台沁苑，泛晴波浅照金碧"句可证。

③ 以"珠斗"代北斗，因北斗七星如联珠也；以"翠幄"代密叶，因陆机有"密叶成翠幄"之句也；以"玉龙"代玉笛皆是。

④ 以"鞠尘"代柳色或水色，字本出《礼记》"鞠衣"注："如鞠尘色。""鞠"与"曲"二字通用。"曲尘"，乃浅绿带黄的颜色，新柳与春水色正相似，故诗词家用以代新柳色或春水色。又春水色亦有用"蒲桃""葡萄"或"蒲陶"代之者。又以"桂华"代月色，因古传月中有桂。

飞行旅途口占

启 功

华岳齐天跻者稀,如今俯瞰有<u>飞机</u>。

一拳不过儿孙样,万仞高岗也振衣。

魏新河先生经常提到这首绝句,认为,这首整体上很雅致的一首诗,因为硬生生地嵌入"飞机"一词,破坏了美好的意境。其实我们可以酌情用"银鹰"或"铁翼"来代换"飞机"。当然进行代换时,句式、格律和用韵都要随之调整。

(5)自创新语

还是看我自己的一首诗:

浮世感怀(选二)

段 维

欲忘俗念矶头立,千里平湖胜似绸。

<u>鱼蠢</u>无端吞月影,<u>风骚</u>有意惹狐裘。

莫愁柳絮蒙天眼,谁信蛛丝缚牯牛。

明日再逢难断事,随缘应势好抓阄。

"鱼蠢"由"愚蠢"脱化而来,"风骚"则不用本义,而是拆开来表示新的含义,即"风(很)骚"对应"鱼(很)蠢"。这也可看作是"自创新语"。自创新语要注意典雅、合乎语法习惯;切不可生拉硬拽,为出新而出新。有些流行词语,特别是网络词语要注意选择。像"给力""逆袭""高富帅""白富美"等可以适当选用,而像一些粗俗的词语就不要使用。

(6)点化旧语

点化旧语,现在常用的办法是对成句变动一二字,使意义陡然发生转变,给人以出乎意料的惊喜。如:

语不丢人死不休——杨启宇《鹧鸪天·非游仙》

句中的"语不丢人死不休"化自杜甫《江上值水如海势聊短述》中的诗句"语不惊人死不休",用来讽刺当年某些作家粗俗而露骨的性描写文字。这都算是点化出新的例子。

4.注重句式句法上"创新"

一是成分的省略。如:

九江春草外，三峡暮帆前。——杜甫《游子》

　　枯藤老树昏鸦，小桥流水人家。古道西风瘦马，夕阳西下，断肠人在天涯。——马致远《天净沙·秋思》

　　杜甫的诗所省略的成分相当于介词"在、于"；马致远的《天净沙》小令中"枯藤老树昏鸦"和"古道西风瘦马"所省略的成分就更多了，它相当于只选取几个分句中的主语进行排列，其他成分全部省去。修辞学上将之称为"列锦"。列锦，指的是全部用名词或名词性短语，经过选择组合，巧妙地排列在一起，构成生动可感的图像，用以烘托气氛，创造意境，表达情感的一种修辞手法。

　　再看本人的一首诗：

五 祖 寺

段　维

传奇连五祖，气象起声名。

<u>落日檐牙口</u>，袈裟向晚晴。

无心称罢了，有意递辞呈。

攀上讲经殿，萧萧紫竹鸣。

　　"落日檐牙口，袈裟向晚晴。"前句纯为省略了谓语成分"悬在、处于"；后句既是省略（省去了"像"），又是拟物修辞（袈裟的颜色犹如夕照霞彩）。

　　二是语序的错综。如：

　　香稻啄余鹦鹉粒，碧梧栖老凤凰枝。——杜甫《秋兴八首其八》

　　裙拖六幅湘江水，鬓耸巫山一段云。——李群玉《杜丞相悰筵中赠美人》

　　竹喧归浣女，莲动下渔舟。——王维《山居秋暝》

　　舞低杨柳楼心月，歌尽桃花扇底风。——晏殊《鹧鸪天·彩袖殷勤捧玉钟》

　　第一句正常的语序应是"鹦鹉啄余香稻粒，凤凰栖老碧梧枝。"第二句的正常语序则为"裙拖六幅湘江水，鬓耸一段巫山云。"第三句语序变更是为突出重心，加深印象。按生活逻辑的因果关系，当是"浣女归"而"竹喧"，"渔舟下"而"莲动"，诗人把竹喧、莲动提前，就突出了景物之动态美。第四句中的"杨柳""桃花"，若按寻常句法置于句首为："杨柳舞低楼心月，桃花歌尽扇底风"。则"杨柳"和"桃花"仅止于作为环境设置的两种植物，而把"舞低""歌尽"冠于句首,则"杨柳"既可解为楼外之树木,又可喻为楼内舞伎的袅娜腰肢;"桃花"含义更丰富,可指真花,可喻舞伎人面(所谓"人面桃花"),还可喻舞伎手中之画有桃花的扇子。这就使两个词充当了五个意象,使楼里楼外春色盎然,轻歌曼舞,相映成趣,融娇容丽姿与明媚画景于一体,令人心荡神醉。①

再看一个同时运用倒装和省略的例子:

> 七八个星天外,两三点雨山前。——辛弃疾《西江月·夜行黄沙道中》

此句正常而完整的语序应该是"天外有七八个星,山前飘两三点雨"。可是若按原本的语序,就毫无诗意了。

三是十字格。如:

> 结束平阳骑,明朝入建章。——王维《奉和杨驸马六郎秋夜即事》
> 何时一尊酒,重与细论文。——杜甫《春日忆李白》

上述两句诗,每一句的上下句连在一起才能表达一个完整的意思,上下两句贯注一气,有一个专门的名词叫"十字格"。这种句式可以用在首联,也可用在尾联,但以用在尾联为佳。用在尾联,一气直下,更增加诗的雄健之气。

如果上下两句合起来表达一个意思,且是对仗的句式,就是俗称的"流水对"。

四是词类活用。如:

> 人烟寒橘柚,秋色老梧桐。——李白《秋登宣城谢脁北楼》
> 红了樱桃,绿了芭蕉。——蒋捷《一剪梅·舟过吴江》
> 驿站情深留远客,三河一聚小天涯。——周文彰《河口古镇》

上面所举的三例,分别是形容词"寒""老","红""绿"和"小"均用作动词,这种情况,也称"使动用法"。

五是复句的运用。如:

> 时有微凉不是风。——杨万里《夏夜追凉》
> 纵使身荣谁共乐,已无亲养不言贫。——黄仲则《与稚存话旧二首其一》

杨万里的这句诗中含有两分句,构成转折复句,即一个四字句加一个三字

---

① 参见许自强:《诗家语与词家语——〈诗词创作美学〉连载之十一》,载《词刊》,2008年第4期。

句,比较耐人寻味。黄仲则的一联诗中的上下句分别都用转折复句,上句为假设复句,下句为因果复句。上下句构成对仗,犹觉精警。

再举一个当代的例子:

走下高楼人未矮,得来忙事岁难闲。——罗辉《退休感怀》

罗辉的一联诗中上下句也都是转折复句,用的虽是陈述语气,但"走下高楼人未矮"句颇具哲理,意在言外。

下面再举几组用上下句共同构成复句关系的例子:

宁为百夫长,胜作一书生。——杨炯《从军行》(选择复句)

刘郎已恨蓬山远,更隔蓬山一万重。——李商隐《无题》(递进复句)

夕阳无限好,只是近黄昏。——李商隐《登乐游原》(转折复句)

欲穷千里目,更上一层楼。——王之涣《登鹳雀楼》(条件复句)

不识庐山真面目,只缘身在此山中。——苏轼《题西林壁》(因果复句)

东风不与周郎便,铜雀春深锁二乔。——杜牧《赤壁》(假设复句)

子规夜半犹啼血,不信东风唤不回。——王令《送春》(目的复句)

六是语法结构错位。如:

孤灯然客梦,寒杵捣乡愁。

——岑参《宿关西客舍,寄东山严、许二山人,

时天宝初七月初三,在内学见有高道举征》

冰裂成花爱煞侬,一锅豆米煮寒冬。——刘彦红《腊八节》

五言联中"然(同燃)"的对象(宾语)本应是"孤灯",改为抽象名词"客梦"后,"燃"就超出了一般的动作而带有"精神消耗"的意味,同时"梦"也有了质感,仿佛有声有色,一点点、一幕幕缓慢进展,渲染出游子的寂寞孤独感。"捣"的对象(宾语)原为"寒杵",改为抽象名词"乡愁"后,就使捣的重心由物转到了人。仿佛寒杵的分量,一下下、一声声都捣在游子心上,激起他无尽的乡愁,具有一种沉重的压抑感。①

当代诗人刘彦红的七言联中,"煮"的对象本应为"豆米",诗人故意变做"寒冬",给人无尽的温暖之感,也是这种妙用。

---

① 参见许自强:《诗家语与词家语——〈诗词创作美学〉连载之十一》,载《词刊》,2008年第4期。

七是视角转换。如：

树上黄昏莺啄去，堂前明月夜衔来。——蔡世平《梦江南·明白黄昏》

正常的语意是：黑夜替代树杪上的黄昏后，流莺也跟着离去；堂前明月升起时，夜幕降临。转换视角之后是：流莺啄着树上的黄昏离去；堂前的明月被夜幕衔来。当然这里面夹杂着拟人手法，不过给人新奇之感的主要是视角的转换。

八是"留白"。

这种表现手法难以命名，我借鉴作画的手法，姑且称之为"留白"。也就是说，完整的意象要靠我们的经验和想象去连缀，才能体味其妙处。我们看例句：

分别望残心里月，相逢握痛指间风。——刘庆霖《送于德水之日本》

刘诗的前一句不算新奇，后一句不仅是拟人（风感觉痛），还有相逢刹那因心情急切而快速、用力、持久地握手而产生的感觉。而这些感觉字面上完全没有涉及。再看他的另一联诗：

萤火飞针缝夜幕，鸟声穿树作年轮。——刘庆霖《黄山旅馆夜起》

前一句已经很新颖，但跟我们的经验还算接近，用心琢磨也许不难想出来，但后一句就要靠我们的经验与想象来连缀了。鸟声穿树不稀奇，但鸟声萦绕要发挥一下想象，而萦绕成圆圈与树的年轮相仿佛，则需要进一步展开想象的翅膀。这是一般人的形象思维很难达到的。这也是典型的新诗意象。

当然，一味追求语言、句法的新奇，有可能伤及意境的雅致与蕴藉，或者有损立意的高远与深邃。这是需要注意的。诗人杨逸明就认为：诗词的最高境界是"意深词浅"。① 而这个观点来源于袁枚的《随园诗话》："'诗用意要精深，下语要平淡。'……求其精深，是一半工夫；求其平淡，又是一半工夫。非精深不能超超独先，非平淡不能人人领解。"②

的确，有些诗语言很朴实，句式句法也很大众化，但营造的意象、意境却是一流的。如我们熟悉的李白的《静夜思》："床前明月光，疑是地上霜。举头望明月，低头思故乡。"由这一意境脱化而来，诗人美人剑（本名鲍海涛）写了一首五绝：

---

① 参见杨逸明：《诗词创作的"金字塔"原理》，载《中华诗词》，2006 年第 2 期。
② 袁枚：《随园诗话》，崇文书局 2007 年版，第 108 页。

百叶窗间月

百叶窗间月,分辉几十行。

天书人不识,哪句念家乡?

这首小绝,自然流畅,字浅韵浓,章法井然,意象和谐,情韵悠长。

我也有一首五绝:

再题隆冬未凋牡丹

气若丝飘忽,依然敷薄妆。

形神俱贵族,根脉在隋唐。

杨逸明先生评曰:"隆冬尚有未凋之牡丹,实属罕见,这未免使得诗人由此及彼,浮想联翩。从隋唐一脉相承的贵族精神,如今也是气若游丝,几乎难以寻见了。诗人淡淡写来,读者可不能轻轻放过。古人云:'诗无言外之意,便同嚼蜡。'此诗无穷感慨和况味,似已在这一首小诗之中,又全在这短短二十个汉字之外。"[1]杨先生的评价还是比较到位的。

我们再看另一首当代的七言绝句:

西 站 送 客

殊 同

客中送客更南游,一站华光入夜浮。

说好不为儿女态,我回头见你回头。

诗中"说好不为儿女态,我回头见你回头",用一句大白话描写的细节,"只眼前景,口头语而有弦外音。"(沈德潜语)谁都读得懂,只要是重感情的人,谁读了都会怦然心动。当然,这种"大白话"又不同于被人们吐槽的"口水诗"。

乡 村 夜 宿

李荣聪

柳摇春梦到农家,醉倚风窗看月斜。

一树清辉原不重,三更压落紫桐花。

这首诗充分发挥想象,将月亮的清辉想象成有重量,但又不是很重,然后再把紫桐花的自然凋谢跟月亮的清辉有重量联系起来,认为是被月亮的清辉所压落的,从而达到了"无理而妙"的效果。

---

① 参见杨逸明:《云帆诗会 2021 第 4 期作品选评》,载"云帆诗友会"微信公众号。

第二讲 诗词选韵方法及押韵原则

一、诗词用韵选择

1. 平水韵与新声韵之争

"平水韵"因其刊行者宋末平水人刘渊而得名。平水韵依据唐人用韵情况，把汉字划分成107个韵部（其书今佚）。清代康熙年间编的《佩文韵府》又把《平水韵》并为106个韵部。

上平声	一东、二冬、三江、四支、五微、六鱼、七虞、八齐、九佳、十灰、十一真、十二文、十三元、十四寒、十五删
下平声	一先、二萧、三肴、四豪、五歌、六麻、七阳、八庚、九青、十蒸、十一尤、十二侵、十三覃、十四盐、十五咸
上声	一董、二肿、三讲、四纸、五尾、六语、七麌、八荠、九蟹、十贿、十一轸、十二吻、十三阮、十四旱、十五潸、十六铣、十七篠、十八巧、十九皓、二十哿、二十一马、二十二养、二十三梗、二十四迥、二十五有、二十六寝、二十七感、二十八琰、二十九豏
去声	一送、二宋、三绛、四寘、五未、六御、七遇、八霁、九泰、十卦、十一队、十二震、十三问、十四愿、十五翰、十六谏、十七霰、十八啸、十九效、二十号、二十一个、二十二祃、二十三漾、二十四敬、二十五径、二十六宥、二十七沁、二十八勘、二十九艳、三十陷
入声	一屋、二沃、三觉、四质、五物、六月、七曷、八黠、九屑、十药、十一陌、十二锡、十三职、十四缉、十五合、十六叶、十七洽

值得注意的是：《佩文韵府》里有上平声、下平声，这是分部的需要，就如上

卷、下卷一样,不存在对应所谓"阴平""阳平"的含义。

依我的看法,如果真想创作诗词,还是从使用平水韵开始为宜。这就像练字从正楷入手是一个道理。我并不反对用新声韵,只是因为如果只会运用新声韵,那么填词时就会有某种局限。如果词谱硬性要求用入声字,像《满江红》要求押入声韵,或有些领字要求用入声字,"新声韵"和"通韵"就没办法适用了。所以初学时还是以平水韵为主,特殊情况下兼用新声韵或通韵。当然,如果只写诗,不填词,那就可以放心大胆地只遵新声韵或通韵了。

2.新声韵的"十八韵"与"十四韵"之别

同样称作"新声韵",其实又有十八韵与十四韵之别。1941年国民政府公布的《中华新韵》,将诗韵分为十八部,但没有流行开来。目前影响较大的是1965年由中华书局上海编辑所出版,1978年、1984年由上海古籍出版社两次修订出版的《诗韵新编》,它就是依据《中华新韵》归纳现代汉语为十八个韵部而编写的简本,简称《十八韵》。

《诗韵新编》的十八韵部分别是:一麻、二波、三歌、四皆、五支、六儿、七齐、八微、九开、十姑、十一鱼、十二侯、十三豪、十四寒、十五痕、十六唐、十七庚、十八东。

《诗韵新编》的最大特点:一是从诗词创作必先辨平仄的实际出发,首先在每一韵部中分平仄两大类;二是实事求是地对待入声字,即按照现代汉语拼音进行标注,分别列入它们应该归属的相应韵部,并单独列入《仄声·入声》部分,以便于诗词创作时使用。由于《诗韵新编》在主张"新声"的同时又兼顾了保留入声字,所以在大陆一些地方比较流行。说是新声韵,其实新得并不彻底。

1949年10月1日至2019年11月1日,中华人民共和国一直没有以政府名义颁布韵书。中华诗词学会曾整理出了《中华新韵(十四韵)简表》,并在《中华诗词》杂志2004年第5期上公布,简称《十四韵》。当时算是最权威的新韵书了。

这部韵书是以普通话的读音和《新华字典》的注音为依据,将汉语拼音的三十五个韵母,划分为十四个韵部,韵部依次为:一麻、二波、三皆、四开、五微、六豪、七尤、八寒、九文、十唐、十一庚、十二齐、十三支、十四姑。而每一韵部,又分为阴平、阳平、上声与去声。

使用新声韵时要注意,不是韵母相同的字就在一个韵部,即便是韵母和声调相同,也不一定就必然在同一个韵部。对某个韵脚字拿捏不准时,必须勤查韵书,切不可"跟着感觉走"。

3.如何看待新颁《中华通韵》

《中华通韵》由中华诗词学会组织研制,是新中国语言体系中的新韵书。该韵书由国家语委语言文字规范标准审定委员会于 2019 年 3 月审定通过;2019 年 11 月 1 日,由教育部、国家语言文字工作委员会发布试行。

该规范提倡和引导使用《中华通韵》,但其实施并不会取代旧韵书,将在尊重个人选择、"知古倡今、双轨并行"的原则下,与当前使用的旧韵书并存。

尽管《中华通韵》(十六韵)上升到政府层面来推广,但争议声一直没有停止过。最大的争论在于要不要保留入声字。再如,将"儿"韵单列,韵部的适用字太少,没有实际的应用价值;e 韵和 o 韵音近,原本不必拆分,却人为地区分开了;e 韵与 ie 韵、üe 韵相去甚远,却被人为地合并在一起。等等。

为了便于大家理解,现将《中华通韵》简表目录如下:

韵部	韵母	韵部	韵母
一啊	a ia ua	九熬	ao iao
二喔	o uo	十欧	ou iu
三鹅	e ie üe	十一安	an ian uan üan
四衣	i -i	十二恩	en in un ün
五乌	u	十三昂	ang iang uang
六迂	ü	十四英	eng ing ueng
七哀	ai uai	十五雍	ong iong
八欸	ei ui (uei)	十六儿	er

这里也需要注意,不是韵母相同的就必然在一个韵部,对某个韵脚字拿捏不准时,依然要勤查韵书。

归纳 2、3 两条,有必要声明一下:因为普通话是《中华人民共和国语言文字法》规定的"通用语言"。因此,有些主张使用新韵的人士认为,应不再使用平水韵写诗填词。但诗词是一门千载传承的艺术,对艺术的处理,不能那么急躁武断。从艺术的角度来讲,诗词用韵还是给各方以宽松的环境,让大家自由选择为好。而《中华通韵》也是这样主张的,即"知古倡今、双轨并行"。

4.写诗填词都可用词韵

《词林正韵》是清人戈载编纂的一部词韵书,共三卷,分平、上、去三声为十四部,入声为五部,一共是十九个韵部。它的分部,实际上是依据前人作词用韵的情况归纳而来,这就是他所说的"取古人之名词参酌而审定"。戈氏的分韵虽是归纳、审定工作,但其结论却多为后人所接受,论词韵之士多据以为准。戈氏所分的词韵十九部,事实上也是进一步归纳诗韵即"平水韵"而来,因此,我们甚至可以就把它视作平水韵的一个归并类型。

词韵将诗韵 106 部合并为 19 部,使用起来相对宽松、自由多了。习诗有了一定经验以后,在用韵方面可以适当从宽。我个人也主张用词韵写诗填词。

《词林正韵》19 部具体划分如下:

第一部	平声:一东、二冬通用; 仄声:上声一董、二肿,去声一送、二宋通用。
第二部	平声:三江、七阳通用; 仄声:上声三讲、二十二养,去声三绛、二十三漾通用。
第三部	平声:四支、五微、八齐、十灰(部分字,如回、雷等)通用; 仄声:上声四纸、五尾、八荠、十贿(部分字,如悔、罪等),去声四寘、五未、八霁、九泰(部分字,如会、最等),十一队(部分字,如内、佩等)通用。
第四部	平声:六鱼、七虞通用; 仄声:上声六语、七麌,去声六御、七遇通用。
第五部	平声:九佳(部分字,如街、钗等)、十灰(部分字,如来、台等)通用; 仄声:九蟹、十贿(部分字,如海、在等),去声九泰(部分字,如盖、外等)、十卦(部分字,拜、快等)、十一队(部分字,塞、态等)通用。
第六部	平声:十一真、十二文、十三元(部分字,如魂、痕等)通用; 仄声:上声十一轸、十二吻、十三阮(部分字,如本、损等),去声十二震、十三问、十四愿(部分字,如闷、困等)通用。
第七部	平声:十三元(部分字,如言、烦等)、十四寒、十五删、一先通用; 仄声:上声十三阮(部分字,如反、远等)、十四旱、十五潸、十六铣,去声十四愿(部分字,如怨、健等)、十五翰、十六谏、十七霰通用。

第八部	平声:二萧、三肴、四豪通用; 仄声:上声十七筱、十八巧、十九皓,去声十八啸、十九效、二十号通用。
第九部	平声:五歌独用; 仄声:二十哿,去声二十一个通用。
第十部	平声:九佳(部分字,如涯、娃等)六麻通用; 仄声:上声二十一马,去声十卦(部分字,如挂、画等)、二十二祃通用。
第十一部	平声:八庚、九青、十蒸通用; 仄声:上声二十三梗、二十四迥,去声二十四敬、二十五径通用。
第十二部	平声:十一尤独用; 仄声:二十五有,去声二十六宥通用。
第十三部	平声:十二侵独用; 仄声:上声二十六寝,去声二十七沁通用。
第十四部	平声:十三覃、十四盐、十五咸通用; 仄声:上声二十七感、二十八俭、二十九豏,去声二十八勘、二十九艳、三十陷通用。
第十五部	入声:一屋、二沃通用。
第十六部	入声:三觉、十药通用。
第十七部	入声:四质、十一陌、十二锡、十三职、十四缉通用。
第十八部	入声:五物、六月、七曷、八黠、九屑、十六叶通用。
第十九部	入声:十五合、十七洽通用。

平水韵中有所谓邻韵的说法,多是指按诗韵韵部的先后次序,以排列相近又读音近似的韵作邻韵。平声韵的邻韵关系如下:

(1)东冬　(2)江阳　(3)支微齐　(4)鱼虞　(5)佳灰　(6)真文元(半)　(7)寒删先元(半)　(8)萧肴豪　(9)庚青(蒸)　(10)覃盐咸

注意:歌、麻、尤、侵四个韵没有邻韵。

从上述列表可以看出,基本上就是词韵里同一韵部的字相互做邻韵。因此,当我们本着"正音从严,用韵从宽"的原则,允许使用词韵或宽韵作诗后就不存在"邻韵"问题了。

我之所以主张用词韵写诗,除了能够拓展用韵范围之外,还有一个重要因素就是平水韵的部分读音离近现代人的读音相距太远了。比如有人就唾骂"该死的十三元"!因为该韵部中"言、园、喧、繁"等相近读音实在与"门、村、屯、温"等相近读音不搭界。故清代的《词林正韵》将十三元分为两部分,分别归入"寒删先"韵部和"真文"韵部。还有"九佳"韵中的"怀、阶、排、柴"等相近读音与"涯、娃、鲑、芟"等相近读音也很难相押,故《词林正韵》将九佳一分为二,各归入"麻"韵部和"灰"韵部之中。再就是"十灰"韵中的"来、台、腮、才"等相近读音与"杯、颓、梅、偎"等相近读音押韵也十分勉强,故《词林正韵》也将其分作两类,而后分流到"支、微、齐"韵部和"佳"韵部。清人尚且懂得通变,我们还有什么理由死守平水韵呢?

另外,从唐宋人及其后历代诗人的创作实践来看,用"词韵"写诗并不罕见(尽管那时还没有词韵这一名称,但却可证明他们有勇气突破当时的"官韵"——切韵、唐韵、广韵)。贺知章的《回乡偶书》、杜甫的《客旧馆》、李商隐的《无题·凤尾香罗薄几重》、苏轼的《傅尧俞济源草堂》都是用的词韵;鲁迅的《无题·故乡黯黯锁玄云》、聂绀弩的《画报社鱼酒之会赠张作良》也是用的词韵。

其实,王力先生早就在《诗词格律》一书中对这种用韵方式给予了认可。其中写道:"今天我们如果也写律诗,就不必拘泥于古人的诗韵。不但首句用邻韵,就是其他的韵脚用邻韵,只要朗诵起来谐和,都是可以的。"[①]先生的主张不是凭空而来,更不是心血来潮,应该是分析了大量古今用韵现象并结合现代语音发展趋势之后得出的结论。

5.《宽韵》更灵活

中华诗词学会曾委托赵京占先生执笔整理出了《宽韵》,并在《中华诗词》杂志 2006 年第 3 期发表。宽韵将词韵 19 部再合并为 12 部。比如"东冬"韵部与"庚青蒸"韵部可以通押,入声字全部通押。宽韵大大解放了作者的手脚,特别是入声字的保留,还避免了新声韵的局限。但个人又认为,宽韵在某些方面有"过宽"之嫌。比如"东冬"与"庚青蒸"通押、入声通押,很多时候诵读起来感觉根本押不上韵。我的做法是,以自己读起来感觉能押韵为准,押不上韵的不硬凑,即使宽韵允许。这样的做法实际结果就是,比宽韵略严,比词韵略宽。所以

---

① 王力:《诗词格律》,中华书局 1977 年版,第 20—21 页。

我觉得写诗填词还是以词韵为准比较"中正平衡"。

为了让大家理解《宽韵》是如何合并《佩文诗韵》与《词林正韵》韵部的,特给出三种韵部的对照表:

《宽韵》与《佩文诗韵》《词林正韵》韵部对应表

宽韵(诗词通用)		平水韵(诗用)	词林正韵(词用)
第一部 东庚通押	(一)东冬	一东二冬	第一部 东冬
	(二)庚青	八庚九青十蒸	第十一部 庚青
第二部 江阳		三江七阳	第二部 江阳
第三部 支微		四支五微八齐十灰(半)	第三部 支微
第四部 鱼虞		六鱼七虞	第四部 鱼虞
第五部 佳灰		九佳(半)十灰(半)	第五部 佳灰
第六部 真文		十一真十二文十三元(半) 十二侵	第六部 真文 第十三部 侵独用
第七部 寒删		十三元(半)十四寒十五删 一先十三覃十四盐十五咸	第七部 寒删 第十四部 覃盐
第八部 萧肴		二萧三肴四豪	第八部 萧肴
第九部 歌波		五歌	第九部 歌独用
第十部 佳麻		九佳(半)六麻	第十部 佳麻
第十一部 尤求		十一尤	第十二部 尤求
第十二部 入声通押	一(屋沃)	一屋二沃	第十五部 屋沃
	二(觉药)	三觉十药	第十六部 觉药
	三(质陌)	四质十一陌十二锡十三职 十四缉	第十七部 质陌
	四(物月)	五物六月七曷八黠九屑 十六叶	第十八部 物月
	五(合洽)	十五合十七洽	第十九部 合恰

二、诗词押韵原则

格律诗词的押韵是遵循韵书来用字的。然而,由于当代诗坛存在着《佩文诗韵》《词林正韵》《中原音韵》《十三辙》《诗韵新编》《十四韵》《宽韵》《中华通韵》这样八种韵书,所以,在格律诗词的创作实践中,就客观存在着一个到底根据哪本韵书来押韵的问题。

1. 一一对应原则

罗辉先生在《诗词格律与创作》一书中,列举了《平水韵》《词林正韵》《诗韵新编》《十四韵》这四种韵书(该书出版时,《中华通韵》还未出台),并主张"可采取一首诗词对应一本韵书的原则。也就是说,创作一首诗或一首词时,各个韵脚都依据一本韵书来确定。"[①]这是很有见地的主张,我们姑且称之为"一一对应"原则。这里以他的一首词为例,来说明这样做的必要性。

鹧鸪天·荆山行

罗 辉

欲谢东君造化功,无边碧绿尽青松。漫天草木连阴雨,满树梨花唤彩虹。

迷望眼,断行踪,山长水远午烟浓。拨开云雾惊灵秀,一阵涛声一阵风。

词中的六个韵脚字分别是"功、松、虹、踪、浓、风",若依据《诗韵新编》,"功、松、虹、踪、浓"在"十八东"部,而"风"却在"十七庚"部,说明它"出韵"了;若依《十四韵》,"功、松、虹、踪、浓"在"十五雍",而"风"则在"十四英",也出韵了。但是,若依据《词林正韵》,它们都在第一部"东冬"韵这一大的韵部里,所以说这首词并未"出韵"。

再看一首用《十四韵》的例子:

赏西府海棠

刘庆霖

小河东岸步春阶,手指芳香浓处歇。

风过花飞是三瓣,细观两瓣是蝴蝶。

这首诗的三个韵脚字分别是"阶、歇、蝶",在《十四韵》中都在"三皆"这个平

---

① 罗辉:《诗词格律与创作》,华中师范大学出版社 2014 年版,第 34 页。

声韵部，可以通押；在《中华通韵》中，"阶、歇、蝶"都在平声韵部"三鹅"里面，可以通押。但在《诗韵新编》中，"阶、歇、蝶"都在"四皆"这个韵部，但除了"阶"是平声以外，"歇""蝶"都是入声字，故"阶、歇、蝶"这三个韵也不能通押。而若按照《佩文诗韵》，"阶"属于"佳"韵；"歇"与"蝶"是两个入声字，分别属于"月"部和"叶"部，三者不能通押。即便按《词林正韵》和《宽韵》，"歇"与"蝶"可以通押，但"阶"却不能与"歇"和"蝶"通押。可见罗辉先生提出每首诗对应一本韵书的做法是科学和适用的。

2.诗词互韵原则

前已述及，我主张写诗填词都用词韵。写诗可以用词韵，那么反过来填词能用诗韵吗？显然是可以的。人们的习惯认知是，放宽不易认可，收紧比较容易接受。唐人的词曲有用邻韵的（后代演化为所谓的词韵），也有纯粹用诗韵的。如五代词人牛希济《临江仙·江绕黄陵春庙闲》就完全用的是诗韵：

江绕黄陵春庙闲，娇莺独语关关。满庭重叠绿苔斑。阴云无事，四散自归山。箫鼓声稀香烬冷，月娥敛尽弯环。风流皆道胜人间。须知狂客，拼死为红颜。

全词用的是"删"韵，一个邻韵字都未掺杂。

再如清代顾太清的《喝火令》：

久别情尤热，交深语更繁。故人留我饮芳樽。已到鸦栖时候，窗影渐黄昏。拂面东风冷，漫天春雪翻。醉归不怕闭城门。一路琼瑶，一路没车痕。一路远山近树，妆点玉乾坤。

这首词如果用《词林正韵》来检测，属于两个韵部："繁、翻"属于词韵第七部，"昏、门、坤"属于第六部，按照词韵就出律了。但是"繁、翻、昏、门、坤"等韵脚，都属于平水韵十三元。因此，顾太清的这首词押的也是诗韵，而不是词韵。

如果我们的眼界和心胸更开阔一些，其实诗词曲都应该可以"互韵"的。也就是说，平水韵、词林正韵、中原音韵、十三辙、十八韵、十四韵、宽韵和通韵等都可以用来写诗填词作曲，只要遵循"一一对应"原则，不相互串韵就可以了。

3.方音例外原则

关于这个问题，钟振振教授研究得最为深入。他在回答有人质疑毛泽东

《西江月·井冈山》出韵问题时认为,词韵可押"方音"①。我们看例词:

> 山下旌旗在望,山头鼓角相闻。敌军围困万千重。我自岿然不动。
>
> 早已森严壁垒,更加众志成城。黄洋界上炮声隆,报道敌军宵遁。

词中所押之韵,"闻""遁"等字,《词林正韵》收在第六部;而"重""动""隆"等字,则收在第一部;"城"字,更收在第十一部,三部不能通押。所以有人质疑这首词"出韵"了。其实这首词押的是毛泽东家乡湖南话的音韵,符合宋人填词押韵可用方音的先例。湖南话的语音,"闻"念 wen,"重"念 cen,"动"念 den,"城"念 cen,"隆"念 nen,"遁"念 den,用湖南话的语音来念这首词,押韵完全是正确的、和谐的。这就是说,方音押韵可以不属韵书的限制。

钟教授还认为:如果说现代人不好还原前人用韵实况,那么周邦彦在北宋曾任国家最高音乐机关大晟乐府长官,是举世公认的宋词格律派大家,没人敢说他不精通音乐,不精通音律。然而他所作的《品令》梅花词:

> 夜阑人静。月痕寄、梅梢疏影。帘外曲角栏干近。旧携手处,花发雾寒成阵。
>
> 应是不禁愁与恨。纵相逢难问。黛眉曾把春衫印。后期无定。断肠香销尽。

词中所押之韵,"静""影""定"等字,《词林正韵》收在第十一部;而"近""阵""恨""问""印""尽"等字,则收在第六部,两部不能通押。这首词将两个不同韵部的字相押,只有一种可能,那就是周邦彦在使用方音押韵。

又如姜夔,乃南宋格律派大家,既能创作乐曲又能创作歌词,号称与辛弃疾、吴文英分鼎南宋词坛三足,谁敢说他不精通音乐,不精通音律呢?然而他的代表作之一的《长亭怨慢》是这样的:

> 渐吹尽、枝头香絮。是处人家,绿深门户。远浦萦回,暮帆零乱向何许?阅人多矣,谁得似长亭树?树若有情时,不会得青青如此!日暮,望高城不见,只见乱山无数。韦郎去也,怎忘得、玉环分付。第一是早早归来,怕红萼无人为主。算空有并刀,难剪离愁千缕。

所押之韵"絮""户""许""树""暮""数""付""主""缕"等字,《词林正韵》收在第四部;而"此"字,则收在第三部,两部不能通押。与周邦彦同理,姜夔也是在用方音押韵。

---

① 参见钟振振:《我们今天写词用什么韵》,载《中国曲学研究》第五辑,2021 年 6 月刊,第 304 页。

为什么词能够押方音呢？我觉得可能跟词的起源有关。酒宴歌席上的演唱本就是"南腔北调"，即便是某些比较规范的地方戏也都是用方音押韵的。那么问题来了：诗能押方音韵吗？我觉得应该是可以的。因为诗起源于民间劳作的"号子"，后来成为"歌诗"，脱离音乐的诗被称作"徒诗"。各地民间歌诗肯定也是南腔北调的，到了徒诗阶段后，押韵可能就比较规范了。不要说我们今天去读《诗经》有很多不押韵的地方，南北朝时的人就发现了这类问题。于是一些研究者就弄出了"叶韵"理论。因为按当时语音读《诗经》，韵多有不谐，便以为作品中某些字需临时改读某音，称为叶韵，或谐韵、协韵，后人以此应用于其他古代韵文。此风至宋代大盛。明陈第始建立"时有古今，地有南北，字有更革，音有转移"的历史语言观，认为所谓叶韵的音是古代本音，读古音就能谐韵，不应随意改读。可见，所谓的叶韵带有很大的随意性。

　　仅仅讲古代"本音"也不全面，因为"本音"就包含了各地的方言发音。我们不应该忽视方音押韵问题。或许因为科举考试将作诗列入科目，故诗多以"官韵"为标准，但诗人们私下写诗或唱和就未必都依所谓的官韵了。拿杜甫来讲，他有一首五律《秦州雨晴》如下：

　　　　天外秋云薄，从西万里风。

　　　　今朝好晴景，久雨不妨农。

　　　　塞柳行疏翠，山梨结小红。

　　　　胡笳楼上发，一雁入高空。

　　诗中"风、红、空"是东韵，但第二联的"农"却是冬韵。因为这个不符合当时民间所谓的"孤雁出群格"（如果首句入韵，其韵字可借用邻韵）或"孤雁入群格"（若是首句入韵，最后一句的韵字可借用邻韵）的"借韵"规定，应判为出韵。而按照科举考试的要求，借韵会被判定为出韵。苏轼也有这种现象，如七律《傅尧俞济源草堂》：

　　　　微官共有田园兴，老罢方寻隐退庐。

　　　　栽种成阴十年事，仓黄求买万金无。

　　　　先生卜筑临清济，乔木如今似画图。

　　　　邻里亦知偏爱竹，春来相与护龙雏。

　　诗的首句不入韵，第二句的韵脚为"庐"，属鱼韵；而其他韵脚"无、图、雏"则属"虞"韵。这显然既不符合"孤雁出群格"，也不符合"孤雁入群格"，可判定为出韵。

虽然我们目前不好判定杜甫、苏轼的"出韵"到底是属于运用方音还是用古音押韵，但至少不能排除有运用方音押韵的可能性。鉴于这个问题比较复杂，还是就此打住！因为我们只是想说明方音、古音都可以押韵，而不是去辨析哪些是方音，哪些是古音。

需要提醒大家注意的是：正常情况下，诗的创作和投稿，用词韵肯定没有问题，无须注明；用前面讲的"宽韵"也应该问题不大，但鉴于不是所有的报刊编辑都知道"宽韵"，最好注明一下；用"新声韵"或"通韵"也是一样，标注一下为好（为了避免因标注而构成所谓对"新声韵"或"通韵"歧视的质疑，报刊刊出时普遍不标注"新声韵"或"通韵"字样，由读者自己去判断）。

而当我们参加一些诗词赛事时，就要仔细看清大赛的要求了。如果标明写诗必须用平水韵、写词必须用词林正韵时，肯定是要遵守的，否则写得再好都不会入选。如果没有标明，原则上十四韵、十八韵、通韵、平水韵、词韵、宽韵都可以用。中华诗词学会、诗刊社组织的赛事如此处理肯定没有问题；但南方特别是两广地区组织的赛事，即使没对用韵提出要求，写诗最好还是使用平水韵，填词最好使用词林正韵。因为南方对待用韵问题上更趋于保守。但事情也不绝对，像广东的著名诗学专家兼诗人陈永正、诗人何永沂就主张用词韵作诗。

写到最后，我想指出一种把精力用错地方的现象：不少诗友花大量时间来讨论用韵问题，甚至乐于去指出某某诗人的某首诗又出韵了。这实在没有必要。只要新旧韵不串用，都不是问题。正如钟振振教授指出的："写出能够传世的好作品，永远是硬道理。写得好，用什么声韵都可以；写不好，用什么声韵也无济于事。"[1]临收笔时，我还是忍不住想说一句比较武断的话：判断诗词初学者与成熟者的标准，就看其是否还在纠结用韵问题。

---

[1] 参见钟振振：《对〈中华通韵〉颁行一事的四点浅见》，载《中华诗词》，2020 年第 10 期。

第三讲 诗词的句读与诗律的关键点

一、诗词句读辨析

句读（dòu）是进入文言文体系的方式，俗称"断句"，也称为句逗。句读是文辞休止、行气与停顿的特定呈现方式，不仅仅是现行白话文中的句号与逗号的统称。文言（散）文多为"散句"，断句主要就意义来确定其节奏。而诗词则较为特殊，其"句"法相对固定（如五、七言诗和词牌中固定的句子），"读"法却变化较多。因为入律和吟诵的需要，诗词意义上的节奏（断句）与诵读时的节奏（断句）往往就有时吻合，有时并不一致。在二者不一致时，诵读节奏需要向相邻的意义节奏"借字"和"借音"，这样就会形成新的诵读节奏。①

（一）诗的句读

1. 五言诗

前人总结，五言诗从文字结构来看，有上二下三、上三下二、上一下四、上四下一、上二中一下二、上二中二下一、上一中二下二、上一中三下一这八种。下面分别看例句：

上二下三：玉剑浮云骑，金鞭明月弓。——卢照邻《结客少年场行》

上三下二：把君诗过目，念此别惊神。——杜甫《赠别郑炼赴襄阳》

上一下四：台倚乌龙岭，楼侵白雁潭。——许浑《送段觉归东阳兼寄窦使君》

---

① 关于"句读"概念可分别参见易闻晓：《中国诗句法论》，齐鲁书社 2006 年版，第121—130 页；[美]蔡宗齐：《语法与诗境——汉诗艺术之破析》上卷，中华书局 2021 年版，第32—43 页。

上四下一：崔啄北岗晓，僧开西阁寒。——喻凫《龙翔寺居喜胡权见访因宿》

上二中一下二：旌旗朝朔气，笳吹夜边声。——杜审言《送崔融》

上二中二下一：春风骑马醉，江月钓鱼歌。——刘长卿《同姜濬题裴式微余干东斋》

上一中二下二：井凿山含月，风吹磬出林。——贾岛《赠胡禅归》

上一中三下一：星临万户动，月傍九霄多。——杜甫《春宿左省》

如果按意义节奏来读，则十分拗口。所以一般按诵读节奏来读。这样，按照我的理解，五言诗的诵读方式实则只有"上二中二下一"而已，上二为头节，中二为腹节，下一则称脚节。实际上快读可简称为"二三式"。七言以此类推，只是在头节前再加一个顶节而已。

2.七言诗

前人亦总结七言有十二法，即从文字结构来看，有上四下三、上三下四、上二下五、上五下二、上一下六、上六下一、上二中二下三、上一中三下三、上二中四下一、上一中四下二、上四中一下二、上三中一下三这十二种。下面分别看例句：

上四下三：九天阊阖开宫殿，万国衣冠拜冕旒。——王维《和贾舍人早朝大明宫之作》

上三下四：洛阳城见梅迎雪，鱼口桥逢雪送梅。——李绅《江南暮春寄家》

上二下五：朝罢香烟携满袖，诗成珠玉在挥毫。——杜甫《奉和贾至舍人早朝大明宫》

上五下二：不见定王城旧处，长怀贾傅井依然。——杜甫《清明二首其一》

上一下六：盘剥白鸦谷口栗，饭煮青泥坊底芹。——杜甫《崔氏东山草堂》

上六下一：却从城里移琴去，许到山中寄药来。——贾岛《送胡道士》

上二中二下三：悠扬落日黄云动，苍莽阴风白草翻。——李频《送边将·防秋戎马恐来奔》

上一中三下三：门通小径连芳草，马饮春泉踏浅沙。——郎士元《酬王

季友题半日村别业兼呈李明府》

上二中四下一:河山北枕秦关险,驿路西连汉畤平。——崔颢《行经华阴》

上一中四下二:诗怀白阁僧吟苦,俸买青田鹤价偏。——陆龟蒙《送浙东德师侍御罢府西归》

上四中一下二:永夜角声悲自语,中天月色好谁看。——杜甫《宿府》

上三中一下三:黄金甲锁雷霆印,红锦韬缠日月符。——朱权《送天师》

这十二种结构按诵读节奏来分,其实可归结为"上二中二下三"或"上四下三"两种,快读也可简称为"四三式"。

有时,为了能使句法更灵活一些,我偶尔还尝试"两可"的句式。如我写的七律《丁酉荷月井冈山培训记怀》颔联:"银灰装饰森林绿,青紫斑斓热血殷。"其中"银灰(装)"指要求学员在某些教学场合必须穿的红军服;"青紫(斑)"指重走当年朱德走过的挑粮小道时一些学员被划伤的腿脚之状。这样,既可以读作"二二三",也可以读作"三一三",但快读依然可以作"四三"句式。又如我的小令《浣溪沙·江城几度盼雪终蹒跚而至,胜友相约把盏夜话焉》的过片:"朴素情缘真发酵,琉璃光合梦生芽。"《浣溪沙》虽然是词,但句读依旧遵循七言诗的句式。而我亦尝试"三二二"与"二二三"两可的句式。

(二)词的句读

词的句读与诗不尽一致。

徐晋如先生在《大学诗词写作教程》十二章中①,列举了词的主要句式。我们在此引用他的举例来讲解。

四字句,诗一般是二二句式,词则有上三下一、上一下三和上一中二下一句式。如:

上三下一:去年相送,余杭门|外,飞雪似杨花。——苏轼《少年游》

上一下三:元嘉草草,封|狼居胥,赢得仓皇北顾。——辛弃疾《永遇乐》

"元嘉草草"中的元嘉是指宋文帝刘义隆,是借古事讽喻时政,说宋朝元嘉北伐,准备不足,却妄想一鼓作气,收复北方,结果一败涂地。"封狼居胥",则是指霍去病打败匈奴后"封狼居胥山而还"的事件。

---

① 徐晋如:《大学诗词写作教程》,广西师范大学出版社 2007 年版,第 105—110 页。

上一中二下一：但｜远山｜长，云山乱，晓山青。——苏轼《行香子》

五字句，诗一般是二二一或二一二句式，词多数时候也是如此。但有时也用上三下二的句式。如：

睡不成｜还起——柳永《十二时》

写入琴丝，一声声｜更苦——姜夔《齐乐天》

这是词人故意而为。不过用领字（亦称衬字）作上一下四句式，乃词谱定制，必须遵守。如：

又｜酒趁哀弦，灯照离席——周邦彦《兰陵王》

六字句通常是上二下四或上四下二。特殊句式有上一下五（领字句）或上三下三句式，也称三三句（折腰句）。如：

上一下五：又｜片片吹尽也，几时见得？——姜夔《暗香》

上三下三：都付与、莺和燕。——刘过《水龙吟》

七字句多为上三下四句式，中间用顿号间隔。如：

便胜却、人间无数。——苏轼《鹊桥仙》

七字句偶有上一下六的领起式。如：

念｜柳外青骢别后，水边红袂分时。——秦观《八六子》

八字句一般是上三下五，中间用顿号间隔。如：

误几回、天际识归舟。——柳永《八声甘州》

八字句也有以一字或二字领起的，中间不用标点间隔，如：

记｜玉关踏雪事清游。——张炎《八声甘州》

应是/良辰好景虚设。——柳永《雨霖铃》。

八字句偶有上四下四句式。如：

定知我今、无魂可销。——史达祖《换巢鸾凤》

九字句多为上三下六，也有上二下七、上六下三、上四下五句式。如：

上三下六：残日下、渔人鸣榔归去。——柳永《夜半乐》

上二下七：惟有｜阮郎春尽不还家。——温庭筠《思帝乡》

上六下三：故国不堪回首｜月明中。——李煜《虞美人》

上四下五：江阔云低/断雁叫西风。——蒋捷《虞美人》

十字句一般为上三下七句式。如：

见说道、天涯芳草无归路。——辛弃疾《摸鱼儿》

另外，前面举例中出现的一种前小后大的句子谓之"尖头句"，两个尖头句相连用对仗，谓之尖头对。这个在后面讲词的句式时还会提到。

而且，在词中如果两句字数相同，一般应对仗，但也有可对可不对的。这个就得看词谱，特别是多看经典词例了。

还应注意：词的对仗比诗要宽得多。在某些情况下，它可以平仄相对、平平相对、仄仄相对，有时一个领字"领"后面两三个分句，除开领字，几个分句都可以相互对仗。这些情况，有的词谱有定式，应该遵循；有的词谱没有定式，可以参照名家例词来把握。具体情况将在下一讲中详细阐述。

二、诗律的关键点

1. 诗的格式

诗的格式只有四种：平起平收、平起仄收、仄起仄收、仄起平收。

以五言诗为例，四种格式的起句分别是：平平仄仄平、平平平仄仄、仄仄平平仄、仄仄仄平平。一些学诗的人靠背诵来硬记诗的格式，其实大可不必。完全可以先找出规律，然后像推导数学公式一样轻松推演。要做到这一步，必须掌握诗的"起"与"收"，以及相对、相粘、相错的规律。

仄起还是平起，一般看起句的第二个字。因为近体诗的首字可不拘平仄，但第二字的平仄是绝对分明的。仄收还是平收只需看起句的尾字就行了。

2. 双平双仄基本元素

五言诗可分成平平、仄仄和一个单平或单仄的音步组合。我们把这四个基本元素称作"步"，由"音"组成"步"，再由"步"组成"句"。步的排列方式有两组四种：第一组是"平平—仄仄—平"和"平平—平—仄仄"，即前面是双平步，后面的双仄步与单平步互调。第二组是"仄仄—平平—仄"和"仄仄—仄—平平"，即前面是双仄步，后面的双平步与单仄步互调。我们注意到，每句开头的第一个步，一定是双音步（双平或双仄）。①

3. 相对、相粘、相错

相对是指每联上下句第一个双音步平仄相反；相粘是说前一联的下句和后一联的上句的第一个双音步平仄相同；相错则是对粘对规则的补充。比如，"仄仄仄平平"，按对的规则下句应为"平平平仄仄"，但为了押韵则要把前一个单音步与后一个双音步互调一下，变作"平平仄仄平"，这就是相错。"平平仄仄平"，按照相粘的规则，应为"平平仄仄平"，但第三句不押韵，则要最后一个单音步与前一个双仄步互调一下，变作"平平平仄仄"或"平平仄平仄"。其余举一反三，可以无限地推演下去。②

4. 折腰体

有一种特殊情况，就是写诗不遵循"相粘"的规则，唐人高仲武称为"折腰体"。宋人魏庆之《诗人玉屑·诗体》释之曰："折腰体，谓中失粘而意不断。"所谓"中失粘"者，指绝句的第二句与第三句平仄失粘；"意不断"者，则指两句之间联系紧密，意脉不断。律诗的失粘情况更复杂些，有首联与颔联失粘的，有颈联与尾联失粘的。举一首七律中颔联与颈联失粘的例子：

登金陵凤凰台

李　白

凤凰台上凤凰游，凤去台空江自流。
吴宫花草埋幽径，晋代衣冠成古丘。
三山半落青天外，二水中分白鹭洲。
总为浮云能蔽日，长安不见使人愁。

这是一首典型的折腰体七律。颔联上句与首联下句失粘，颈联上句又与颔联下句失粘。不过我觉得，"折腰"一般只在一首诗中的一个位置使用就行了，比如第三句与第二句失粘，或者第五句与第四句失粘，或者第六句与第五句失粘。不要多处失粘，不然就弄得支离破碎了。

---

① 参见徐晋如：《大学诗词写作教程》，广西师范大学出版社 2007 年版，第三章"体性与门径"。
② 参见徐晋如：《大学诗词写作教程》，广西师范大学出版社 2007 年版，第三章"体性与门径"。

5. 阳关曲

有人把折腰体也称作"阳关体",这有些误解。"阳关体"之称,似借自唐代《阳关曲》。《阳关曲》又名《渭城曲》,属唐教坊曲名,现存最早歌辞的作者是王维,原题《送元二使安西》,词云:

送元二使安西

王 维

渭城朝雨浥轻尘,客舍青青柳色新。

劝君更尽一杯酒,西出阳关无故人。

此调格式为七言绝句,二三句之间也失粘,与折腰体的绝句颇为类似。但是,折腰体诗与《阳关曲》有着本质的不同,即前者是诗,多半适于长吟短诵;而后者是词,有特定的格律要求,且可以付诸弦管,应节而歌。①《钦定词谱》卷一对此调订谱如下:

仄平平仄仄平平(韵),

中仄平平仄仄平(韵)。

仄平仄仄仄平仄,

平仄平平平仄平(韵)。

我们再看一个折腰体的绝句:

挽彭德怀元帅

杨启宇

铁马金戈百战余,苍凉晚景月同孤。

冢上已深三宿草,人间始重万言书。

杨启宇的这首绝句在当代首届中华诗词大赛中获得一等奖。当时曾有评委提出不合格律,后来有专家认为这是折腰体,最后形成一致意见,评为一等奖。这说明评委还是相当开明的。我当过一些大赛的评委,有些就比较保守。某次大赛并未要求用平水韵,有的评委就坚持必须用平水韵。

回到前述诗的格式推导上面。在推导过程中,句中某些数位的字是可平可仄的,有些平声字需要两两连用,但在某些位置又不能三平连用等等。如何判断呢? 这就涉及"孤平""三平调""平头""三仄尾"与"拗救"的概念。

---

① 参见熊盛元:《试论"阳关体"和"折腰体"之异同》,载"搜韵"微信公众号。

6. 孤平

什么是孤平呢？传统的说法是（以王力先生为代表）："五言的'平平仄仄平'不得改为'仄平仄仄平'；七言的'仄仄平平仄仄平'不得改为'仄仄仄平仄仄平'。如果近体诗违犯了这一个规律，就叫作'犯孤平'。因为韵脚的平声字是固定的，除此之外，句中就单剩一个平声字了"（见王力《汉语诗律学》）。王力先生对"孤平"的定义，基本是在王士祯、赵执信与李汝襄的理论基础上总结的，但摒弃了赵执信非韵句也存在"孤平"的观点。细究起来，这种说法还不够严谨。比如七言的"仄仄平平仄仄平"，如果按人们习惯讲的格律诗的"一三五不论"之说，就可变成了"平仄仄平仄仄平"了，除开韵脚平声字外，尽管还有两个平声字，但由于缺少相连的两个平声字，故仍然犯了孤平。

另一派（以启功先生为代表）认为不管是平脚句还是仄脚句，凡句中出现二仄夹一平（仄平仄）就是犯"孤平"。从此，"两仄夹一平"即是"孤平"一说，才被当代诗人所知晓，但并未被广泛接受。其举例为："君至石头驿（'头'字孤平）""往日用钱禁私铸（'私'字孤平）"。与王力不同，启功的孤平说包括了非韵句。

我的倾向是：不管入韵还是不入韵的句子，都要尽量避免孤平，也就是指诗句中至少要有两个平声字连在一起，即我们所说的"双平步"。例如：

送友人西上

刘长卿

羁心不自解，有别会沾衣。

春草连天积，五陵远客归。

十年经转战，几处便芳菲。

想见函关路，行人去亦稀。

"五陵远客归"句是孤平，本来"五"字应平而仄，"远"字换作平声可以拗救的，现在没救。那么"羁心不自解"算不算孤平呢？它是"平平仄仄仄"，我觉得它是三仄尾，不算孤平。如果改成"仄平仄仄仄"，那肯定是孤平了。

但有一种情况不应算作"孤平"。例如：

过 故 人 庄

孟浩然

故人具鸡黍，邀我至田家。

绿树村边合，青山郭外斜。

开轩面场圃,把酒话桑麻。

待到重阳日,还来就菊花。

诗的首句"故人具鸡黍"格律为"仄平仄平仄",究其实则为"仄平平仄仄"的变体,即五言诗的三四字换位或七言诗的五六字换位,自然是不应算作孤平的。

7.三平调

"三平调"也称三平尾,即诗句的最后三个字是平声相连。如"(平平)仄仄仄平平"这一句,如果按照传统的"一三五不论"的说法,第五字的仄可以变成平声,就成了"(平平)仄仄平平平",明显就是三平调了。这在近体诗中是绝对不允许出现的错误。例如:

竹 枝 词
顾 况

帝子梧苍不复归,洞庭叶下荆云飞。

巴人夜唱竹枝后,肠断晓猿声渐稀。

诗中"荆云飞",就是典型的三平调。当然,竹枝词不等于绝句,必须严格遵守格律。我们将其看作古风也是可以的。

8.三仄尾

与"三平调"或"三平尾"对应,有一个"三仄尾"的说法。一般是指一句诗中后三字为仄声的话便为三仄尾。对于"三仄尾"是否合律,仍在争论中,尚无定论。但我们读唐诗发现,唐人并不绝对回避"三仄尾"的,即使到了清代,虽对律诗格律要求甚严,但也认为"平平仄仄仄"是拗律句。这里面有一个关节点就是,允许三仄尾的句子应该有一个"双平步"。如:

次北固山下
王 湾

客路青山外,行舟绿水前。

潮平两岸阔,风正一帆悬。

海日生残夜,江春入旧年。

乡书何处达?归雁洛阳边。

诗的颔联首句"潮平两岸阔",格律为"平平仄仄仄",其中首二字构成双平步,所以是没有问题的,尽管这在唐代并非普遍现象。有时还出现"五仄尾"的情况:

送　远

杜　甫

带甲满天地,胡为君远行。

亲朋尽一哭,鞍马去孤城。

<u>草木岁月晚</u>,关河霜雪清。

别离已昨日,因见古人情。

诗的颔联首句"草木岁月晚"为五连仄,这种情况下,对句必须"拗救"。这在下面会讲到。

还有一种情况:出句为"仄平仄仄仄",对句则有二说。

一是,由于出句是大拗,故以对句尾三字"三平"救,对句便是"中仄平平平"。例如:

暮春题瀼西新赁草屋五首之五

杜　甫

欲陈济世策,已老<u>尚书郎</u>。

未息豺虎斗,空惭鸳鹭行。

时危人事急,风逆羽毛伤。

落日悲江汉,中宵泪满床。

诗的首联为:"欲陈济世策,已老尚书郎。"此种句法前人称双拗。方回评:"济世策三字皆仄,尚书郎三字皆平,乃更觉入律。"纪晓岚云:"此亦双拗,乃济、尚二字回换,非三平、三仄之谓。"

二是,清代董文涣《声调四谱》中说:"若再拗首字为'仄平仄仄仄'句,或又三四拗救为'仄平仄仄平'句,则拗极矣。而下句则断断用'平仄仄平平'不可易也。"例如:

江 南 旅 情

祖　咏

楚山不可极,<u>归路但萧条</u>。

海色晴看雨,江声夜听潮。

剑留南斗近,书寄北风遥。

为报空潭橘，无媒寄洛桥。

首联上句"楚山不可极"格律为"仄平仄仄仄"，下句"归路但萧条"格律则为"平仄仄平平"。

不过，上述两种情形在当下基本上不被认可。

9.平头

平头是前人总结的诗之"八病"之一（后面讲"八病"时再细讲）。出句和对句的第一、第二两字同声，不仅仅是平声，同声用上、去、入也算犯病。这里"平头"的"平"字，是说声调相同的意思，不是单指平声的"平"。如：

芳时淑气清，提壶台上倾。

这两句的芳、提，都是平声；时、壶，也都是平声。这就叫犯平头了。

还有一种更严格的说法，即并不是说必须每句的前两字声调相同，才叫犯病；只要前两字有一字如此，也叫平头病。比如：

残朱犹暧暧①，余粉尚霏霏。②

句中的"残"和"余"就是同声调，皆平。这个是不必遵守的。

个人觉得连续三句或三句以上的第一字同声也算平头。这样的句子诵读起来没有抑扬顿挫之感，应当尽量避免。

另外，有人经常提到律诗的"四同头"或"四平头"问题。准确地讲，是指律诗四联，特别是额联、颈联四句开头第一个音步的字（词）都使用了名词，特别是工对名词，从而形成词性一致，结构或意义重叠。从本质上看，属于诗病里"犯复"的一种，这大致是"四同头"或"四平头"的含义。举例来看：

雪中二首之一

陆　游

春昼雪如筵，清赢病起时。

迹深惊虎过，烟绝悯僧饥。

地冻萱芽短，林深鸟唼迟。

西窗斜日晚，呵手敛残棋。

---

① 暧暧：这里指迷蒙隐约貌。

② 霏霏：泛指浓密盛多。

纪昀评曰："中四句平头。"(《瀛奎律髓汇评》)。

送王李二少府贬潭峡
高 适

嗟君此别意何如，驻马衔杯问谪居。

巫峡啼猿数行泪，衡阳归雁几封书。

青枫江上秋帆远，白帝城边古木疏。

圣代即今多雨露，暂时分手莫踌躇。

沈德潜指出，此诗"连用四地名，究非律诗所宜"。(《唐诗别裁集》)。纪昀也评论说："平列四地名，究为碍格，前人已议之"(《瀛奎律髓汇编》)。

四平头也不仅限于中间两联，首联跟颔联一起也可能犯四平头。如：

和仲良春晚即事
杨万里

贫难聘欢伯，病敢跨连钱。

梦岂花边到，春俄雨里迁。

一梨开五秉，百箔候三眠。

只有书生拙，穷年垦纸田。

清代诗人、教育家许印芳评曰："此章中二联炼句可学，三、四句合首联看，却犯平头病，此不可学。"从许评可知，不仅律诗要注意中间两联，其他联也马虎不得，紧挨着犯复，也是毛病。

极端的例子提醒我们，如果不注意，甚至会出现首联、颔联、颈联六平头的毛病。如：

和 元 夜
陈师道

笳鼓喧灯市，车舆避火城。

彭黄争地胜，汴泗迫人清。

梅柳春犹浅，关山月自明。

赋诗随落笔，端复可怜生。

纪昀评曰："前六句皆双字平调，殊为碍格。"这里的"平调"即"平头"的意思，用词有异而结构或意义相同。

为什么当下依旧有人主张律诗避免"四同头"或"四平头"呢？归纳来看：

一是形式整齐划一,句法缺少变化。本来就非常齐整工稳的律诗里,竟然从外到里都是一刀切,过分中规中矩了。

二是词性一样、结构或意义相近甚或相同,在只有几十个字的律诗里,理论上的艺术要求是在有限空间里尽量容纳无限大的内涵。四平头的出现使得四个或八个字(词)的结构或意义相同或相近,诗意没有实现最大化,有悖"言有尽而意无穷"的境界,效率不高,浪费文字资源。

三是人的美学心理往往习惯于同中求异,对立统一。喜欢于整齐里求参差,在规范中寻变化,四平头妨碍了人们的这一追求。

既然律诗里要竭力避免这种毛病,那么哪些名词连用易犯四平头呢? 许印芳在评梅圣谕《新秋雨夜西斋文会》一诗里曾有比较具体的说明:"凡四韵律诗,于地名、人名、鸟兽、草木之类,但可一连两用。若前后连用,即为犯复,为夹杂。"这个"类"应该包括名词下面细分的小类:天文、时令、地理、宫室、服饰、器用、植物、动物、人伦、人事、形体等。有些名词虽不同小类,但是在语言中经常平列,如天地、诗酒、花鸟等,用得好算工对,用得不好易犯平头。这也提醒我们,名词分类越细致越精巧就越需要小心,细到同义两用即为合掌,而连用四个更是"弄巧成拙"了。所以王力先生曾在《汉语诗律学》中警告读者说:偶然用一对同义词也不要紧,多用就不妥当了。

不过任何事物都有例外,诗的形式应该服务于内容,如果非用不可,使用时也有技巧,那就是错开位置排列。例如:

度荆门望楚

陈子昂

遥遥去巫峡,望望下章台。

巴国山川尽,荆门烟雾开。

城分苍野外,树断白云限。

今日狂歌客,谁知入楚来。

纪昀评论说:"运用四地名不觉堆垛,得力在以'度''望'字分出次第,使境界有虚有实,有远有近,故虽排而不板……用笔变化,再一俟叙正点,则通体板滞矣。"纪昀的评论似是而非,如果把"巫峡""章台"分别置于首联两句开头,再说"排而不板",不犯平头,恐怕也难以服人。陈子昂做法的高明之处在于首联地名都置于句末,额联地名都放在开头,错综排列,让四句诗不拘谨呆板,这才是"不觉堆垛"又避免四同头的关键。再如:

金陵怀古

刘禹锡

潮落冶城渚，日斜征虏亭。

蔡洲新草绿，幕府旧烟青。

兴废由人事，山川空地形。

后庭花一曲，幽怨不堪听。

纪昀评说："叠用四地名，妙在安于前四句，如四峰相蓝，特有奇气。若安于中二联，即重复碍格。"关于这一点，我有不同见解，私以为关键不在联次，机巧全在位置。如果也是四地名并排在四句开头，如四峰并蓝，则不一定"特有奇气"而是互相抵牾。这也是首联地名的位置与颔联有了变化，这才避开了四同头。

最后必须强调一点，好诗尽量不犯四平头，但不能说犯了四平头就不是好诗，毕竟形式是为内容服务的。有真情、有诗意、有生活、有深度的诗，即使偶尔出律也不失为优秀作品，何况犯四同头或四平头呢！

10. 几种拗句和拗救的方法

为了让格律的束缚有所松动，古人为我们准备了几种拗句和拗救的方法（一说是为求格调高古），主要有三种，我们均以七言出句为例：

（1）"平平仄仄平平仄"句，如第六字拗或五六两字同时拗，则必以对句"仄仄平平仄仄平"中的第五字相救。例如：

瞻仰赤水土城渡口纪念碑

段 维

碑阁栖鸦耸入云，九回肠转忆忠魂。

轻舟竞渡迎弹雨，碧血横流移石根。

屡建丰功顺民意，莫将妙策付奇门。

回看赤水千重浪，十思疏①当仔细论。

诗中第三句的格式本来应该是"平平仄仄平平仄"，现在为"平平仄仄平仄仄"，第六字"弹"拗了，故下句第五字"移"，本应"仄"而改"平"，以便救上句的"弹"字。

---

① 魏徵《谏太宗十思疏》云："怨不在大，可畏惟人。载舟覆舟，所宜深慎。"

江 南 春

杜 牧

千里莺啼绿映红,水村山郭酒旗风。

南朝四百八十寺,多少楼台烟雨中。

　　诗中第三句"南朝四百八十寺"本来的格式应该是"平平仄仄平平仄",现在却是"平平仄仄仄仄仄",第五、六字同时拗了,形成了大拗句,所以第四句本来的格式应该为"仄仄平平仄仄平",现在必须改为"仄仄平平平仄平"。也就是用第四句的第五字(应"仄"而改为"平")去救第三句的第五、第六字(本应为"平平",现在是"仄仄")。

　　(2)"仄仄平平仄仄平"句式中如果第三字拗则第五字救。例如:

秋 千

惠 洪

画架双裁翠络偏,佳人春戏小楼前。

飘扬血色裙拖地,断送玉容人上天。

花板润沾红杏雨,彩绳斜挂绿杨烟。

下来闲处从容立,疑是蝉宫谪降仙。

　　颔联第四句"断送玉容人上天"的格式是"仄仄仄平平仄平",正常的格式应为"仄仄平平仄仄平"。在这里,因为第三字"玉"应平而仄,那么第五字"人"应仄改为"平"去救第三字。

　　(3)两种拗救可以同时连用,即对句自救的同时又救出句。例如:

咸阳城东楼

许 浑

一上高楼万里愁,蒹葭杨柳似汀洲。

溪云初起日沉阁,山雨欲来风满楼。

鸟下绿芜秦苑夕,蝉鸣黄叶汉宫秋。

行人莫问当年事,故国东来渭水流。

　　诗中颔联"溪云初起日沉阁,山雨欲来风满楼"的格式为"平平仄仄仄平仄,仄仄平平平仄平"。正常的格式应该是:"平平仄仄平平仄,仄仄平平仄仄平"。很显然,第三句第五字"日"拗了;第四句第三字"欲"也拗了,于是第四句第五字"风"在救本句"欲"字的同时,又救对句的第五字"日"。

另外，还有三种特殊情况：

一是"仄仄平平平仄仄"句式中的五六字可以换位，成"仄仄平平仄平仄"谓之"锦鲤翻波"。看例句：

曲江（其二）

杜　甫

朝回日日典春衣，每日江头尽醉归。

酒债寻常行处有，人生七十古来稀。

穿花蛱蝶深深见，点水蜻蜓款款飞。

传语风光共流转，暂时相赏莫相违。

尾联第七句"传语风光共流转"的平仄格式为"仄仄平平仄平仄"，而正常格式是"仄仄平平平仄仄"。很明显，这是五六字的平仄交换，"共"字当平而仄，"流"改为当仄而平。

七言的五六字、五言的三四字换位句式中有个特殊情况，即七言的"仄仄仄平仄平仄"和五言的"仄平仄平仄"句式，我们能使用吗？

以五言为例："仄平仄平仄"这个句式由于变化有些繁复，今人用得不多。其变化过程是："平平平仄仄"→"平平平仄仄"→"仄平仄平仄"。

例如，刘眘虚《阙题》首句"道由白云尽"，杜甫《过宋员外之问旧庄》首句"宋公旧池馆"，《官定后戏赠》颔联出句"老夫怕趋走"，《奉答岑参补阙见赠》尾联出句"故人得佳句"，《除架》首句"束薪已零落"等，均为"仄平仄平仄"。由此可见该句式并非禁用句式。

诚然，王力先生的确曾说过："在这种情况下，五言第一字、七言第三字必须用平声，不再是可平可仄的了。"不过理论还需要建立在实际考察的基础上。通过普查《全唐诗》，我们发现"仄平仄平仄"并不像"仄平仄仄平"（孤平句）那样罕见，所以"仄平仄平仄"这个句式，一般认为是可以使用的。这在前面讲"孤平"的特殊句式时已经提到了。

二是"仄仄平平平仄仄"句式中，按照"一三五不论"原则，第五字可以变为"仄"，成"仄仄平平仄仄仄"这就是人们常常提到的三仄尾。不过，通常情况下，第四字不要变为"仄"（唐人有变仄的例子，但不多见）。我们先看例句：

夜泊水村

陆　游

腰间羽箭久凋零，太息燕然未勒铭。

老子犹堪绝大漠，诸君何至泣新亭。

一身报国有万死，双鬓向人无再青。

记取江湖泊船处，卧闻新雁落寒汀。

　　颔联"老子犹堪绝大漠"的平仄格式为"仄仄平平仄仄仄"，正常的格式为"仄仄平平平仄仄"，是典型的三仄尾，但第四字还是保持了平声字，即至少保留了一个"双平步"。

　　三是"平平仄仄平平仄"句式中，第五字应"平"而"仄"，成"平平仄仄仄平仄"，谓之"半拗"或"小拗"，可救可不救。救的例句如：

新城道中（其一）

苏　轼

东风知我欲山行，吹断檐间积雨声。

岭上晴云披絮帽，树头初日挂铜钲。

野桃含笑竹篱短，溪柳自摇沙水清。

西崦人家应最乐，煮芹烧笋饷春耕。

　　诗中颈联第五句"野桃含笑竹篱短"的格式为"平平仄仄仄平仄"，第五字"竹"应"平"而"仄"了，第六句第五字"沙"应"仄"改作"平"，以救上句第五字"竹"。这种情况也可以不救。不救的例子如：

偶　书

刘　叉

日出扶桑①一丈高，人间万事细如毛。

野夫怒见不平处，磨损胸中万古刀。

　　诗中第三句"野夫怒见不平处"格式为"平平仄仄仄平仄"，第五字"不"拗了，下句"磨损胸中万古刀"格式仍然为常式"仄仄平平仄仄平"。第五字"万"没有改作平声去救"不"。这就是半拗而不救。

　　上述拗救的三个句式记住第一个"平平仄仄平平仄"就行了。因为第二式"仄仄平平仄仄平"与第一式相对；第三式"仄仄平平平仄仄"与第二式相粘。五言诗可类推。试举我自己的一首七言诗为例：

---

①　这里是指一种神树。

破 烂 王

段 维

也占山头也立王,千人千面各阴阳。

幽深府第防狗咬,咫尺故交遮脸藏。

桥孔夜眠避寒露,日搜巷尾抵南墙。

诸君莫鄙拾荒客,生态城乡业未央。

在这首诗中我半是无奈半是刻意用了几乎各种拗句。如,颔联出句"狗"字拗,本来对句第五字救就可以了,但由于对句第三字"故"也拗,因而第五字"遮"既救本句"故"字,又救出句"狗"字;颈联出句的第五、六字换位了;尾联出句的第五字"拾"属半拗,可救可不救,故未救。

综上所述,人们常说的"一三五不论,二四六分明"的口诀,其实是不全面的。比如上述拗句,就不完全遵从这个规律。如果要使这个口诀变得科学一点,我甄别了一下,可再补充两句,完整表述如下:

一三五不论,二四六分明。

留意双平步,平头尾犯声。

还要说明的是,这四句口诀必须视作一个整体连用才正确,如果孤立地强调某一句就会出问题。有诗友曾问我"平平仄仄仄平平"能否变成"平平仄仄平仄平"。这是忘记了"二四六分明"而将五六字换位了;而允许五六字换位的只有一种定式,即"仄仄平平平仄仄"可变为"仄仄平平仄平仄"。除此之外是不能自行其是的。

11. 入声字辨析方法

很多初学者觉得过平仄这一关太难,因之望而却步。其实,难点主要在如何辨别入声字方面。除了部分南方方言与北方晋语区中保有入声外,现代汉语没有入声。一些诗家的经验是死记硬背入声字,台湾音韵学家陈新雄先生总结了一些记忆规律。比如:

(1)凡b、d、g、j、zh、z 六个声母的阳平声(第二声)字(以与a拼合为例),全部是古入声字。如:八、(拔)、答、格、极、扎、杂……

(2)凡d、t、l、z、c、s 六个声母跟韵母e拼合时,不论普通话读何声调,皆为古入声字。如:德、特、勒、则、侧、色……

（3）凡 k、zh、ch、sh、r 五个声母与韵母 uo 拼合时，不论普通话读何声调，皆为古入声字。如：阔、桌、绰、说、若……

（4）凡 b、p、m、d、t、n、l 七个声母与韵母 ie 拼合时，不论普通话读何声调，皆为古入声字。如：别、撇、灭、跌、贴、聂、列……

（5）凡 d、g、h、z 四个声母与韵母 ei 拼合时，不论普通话读何声调，皆为古入声字。如：得、给、黑、贼……

（6）凡声母 f 与韵母 a、o 拼合时，不论普通话读何声调，皆为古入声字。如：发、佛……

（7）凡读 ue 韵母的字（除嗟、瘸—que、靴三个字外），普通话都是古入声字。如：约、虐、略、决、缺、学……①

不过，第（1）条规律似乎有可以质疑的地方。比如，陈先生举例的"拔"字，就不是入声字，而是上声字。所以这条规律只能作为判断是否为入声字的参考依据。其他几条规律，也需要仔细验证。总之，最终应以韵书为准。

其实，我觉得没有必要这么纠结。对于诗，只需辨别平仄就基本上够了；只有部分词牌如《满江红》《念奴娇》《霜天晓角》等多数情况下要求押入声韵，或词中的领字要求用入声字。遇到这种情况，查韵书就能轻易解决。现在计算机技术发达，一些软件能自动辨别入声字；存有电子版韵书的话，在 word 中用"查找"功能，瞬间就能查找出所需的入声字；还有一些网站如"搜韵"网就具有比较强大的"查询"功能，可以起到很好的辅助作用。

有些字平仄两用。如：令，表示动词"使令"时读平声，表示名词"县令"时读仄声；教，表示动词"使得"时读平声，表示名词"教化、教师"时读仄声；过，古代作动词（走过）时读平声，作名词（过失）时读仄声，现在基本上有平仄两读的倾向了；正。表示形容词、副词"正在"时读仄声，表示名词"正月"时读平声。这类字主要涉及动词、形容词、副词、名词之间的转换，需要具体情况具体分析。

有些字一直是平仄通用。如：看、望、叹、眺、笼、供，懵、憨、慷、沧，轿、篓、莱、衷……，这类字以动词居多，形容词、名词次之。遇到平仄需要匹配时，可以选用这些通用字来解决问题。

对于这些字许多诗词网站的搜索引擎都可以查询，一些格律检测软件也会标注出来，只是需要我们自己根据语境、语义去辨析罢了。

---

① 参见徐晋如：《大学诗词写作教程》，广西师范大学出版社 2007 年版，第 35—36 页。

第四讲 诗词主要修辞方法分析与对仗解密

一、主要修辞方法例析

修辞即修饰文辞。"修"是修饰、调整的意思,"辞"的本来意思是诉讼时的言辞,后引申为一切的言辞。修辞的目的在于利用语言的修饰和调整手段,以达到尽可能好的表达效果。修辞手法众多,据统计,共有六十三大类,七十九小类。我们这里选讲一些常用或比较新颖一点的修辞手法,以提供一些创作上的参考。

1. 博喻

博喻是比喻的一种,又称连比,就是用几个喻体从不同角度反复设喻去说明一个本体。贺铸《青玉案》中的名句使用的就是博喻:"一川烟草,满城风絮,梅子黄时雨!"这里的烟草、风絮和梅雨,都是用来比喻闲情的。

博喻在古体诗中也有运用。如苏轼《百步洪》的前八句:"长洪斗落生跳波,轻舟南下如投梭。水师绝叫凫雁起,乱石一线争磋磨。有如兔走鹰隼落,骏马下注千丈坡。断弦离柱箭脱手,飞电过隙珠翻荷。"这八句描写洪水的磅礴气势,可谓栩栩如生,惊心动魄,极具感染力。

这种博喻手法多出现在古体诗或歌行的长调中。短诗因篇幅所限,不便使用。

2. 通感

通感就是把视觉、听觉、嗅觉、味觉、触觉等两种或两种以上的感觉贯通起来的修辞手法。如李白以笛曲《梅花落》想象出寒梅飘落时的凄凉之感:"黄鹤楼中吹玉笛,江城五月落梅花。"(《与史郎中钦听黄鹤楼上吹笛》)这就把听觉与视觉连缀起来了。

鹧鸪天·重游仙岛湖

段 维

仙岛湖光韵万重，又披一路藕花风。鹭衔汗漫烟波绿，我掬妖娆夕照红。

辞馥郁，意葱茏。鸿篇句读满天星。秋蝉着意争嘹亮，那解无声胜有声。

这首词里，"辞馥郁，意葱茏"句，把视觉与嗅觉连缀起来了，也是通感的运用。

3.移用

移用，又称移状、转借，指的是因为甲乙两种事物存在着某种联系，所以有时就把描写甲事物的词语移用到描写乙事物身上去。由于这种修辞不常见，我们看两个当代创作中的例子：

南歌子·山村之晨

李 子

薄雾山多幻，流珠草欲甜。石为琴枕水为弦，隐约一坡青果讲方言。

曙色开天镜，人庐结日边。半村烟起半村眠，霎那红霞烧去梦三千。

临江仙·童话或者其他

李 子

你在桃花怀孕后，请来燕子伤怀。河流为你不穿鞋。因为你存在，老虎渡河来。　你把皇宫拿去了，改成柏木棺材。你留明月让人猜。因为你存在，我是笨婴孩。

《南歌子》中"霎那红霞烧去梦三千"句，"红霞"与"火"存在着"形似"关系，故把"火"烧"梦"，说作"红霞"烧"梦"。《临江仙》中"河流为你不穿鞋"句，本是人不穿鞋过河，这里说成河流为人不穿鞋。这就造成了一种陌生意象，给人以新奇感，这就是移用。再看我的一首绝句：

远程视频见老家起雾

段 维

晓雾沉沉潮欲生，炊烟无力作蛇行。

父亲过继萌萌犬，吠暖孤村八九声。

"过继"多是指人的，比如自己没有儿子而以兄弟、亲戚或他人之子为后嗣，称为"过继"。这里把用于人的词用于小狗身上，借以表现父亲的孤寂和自己作为儿子的愧疚。

4.拈连

一般来讲,拈连就是利用前后文的联系,把运用于甲事物上的词语一并运用到对乙事物的描写之中。例如:

　　愁余。荒洲古溆,断梗疏萍,更漂流何处? ——张炎《渡江云》

这是北宋词人张炎词的下片开头部分。"荒洲古溆"本不能漂流,漂流的只能是"断梗疏萍"。但作者利用"荒洲古溆"与"断梗疏萍"的关联性,进而一起发出"漂流何处"的疑问。这里应该注意,"荒洲古溆"与"断梗疏萍"本身就是紧密"拈连"在一起的,如果把"荒洲古溆"换成"崇山峻岭"就无法与"断梗疏萍"构成拈连了。

5.互文

在古代汉语中,上下两句或一句话中的两个部分,看似各说一件事,实则是互相呼应,互相阐发,互相补充,说的是同一件事。解释时要把上下句的意思互相补足,否则就会理解出错。它分两种情况:

一是同句互文,如:

　　秦时明月汉时关。——王昌龄《出塞》

诗句说的意思是:秦汉时的明月和关塞。

二是邻句互文,如:

　　不以物喜,不以己悲。——范仲淹《岳阳楼记》

这句短文说的意思是:不因"物"〔所处的环境〕或"己"〔个人的遭遇〕而喜,也不因"物"或"己"而悲。

6.反语

反语是指在诗里用反话来透露正意的一种手法。我们看看杜甫的《奉陪郑驸马韦曲二首》之一:

　　　　韦曲花无赖①,家家恼杀人。

---

① 无赖:亦称"亡赖"。江淮之间,谓小儿多诈狡狯为亡赖。

绿尊虽尽日,白发好禁春①。

石角钩衣破,藤枝刺眼新。

何时占丛竹,头戴小乌巾②。

马韦,在京城三十里,贵家园亭、侯王别墅,多在于此,乃行乐之胜地。整首诗全部用反语来形容韦曲的佳胜,以表达自己虽然满鬓霜花却无比欣喜的心情。《杜臆》云:"此诗全是反言以形容其佳胜。曰无赖,正见其有趣;曰恼杀人,正见其爱杀人;曰好禁春,正是无奈春何;曰钩衣刺眼,本可憎而转觉可喜。"说得抑扬顿挫,极生动之致。

还有部分反说的情况。如丰子恺的一首绝句《蜀游途中得双红豆寄赠宗禹》:

相隔云山相见难,寄将红豆报平安。

愿君不识相思苦,常作玲珑骰子看。

宗禹,即夏宗禹,曾任《人民日报》编辑、记者。诗的三四句本意是希望宗禹见到红豆而了解自己的相思之苦,却偏偏反说,宁愿他把红豆当作骰子来把玩。

7. 拟人—拟物

把物当作人写,赋予物以人的思想、感情、活动,用描写人的词来描写物,就是拟人。把人当作物,或把此物当作彼物,把抽象概念当作物来写的修辞方式,叫作拟物。有时候,拟物还是拟人,界限难以彻底区分,所以也有统称为"比拟"的。

乡 思
段 维

乡思埋地莫轻猜,怕遇玄机拱石开。

辞水并禽圆破镜,入杯残月刈离怀。

黄花秋暮情偏瘦,红雨江南赋更哀。

一梦乌江声哽咽,八千子弟踏潮来。

诗中"怕遇玄机拱石开"就带有夸张之意;"辞水并禽圆破镜,入杯残月刈离

---

① 禁春须用樽酒,意中实不能禁矣。注:禁,是禁当之禁。

② 《南史》云"刘岩隐逸不仕,常著缁衣小乌巾"。

怀"既是拟物,又是拟人。一对水鸟在湖面游动形成的波纹像一面破镜子,是拟物;鸟离开后波纹覆合了,像破镜重圆,也是拟物。残月如刀,是拟物;刀割离怀是拟人。

8.借代

借代在古诗词中运用得最广泛。称人时可用籍贯、官职、做官地等来代称,称物时可用一些有特征的或相关联的另一类事物来代称,有的代称甚至相沿成习,还可以部分代整体。借代在诗词表情达意方面的作用很多,或得体,或含蓄,或形象,或别致。例如:

> 吴宫花草埋幽径,晋代衣冠成古丘。——李白《登金陵凤凰台》

"衣冠"代指晋代士族,即名门望族,因为他们以戴高高的帽子、穿宽大的衣服招摇过市而显耀自己的身份。

> 朱门酒肉臭,路有冻死骨。——杜甫《自京赴奉先县咏怀五百字》

"朱门"代指富豪之门,他们常把大门油漆成红色,以显示宅府的华贵及身份的显赫。

> 汉皇重色思倾国,御宇多年求不得。——白居易《长恨歌》

"汉皇"本指汉武帝宠幸李夫人一事,这里代指唐玄宗宠幸杨贵妃一事。
借代还可以事物的一部分来代指事物的全体,例如:

> 过尽千帆皆不是,斜阳脉脉水悠悠,肠断白蘋洲。——温庭筠《梦江南》

这里用船上的组成部分——"帆"代指整条船。

> 三分割据纡筹策,万古云霄一羽毛。——杜甫《咏怀古迹其五》

这里用鸟的羽毛代指鸟本身。

9.双关

古典诗词讲究含蓄美,因而双关手法运用较多,双关又分谐音双关和语意双关。双关是言在此而意在彼,使表情达意更含蓄,更有趣。例如:

> 低头弄莲子,莲子清如水。——南朝《西洲曲》

"莲子"谐音双关,指"怜子","爱你"之意。

东边日出西边雨,道是无晴却有晴。——刘禹锡《竹枝词》

"晴"谐"情"的音,实指情思。

10. 对比

对比是把两个相对或相反的事物,或者一个事物的两个不同方面并举出来,进行相互比较的一种修辞方式。在诗词中运用对比的修辞手法,能使意象更鲜明,感受更强烈,还有就是减少"赋笔"的平铺直叙。对比在诗词中的运用大致分两种情况:

(1)前后两句意象的对比

朱门酒肉臭,路有冻死骨。——杜甫《自京赴奉先咏怀五百字》

看万山红遍,层林尽染;漫江碧透,百舸争流。——毛泽东《沁园春·长沙》

上述两个例子中,前一首是正反意象对比,后一首则是相对应或相关联的两个意象的对比。

(2)句中前后意象的对比

可怜夜半虚前席,不问苍生问鬼神。——李商隐《贾生》

云母屏风烛影深,长河渐落晓星沉。——李商隐《嫦娥》

这两个例子都是李商隐的诗句,前一个是在一句之中正反两种意象进行对比,后一个则是在一句之中相关联的两个意象做比较。

11. 顶真

顶真,即用前句最末的语句作为后句开头的语句,上递下接,环环相扣。顶真能使句子联系紧密,反映事物间的辩证关系,又能表达回环复沓的思想感情,增强节奏感。例如:

弯弯月出挂城头,城头月出照凉州。凉州七里十万家,胡人半解弹琵琶。琵琶一曲肠堪断,风萧萧兮夜漫漫。——岑参《凉州馆中与诸判官夜集》

这首诗的各句之间多处首尾衔接,如溪水九曲,流动而又宛转,既显示出民歌风格,又把诗的内容传达得委曲尽情。

二、对仗的关键点及主要类型

(一)对仗的关键点

律诗要求中间两联对仗,部分词也要求含有对仗。当然,词的对仗与诗的对仗要求有些差别。这个我们放在稍后讲。

关于对仗,从古至今没有统一的分类标准。《文心雕龙·丽辞》云:"凡有四对:言(文字——引者注)对为易,事对为难,反对为优,正对为劣。"[①]《诗苑类格上》归纳为"六对":一曰正名对,天地日月是也;二曰同类对,花叶草芽是也;三曰连珠对,萧萧赫赫是也;四曰双声对,黄槐绿柳是也;五曰叠韵对,彷徨放旷是也;六曰双拟对,春树秋池是也。[②] 唐代弘法大师有 29 类格之说,王力教授又有 11 类 28 种之分。[③]

1. 以"字"相对

对仗要求十分严格,个人认为以爱好为目的的写作,只要字义、结构、平仄相对就可以了。这里讲"字"没讲词,是因为古人对仗一般是按字来对的,实字对实字(名词、动词和形容词性的字多为实字),虚字对虚字。当代有不少认为对仗应以词相对的观点,如诗人赵京占在《对偶律》一文中,坚持以"词"为单位,故把这种对仗归结为"拆分对";学者兼诗人钟振振在其《对仗可以分解到单字》一文中也持类似的观点。钟先生认为:"从理论上说,对仗而分解到单字,较之仅分解到单词,有可能更新、更活、更多变。从实践上说,写得好则可能会更有趣、更有味、更奇妙而匪夷所思。"[④]。

我们先看一首杜甫的五律:

与任城许主簿游南池(池在济宁州境)

杜 甫

秋水通沟洫,城隅进小船。

① 刘勰:《文心雕龙》,吉林出版集团股份有限公司 2016 年版,第 215 页。
② 转引自徐晋如:《大学诗词写作教程》,广西师范大学出版社 2007 年版,第 50 页。
③ 转引自徐晋如"诗词讲座"课程讲稿,第十三讲对仗的种类。
④ 钟振振:《对仗可分解到单字——旧体诗创作新说:对仗篇》,载《厦大中文学报》2019 年 12 月第七辑,第 115 页。

晚凉看洗马,森木乱鸣蝉。

菱熟经时雨,蒲荒八月天。

晨朝降白露,遥忆旧青毡。

杜诗颈联如果按意义节奏划分:菱熟｜经｜时雨,蒲荒｜八月天。节奏上似乎没对仗。如果以字对字来考量,"菱熟"对"蒲荒"没有任何问题;"经"可以作"一""若干"讲,比如"经年",那么"经"与"八"相对就是借对了。"时、雨"对"月、天"自然对得工整。

一些组合词初看起来好像对不上,细究起来却对得很工整。最典型的还是聂绀弩的七律《挽毕高士》:

挽毕高士
聂绀弩

九尺曹交尚出头,终身恨未打篮球。

丈夫白死花岗石,天下苍生风马牛。

雪满完山高士毕,鹤归华表古城秋。

送君冠带棺中曲,恐尔棺中也自愁。

诗中领联的"花岗石"与"风马牛",如果以"词"为单位来分析,前者是偏正结构"花岗｜石",后者是并列结构"风｜马｜牛",似乎难以相对;但如果以字为单位的话,"花｜岗｜石"与"风｜马｜牛"不仅对得工整,而且对得诙谐有趣。

了解这一点很重要。一是可避免读前人作品时瞎挑毛病,二是自己运用对仗时相对有更多的自由度。

需要注意的是,千万不要把人们常说的"两个一致"(结构一致、词性一致)作为对仗的终极追求。孙逐明在《从"对称破缺"的美学原理看恪守"两个一致"的错谬》一文中指出:恪守"两个一致"的做法是违背对称破缺的美学基本原理的。

表现在对仗中,这样的例子很多:

浮云｜一(副词,状语)别(动词,谓语)｜后,

流水｜十(数词、定语)年(名词,定语)｜间。——韦应物《淮上喜会梁川故人》

满朝白面｜三(副词,状语)迁(动词)｜议,

一角黄旗｜万(数词、定语)岁(量词)｜声。——袁枚《潭渊》

山重水复｜疑(动词,谓语)｜无路,

柳暗花明｜又(副词,状语)｜一村。——陆游《游山西村》

按照前面所讲的实字、虚字概念,以上第一例、第二例还都算是实字对实字、虚字对虚字;第三例则是以实字"疑"来对虚字"又"了。

可见对仗不必过于讲求工整,还是以句意为先。一意苛求工整,反而会显得雕饰做作,失去古朴韵味以及"对称破缺"之美。

2.避免合掌

对仗之大忌乃是"合掌",主要是指出句与对句的意思相同或相似,犹如两掌相合。如王籍的"蝉噪林愈静,鸟鸣山更幽"虽是名句,却犯合掌之病,故王安石改以"风定花犹落"来对"鸟鸣山更幽"。还有一种说法:一首诗中相邻的两联对仗,句子的结构雷同也叫合掌。如司空曙的"他乡生白发,旧国见青山。晓月过残垒,繁星宿故关。"

(二)对仗的主要类型

对仗的类型有多种,如借对、当句对、流水对、隔句对、折腰对、错综对等十一种。以下选取其中常见的七种举例:

1.借对

(1)借音对

思家步月清宵立,忆弟看云白日眠。——杜甫《恨别》

诗中"清"读音如"青",借以与颜色"白"对。

我由此诗学步,在一首诗句中也用过借音对:清音山鸟对,紫焰杜鹃开。(段维《端午登河南石人山》)其中"清"也是借音"青"来与"紫"相对。

(2)借义对

酒债寻常行处有,人生七十古来稀。——杜甫《曲江》

古代八尺为寻,两寻为常。所以"寻常"也可作为数字,与"七十"相对。

云影拥苍茫,入境画图开北岭;古今成俯仰,三年宦迹问东坡。——江西赣州八境台楹联

联中借人名"东坡"(亦指方向朝东的坡)与地名"北岭"相对。

明日壶觞端午酒,此时包裹小丁衣。——聂绀弩《拾野鸭蛋》

"小丁"指的是丁聪,"端午"是节日。人名与节日名相对,也是说得过去的。但如果从借义的角度分析,就是妙对了。"丁"属于"天干"之数,"午"则属于"地支"之数,此时二者相对,就大大提升了对仗的美感效果。

(3)借形对

借形对也分为两类,即完全借形和部分借形。

第一,完全借形。

虽然毫末生意,却是顶上功夫。

这副对联,清代题于一家剃头铺。毫末,说的是毛发,又可以指微小。顶上,说的是头上,也可以指最好。此联以完全借形双关。①

第二,部分借形。

清风有意难留我,明月无心自照人。——王夫之

明末王夫之曾仕南明桂王,任行人司行人,主管朝觐、聘问、交际。抗清失败隐居之后,仍忠于明朝。不但至死不剃发,而且不管晴雨,出门都要打伞穿屐,以示与清朝不共天地。清朝官员去拉拢他,也遭到严词拒绝。这副对联就是他在退回衡州知府崔鸣鷟所赠帛粟后所题。联中的"清风"指清朝,"明月"指明朝。"清风"与"清朝","明月"与"明朝",只一个字形体相同,这叫部分借形。②

2. 当句对

一句之中两个词语相对,再两句互对,也称"句中对""就句对"。如:

木奴花映桐庐县,青雀舟随白露涛。——严维《送崔峒使往睦州兼寄薛司户》

上联"木奴花"对"桐庐县",下联"青雀舟"对"白露涛"。这种对法最工,如果放宽尺寸,"木奴花"对"青雀舟","桐庐县"对"白露涛"也是说得过去的。

3. 流水对

上下两句的意思不完全独立,而是一脉相承,合起来表达一个完整的意

---

①② 参见余德泉:《对联通》,湖南大学出版社 2003 年版。

思。如：

> 即从巴峡穿巫峡，便下襄阳向洛阳。——杜甫《闻官军收河南河北》

流水对细分起来非常复杂，不是一眼就能辨认的，更何况要娴熟地去运用。罗积勇教授潜心研究过流水对，有着独到的见地。[①] 归纳来讲，他认为流水对可分类如下：

（1）一分为二型

在这一型里，出句句意不完整，明示后面还有要说的，故此类的连贯性是不证自明的。此型又可分为三式：

其一，主谓分说式。按诗的节奏硬性地将一单句从主语后分割为两部分。多见于四言诗、五言诗中。如：

> 由来巫峡水，本是楚人家。——杜甫《小园》
>
> 万里独归客，一杯逢故人。——刘禹锡《陕州河亭陪韦五大夫雪后眺望》

第二例中间虽然加了状语"一杯"，但依旧是主谓分说式。

其二，谓语部分分说式。谓语分说式流水对大多数省略了主语，在这种情况下，其谓语部分因为比较复杂，在诗的一个节奏句中容不下，故要分说。如：

> 不堪垂老鬓，还对欲分襟。——杜甫《夏日扬长宁宅送崔侍御、常正字入京（得深字韵）》
>
> 可怜无定河边骨，犹是春闺梦里人。——陈陶《陇西行》

其三，状语与句子的主干部分分说式。有些由介宾短语组成的状语，必须连着后边的动词一起说，不能有很大的停顿，但在诗中却存在将这两部分进行分说的对偶句。例如：

> 忽与朝中旧，同为泽畔吟。——贾至《岳阳楼宴王员外贬长沙》
>
> 唯将终夜常开眼，报答平生未展眉。——元稹《遣悲怀》

（2）过程连贯型

这种类型的流水对实际上是表达在一个过程中先后发生、紧相接续的两件事的连贯句。例如：

---

① 参见罗积勇、张鹏飞：《流水对类型新论》，载《武汉大学学报》，2009 年第 1 期。

西望瑶池降王母,东来紫气满函关。——杜甫《秋兴八首》之五

一身去国六千里,万死投荒十二年。——柳宗元《别舍弟宗一》

(3)因果连贯型

在一联中,出句与对句所表二事间存在因果关系,并因此而连贯为一体的对仗,我们称之为因果连贯型流水对。这又可细分:

其一,因果型。前后存在因果关系。有时用引导性关联词,有时则不用。例如:

危楼喧晚鼓,惊鹭起寒汀。——梅尧臣《寄题石埭权县乐尉碧澜亭》

直愁骑马滑,故作泛舟回。——杜甫《放船》

其二,推断型。推断过程为:既有此事实,则有彼或无彼可能。其间也是一种因果关系。可用关联词,也可不用。如:

自当舟楫路,应济往来人。——张众甫《送李观之宣州谒袁中丞赋得三州渡》

欲为圣明除弊事,敢将衰朽惜残年!——韩愈《左迁至蓝关示侄孙湘》

其三,假设型。先假定一个条件,然后导出结果。用不用关联词都可以。如:

功名不早著,竹帛将何宣。——李白《长歌行》

欲穷千里目,更上一层楼。——王之涣《登鹳雀楼》

(4)词语黏合型

这种类型,一般需要特定词语黏合才能构成流水对。主要包括由转折句、让步句、递进句构成的对仗。如果去掉了黏合性的关联词,可能就构不成流水对了。例如:

虽无玄豹姿,终隐南山雾。——谢朓《之宣城郡出新林浦向板桥》(转折)

纵有还家梦,犹闻出塞声。——令狐楚《从军行五首之四》(让步)

已近苦寒月,况经长别心。——杜甫《捣衣》(递进)

(5)问答型

上下联一问一答(多数情况下并不是直接回答),前后承续,一意相贯,构成流水对。例如:

当路谁相假？知音世所稀。——孟浩然《留别王侍御维》

世上岂无千里马？人中难得九方皋。——黄庭坚《过平舆怀李子先时在并州》

值得注意的是：律诗中如果能用上一联流水对，会显得气脉连贯，意境浑成。所以我们对流水对就讲得格外细致一些。

4. 隔句对

隔句对也叫扇面对。指两联中的一、三句相对，二、四句相对。如郑谷《将之泸郡旅次遂州遇裴晤外谪居于此话旧凄凉因寄二首》中的两句：

> 昔年共照松溪影，松折碑荒僧已无。
>
> 今日重思锦城事，雪消花谢梦何殊。

5. 折腰对

一个单句从中切断，分布在对仗的两句之中。这种类型其实也可以并入流水对范畴。如：

> 愁见三分水，分为两地泉。——沈佺期《陇头水》

此句中"三分水分为两地泉"是动词"见"的宾语。折腰对在近体诗中并不多见，因句意"折腰"后还要对仗，非常有难度。

6. 错综对

相对的词语处于两句不同的位置上，错落交杂，斜侧偏对。这在第一讲里讲"语序错综"时讲到过。如：

> 众水会涪万，瞿塘争一门。——杜甫《长江二首》
> 两岸青山相对出，孤帆一片日边来。——李白《望天门山》

以上是两两错综对，还有一种更加复杂的错综对，分别是"2＋1"对"1＋2"句式，或者"1＋2"对"2＋1"句式。例如：

> 但使龙城飞将｜在，不教胡马度｜阴山。——王昌龄《出塞二首·其一》
> 斥鷃每闻欺｜大鸟，昆鸡长笑老鹰｜非。——毛泽东《吊罗荣桓同志》

前一种错综对属于工对，现在讲的这种比较复杂的错综对应该归入宽对。

7.交错呼应对

这种对仗法比较特殊,即颈联下句意思遥接额联上句;颈联上句遥接额联下句。看元好问的《八月并州雁》:

> 八月并州雁,清汾照旅群。
> 一声惊晚笛,数点入秋云。
> 灭没楼中见,哀劳枕畔闻。
> 南来还北去,无计得随君。

"哀劳"句遥承"晚笛","灭没"句近接"秋云"。皆叙写乡思乡愁。

8.诗中运用对仗的几种变格

以上讲的对仗一般出现在诗的额联和颈联位置。不过也有一些变格不是如此,如偷春格、蜂腰格和全对格。这里顺便做个简要介绍:

(1)偷春格

所谓偷春格,是指将额联的对仗用在首联上。首联本不用对仗,如把额联对仗提前用到首联上,额联就不用对仗了。就好像梅花先于百花开放,偷取了春色一般,因而得名。如王勃的《送杜少府之任蜀州》:

> 城阙辅三秦,风烟望五津。
> 与君离别意,同是宦游人。
> 海内存知己,天涯若比邻。
> 无为在歧路,儿女共沾巾。

诗的首联"城阙辅三秦,风烟望五津"是严格对仗的,而额联"与君离别意,同是宦游人"则不对仗,这就是典型的偷春格。

(2)藏春格

这种格式与偷春格相对应,它有两种格式。一种是首联、额联均不对仗,而颈联、尾联对仗。如杜甫的《早花》:

> 西京安稳未? 不见一人来。
> 腊日巴江曲,山花已自开。
> 盈盈当雪杏,艳艳等春梅。
> 直苦风尘暗,谁忧客冀催!

另一种是首联与颔联均对仗,而颈联与尾联不对仗。如杜甫的《晓望白帝城盐山》:

徐步移班杖,看山仰白头。
翠深开断壁,红远结飞楼。
日出清江望,喧和散旅愁。
春城见松雪,始拟进归舟。

(3)蜂腰格

所谓蜂腰格是指诗仅颈联对仗,意指两头有比较宽松的散句,中间却用骈偶紧束,有如蜜蜂的细腰,故得名。此格多见于五律,如李白的《塞下曲》:

五月天山雪,无花只有寒。
笛中闻折柳,春色未曾看。
晓战随金鼓,宵眠抱玉鞍。
愿将腰下剑,直为斩楼兰。

李诗颔联"笛中闻折柳,春色未曾看"是不对仗的;而颈联"晓战随金鼓,宵眠抱玉鞍"则对仗工整。从这里也可看出,律诗中两联的对仗,颈联比颔联要求更严格。

(4)全对格

顾名思义,全对格即律诗的四联都对仗。唐诗中,全对格多见于五律,七律较为少见。如王维《故西河郡杜太守挽歌三首》之一:

天上去西征,云中护北平。
生擒白马将,连破黑雕城。
忽见乌灵苦,徒闻竹使荣。
空留左氏传,谁继卜商名。

全诗一共四联,每一联都遵循对仗规范。这在律诗中并不多见。

(三)词的对仗

词的对仗与律诗不一样,有一些自己的特点。严雯靖对此进行了总结,将词的对仗特点分为三点①:

———————

① 参见严雯靖:《唐宋诗词选修读本》,汉语大词典出版社 2005 年版。

（1）同字可相对。例如：

> 春到<u>一分</u>，花瘦<u>一分</u>。——吴文英《一剪梅》

句中两个"一分"仍可相对。

（2）可不拘平仄。譬如：

> <u>八百里分</u>麾下炙，<u>五十弦翻</u>塞外声。——辛弃疾《破阵子》

上下句的平仄是"仄仄仄平平仄仄，仄仄平平仄仄平"，如果是在律诗中，则此句平仄不相对，是不允许的。再如：

> 三十功名尘与<u>土</u>，八千里路云和<u>月</u>。——岳飞《满江红》

句中结字都是仄声，这在近体诗中也是不允许的。

（3）同韵可相对。例如：

> 堂阜<u>远</u>，江桥<u>晚</u>（上片）。旗影<u>转</u>，鼙声<u>断</u>（下片）。——张先《天仙子》

句中的韵脚"远""晚""转""断"，都是仄声，在词韵里属于同一韵部。

这些对仗的特点，在律诗中都是不被许可的。词调绝大多数都是长短句，只有相邻两句字数相等才能对仗；律诗格式一致，对仗有固定的位置，词调成百上千，对仗依词而定，没有固定的位置；律诗的颔联、颈联要求对仗，词的对仗则比较自由，相邻两句字数相同，可以对仗，也可以不对仗。①

那么填词对仗有哪些注意点呢？严雯靖也做过相关总结②：

第一，凡相连的两句字数相同时，词人经常运用对仗手法，特别是在两片开头的地方。如晏殊《踏莎行》上下片首二句："细草愁烟，幽花怯露……带缓罗衣，香残蕙炷……"及辛弃疾《西江月》上下片首二句："明月别枝惊鹊，清风半夜鸣蝉……七八个星天外，两三点雨山前……"

第二，用与不用对仗，看内容和表达的需要。如苏轼《木兰花令》六首，第三、四两句三首用对仗，三首不用对仗："园中桃李使君家，城上亭台游客醉"用了对仗，这种对照使醉眼看花的情态更加真切；"夜凉枕簟已知秋，更听寒蛩促机杼"，把人在寒秋中的感受逼近了一层，不用对仗，更觉深沉。

第三，有些句子，上句除了开头有领字（一、二、三字均有）以外，其余的部分与下一句字数相同，往往也用对仗。这种对仗，有时不限于两句，可以连对三、

---

① 参见王佐邦：《诗词津梁》（第十八讲词的对仗），长征出版社 2001 年版。
② 参见严雯靖：《唐宋诗词选修读本》，汉语大词典出版社 2005 年版。

四句,形成排比句法,气势颇盛。如:

> 渐霜风凄紧,关河冷落,残照当楼。——柳永《八声甘州》
>
> 那堪片片飞花弄晚,蒙蒙残雨笼晴。——秦观《八六子》
>
> 更那堪鹧鸪声住,杜鹃声切。——辛弃疾《贺新郎》

以上只是选取了一些在我看来于相应位置宜用对仗的例子。事实上,词中很多句子都是成对出现的,个人认为在这些位置上适当地使用对仗句式,会使得整首词读起来更加精致。

除了上面这些常见的对仗外,词中还出现了其他非常有趣的对仗方式,常见的有鼎足对和扇面对。

所谓鼎足对,系指三句连对。如:

> 绿阴浓,芳草歇,柳花狂。——温庭筠《酒泉子》
>
> 有桃花红,李花白,菜花黄……正莺儿啼,燕儿舞,蝶儿忙。——秦观《行香子》

所谓扇面对,系指隔句相对。《沁园春》牌中有一字领扇面对之固定格式,如:

> 要小舟行钓,先应种柳;疏篱护竹,莫碍观梅……解频教花鸟,前歌后舞;更催云水,暮送朝迎。——辛弃疾《带湖新居将成》
>
> 水风轻、蘋花渐老,月露冷、梧叶飘黄……念双燕、难凭远信,指暮天、空识归航。——柳永《玉蝴蝶》

一般说来,词谱中对每个词调的字、句、平仄、叶韵都会标明,而对仗却无法一一标出;有的词谱说明中标有"例用对仗",但是并不全面,因为每个词调所附的词例一般只有一两首,不能全面地反映对仗的广泛性和灵活性,所以学词的对仗更应多读前人作品,不可被有限的词谱所限制。

第五讲 诗词用韵用字的戒律与规避

诗词的平仄和押韵都属于声律范畴。古人对此早有研究。比如有所谓声律"八病"和"八戒"等。本讲中,我们只对这两个概念做一个初步了解,并就押韵过程中最容易被人忽视的问题——撞韵、挤韵和连韵及其破解办法谈一点个人的看法。

一、八病简述

(一)八病

"八病"之说为南朝梁沈约所提出,主要针对的是律诗,谓律诗应当避免八项弊病,即平头、上尾、蜂腰、鹤膝、大韵、小韵、旁纽、正纽。据《文镜秘府论》所述,结合当代女辞赋家赵薇在《赋学微义》一书所论,在此对所谓"八病"分析如下:

1.平头。指五言诗出句的第一字、第二字不得与对句的第一字、第二字同声(指同平、上、去、入)。如:"芳时淑气清,提壶台上倾"(佚名《平头诗·其一》)这两句中的"芳、提"都是平声;"时、壶"也都是平声,这就叫犯平头了。有人认为,不是说必须每句的前两字声调相同才叫犯病,只要前两字有一字如此,也叫平头。比如:"昨宵何处宿,今晨拂露归。"(沈约《早行逢故人车中为赠诗》)"宵、晨"属同一声调,也犯了平头病。另外也有人认为,不是说前两字一定得是相同的平声才叫平头,如果两句的前两字同为仄声,也犯了平头病①。这一点在第三讲中已有较详细的辨析,在此不再赘言。

---

① 参见《文镜秘府论》中关于"八病"的相关论述。空海和尚认为只要两句的第二个字都是同声,则是"巨病"。

2.上尾。是指五言律诗中,出句的最后一个字不得与对句的最后一个字同声。持此论者认为,相邻两个"出句"声调相同是小病,三句相同是大病,四句相同是重病。如:"青青河畔草,郁郁园中柳","草""柳"都是上声,即犯了上尾的毛病。

但是,"床前明月光,疑是地上霜"这样的联句,虽然"光"与"霜"同是平声,但是都是在"阳韵"中,是首句入韵的相连两句押韵的例子,这就不叫犯病。也就是说,凡不押韵的两句之中,其尾字的声调不能相同,否则即叫犯了"上尾"病。[①] 此规则在以后出现的近体诗中,演变扩展为不押韵的句子其尾字的声调要在"上去入"三声之中求变化,最好是"上去入"皆有。若得相重复,即是病犯"上尾"。若是首句入韵的格式,则"平上去入"俱全为最好——即"四声递用"。[②] 此论者则要求一、三、五、七句平上去入四声俱全(首句不押韵者三仄声具备)为理想形式。例如杜甫的《玩月星汉中王》:

> 夜深露气清(平),江月满江城。
>
> 浮客转危坐(上),归舟应独行。
>
> 关山同一照(去),乌鹊自多惊。
>
> 欲得淮王术(入),风吹晕已生。

杜甫的这首诗首句入韵,出句句脚四声俱全,尽音调的错综变化之妙。相反,如果句脚字声相同,势必造成音调上的重复、呆板、单调少变。例如储光羲《石瓮寺》:

> 遥山起真宇(上),西向尽花林。
>
> 下见宫殿小(上),上看廊庑深。
>
> 苑花落池水(上),天语闻松音。
>
> 君子又知我(上),焚香期化心。

这首诗出句的尾字"宇、小、水、我"都是上声,形成了每一起句一个"拐弯上挑",给人以絮烦感。

又如刘长卿《寻洪尊师不遇》:

> 古木无人地(去),来寻羽客家。
>
> 道书堆玉案(去),仙帔叠青霞。

---

① 赵薇:《赋学微义》,华中师范大学出版社 2014 年版,第 149 页。

② 参见武则晗:《八病学原理与诗赋运用》,载"静山赋院"微信公众号。

鹤老谁知岁（去），梅寒未作花。

山中不相见（去），何处化丹砂？

这首诗出句的尾字"地、案、岁、见"都是去声，形成每个起句都要下沉一下的感觉，读起来也不很舒服。

由此看来，上尾在声韵上确实影响谐和，损害了诗韵的抑扬顿挫、自然流畅的美感。古代诗家对此都很注意，在唐诗中很少出现严重"上尾"的情况。然而，历代对"上尾"的避忌并未作为一种诗律来要求，一般都看作是诗人的一些技巧与风格的反映。能避更好，不避亦可。如果一定要按某些诗论家所要求的要在出句的句脚中平上去入四声俱全，则是过于苛刻了，难免造成以辞害意，以致"使文多拘忌，伤其真美"。（钟嵘《诗品》）①

3. 蜂腰，言两头粗、中央细，有似蜜蜂之腰。指五言诗一句内，第二字与第四字声调相同，或第三字是清音而第二字与第五字同时是浊音的情况。

这里的"同声"不是指声母而是指声调，此条理解上颇费工夫。按唐五言近体诗的四种基本句式而言，除"平平平仄仄"与"仄仄仄平平"符合规范之外，其余如"仄仄平平仄"与"平平仄仄平"似乎皆属于犯病。其实这个问题只要先弄清楚节奏问题，便可迎刃而解。"平平平仄仄"与"仄仄仄平平"的节奏多是"平平｜平仄仄"与"仄仄｜仄平平"，其节奏点分别是第二字与第五字。按节奏点声调相对的原则，这两个句式自然是符合要求的。而"仄仄平平仄"与"平平仄仄平"的节奏则与之不同，这两个句式的节奏通常是"仄仄｜平平｜仄"与"平平｜仄仄｜平"，其节奏点由二个变为三个，分别在第二字与第四字，第五字单独为一个节奏。此时节奏点相对在第二字、第四字以及第五字处。由于旧时对"蜂腰"病的解释不甚详尽，故许多人认为此病不合理。其实此病应是针对一句中节奏点声调相对问题，具体操作可根据句式与节奏点的不同而加以甄别应用。

4. 鹤膝。指五言诗第五字不得与第十五字同声，言两头细、中央粗，有似鹤膝。

鹤膝病诗例，如无名氏诗：

拔棹金陵渚，遵流背城阙。

浪蹙飞船影，山挂垂轮月。

---

① 见钟嵘：《诗品 人间词话》，哈尔滨出版社出版 2007 年版，第 49 页。

"渚"与"影"同是上声调,故为病句。这里涉及的是三句之间句脚字的关系。由于作诗常有首句入韵的情况,故第一句与第二句句脚字允许声调相同,至于第三句与第一句句脚字声调要相对(相异),此条指向与避免"上尾"病而要求"四声递用"相似。

5.大韵。指两句之中,不得用与押韵字同韵部的字。病句如东汉时期的辛延年诗:"胡姬年十五,春日独当垆。""胡"与韵字"垆"同韵,"五"与"垆"同韵不同声调,从而犯了大韵的毛病。

此"大韵"病亦有不同细分的说法,一是以韵脚字为重为大,以同韵字相冲韵脚即是犯大韵;二是认为同韵部的字与韵脚相冲,即是犯病。因为同一韵部的概念要大于"韵"的概念,例如押东韵,两句之中若出现"懂"之类,其韵同而声调不同的,都算是犯"大韵"病。两者不同点在于,一是立足于"韵",即就同韵同调而言;一是立足于"大韵",同韵不同调的都算。后者更严于前者。从实际读音感受而言,遵从后者,更有利于突出韵字的读音。

6.小韵,据《文境秘府论》:"除韵以外,而有迭相犯者,名为犯小韵病是也。"

例如唐代无名氏诗:"搴帘出户望,霜花朝漾日。""望"与"漾"同为漾韵,故犯小韵病。再如温庭筠诗:"古树老连石,急泉清露沙。""树"与"露","连"与"泉"同韵,亦是犯了小韵的毛病。但此条若是叠韵连用,则不在病中。

小韵病实际是指无论与韵脚字相冲突与否,两句之间的用字,除了故意叠韵连用之外,皆不得有同韵部字出现,此条是大韵病的补充与加强。细究起来,也有"韵"与"韵部"的区别。

总而言之,"大韵"之病是针对两句之中的用韵而言的,即要求不能再用与押韵字属同一韵部的字。"小韵"之病是针对两句之中的其他字而言的,原理即《文心雕龙》指出的"叠韵杂句而必睽"。后代出现的,凡有关于近体诗或注重声韵的韵文体裁,在与韵相关的一些规定上,都或多或少借鉴了这些规则。同韵字尽量少在相邻较近的句子中使用。这样确实可以保证诵读更加顺畅与清爽。

7.旁纽。一名大纽,即一句之中非故意用双声字而有二字同声母者。就是指一句之中,除非是双声词组,不能用同一声母的字。病句如"鱼游见风月"中,"鱼"与"月"的声母相同,按中古读音来说,同属"疑"母。按现代拼音来说,声母都是"y",并且"鱼"与"月"并不在一个节奏中亦非双声连用,这就犯了"旁纽"之病。推而广之,五字句有"月"字,不得再用"鱼、元、阮、愿"等与"月"字同声组(同声母)之字。

此条与《文心雕龙》所说的"双声隔字而每舛"原理是一致的,即相同声母的字若隔开使用，即不合声律原理。

由于"旁纽"的指向是仅仅"纽"（声母）相同，而并不涉及韵与四声相承的声调问题，实际读音中，相冲突的程度不及下面要谈到的"正纽"病严重，特别是对于字数较多的句子而言，若双声字相隔较远，其冲突就相对较轻，如七、八言句。

8. 正纽。一名小纽，即两句之内不能杂用声母、韵母相同的四声各字。"正纽"即是声母相同下的四声各字。如"人""忍""润""若"四字为一纽。病例如梁简文帝诗："轻霞落暮锦，流火散秋金。""锦"与"金"声母韵母相同，只声调不同，则是犯了正纽病。又如魏晋时期的庾阐诗"朝济清溪峰，夕憩五龙泉"也是较典型的犯病句。

可以看出，凡是在"正纽"上犯病的句子，读起来是很拗口的。俗话说："你怎么说话这样别扭？"这个"别扭"的意思，便是出于"旁纽"或者"正纽"，即是说让人听起来不舒服。同样要注意的是，双声字与叠韵字连用的不在犯病之例。便如"寥落、流离"这样的双声字是可以在一句中使用的，不算病。同样如"萧条、睥睨、呜呼"等叠韵字也不在大韵小韵的病例之内，都是可以使用的。许多联绵词，既是双声又是叠韵，也不在声与韵的病例之内。所谓双声字，是指两个字的声母相同；叠韵字，是指两个字的韵母相同（按拼音说法，如是复韵母的话，主要指韵尾相同，而元音相同或相近，韵头不管）。按中古音的说法，反切上字相同的两个字，就是双声字；反切下字相同的两个字，就是叠韵字。

沈约的"八病"说，在当时就受到钟嵘等人的批评。宋代严羽的《沧浪诗话·诗体》也说："作诗正不必拘此，弊法不足据也。"个人觉得，作诗时若能回避一下"八病"而又不伤害诗意者乃上上作手。

（二）押韵八戒

古人所谓的"押韵八戒"，即一戒落韵、二戒凑韵、三戒重韵、四戒倒韵、五戒哑韵、六戒僻韵、七戒挤韵、八戒复韵。对此问题，吴中逸于 2017 年 5 月 5 日在"诗词吾爱"网发帖《用韵十戒》，谈得比较具体细致。我们这里择要介绍，并谈谈自己的一些看法。

1. 落韵。也叫出韵。一首诗中只能用同一个韵部的字放在一起押韵，如果掺杂了一个或几个别的韵部的字进来押韵，就成为落韵。律诗的首句入韵时用邻韵不算落韵，因为首句本来就是可押可不押韵的，允许从宽使用。这种情况有一个诗意的名称叫"孤雁出群"。也有人在律诗的最后一句用邻韵（此类首句一般也入韵），被称作"孤雁入群"。当然，如果我们用词韵写诗就不存在这些问题了。

2.凑韵。又称趁韵、挂脚韵。前面我们讲,一首诗只能押它一个韵部的字,但这个韵部的字于每一句诗以及全诗都是融合自然的。若是用一个与某句以及全诗意思毫不相关的字硬凑成韵脚,就称为凑韵。如"白日依山尽,黄河入海流",若改为"白日依山尽,黄河入海浮"即为凑韵。

3.重韵。顾名思义,重韵就是重复用一个字做韵脚,这对于近体诗是不允许的。但"独韵体"(又称"独木桥体""福唐体")除外,它就是一个韵字押到底的。另外长篇古体诗也偶尔允许重复少量的韵字。

4.倒韵。就是为了一时词穷,为了方便自己押韵,随意把正常的字词颠倒过来。比如"新鲜、慷慨、凄惨、玲珑、参商、琴瑟"等,把它们颠倒过来写作"鲜新、慨慷、惨凄、珑玲、商参、瑟琴",就觉得非常别扭。我们必须首先做到"文通字顺",不能为了押韵而有意颠倒词的习惯顺序。

5.哑韵。一些韵部的字,其声调读起来不清晰,意义也不凸显,如果用这些字来做韵脚字,就被称为哑韵。格律诗要求押平声韵,但并不是所有的平声字都适合做韵脚。有的字看起来别扭,读音也不响亮,就不要去勉强使用,否则会使整个诗句都感觉委顿不昂扬。如四支、十四盐两个韵部中多哑韵字。

6.僻韵。用十分生僻的字来做韵脚,就称僻韵。有些人是表意方面可选择的词有限,只好从韵书中挑选意思还算合适的字来做韵脚,有的则是故意为之,以显得有文化。比如下平六麻里的"煆"字,多少人认识它呢?又如上平一东里的"崬"字,何其偏僻。记得袁枚讲过:李杜大家,不用僻韵,非不能用,乃不屑用也。

7.挤韵。又叫"犯韵"或"冒韵"。指的是诗句中使用了与韵脚同韵的字,诵读起来十分拗口。这个一般人很少去注意。多数人首先关注的是句子意思是否流畅,而忽视了读音方面的流畅要求。不过,叠韵不算挤韵。叠韵是一种修辞手法,是指两个字的韵母或主要元音和韵尾相同。例如"荒唐""螳螂""徘徊"等就是叠韵的词。

8.复韵。我们时常见到一首诗中,字形、字音不同,但意思完全一样或意思相近的字,反复地押。比如押了"愁"字,再押"忧"字;押了"花"字,又押"葩"字;押了"香"字,再押"芳"字。这类押韵很多人都不怎么注意,甚至有些名家也未能幸免。当然,我觉得也有特殊情况:比如"花"与"葩",用作"花朵"之意来押韵时,肯定犯了复韵;但当"葩"组成"磅葩"作"磅礴"讲时,应该不算复韵。

由避免复韵,我们还可以生发出应当避免"复义"的想法。(复义在这里与西方新批评派的复义术语不同。新批评的复义是指对于一个诗句、一个情节或任何一段文学描写来说,倘若存在着两个或两个以上的解释,并且这些解释又不互相冲突,而是互相补充、互相丰富,形成一个整体,即为复义。这其实就是我们中国话语中的"多义")。我们这里讲的"复义",就是在非韵字位置,用了意思一样的字词。复义有时表现为"复字",有时表现为"复词",也可能表现为意义重复的短语或句子,用诗学语言表达就是"意象""意境"重复了。比如,前面出现过"落花",后面又出现"飞红、残英、虹雨"等;前面出现过"月亮",后面又出现了"冰镜、玉兔、蟾宫"等。当然,为了更好地表情达意而故意"复义"不应计算(如古诗"行行重行行,与君生别离"),其余都是不合适的。

除了以上"押韵八戒"之外,实际上还有两种押韵的情况也会对诗词的韵律美造成一定的伤害。那就是"撞韵"和"连韵",其中尤以"撞韵"危害最大。后面再专门讲。

二、韵律的伤害及其破解方法

《用韵十诫》一文还就撞韵、挤韵和连韵对韵律的伤害及其破解方法做了梳理。我们这里仍借鉴其基本框架,加入自己的一些心得进行讲解。

(一)撞韵、挤韵和连韵对韵律的伤害

1.撞韵。除了首句入韵的诗以外,一般为单数句不入韵。如果不入韵的句子的最后一个字,也用了与韵脚字同一韵母的字,尽管声调不同,诵读起来仍然造成同音相互冲撞,故称"撞韵"。

注意:起句入韵的字称为韵脚,不入韵者俗称白脚。格律诗规定白脚字均为仄声,白脚与韵脚平仄必须相反,如相同则称"踩脚"(如第三句尾字用了平声);如果在白脚处使用了与韵脚处同韵部的仄声字,则犯了"平仄通押"毛病(这在"新古体"诗中不属于问题,后面会专章论述),这种现象称为"挤脚",也称"撞韵"。

从诵读的角度上来讲,如果发生了"撞韵",诵读起来整首诗中句脚的字韵就缺少了变化,读来黏滞、涩口,所以要尽量避免。例如一位网友的绝句:

　　　　山林鸟啼月痕移,云卷风疏竹影低。
　　　　清泪丝丝梦中洗,泉声夜落小楼西。

这首诗写得还算雅致、活泼,也注重了用意象表达。但我们读起来总有一

些涩滞的感觉。这是因为第三句末尾的白教字"洗"与其他三个韵脚字"移、低、西"发生了撞韵现象。"洗"字读音一出来,后面的"西"字读音就完全被盖住了。读到此处,就觉得憋着一口气,"西"字的韵律感出不来了。

再如,一位网友写的一首《题三门峡水电站》:

寂寂苍生含泪怨,巍巍大禹几曾怜。

何如炸却焚香案,治我黄河万里澜。

这首诗从遣词造句上来说,还是不错的,章法也很合理。但第一句不入韵的"怨"字和第三句亦不入韵的"案"明显撞韵,破坏了整首诗的音韵美。

2.挤韵。前面已经讲到了什么是挤韵,现在再举例说明。譬如:

喜逢郑三游山
卢 仝

相逢之处草茸茸,峭壁攒峰千万重。

他日期君何处好,寒流石上一株松。

我感觉这首诗的语言还是比较优美的,情景描写和意境表达都还是比较到位的。不足的是,全诗押的是"冬"韵,但第一句和第二句中又有"逢"和"峰"这两个字,并且也都在二冬韵里,这就是典型的"挤韵"。不过"茸茸"二字是叠字用法,不属于"挤韵"问题。

3.连韵。诗的相邻韵脚字最好"声母"不同,如果相同,再加上声韵也相同(声母不同就押不上韵),即便不是同一个字,诵读起来也会有音韵"重复"之感。这种现象被称为连韵。连韵也称作"合音"。

连韵对诗句的韵律也是有损害的,这在七言绝句中表现得尤其充分,因为句子少,更容易引人警觉。所以我们很难在古人绝句中找出"连韵"的诗例来。相对来说,连韵现象在律诗创作实践中往往因为句子较多、间隔较开,易于被忽略,所以例子也就更容易找到。例如:

堂 成
杜 甫

背郭堂成荫白茅,缘江路熟俯青郊。

桤林碍日吟风叶,笼竹和烟滴露梢。

暂止飞乌将数子,频来语燕定新巢。

旁人错比扬雄宅,懒惰无心作解嘲。

其中颈联的"巢"和尾联的"嘲"就是明显的连韵。

所以有研究者把撞韵和连韵以及"押韵八戒"中的其他毛病合起来称之为押韵"十戒"。

不过严格说来,押韵"十戒"是对诗人提出的更高层次的要求,是一种押韵技巧。"十戒"所指出的问题,很多并没有违反诗词押韵的普遍规则,不是诗词创作的硬性规定。但是,它们又确实会对诗词优美和谐的韵律造成一定的伤害,有时甚至是很严重的"硬伤"。所以,在诗词高手那里,这些问题基本上是可以克服的。所谓克服就是避免。当然,如有妙语新意,不避亦无妨。

(二)破解撞韵、挤韵和连韵的方法

古今一些对声韵问题有深入研究的诗人和评论家曾不遗余力地对"十戒"中的一些重要方面如"撞韵、挤韵和连韵"进行了很多有益的探索。遗憾的是,他们只是在只言片语中提到了这些现象对诗的伤害,换言之,他们只是告诉我们不能出现这种现象,但并没有进一步指出一旦出现"伤"的时候,如何对它们进行"医治",从而使之有"伤"无"害"。因为诗词创作中的情况是很复杂的,有时候"伤"是避免不了的,硬要去避,就有可能会因辞害意、因韵害意。为此,必须有一些补救的办法,以尽可能地将它们的伤害减少甚至消除。

这个问题比较深奥,要破解,需要作者有相当的文字驾驭能力。下面,我们根据《押韵十诫》提供的基本思路,结合自己多年的创作体会,谈点粗浅的看法。

1.应该避免的"硬伤"。

前面说过,押韵"十戒"中提到的问题基本上都是应当尽力避免的。具体说来,就是要力戒落韵、凑韵、重韵、倒韵、哑韵、僻韵、挤韵、复韵、撞韵、连韵。这些问题,多数都会伤害诗词的韵律美,而且多数还无破解之法。因为它们的伤害不仅仅是声韵上的,还有意境、语法、视觉美感上的伤害。

不过任何事物都不是绝对的。十种问题中,"挤韵""连韵"相对其他几种情况来说,对韵律的伤害相对要小一些,也基本不存在对语境、意境,甚至是视觉、听觉美感方面的伤害。"撞韵"对韵律伤害虽然比较大,但它与"挤韵""连韵"一样,也不存在语境、意境,甚至是视觉、听觉美感方面的伤害。更重要的是,这些问题有些时候似乎也是不可避免的。

有没有一种办法将它对诗词韵律的伤害降低甚至是消弭于无形呢? 这就是我们下面要探讨的问题。

2.破解撞韵、挤韵、连韵的方法。

下面我们就来介绍一下,当诗词中不可避免地出现了"撞韵""挤韵""连韵"的时候,应当如何将其对诗词韵律的伤害进行消减或消除的方法。

诗中押韵的句子我们叫它"韵句"。在韵句中,如果句读重心落在了尾字上,也即落在了韵字上,这样的韵通常被称为"死韵"。

与之不同的是,如果韵句的句读重心落在韵字之前的别的字上,我们将这样的韵称之为"活韵"。

一般来说,韵脚为"死韵"时,我们诵读的重点以及注意力都集中在这个韵字上面,如果这时恰好发生了撞韵、挤韵、连韵现象,就会让我们感觉到对诗词韵律产生的伤害,造成所谓的"硬伤";而当韵脚为"活韵"时,我们诵读的"节点"以及注意力发生了位移,这时即便出现了撞韵、挤韵、连韵,我们可能感觉不到对诗词韵律产生的伤害,甚至完全是有伤无害。

前面所举的那位网友的绝句中,后三句的句读重心分别是"低""洗""西",这时"洗"字的撞韵必然会引起注意,对全诗造成伤害的也就凸显了出来。

相反,如果我们想办法将韵脚的韵字做成"活韵",那么,不论是撞韵、挤韵、连韵对韵律造成的伤害就会降低程度,甚至是完全不构成伤害。例如:

初春小雨

韩 愈

天街小雨润如酥,草色遥看近却无。

最是一年春好处,绝胜烟柳满皇都。

我们不妨试着诵读一下,韩诗的"处"字虽然撞韵了,但我们却感觉不到有什么明显的问题,仍然觉得全诗很是朗朗上口。为什么会有这种感觉呢?我们来分析一下:第二句的"近却无"的句读重心落在了第五个字"近"字上,而结句的重心落在"满"字上,这就是问题的"关键"。因为这两句诗的韵是"活韵",全诗就成功地避免了撞韵所造成的伤害。

不难看出,解决诗韵问题(撞韵、挤韵、连韵)的"牛鼻子",是要明白什么是"活韵"、什么是"死韵",以及怎样把"死韵"做成"活韵"。如果你的作品多一些"活韵"句,即便有一些伤,也只会伤及皮毛。但如果你的作品中全都是"死韵"句,即便不发生上述问题,诵读起来也会句式单调,没有起伏错落之感。而一旦产生了上述问题,就必然会损伤诗的筋骨。

那么,做成"活韵"有哪些方法呢?

第一,转移句读重心,让整个句子的句读重心落在韵脚之外的其他字上。

这是最重要、最常用的办法。上面已经讲过,不再重复。

第二,韵脚尽量选用开口韵,少用收口韵。我们设想这样一个例子:"晚烟残"与"晚烟寒"是一字之差的短句。但前者读起来就感觉拗口,虽然"烟""残"这两个字不属同一个韵部,只是邻韵字,却也类似于"挤韵"造成的伤害。但后者"晚烟寒"读起来却比较爽口,并且"寒"与"残"还属于同一韵部。那么,同样的韵字为什么会有不同的音韵效果呢?

关键的一着是:"残"表示出一个过程,它自身又是一个收口音,以致句意在脑海中还没有充分展开时,发音就结束了。这样"挤韵"对句读的伤害就凸显出来了。而"寒"只是一种感觉,又是开口音,脑海中的意和音是同步发展的,所以"挤韵"的现象即便出现了,其伤害性也是微不足道的。所以,用收口音字做韵脚时容易成为"死韵",而以开口音字做韵脚时容易做成"活韵",这给全诗的后续发展带来了截然不同的音韵变化。例如:

泊船瓜洲

王安石

京口瓜洲一水间,钟山只隔数重山。

春风又绿江南岸,明月何时照我还。

我们先看第二句"钟山只隔数重山"中的两个"山"字,这是强调句式,是一种有意的重字,不算挤韵。即便我们把它当作挤韵,却因为它用的是"数重山",句读重心在"数"字上,将韵字做成了活韵,于是挤韵造成的伤害也就不明显了。

接着再看转句末尾的"岸"字,分明是撞韵了,但我们却感觉不到或者感觉不明显。什么原因呢?一是因为诗句的尾字"岸"是开口音字,读起来依旧响亮;二是诗人不但将上句韵脚的"山"字做成了活韵,还在紧接着的第四句用"照我还"也把结句的句读重心从韵脚的"还"字转移到了"照"字上,韵脚也就变成了"活韵"。两相结合,就把撞韵的伤害消减于无形之中了。

前已述及,连韵对绝句韵律的伤害最为突出,引起历代诗家的高度警觉,所以基本上找不到绝句连韵的病例。但为了分析这种现象,下面我们还是以一首连韵七律来解析破解之方:

使次安陆寄友人

刘长卿

新年草色远萋萋,久客将归失路蹊。

暮雨不知涢口处,春风只到穆陵西。

孤城尽日空花落，三户无人自鸟啼。

君在江南相忆否，门前五柳几枝低。

诗的首联中的"萋""蹊"两个同音字组成了"连韵"。但作者在上联有意把"远"字做成了句读的"重心"（也称"节奏点"），把"远萋萋"一句做成了"活韵"，因而也就在某种程度上化解了连韵对韵律的明显伤害。

与之类似，结句"几枝低"的"枝"字与"低"字虽不是同一韵部，但属于邻韵，对声韵的妨害也近似于挤韵。按照一般规律，越是靠近韵脚的地方，发生挤韵时的伤害也就越明显。即便采用上述讲到的用"活韵"破解诸如撞韵、挤韵、连韵问题的办法，把结句做成活韵，但由于"几"字虽然是句读的重心，但由于"几"字也与"枝"字韵母相同，只是声调不同而已，而"枝"与"低"也属于邻韵，所以读到结尾的"几枝低"的时候依旧感觉语气平板、滞涩。这时我们可以假设一下：将"几"字换作"故"字，读起来气韵是不是流畅一些了呢？当然，这么改也许未必符合作者原意，对于初学者，算是做一次试验而已。

以上讲了关于破解撞韵、挤韵和连韵的一般方法，希望对大家有所启发。需要指出的是，实际情况和具体语境有时是很复杂的，我们切不可胶柱鼓瑟，不知通变之术。比如挤韵，是指在句中用了与韵脚同韵的字。那如果用了同一个字算不算挤韵呢？这是肯定无疑的。我认为，如果这个字不是有规则的重复使用，不能构成类似修辞学上的回环往复的音乐效果，它就是挤韵，而且是挤韵中的一种最严重、最极端的情况。另外，前面讲过，挤韵的字距离韵脚越近，对韵律的伤害性就越大。但如果它们连在一起的话，情况又不同了，它不是挤韵，而是修辞手法中的叠字入韵。有时看起来两个字并没有直接连在一起，而是通过一种特殊的手法相连，如"瞧一瞧"等，它也是一种特殊的构词法，其实与"瞧瞧"是一样的，只不过为了调节音节而加上了一个没有意义的、充当连缀的字，我们也不妨将其作为叠韵看待，而不能简单地认为是挤韵现象。

再有，我们说过，撞韵的伤害是比较大的，一般应设法避免，如果不可避免，就要想办法将韵脚上的字尽量做成活韵，比如开口韵。若是开口韵做不成，是不是可以采取类似于做活韵的办法，转移发生撞韵的这个句子的句读中心，冲淡发生撞韵之字的声韵效果，使它听起来不那么刺耳呢？这是当然的，也可以说是没有办法的办法。比如上面讲到的"春风又绿江南岸"，这个"绿"字就很抢眼、很入耳，在句中分量很重，是句读重心，重中之重，它也有效地冲淡了"岸"字的负面声韵效果，从而进一步消弭了撞韵的伤害。正因为这样，诗人才为我们留下了千古名句。诚然,我们若能将韵脚字做成开口韵的同时,还将该句的"节奏点"转移到非韵字之处,那自然是更好的办法,其破解效果也会更加明显。

三、重韵重字的例外情况

(一)重韵的例外情形

避免重韵是指一首诗词中的韵脚字不要重复。除了长篇排律以外,绝句、律诗是不得重韵的,杜甫有一首《饮中八仙歌》历来因重韵被人讨论。但也有例外,比如一韵到底的"独木桥体"诗词:

游 雁 荡 山
周瘦鹃

听风听雨入雁山,二山端的是灵山。

群峰排闼如留客,底事回头恋故山。

瑞 鹤 仙
黄庭坚

环滁皆山也。望蔚然深秀,琅琊山也。山行六七里,有翼然泉上,醉翁亭也。翁之乐也。得之心、寓之酒也。更野芳佳木,风高日出,景无穷也。

游也。山肴野蔌,酒冽泉香,沸筹觥也。太守醉也。喧哗众宾欢也。况宴酣之乐、非丝非竹,太守乐其乐也。问当时、太守为谁,醉翁是也。

周瘦鹃的七绝,入韵的四句都用的是"山"韵;黄庭坚的《瑞鹤仙》一共有十二处韵脚,都是用的"也"韵。这即是"独木桥体"。不过这种文体看上去更像是一种文字游戏。

谈到避免重字就更复杂一些,除开下列几种情形,一首诗中不要重复使用同一个字;一首词中可以用一些重复的字,但也不宜过多,否则就显得语词贫乏。

(二)重字的例外情形

1.叠字句不算重字

这个说法很好理解,叠字也算是一种修辞手法。例如:

漠漠水田飞白鹭,阴阴夏木啭黄鹂。——王维《积雨辋川庄作》

2.一句之中不避重字

一句之中连续用到两个或两个以上的相同字,能起到前后承续、强调的作用。例如:

乱后谁归得? 他乡胜故乡! ——杜甫《得舍弟消息》

酒尽露零宾客散,更更更漏月明中。——刘驾《望月》

3.首联或尾联的出句和对句可用重字勾连

这又分几种情况:

一是出句末字和对句首字勾连。如:

乐游原上望,望尽帝都春。——刘得仁《乐游原春望》

二是出句中有一二字和对句的一二字相同,但不连接。如:

刘郎已恨蓬山远,更隔蓬山一万重。——李商隐《无题》

此联通过两个"蓬山"的前后勾连,描绘出作者凄苦不堪的相思之情。

4.同形不同义的字也不算重字

我们还是看例子:

送宇文三赴河西

王 维

横吹杂繁筎,边风卷塞沙。

还闻田司马,更逐李轻车。

蒲类成秦地,莎车属汉家。

当今犬戎国,朝聘学昆邪。

诗中的"李轻车"只是普通名词,指李广从弟李蔡。因其勇武善战,曾为轻车将军,故称。而"莎车"则是一个国名,是汉代西域都护府所辖诸国之一,也是莎车国都城。因此这首诗虽然两处用"车",却不算重字。

5.故意而为的重字是一种技法

按王力先生的说法,避重字只是一种技巧,不是一种规律。但我认为至少律诗的颔联和颈联因为对仗的缘故,限制较严,是不应重字的;绝句因为字数本来就少,也不应重字。我个人还认为,如果出于构思或表达的需要,故意重字,那就不能当作问题了。我们写诗既要"守正",效法古人,也可以"创新",不拘一格。如我写过一首《大学之叹》的绝句:

大学之叹

段　维

大学如今巧换妆,大楼节节射天狼。

大师何处传衣钵,大款登台论老庄。

诗中连用四个"大"字,就是出于讽喻的需要。我们甚至可以一言以蔽之,诗中所有被允许的重字都可以视作故意而为;反过来说,所有故意而为的重字都不算是重字。

第六讲 诗词用典与表达风格

一、诗词用典类型分析

用典,也叫"用事",指在诗词的语言中直接或间接地援用前人诗文名句、神话传说、历史故事等,从而使诗词的意蕴更加丰富、含蓄、深刻。我们做当代诗词创作,也可以援引当下名人金句、特定词汇、著名事件等。

(一)从历史时段来分析

从典故产生的历史时段来看,典故可分为"古典"和"今典"。如何断代呢?个人觉得:自古代至近现代的典故,可称作"古典";当代的典故(包括时下的"经典")可称作"今典"。

1.古典

借用古代有名的人、物、事来表达或抒发自己的情感,都可称为用"古典"。例如:

> 横眉冷对千夫指,俯首甘为孺子牛。——鲁迅《自嘲》

"孺子牛"一词出自《左传》。相传齐景公晚年宠爱幼子荼,荼又名孺子。孺子撒娇,要老父装牛让他牵着玩。景公应允,口衔绳,手着地,不停地学牛叫。齐景公年岁已老,一不小心,栽倒在地上,磕掉门牙一颗。于是"孺子牛"的故事便广泛流传。鲁迅用此典充分表达了他甘做人民大众的牛,抒写了鲁迅先生对人民大众的忠诚和热爱。

2.今典

我们在创作诗词时,可以将当代及当下的一些有名的人、物、事应用到诗词

中,我谓之用"今典"。关于用"今典",我做过一些自己的创作尝试,如:

卖 菜 人

欲抢开张第一单,衣衫未解骨中寒。

菜薹红紫权当势,土豆青黄不接年。

时价常如楼市涨,心情未比蜜糖甜。

<u>冷听赵大轻狂语</u>,若个工薪不缺钱?

诗中"冷听赵大轻狂语",是对 2009 年春晚的一则小品《不差钱》的嘲讽,用的就是所谓的"今典"。

(二)从使用方式来分析

用典也有不同的用法,我们参考陈周先生在《试论古体诗歌中的用典》一文中的归纳①,可将常见的古代诗词用典归纳为四种类型:

1.明用

就是直接引用典故本事,诗人所要表达的思想情感和原典思路、意义基本一致。例如:

> 周公吐哺,天下归心。——曹操《短歌行》

此句用的是周公姬旦辅佐年幼成王之事典,说周公"一饭三吐哺,犹恐失天下之士"。指的是周公经常中断吃饭跑去接见登门的天下贤士。曹操在诗中就是明用此典,以表达自己对天下贤才的礼遇之心。

2.暗用

暗用就是间接引用典故,即把典故如盐入水般融化在诗词中,不着痕迹,读者即使不知你用了,也能毫无障碍地领会诗意;知道你用典了,则更觉回味深长。所以暗用又叫化用。例如:

> 于今腐草无萤火,终古垂杨有暮鸦。——李商隐《隋宫》

这算是暗用典故的显例,辛辣讽刺了隋炀帝荒淫奢侈、腐朽糜烂的帝王生活。据说隋炀帝曾命人搜集大量萤火虫,在夜间游山时放出去,顿使满山都是

---

① 陈周:《试论古体诗歌中的用典》,载《长三角·教育》,2009 年第 6 期。

萤光闪烁。他为到江都（今扬州）行乐，又下令开凿运河，并在河边遍栽杨柳。李商隐借用这两个故事，说明再豪华的生活都会有烟消云散的时候，最终在身后留下的是无比凄凉的景象，寓讽于景，效果高妙。前人论及诗中用典时强调以"不隔"为佳。暗用（化用）典故，便是一种很高明的手法。

3. 侧用

是指从某个侧面摄取典故的意义，以达到旁敲侧击的效果。例如：

> 空收一束其，无物充煎釜。——梅尧臣《田家》

句中借用了曹植《七步诗》的典故："煮豆燃豆其，豆在釜中泣。本是同根生，相煎何太急。"曹植写《七步诗》，诉说的是同室操戈、手足相残之悲苦。梅尧臣借以描写农夫生计之艰难。

4. 反用

顾名思义，反用就是对原典反其意而用之。通过暗示、对比、衬托等"翻案"手法将典故具有的含义加以引申拓展，言在此而意在彼。例如：

> 古往今来只如此，牛山何必独沾衣。——杜牧《九日齐山登高》

诗中"古往今来只如此，牛山何必独沾衣"这句，表面上是说自己落泪，实际上是借机用典。典源是：春秋时齐景公登牛山，北望国都临淄而感慨流泪，叹息道："若何滂滂去此而死乎！"滂滂：水流大貌，形容泪、血流得多。其大意是指齐景公因为觉得人生短暂，难于永享据有国土之乐，故而悲戚。杜牧和朋友登山，心境与齐景公全然不同，故而认为不必像齐景公那样感叹人生无常。古往今来月圆月缺，荣辱轮回，有什么必要如此伤感呢！这样写已经和齐景公登牛山而流泪的感情迥然不同了。但诗人仍没有跳出哀怨、郁闷、惆怅的樊篱，以人生无常聊以自慰，用语看似旷达，其实仍未脱抑郁感伤。

宋人朱熹则反用得更为彻底。如他在其《水调歌头·隐括杜牧之齐山诗》词中，就以乐观豁达的姿态，来看待人生的无常，他写道：

> 与问牛山客，何必独沾衣。

老夫子认为，应将有限的人生与无限的宇宙融为一体，让人生充满乐趣。这份旷达和乐观，与"齐景公登牛山"典故的原意完全相反，与杜牧相比，也是言近而意迥。

(三)从使用效果来分析

1.用典有度

一是难易有度。适当用典可以使语句精炼,意蕴含蓄,品味深长。但用典应该用多数人至少是一般读书人能明白的典故。一般认为,如果用典过多或过于生僻就有"掉书袋"之嫌;而我更认为用典过多的弊端在于挤占了"自作语"的位置,而历朝历代的好诗句都出自自作语。

苏轼的诗词用典较多,其中有的还比较生僻。如他的《雪后书北台壁》二首之一:

> 城头初日始翻鸦,陌上晴泥已没车。
> <u>冻合玉楼寒起粟,光摇银海眩生花。</u>
> 遗蝗入地应千尺,宿麦连云有几家。
> 老病自嗟诗力退,空吟冰柱忆刘叉。

诗中的"冻合玉楼寒起粟,光摇银海眩生花"比较难理解。"玉楼"和"银海"对仗工整,字面美观。但这两个词的意思如果没有注解,不翻辞书,即使知识面较广,对古典文学有一定修养的人,也不一定能理解。原来"玉楼"指的是肩项骨,"银海"指的是眼睛。这些道家的书和医书,一般人谁会去翻阅呢,这样的用典分明是与读者为难。

再如辛弃疾填词好用典也是出了名的。尤其是有时用僻典,这对理解他的词不利。以他的《破阵子·为陈同父赋壮语以寄》词为例:

> 醉里挑灯看剑,梦回吹角连营。<u>八百里分麾下炙,五十弦翻塞外声。</u>沙场秋点兵。马作的卢飞快,弓如霹雳弦惊。了却君王天下事,赢得生前身后名。可怜白发生!

为了和"五十弦"对仗,词中"八百里分麾下炙,五十弦翻塞外声"这句中特意用了"八百里"。"八百里分麾下炙"很容易使人误解为在八百里的行军中把烤肉分给麾下。但究其实,"八百里"是"八百里驳"的简称,指的是一种名贵的牛。两句连起来的意思是说把贵重的牛杀了,把它的肉烤了分给麾下吃。这一典故在一般辞书像《辞源》《辞海》中是查不到的。这样的用典我们不能仿效。

二是数量有度。就个人的阅读体验和创作经验来看,一般来说,一首律诗用典最好不要超过两处，绝句、令词完全不必用典（即便非用不可，也以暗用或称化用为上），古风和长调词用典数量需要根据内容来判定，以尽量不用僻典为原则。我们不难统计，历史上流传下来的名句，基本上都是上佳的"自作语"。道理很简单：用好一个典起码要占用三四个字，五言不用说，七言减去三四个字，剩下的或四或三字很难写出自家面目，更遑论写出佳句。历史上正反两个方面的例子都不少。

李白的古体诗《行路难·其三》篇幅并不长，但用典多达十一处，且基本上是明用，个人觉得读来有些乏味：

> 有耳莫洗颍川水①，有口莫食首阳蕨②。含光混世贵无名③，何用孤高比云月？吾观自古贤达人，功成不退皆殒身④。子胥既弃吴江上⑤，屈原终投湘水滨⑥。陆机雄才岂自保⑦？李斯税驾苦不早⑧，华亭鹤唳讵可闻⑨？上蔡苍鹰何足道⑩？君不见吴中张翰⑪称达生，秋风忽忆江东行。且乐生

---

① 晋朝皇甫谧《高士传》卷上《许由》篇："尧让天下于许由……由于是遁耕于中岳颍水之阳，箕山之下……尧又召为九州长，由不欲闻之，洗耳于颍水滨。"

② 《史记·伯夷列传》："武王已平殷乱，天下宗周，而伯夷、叔齐耻之，义不食周粟，隐于首阳山，采薇而食之……遂饿死于首阳山。"《索引》："薇，蕨也。"按：薇、蕨本二草，前人误以为一。

③ 《高士传》记载，巢父谓许由曰："何不隐汝形，藏汝光？"此句言不露锋芒，随世俯仰之意。

④ 《史记·蔡泽列传》："四时之序，成功者去。……商君为秦孝公明法令……功已成矣，而遂以车裂。……白起……功已成矣，而遂赐剑死于杜邮。吴起……功已成矣，而卒枝解。大夫种为越王深谋远计……令越成霸，功已彰而信矣，勾践终负而杀之。此四子者，功成不去，祸至于身？"

⑤ 《吴越春秋》卷五《夫差内传》："吴王闻子胥之怨恨也，乃使人赐属镂之剑，子胥……遂伏剑而死。吴王乃取子胥尸，盛以鸱夷之器，投之于江中。"

⑥ 最早提出屈原死在湖南的，是西汉贾谊的《吊屈原赋》，后被司马迁引入《史记》。

⑦ 《晋书·陆机传》载：陆机因宦人诬陷而被杀害于军中，临终叹曰："华亭鹤唳，岂可复闻乎？"

⑧ 《史记·李斯列传》载：李斯喟然叹曰："……斯乃上蔡布衣……今人臣之位，无居臣上者，可谓富贵极矣。物极则衰，吾未知所税驾？"另，《索引》："税驾，犹解驾，言休息也。"

⑨ 南朝宋·刘义庆《世说新语·尤悔》："临刑叹曰：'欲闻华亭鹤唳，可复得乎？'"

⑩ 《史记·李斯列传》："二世二年七月，具斯五刑，论腰斩咸阳市。斯出狱，与其中子俱执，顾谓其中子曰：'吾欲与若复牵黄犬俱出上蔡东门逐狡兔，岂可得乎！'"《太平御览》卷九二六：《史记》曰："李斯临刑，思牵黄犬、臂苍鹰，出上蔡门，不可得矣。"

⑪ 张翰（生卒年不详）：字季鹰，吴郡吴县（今江苏苏州市）人。西晋文学家，留侯张良后裔，吴国大鸿胪张俨之子。有清才，善属文，性格放纵不拘，时人比之为阮籍，号为"江东步兵"。时见祸乱方兴，以莼鲈之思为由，辞官而归。

前一杯酒，何须身后千载名？

其实用典多并不一定意味着难读。我们再看辛弃疾的《贺新郎·赋琵琶》一首长调，也用了十一个典，但我认为由于其艺术高超，融化得当，读起来并不晦涩难懂。

> 凤尾龙香拨①，自开元、《霓裳》曲②罢，几番风月。最苦浔阳江头客③，画舸亭亭④待发。记出塞、黄云堆雪。马上离愁三万里，望昭阳宫殿孤鸿没⑤。弦解语，恨难说。辽阳驿使⑥音尘绝，琐窗寒、轻拢慢捻⑦，泪珠盈睫。推手含情还却手⑧，一抹《梁州》哀彻⑨。千古事、云飞烟灭。贺老定场⑩无消息，想沉香亭北繁华歇⑪。弹到此，为呜咽。

尽管稼轩用了这么多典故，但我们读来却没有过多生僻晦涩的违和感。原因大致有二：一是用的基本是比较大众化的典故，出现的人名、事件都不生疏；二是这些典故都围绕着表现琵琶的形、声、情、味来助力，即便不熟悉其中用了典故，也不影响我们对词句的理解。这就达到了下面要讲到的用典"浑化"的效果。

2. 用典浑化

用典的最高境界就是"浑化"。典故的暗用或化用是达到浑化境界的手段。这种境界通俗地讲就是感觉不到用典。不知道你用典的人读起来同样明白晓

---

① 指的是唐代杨贵妃所用过的琵琶。此处寓意黄金盛世，暗指北宋的繁华时代。

② 唐玄宗所作的《霓裳羽衣曲》，开元年间盛极一时，天宝年安史之乱后，宫廷再未演奏此曲。此处暗指国运衰微。

③ 用白居易《琵琶行》典故，抒发"同为天涯沦落人"的感慨。

④ 化用前人《柳枝词》"亭亭画舸系春潭"之句。

⑤ 借昭君出塞事，托喻徽钦二宗被虏北国的靖康之变。

⑥ 化用沈佺期诗句"十年征戍忆辽阳"，指闺中怀念征人，弹琵琶聊以慰藉却越弹越伤心。

⑦ 化用白居易《琵琶行》"轻拢慢捻抹复挑"句。

⑧ 化用欧阳修《明妃曲》诗句"推手为琵却手琶"。

⑨ 化用白居易诗句"《霓裳》奏罢唱《梁州》"。《梁州》为唐代教坊曲，音调哀怨。此处奏《梁州》曲正呼应开头《霓裳》曲。

⑩ 贺老指的是唐代著名琵琶高手，名贺怀智，据传贺老弹琵琶，全场为之安定无声。

⑪ 化用李白写杨贵妃的《清平调》中"解释春风无限恨，沉香亭北倚栏杆"一句。意指贵妃丽影不再，"凤尾龙香拨"的琵琶从此无主。

畅,知道你用典的人则更多一层回味。而要做到此等境界很不容易。前面讲到辛弃疾的《贺新郎·赋琵琶》就基本达到了这种效果。

下面再举一个用典用得好的例子:

落花诗(其三)

陈宝琛①

生灭原知色是空②,可堪倾国付东风③。

唤醒绮梦憎啼鸟④,胃入情丝奈网虫⑤。

雨里罗衾寒不耐⑥,春阑金缕曲⑦方终。

返生香⑧岂人间有,除奏通明问碧翁⑨。

首联释义:人生在世,有生有灭,谁能幡然了悟?"色"不是颜色,而是一切有形的存在,"空"是无形,是虚无。"原知",不仅是注定如此,而且自己早就有着一份清醒的认识。花在未落之前,恰如倾国倾城的美貌女子。"付东风",花朵飘落了,美女的青春也一去不返了,一切美好的事物全都随风而逝了。

颔联释义:人生如梦,人们总愿意沉浸在那绮丽美好的梦境之中。啼鸟把

① 陈宝琛(1848—1935年):字伯潜,号弢庵,闽县(今福州市区)人。清内阁大学士,身历道光、咸丰、同治、光绪、宣统五朝,步入民国,享年87周岁。

② 佛教最经典的《心经》有"不生不灭"与"色不异空,空不异色。色即是空,空即是色"之说。

③ "倾国"是形容美女的,而女子则美貌如花,李白的《清平调词三首》有"名花倾国两相欢",李延年有诗:"北方有佳人,绝世而独立。一顾倾人城,再顾倾人国。"

④ 孟浩然说:"春眠不觉晓,处处闻啼鸟。夜来风雨声,花落知多少。"金昌绪的《春怨》写道:"打起黄莺儿,莫教枝上啼。啼时惊妾梦,不得到辽西。"

⑤ 读这一句,我们会联想到辛弃疾的《摸鱼儿》词:"怨春不语,算只有殷勤,画檐蛛网,尽日惹飞絮。"

⑥ 李后主《浪淘沙》词有:"帘外雨潺潺,春意阑珊,罗衾不耐五更寒。""耐"可通"奈",既有经得住、受得了的意思,也有处置、对付的意思。可这与落花有关系吗?有的!它指向下阕的"流水落花春去也,天上人间"。真是妙极!而张炎有"三月休听夜雨,如今不是催花"的词句。

⑦ 《金缕曲》是唐代杜秋娘所唱:"劝君莫惜金缕衣,劝君惜取少年时。花开堪折直须折,莫待无花空折枝。"

⑧ "返生香"见《太平御览》卷九五二引《十洲记》:"聚窟洲中有大树,与枫木相似而华叶。香闻数百里,名为返魂树。于玉釜中煮其汁如墨粘,名之为返生香。香气闻数百里,死尸在地,闻气乃活。"

⑨ 见宋陶毂的《清异录·天文》:"晋出帝不善诗,时为俳谐语。咏天诗曰:高平上监碧翁翁。"

人从梦中惊醒,让人担心落花凋零于风雨之中。

颈联释义:人拥罗衾,虽然轻薄,毕竟有所遮蔽,即使如此,夜雨清寒尚且难以忍受,何况那雨中没有庇护的花朵,怎不零落?春天已经离去了,花朵也零落了,在惋惜与留恋之中,惜春的歌曲已无须再唱。

尾联释义:落花一缕香魂随风飘散,再不能够重返枝头。人也如此,死不能返生,人间难道有传说中的返生香吗?除非你去天界(通明殿)奏问天帝(碧翁)。天帝能够给你答案吗?给你的答案你情愿接受吗?

叶嘉莹先生把诗分为才人之诗、学人之诗、诗人之诗和俗人之诗。才人之诗,语汇特别丰富,学人之诗是把学问、修养和品德都写进去了,诗人之诗则单纯地把作者一份纯情和感动写进诗里边,俗人之诗当然就是写得浅陋低俗了。陈宝琛集才人、学人和诗人于一身,所以其诗才会写得这么好!他用了很多典,但你不知道这些典故,照样能从字面去理解这首诗。这才是用典的高手!

我在创作中,也尝试过追求用典的"浑化",但效果并不十分理想。如,我写过一阕《一萼红·龙游梅》:

> 对斜晖。怕楼中玉笛①,零落更横吹。环佩归乡②,宫娃染额③,冷艳难饰凄迷。欲折赠、龙须倒竖,有人说、金屋锁燕支④。玉骨消磨,铜盘渗漏⑤,不独天机。 检点江南旧事,笑何人倾泪,病干虬枝⑥。接木移花,降梅说柳,初闻拍案惊奇。话劲节、松筠扼腕,算昭雪、可有鹤归时?唤起春风解语,翻被攒眉。

虽然我在创作时想要追求"浑化"之效,但这些典故的运用多少还有些让人感到生疏。另一阕《金缕曲·闻章开沅先生坚辞终身教授》则似乎是我稍显"浑化"之作:

> 闻讯肠千结。望山川、媚红浪翠,独擎高节。利锁名缰人若鹜,扑火飞

---

① 见李白"黄鹤楼中吹玉笛,江城五月落梅花"。
② 见南宋词人姜夔《疏影》"想佩环月夜归来,化作此花幽独"。
③ 见五代前蜀时期诗人牛峤《红蔷薇》:"若缀寿阳公主额,六宫争肯学梅妆。"
④ 指汉武帝金屋藏娇的故事。
⑤ 指汉武帝时所作以手掌举盘承露的仙人。李贺《金铜仙人辞汉歌序》云:"魏明帝青龙元年八月,诏宫官牵车西取汉孝武捧露盘仙人,欲立置前殿。宫官既拆盘,仙人临载,乃潸然泪下。唐诸王孙李长吉遂作《金铜仙人辞汉歌》。"
⑥ 借用龚自珍《病梅馆记》中对梅的描写。

蛾未歇。今至古、伤心一辙。君向子陵滩上觅，被羊裘谁钓寒江雪？临渊
处，口飞屑。

　　史家慧眼通天阙。莫奢谈、未酬凤抱，可怜余热。自古功成知何往？
不独子房辞折。吟不断、沧浪千叠。为问先生辞再四，况尚能饱饭犹能猎？
应窃笑，唾壶缺。

　　这首词涉及的主要典故有：严光（字子陵）羊裘垂钓、临渊羡鱼、张良（字子
房）辞官归隐、廉颇善饭、王敦击缺唾壶等，但都不算十分偏僻，即使不去追寻这
些典故的来龙去脉，凭一般知识也是可以大致理解句意的，故不需要作注。这
大概是一种可供参考的"浑化"经验。

二、诗词表达风格例释

　　诗词表达风格是多种多样的，只要能充分地表达思想情感，就不能硬性分
出哪种风格的高下。何况每个人的审美志趣不同，就更难以确定标准答案了。
　　诗人杨逸明先生将诗词风格划分为三种①，我在其基础上归纳出五类。现
分述如下：

1. 典雅型

　　杜甫的《秋兴八首》《咏怀古迹五首》《诸将五首》等可谓是典雅型的肇始者，
后来李商隐等人的《无题》等诗作，继承的就是这一路风格。我们只看杜甫《秋
兴八首》之第一首：

> 玉露凋伤枫树林，巫山巫峡气萧森。
> 江间波浪兼天涌，塞上风云接地阴。
> 丛菊两开他日泪，孤舟一系故园心。
> 寒衣处处催刀尺，白帝城高急暮砧。

　　诗中每句的用词都相当典雅端庄，当代的诗词创作，采用这种风格的还大
有人在，甚至还是"主流"。如果能融入时代感，有些作品还是相当不错的。我
们看两个例子：

---

① 参见杨逸明：《浅议当代诗词的作者、读者、精品》，载《中华诗词》，2020 年第 2 期。

蕲春雨湖访医圣故居次东壁韵

熊盛元

瘫然身也不知年,古木森森绿可怜。

病笃端宜凭药救,时衰岂屑以诗传。

青乌荐罢空呵壁,金缕歌残欲泛船。

烟雨迷茫云浩渺,伴谁同醉水中天。

熊盛元先生的诗是比较典型的"典雅型"风格,读来古风馥郁,但依旧能看出所描写的是今天的事,所抒发的也是当下的情。

诉衷情

严进法

直肠面世信难行,心绪压难平。蛩鸣竹滴松咽,窗外已三更。　灯半暗,月微明。酒空瓶。一身傲骨,一世疏狂,一影伶仃。

严进法的词写得也很雅致,甚至还注意到了豪婉结合,显示出作者具有相当的文学功底。但给人的感觉就是遣词用语过于陈旧,缺少时代气息。

2.通俗型

杨逸明先生将其命名为"流畅浅俗型"。"浅俗"一词,多少带点贬义,而杨先生在行文中对此是褒奖的,故称"通俗"更好。

这种语言风格在唐宋时期就有。这里还得提及杜甫。杜甫在某种程度上可以说是"典雅"和"通俗"的始祖:其典雅之下开李商隐一脉,其通俗之下开白居易一脉。我们下面分别看杜甫和白居易的诗:

又呈吴郎①

杜　甫

堂前扑枣任西邻,无食无儿一妇人。

不为困穷宁有此? 只缘恐惧转须亲。

即防远客虽多事②,便插疏篱却甚真。

已诉征求③贫到骨,正思戎马泪盈巾④。

---

①　吴郎:系杜甫吴姓亲戚,杜甫将草堂让给他居住。这位亲戚住下后,有筑"篱"护"枣"之举。杜甫为此写诗劝阻。

②　防:提防。多事:多心,不必要的担心。指清贫妇人对新来的主人存有戒心。

③　征求:指赋税征敛。

④　这句是指作者一想到现在战乱带给百姓的灾难就眼泪打湿了衣巾。

这首诗中的句子几近口语,写的也是一件极小的事情:劝说吴郎不要阻止老妇人打枣。但通篇体现了诗人仁民爱物、心忧天下的博大胸怀。

钱塘湖春行

白居易

孤山寺北贾亭西,水面初平云脚低。

几处早莺争暖树,谁家新燕啄春泥。

乱花渐欲迷人眼,浅草才能没马蹄。

最爱湖东行不足,绿杨阴里白沙堤。

全诗以"行"字为线索,从孤山寺起,至白沙堤终。以"春"字为着眼点,写出了早春美景给游人带来的喜悦之情。尤其是中间四句,景中有人,人在景中,写出了自然美景给予人的感受。语言通俗,但又不乏新意。如不说绿草如茵,而说"浅草才能没马蹄",力避落入俗套。从结构上看,从描写孤山寺一带景色到描写白沙堤一带景色,中间的转换不露痕迹,衔接非常自然。

当下诗人中,杨逸明自己就是这一类诗词风格的推崇者和实践者。且看他的一首诗:

雨夜宿寒山湖度假村

杨逸明

山村犬吠起炊烟,野渡无人系钓船。

烹胖头鱼留客醉,住茅草屋傍湖眠。

两三阵雨来窗外,四五行诗到枕边。

不是繁莺啼晓树,书生好梦已逢仙!

这首诗的首联、尾联显得典雅,颔联、颈联则十分通俗,且节奏不走寻常套路,显得既活泼灵动,又不越出"四三式"快读红线。两者结合得很好。

3.新诗型

这类作品虽然平仄合律,也押旧韵,但语言表述确实是从新诗中"借"来的,读来令人耳目一新。刘庆霖、蔡世平是这方面的代表。我们分别看两人的作品:

老兵复员

刘庆霖

界岭三年一老兵,戎装未脱泪先倾。

抚摸帽上国旗色,折叠胸中边塞情。

足迹移交新战友,背包捆起旧歌声。

临行欲卸机车笛,怕向苍烟落照鸣。

鹧鸪天·观荷

蔡世平

我有池塘养碧萝。要留清梦压星河。时将绿影花浓缩,便入柔肠细折磨。

闲意绪,小心歌。近来水面起风波。夜深常见西窗月,又碰蛙声又碰荷。

刘庆霖的诗中,像"抚摸帽上国旗色,折叠胸中边塞情"和"足迹移交新战友,背包捆起旧歌声"这样的句子就是借用了新诗的语言风格。蔡世平的词中,像"时将绿影花浓缩,便入柔肠细折磨"和"夜深常见西窗月,又碰蛙声又碰荷"这样的句子也是借用新诗语言的典型。两人的分别是:刘庆霖总体上坚持自己的新诗语言风格,蔡世平除了间或采用新诗语言风格外,还倾向于"白话风格"。

4.白话型

白话语言不完全等同于新诗语言。白话一般还是遵守传统的、习惯的表达方式,比如说"冬残"这是文言表达;讲"冬天到了尾声",这是白话表达;而说"听见冬天倒塌声",这则是新诗的语言。

白话入诗古已有之,但提到白话诗,我们还是会想到"新文化运动"。1916年8月23日胡适写了首叫《朋友》的诗,据说是我国第一首脱胎于旧体的白话诗,发表于1917年2月号《新青年》杂志上,诗题改为《蝴蝶》:

两个黄蝴蝶,双双飞上天。

不知为什么,一个忽飞还。

剩下那一个,孤单怪可怜;

也无心上天,天上太孤单。

这首诗,讲平仄,但不讲对偶,句式自由如散文,意象还算清新,但诗意浅露,格调不算高雅,不过在当时处于封建禁锢几千年余威未尽的情况下,的确是难能可贵的大胆创新。所以后来胡适干脆把他的白话新诗集命名为《尝试集》。

当代作品中,启功先生的白话词算是比较成功的,读来常常令人莞尔:

鹧鸪天·乘公交车
启 功

乘客纷纷一字排,巴头控脑费疑猜。东西南北车多少,不靠咱们这站台。
坐不上,我活该,愿知究竟几时来? 有人说得真精确,零点之前总会开。

渔家傲·住院
启 功

痼疾多年除不掉,灵丹妙药全无效。自恨老来成病号,不是泡,谁拿性命开玩笑。 牵引颈椎新上吊,又加硬领脖间套。是否病魔还会闹,天知道,今天且唱渔家傲。

但实事求是地说,这类词读过了也就过去了,留下回味和深思的空间并不大。相较而言,李子的白话词,白话中糅合了现代朦胧诗的元素,意象更加丰富一些,也就有了更加值得回味的东西:

风 入 松
李 子

南风吹动岭头云,春色若红唇。草虫晴野鸣空寂,在西郊、独坐黄昏。种子推翻泥土,溪流洗亮星辰。 等闲有泪眼中温,往事那般真。等闲往事模糊了,这余生,我已沉沦。杨柳数行青涩,桃花一树绯闻。

风 入 松
李 子

天空流白海流蓝,血脉自循环。泥巴植物多欢笑,太阳是、某种遗传。果实互相寻觅,石头放弃交谈。 火光走失在民间,姓氏像王冠。无关领土和情欲,有风把、肉体掀翻。大雁高瞻远瞩,人们一日三餐。

像"种子推翻泥土,溪流洗亮星辰"已经成为名句;而像"杨柳数行青涩,桃花一树绯闻"还具有象征意义。

除此之外,田邀老先生的词不同于李子词,也不同于启功词。他不以诙谐取胜,也不走所谓"含混"路线。我觉得他是以境界取胜。全词充满昂扬向上、老当益壮的乐观主义精神:

金缕曲·九十初度
田 邀

苦乐知多少? 算平生,几经战火? 几经风暴? 劫后余生才站起,已是颓然一老。总耐得,无端纷扰。幸遇承平膺后福,又从头拾起零星稿。闲不住,瞎忙好。

人生如走盘山道,一路上,雾里迷茫,晴时呼啸。爬过陡坡高处望,喜是仙山缥缈。中传出,歌声袅袅。似有云端人唤我,道峰头空旷宜凭眺。忙回答,我来了。

总而言之,白话诗词的关键点多半是用语新奇、诙谐,但又基本不脱离文言范式。

"白话型"中还有一种特殊的类型——"口语型"。

白话是经过提炼的口语,实际上,口语直接入诗也未为不可。用口语作诗给人以强烈的生活气息。当然,口语的使用肯定要经过过滤选择,必然要去除低级庸俗的东西。否则,就极易堕入"口水诗"的深渊。

下面试举一例口语型词:

清 平 乐
秋 歌

金沙烨烨,耳畔鸣鸥掠。挥舞纱巾我来也,朵朵浪花成列。　丝丝风带咸腥,相偎坐到无声。一角渔舟已老,海啊依旧年轻。

上面这首词,我们不难挑出毛病。"我来"应该是"平仄",现在刚好反了。"也"与"列"相押,看来是用的新声韵。这些不是我们关注的重点。词中用了大量的口语,特别是"一角渔舟已老,海啊依旧年轻"更是典型。

我觉得有志者可做以上如此之类的探索借鉴,但不要生硬地模仿套用。因为每个人的成长环境、知识背景、个性气质都不可能完全一样。我们都应当找准最适合自己的"语体"表达方式。

5. 自铸型

生造词语由于违反构词习惯和审美定式,相当于凭空编造,给人不适感。但有的自造词,由于创作者对构词法和审美习惯有较好的认知,不至于让人接受不了,有时甚至还很精妙,我名之为"自铸词",以与生造词相区分。以网络知名诗人独孤食肉兽(本名曾峥)的词为例:

惜秋华·动车蜀道

独孤食肉兽

——入川动车开通第四日,赴蓉道中作

连帧悬窗,向群山之鼙,拉开光谱。乌外众桥,争凌白云横步。银舱载梦航行,刮暗壁、碎成飞鼠。神姥子宫温,收藏瞬间无数。

轨匦月圆处。瞰古来庐舍,破烟岚旋舞。又姑妇,弈盲局,夜空笑语。冥冥有客同闻,遥挽我、翩然西溯。灵雨峡江轮,播灯为路。

我们不去分析诗人的"后现代"风格,只就语言方面的特征来看,词中"连帧"修饰"悬窗"比较新颖;"轨匦"与"月圆"并用,省略了谓语动词"形成",十分形象;"播灯为路"句中,"播灯"是动宾结构,"灯为路"中"灯"为兼语,既是"播灯"的宾语,又充当"为路"的主语。

独孤食肉兽的语言从整体上看,还是符合"文言范式"的,再加上"自铸"语的融入,自成一体。当然,其"自铸"词语还可以再浑融一些。

第七讲 律诗章法解析

这里的所谓章法,指的是诗文布局谋篇的法则。宋濂《评浦阳人物·元处士吴莱》:"又问其作赋之法,则谓……有章法,欲其布置谨严。"王夫之《读四书大全说·孟子·离娄下篇二》:"看文字,须向周汉以上寻章法。"袁枚《随园诗话》卷七:"今作诗,有意要人知有学问,有章法,有师承,于是真意少而繁文多。"就律诗来讲,其章法就是我们耳熟能详的"起承转合"。

一、律诗的诸种章法

不少人学诗是从王力先生的小薄书《诗词格律》入手的。别看这本书字数少,但讲的都是"筋骨"。可惜的是,这本书没有讲到诗的"章法"问题。在我的印象中,对诗的章法讲得比较系统的是徐晋如先生的《大学诗词写作教程》一书。再就是钱志熙、刘青海合著的《诗词写作常识》一书。下面我们综合诸家之说并结合自己的学习体会来对律诗章法做些梳理。

何为"起承转合"呢?杨载在《诗法家数》中的"律诗要法"中讲:

> 破题或对景兴起,或比起,或引事起,或就题起。要突兀高远,如狂风卷浪,势欲滔天。

> 颔联或写意,或写景,或书事,用事引证。此联要接破题,要如骊龙之珠,抱而不脱。

> 颈联或写意、写景、书事、用事引证,与前联之意相应相避。要变化,如疾雷破山,观者惊愕。

> 结句或就题结,或开一步,或缴前联之意,或用事,必放一句作散场,如剡溪之棹,自去自回,言有尽而意无穷。①

---

① 转引自钱志熙、刘青海:《诗词写作常识》,中华书局 2013 年版,第 162—163 页。

杨载还进一步讲到：

> 五言七言，语句虽殊，法律则一。起句尤难，起句先须阔占地步，要高远，不可苟且。中间两联，句法或四字截，或两字截，须要血脉贯通，音韵相应，对偶相停，上下匀称。有两句共一意者，有各意者。若上联已共意，则下联须各意，前联既咏状，后联须说人事。两联最忌同律。颈联转意要变化，须多下实字。字实则自然响亮，而句法健。其尾联要能开一步，别运生意结之，然亦有合起意者，亦妙。①

其实，律诗的"起承转合"章法还是比较简单的。它比较规整，虽然也有一些变化，不过其变化与绝句比较起来算是很少的。也因此，我主张学诗可从律诗学起。不难理解，变化越少的东西就越容易掌握。关于章法，徐晋如老师在《大学诗词写作教程》中总结得比较完整，本讲我主要在他的基础上进行简单的梳理与补充。②

(一)常规章法

其一，首联起，颔联承，颈联转，尾联合。例如：

酬乐天扬州初逢席上见赠

刘禹锡

巴山楚水凄凉地，二十三年弃置身。

怀旧空吟闻笛赋，到乡翻似烂柯人。

沉舟侧畔千帆过，病树前头万木春。

今日听君歌一曲，暂凭杯酒长精神。

这首七律的首联从自己被贬谪的地点和时间说起；颔联承接一二句，借典故（明用）说明自己被贬的时间何其长；颈联转出新意，用比拟的方法表示要"向前看"，这也是作者胸襟宽广的表现；尾联收合全诗，并回扣题目。全篇起承转合分明，层次清晰。

其二，首联上句起，下句承，颔联、颈联衬贴题目：尾联上句转，下句合。中间两联或就景物加以渲染、勾勒，或就人事加以点染，或叙写，或议论，或引事，或比拟，皆为深化题目。一般来说，要注意中间两联内容或叙写角度不要重复。

---

① 转引自钱志熙、刘青海：《诗词写作常识》，中华书局 2013 年版，第 163—164 页。

② 参见徐晋如：《大学诗词写作教程》第六章，广西师范大学出版社 2007 年版。

比如，颔联写景，颈联则写人或事。即便两联都写景，最好也是一动一静，一宏观一微观，一实一虚；两联都写事，可以一今一古，一正面一反面。这种章法也被称为"二六"结构，即后四句是围绕前两句做文章的。先看一首诗例：

秋　怀
元好问

凉叶萧萧散雨生（起），虚堂渐渐掩霜清（承）。

黄华自与西风约，白发先从远客生。（烘托）

吟似候虫秋更苦，梦和寒鹊夜频惊。（勾勒）

何时石岭关头路（转），一望家山眼暂明（合）。

这首七律的首联第一句起，描写凄凉的环境（室外）；第二句承接第一句继续描写环境的空寂（室内）；颔联用白描手法烘托老境悲凉，颈联以候虫和寒鹊自喻，用比拟手法勾勒凄清际遇；尾联转合到对家乡的深切思念，诗人面对破碎的山河，怀旧沦陷的故乡，心中抑郁难平。中二联也是错开来写，颔联发感，颈联绘景。

我也以这种章法创作过一些习作，如：

忆英山龙潭河谷之行
段　维

渐入龙潭幽胜地，匡庐始觉浪虚名。

云车雾辇乘风至，翠仗红旌列队迎。（远景）

溪涧流金山后雨，藤萝交股旧时情。（近景）

百年若得一丘土，四海飘蓬足此生。

这首诗的颔联写的是远景，颈联写的是近景。如前文所说，总之，两联所写内容、角度都不要雷同，以错开为宜。

顺便说一句：排律最适合此种章法。可在五言、七言律诗的基础上，以两联倍数级来增加内容。

如果再分得细一些，这种首联"起承"之后，接下来的叙写内容又可分为围绕"第一句"展开或围绕"第二句"展开。如《红楼梦》中贾宝玉写过一首《有凤来仪》：

秀玉初成实，堪宜待凤凰。

竿竿青欲滴，个个绿生凉。

逦砌妨阶水，穿帘碍鼎香。

莫摇分碎影,好梦正初长。

贾宝玉的诗就是后六句围绕首联第一句"秀玉初成实"来展开。无论是"待凤凰""青欲滴""绿生凉""妨阶水""碍鼎香"还是"分碎影""正初长",无一不是写"秀玉"的。后六句围绕首联第二句来写的例子大家可以自己找找。

(二)章法的变种

其一,首联第一句关合颔联或颈联,第二句关合颈联或颔联,转结则另起一意。例如:

过宋员外之问旧庄

杜 甫

宋公旧池馆,零落首阳阿。

枉道祇从入,吟诗许更过?

淹留问耆老,寂寞向山河。

更识将军树,悲风日暮多。

诗的颔联"枉道祇从入,吟诗许更过"是用来补足首联第一句"宋公旧池馆"的。杜甫之所以枉道过宋庄,而且那么匆忙,主要在于他相当尊重宋之问的诗作,所以他说:为了吟诗,也许会再一次访问这位诗坛前辈的故居。宋之问媚附张易之等权贵,以善写应制诗得到武则天的赏识,对其人杜甫是不取的,所以全诗只及其诗,不及其为人。杜甫能做到不因人废诗是很不简单的。颈联"淹留问耆老,寂寞向山河"则是对首联第二句"零落首阳阿"的补叙。杜甫对着依然如故的山河,感到十分冷落、孤寂,为宋之问"迹在人亡"而感到悲伤。

咏怀古迹五首·其一

杜 甫

支离东北风尘际,漂泊西南天地间。

三峡楼台淹日月,五溪衣服共云山。

羯胡事主终无赖,词客哀时且未还。

庾信平生最萧瑟,暮年诗赋动江关。

与上例不同,诗的颈联"羯胡事主终无赖,词客哀时且未还"关合首联第一句"支离东北风尘际",是对杜甫晚年面对兵荒马乱、报国无门、流离失所处境的补充;颔联"三峡楼台淹日月,五溪衣服共云山"关合首联第二句"漂泊西南天地间",

是对杜甫"漂泊"生涯的形象写照,所居之地乃风情殊异的蛮荒之地"西南"。

其二,前四句写一个意思,后四句写另一个意思,中间以某种方式使意思相关联。这种章法也被称作"四四"结构。

金 陵 怀 古
刘禹锡

潮满冶城渚,日斜征虏亭。

蔡洲新草绿,幕府旧烟青。

兴废由人事,山川空地形。

后庭花一曲,幽怨不堪听。

刘禹锡的这首五律前四句写的是过去,落日斜晖,草绿烟青;后四句写的是现在,物是人非,靡音缭绕。两者的调子基本是一致的,其实就是用对金陵的"感怀"之情将前后勾连起来。

其三,前六句一般以事件或景色做铺垫,后两句归结题意。这种章法也被称作"六二"结构。

谷口书斋寄杨补阙
钱 起

泉壑带茅茨,云霞生薜帷。

竹怜新雨后,山爱夕阳时。

闲鹭栖常早,秋花落更迟。

家童扫萝径,昨与故人期。

钱起的这首五律前六句都以写景作为铺垫,云蒸霞蔚,鹭栖花飞,动静相生,旖旎动人。尾联归结到题意即"怀人",前面的景色写得越好,对过去时光的留恋越强,尾联在这样背景的衬托下情感也就更加饱满。

其四,还有一些特例,即整首诗起承转合不那么明显的。

(1)有些咏物写景的诗,首联起笔就直接写具体的景物,不怎么注重"起承",但尾联还是讲究"转合"的。例如:

正月十五夜
苏味道

火树银花合,星桥铁锁开。

暗尘随马去,明月逐人来。

游妓皆秾李,行歌尽落梅。

金吾不禁夜,玉漏莫相催。

该诗前三联都在写景,是一种并列关系,直到尾联方才转合。这一点要特别提请注意,我见过很多初学者的习作,四个联句都在写景,显得一盘散沙。我们放宽一点看,至少尾联要有所"转合"。

(2)以第一句为主,其余围绕此句展开。例如:

陪郑广文游何将军山林十首之三

杜　甫

万里戎王子,何年别月支?

异花开绝域,滋蔓匝清池。

汉使徒空到,神农竟不知。

露翻兼雨打,开坼渐离披。

整首诗都在讲戎王子花,看似没有什么章法,仔细研判却发现其内容并非是简单叠砌或排列,而是颈联、尾联与首联、颔联交叉呼应。初学者还是按常规练习更便于掌握基本规律,进步更快。进阶者也要注意全诗仍有"暗线"贯穿,即所有的诗句都是从不同视角对主题(戎王子花)的立体式叙写,尤其是后三联被暗线牵引交织缠绕着。

可见,律诗的章法也是相对的。初学者最好遵守,熟练者可以在保持逻辑主线或者暗线的前提下,灵活运用,说不定还能自创新法。

二、章法的具体运用

1.关于"起"

(1)对景起兴

例如:

钱塘湖春行

白居易

孤山寺北贾亭西,水面初平云脚低。

几处早莺争暖树,谁家新燕啄春泥。

乱花渐欲迷人眼,浅草才能没马蹄。

最爱湖东行不足,绿杨阴里白沙堤。

诗的首联对着眼前的景色起兴,通过对西湖早春明媚风光的描绘,抒发了作者踏春游湖的喜悦之情。

(2)抒情起兴

例如:

和晋陵路丞早春游望

杜审言

独有宦游人,偏惊物候新。

云霞出海曙,梅柳渡江春。

淑气催黄鸟,晴光转绿苹。

忽闻歌古调,归思欲沾襟。

该诗一开头就发感慨,说只有离别家乡、奔走仕途的游子,才会对异乡的节物气候感到新奇而大惊小怪。在这"独有""偏惊"的强调语气中,生动表现出诗人宦游江南的矛盾心绪。

(3)以比拟引事起兴

例如:

从歧王过杨氏别业应教

王 维

杨子谈经所,淮王载酒过。

兴阑啼鸟换,坐久落花多。

径转回银烛,林开散玉珂。

严城时未启,前路拥笙歌。

这首诗起笔以比拟引事(用典)起兴点题,以西汉大学者、文学家扬雄比杨氏,以淮南王(王位,不一定确指谁)比歧王。笔调略带诙谐调侃,让人感到新颖别致。

(4)扣题直起

例如:

赠孟浩然

李 白

吾爱孟夫子,风流天下闻。

红颜弃轩冕，白首卧松云。

醉月频中圣，迷花不事君。

高山安可仰，徒此揖清芬。

该诗首联扣题，开门见山，抒发了对孟浩然的钦敬爱慕之情。一个"爱"字是贯串全诗的抒情线索。"风流"指浩然潇洒清远的风度人品和超然不凡的文学才华。这一联提纲挈领，总摄全诗。到底如何风流，就要看中间二联的笔墨了。这中间二联好似一幅高人隐逸图，勾勒出一个高卧林泉、风流自赏的诗人形象。

2.关于"承"

（1）就首句之意承题

例如：

春日忆李白

杜 甫

白也诗无敌，飘然思不群。

清新庾开府，俊逸鲍参军。

渭北春天树，江东日暮云。

何时一樽酒，重与细论文。

首联第一句点出人物李白，第二句随之对其神态进行描写，两句联系严丝合缝，承接自然。

（2）就首联之意承题

例如：

登金陵凤凰台

李 白

凤凰台上凤凰游，凤去台空江自流。

吴宫花草埋幽径，晋代衣冠成古丘。

三山半落青天外，一水中分白鹭洲。

总为浮云能蔽日，长安不见使人愁。

颔联承句的"吴宫花草埋幽径，晋代衣冠成古丘"，就是在承接首联"凤凰台"和"江自流"的空寂情境来写的。颔联继续写遗迹"幽径"和"古丘"。这就是"起"的延伸。从他的"凤去台空"的时空变化，从而挖掘其中的启示，当有念天地之悠悠的感慨。

（3）叙事承题

例如：

奉和杨驸马六郎秋夜即事
王　维

高楼月似霜，秋夜郁金堂。

对坐弹卢女，同看舞凤凰。

少儿多送酒，小玉更焚香。

结束平阳骑，明朝入建章。

这首诗就事承题，用典较多。首联第二句类似于以"地点"（郁金堂）承接第一句的"时间"（月），形成常见的时间与地点的组合。

（4）发感承题

例如：

秦中感秋寄远上人
孟浩然

一丘常欲卧，三径苦无资。

北土非吾愿，东林怀我师。

黄金燃桂尽，壮志逐年衰。

日夕凉风至，闻蝉但益悲。

诗的首联用"一丘常欲卧"来形象地表明孟夫子的隐逸思想，然而"三径苦无资"却又和作者之"欲"发生了矛盾，透露出作者穷困潦倒的景况，抒发了不得志的悲怀。

3.关于转合

律诗的转合方法多种多样。从表达风格来讲，可以分为叙事或用典、抒情或发感、写景或拟象（模仿或塑造出某种形象）等；从逻辑关系来讲，有平行收束、递进收束、反转收束等。我们这里参考徐晋如先生在《诗词写作教程》第六章中的分类，姑且名之为"结构分类"吧。因为这种分类的好处可以分别与表达风格、逻辑关系的几种类型进行排列组合，使得转合方法更加丰富多样。

（1）直接扣题转合

例如：

蜀先主庙

刘禹锡

天地英雄气，千秋尚凛然。

势分三足鼎，业复五铢钱。

得相能开国，生儿不象贤。

凄凉蜀故妓，来舞魏宫前。

此诗尾联就题目《蜀先主庙》转接，不离不隔，哀痛沉郁，引人深思。此处也可看作是用事或用典转合。

（2）趁颈联之势转合

这种方法就是趁颈联之势或称就颈联之意来转合，以显得气韵流动连贯，逻辑扣锁紧密。

例如：

章台夜思

韦庄

清瑟怨遥夜，绕弦风雨哀。

孤灯闻楚角，残月下章台。

芳草已云暮，故人殊未来。

乡书不可寄，秋雁又南回。

该诗尾联就最近的颈联之意转合，显得结构尤为紧凑。颈联写日暮故人未归，尾联紧接着写乡书不可寄，相比之下，秋雁又南回，雁犹如此，人何以堪。此处还可看成写景或发感转合。

（3）用比用事切题转合

例如：

送李判官赴东江

王维

闻道皇华使，方随皂盖臣。

封章通左语，冠冕化文身。

树色分扬子，潮声满富春。

遥知辨璧吏，恩到泣珠人。

此诗尾联采用比兴手法直切题目"送李判官赴东江"之事进行转合，既表达了作者对友人的思念，更表达了对友人的期望。此处也是用事或用典转合的范例。

(4)宕开一笔转合

这种转接手法可以顾名思义，就是不沿着上面所讲的"扣题""用事""就势"等套路来，而是撇开一笔，或另起一意(当然与主题相关)来绾结。

夜泊牛渚怀古

李　白

牛渚西江夜，青天无片云。

登舟望秋月，空忆谢将军。

余亦能高咏，斯人不可闻。

明朝挂帆席，枫叶落纷纷。

诗的前六句都是围绕"牛渚"写景、抒怀，尾联则宕开其笔而另起一意，想象着明朝挂帆离去的情景。在飒飒秋风中，片帆高挂，客舟即将离开江渚；枫叶纷纷飘落，像是无言地送着寂寞离去的行舟，从而进一步烘托出因不遇知音而引起的寂寞凄清情怀。

第八讲 七言绝句技法（上）

　　律诗大约萌芽于南朝齐永明时沈约等讲究声律、对偶的新体诗,定型于初盛唐间,成熟于中晚唐时期。绝句起源于汉魏六朝的乐府短章,其名称可能来自六朝文人的"联句"。从结构来讲,律诗通常每首八句,超过八句的,则称排律或长律。除了首联和尾联以外,中间诸联一般要求对仗。绝句每首四句,不要求使用对仗。从风格来讲,律诗比较端庄、稳重,绝句比较灵动、活泼。

　　长久以来,律诗与绝句的关系被当作八句与四句的关系。由此另生一种说法:绝句即截句。赵翼《余丛考》引《诗法源流》说:"绝句,截句也。如后两句对者,是截律诗前半首;前两句对者,是截律诗后半首;四句皆对者,是截中四句;四句皆不对者,是截前后四句也。"有人不同意这种说法,谓绝句(四句诗体)在律诗之前即已存在。胡应麟《诗家·内编》说:"五、七言绝句,盖五言短,古七言歌之变也",他认为:"谓截近体首尾或中二联者,恐不足凭。五言绝起两京(指两汉),其时未有五言律。七言绝起四杰(指初唐),其时未有七言律也。"王夫之《姜斋诗话》也有类似的说法。

　　由于律诗与绝句的结构不同,风格也不同,因而写起来各有章法。前面我们讲过律诗技法,这一讲专门讲七言绝句技法(五言绝句技法我们后面另讲)。我认为讲七言绝句章法,就绕不开王渔洋。

一、渔洋七言绝句基本技法

　　王士禛(1634—1711 年),原名王士禛,字子真、贻上,号阮亭,又号渔洋山人,人称王渔洋,谥文简。新城(今山东桓台县)人,常自称济南人,清初杰出的诗人、学者、文学家。博学好古,能鉴别书、画、鼎彝之属,精金石篆刻,诗为一代宗匠,与朱彝尊并称。书法高秀似晋人。康熙时继钱谦益而主盟诗坛。论诗创"神韵说"。早年诗作清丽澄淡,中年以后转为苍劲。擅长各体,尤工七绝。虽未能摆脱明七子摹古余习,然传其衣钵者不少。

他主张所谓"神韵说":

(1)力图摆脱政治等社会性因素对诗词艺术的干扰,而更多地注重诗词本身淡远清新的境界和含蓄蕴藉的语言,从而更加强调诗词排闲解愁的消遣娱乐功能。这与"诗言情"契合,与"诗言志"略远,与"诗缘政"相抵牾。

(2)提倡唐代王、孟、韦、柳一派的诗风,以描写山水景色和个人情怀为主,其中多为七言绝句,写得古淡自然,清新蕴藉,在如画的风景之外,能够给人以淡淡的遐思和缈想。

(3)神韵说忽略诗人斯时斯地的真情实感,其情境偏好描摹古意且有些虚无缥缈,可意会而难以言传,常常让人难以捉摸。这几方面的问题在当时就受到了赵执信和查慎行的注意和纠正。

渔洋的七绝讲究章法,不像李白那样靠天才神性来随性挥洒。徐晋如在《大学诗词写作教程》总结渔洋诗法为:往往一二句正说,三四句转折,不像律诗那样有明显的起承转合。有时以第三句为主,以第四句承接之;或者以第三句为辅翼,第四句转折。"绝句要诗意不绝,渔洋的处理方法就是结句大都宕开一笔,仅就情景加以渲染勾勒,绝不直接说出主题,而把联想的空间留给读者。即所谓神韵之法。"①晋如之说,大抵如是,只是略欠周延,渔洋绝句也有不作明显转折的。后面我将结合自己的习作细加补足。

我初习七绝时不懂得还有这些章法,基本按照律诗的起承转合而为;后来有意试验过渔洋之法,思路果然开阔许多。

渔洋绝句诗法我归结为两大类型、三种情况。都是从内容方面入手,考察意象、意境之间的组合关系。

两大类型:

第一类是指不同时空之间的转换,多数情况下只是时间的前后转换,即由前两句写今,转到后两句写昔;或者前两句写昔,转到后两句写今。但也不排除会有空间转换的情况发生。

第二类是指同一时空下的角度、重心的转换,即前两句叙写眼前所见,三四句转结或以承带转结,或过渡到写自身感受。

三种情况:

其一,以第三句为主;

---

① 参见徐晋如:《大学诗词写作教程》,广西师范大学出版社 2007 年版,第八章。

其二,以第四句为主;

其三,就整体上无明显转折来分析。

下面我们就上述三种情况分别来解析,分析后再指出其属于哪一种类型。

(一)以第三句为主

1. 一、二句先叙今事,三、四句转至往昔情境,抚今追昔。第三句多用"年来、忆、还记"等衔接。例如王渔洋的《杨枝紫云曲》之一:

名园一树绿杨枝,眠起东风踠地垂。

<u>忆向</u>灞陵三月见,飞花如雪飐轻丝。

此诗一、二句写的是眼前景物,尽管没有出现时间引导词,但第三句开头的"忆向"给出了暗示,即三、四句回忆从前,这就间接表明前两句写的是过去。

再看渔洋的另一首《绝句》:

波绕雷塘一带流,至今水调怨扬州。

<u>年来</u>惯听吴娘曲,暮雨潇潇水阁头。

这首绝句与上一首略有不同,第二句中的"至今"点明是现在,第三句的"年来"是指"多年"的意思,导向过去的意思没有上一首"忆向"明显,但结合第二句的"至今"一起来看,回忆倾向就非常明显了。

2. 一、二句先追忆往事,三、四句则转至今事,彰显今昔之感。第三句多用"今日、此日、重见"等衔接。例如他的《江上望青山忆旧二首之一》:

扬子秋残暮雨时,笛声雁影共迷离。

<u>重来</u>三月青山道,一片风帆万柳丝。

第三句开端的"重来"指明了所见是眼前景物,自然一、二句就是叙写过去了。又如他所写《花朝道中有感寄陈其年三首之一》:

渔阳三月无芳草,客思离情不奈何。

<u>此日</u>淮南好天气,青骢尾蘸鸭头波。

第三句劈头的"此日"就指向"现在时",无疑也间接指出一、二句是在回忆从前的所见所思。

以上所分析的这种情况,属于时空转换的类型。

(二)以第四句为主

下面先看第一种情况,此情形又分两端:

1.以第三句为主,第四句承接。

(1)第三句多用否定词(如"不见、无情、莫问、懒得"等)转接。例如王渔洋《题沈朗倩石崖秋柳小景》:

> 宫柳烟含六代愁,丝丝畏见冶城秋。
>
> 无情画里逢摇落,一夜西风满石头。

这首绝句描写的都是眼前所见,只是第三句在一、二句平叙的基础上注入了自己的一种情感波澜,看似"转折",其实是深进一层。我们再看他的《大风渡江三首之二》:

> 红襟双燕掠波轻,夹岸飞花细浪生。
>
> 南北船过不得语,风帆一霎剪江行。

第三句的"不得"是"来不及"之意,纯是为了衬托结句的风帆之迅疾。

(2)第三句用转折连词("却上、惟余、只余"等)承接。

例如王渔洋《骊山怀古八首》之七:

> 不复黄衫舞马床,更无片段荔支筐。
>
> 只余今古青山色,留与诗人吊夕阳。

诗的一、二句连续用了否定语气,第三句"只余"也就成了"转折"。这首诗描写的是唐玄宗弃长安奔蜀地后华清宫的凄凉景象。

再看他的《虎山擅胜阁眺光福以雨阻不得往》:

> 虎山桥畔尽层松,掩映寒流古寺红。
>
> 却上重楼看邓尉,太湖西去雨蒙蒙。

诗的一、二句是传统的"起承"关系。第三句的"却上"看似转折,其实是"递进",引出结句之幽远缥缈意境。

(3)第三句设问,第四句答之(一般不直接回答)。

例如王渔洋《罗江驿夜雨》:

> 前旌已拂鹿头关,风雨勾留不肯闲。
>
> 何处行人最愁绝,潺亭亭下水潺潺。

此诗第三句面对眼前所见所感,借行人发问,其实是借机发自身之感慨,故无须直接回答,随即推出画面即达到了目的。发问只不过是一种修辞手法或曰结构方法而已。

再看他的《灞桥寄内二首之二》:

> 太华终南万里遥,西来无处不魂销。
>
> 闺中若问金钱卜,秋雨秋风过灞桥。

第三句置一设问性词语"若问",目的也是为了推出结句,加深相思之情。

2.以第三句为衬垫,第四句转折(重在第四句)。

(1)第四句多用否定词("不似、不信、莫让"等)转接。例如王渔洋《秦淮杂诗十四首之五》:

> 潮落秦淮春复秋,莫愁好作石城游。
>
> 年来愁与春潮满,不信湖名尚莫愁。

此诗前三句均叙写愁绪,结句用"不信"二字看似否定性转折,其实相当于"反语",更深入地刻画了诗人难以排遣的忧愁。

再看他的《华山道中即事》:

> 万山堆里看云松,曲崦幽溪复几重。
>
> 为爱泉声过林去,不知烟寺远闻钟。

诗人善于结构,前三句并叙,结句用"不知"二字巧妙地做了加法,把"烟寺远闻钟"拉进来,却给人以意料之外的悠长不尽之回味。如果把"不知"改为"前头",意境会大打折扣。这就是善于构思的魅力。

(2)第四句多用疑问词("何人、谁家、何处、谁见"等)设问。

例如王渔洋《樊圻画》:

> 芦荻无花秋水长,澹云微雨似潇湘。
>
> 雁声摇落孤舟远,何处青山是岳阳。

樊圻是清代画家,这是一首题画诗。与上首《华山道中即事》类似,叙写的都是画面上的内容,如果不善于结构,也会落入平铺之弊。诗人在结句着一"何处",虽是明知故问,却勾起了读者的好奇之感。

再如王渔洋《夜泊双漈子闻笛》:

> 嘉陵江上泊舟时,戌鼓初停月上迟。

已听寒潮不成寐,谁家横笛怨龟兹。

这首绝句与上述几首构思略有不同。诗人不是想利用技巧去推出并列的画面,而是一、二句勾勒画面,第三句转向心理感受的描绘,结句则用"谁家"一词发问,其意在加深愁苦之情,实际上带有递进之意。

(三)就整体上无明显转折来分析

这又可归为三类:

1.一、二句直赋眼前景,第三句以"好是、分明、好在"等词著以作者的评论。以王渔洋《清溪》为例:

> 蛮云漏日影凄凄,夹岸萧条红树低。
>
> 好在峨眉半轮月,伴人今夜宿清溪。

此诗第三句用"好在"一词打破了一、二句的低沉情绪,又牵引出结句的清幽心境。这是一种不明显的"潜转"。

再如他的《恽向千岩竞秀图》:

> 万壑千岩云雾生,曹娥江外几峰晴。
>
> 分明乞与樵风便,身向山阴道上行。

这也是一首题画诗。前两句正面描写画中之景,第三句用"分明"转向内心感受。也是无转而转。

2.一、二句就题直起,写眼前景、心中情,第三句以承带转,叙写人事,结句由实返虚,尽显神韵。例如王渔洋所写《江上》:

> 吴头楚尾路如何,烟雨秋深暗白波。
>
> 晚趁寒潮渡江去,满林黄叶雁声多。

此诗第三句承中带转,结句用"虚笔"(想象)造境,神韵之说于此毕显。再看他的《广元舟中闻棹歌》:

> 江上渝歌几处闻,孤舟日暮雨纷纷。
>
> 歌声渐过乌奴去,九十九峰多白云。

这首绝句与《江上》类似,结句意境幽远飘忽。

3.前三句皆就眼前之事(多为写景)作烘托,结句归结自身所要表达的旨意。例如王渔洋《夜雨题寒山寺寄西樵礼吉二首之一》:

日暮东塘正落潮，孤篷泊处雨潇潇。

疏钟夜火寒山寺，记过吴枫第几桥。

很显然，这首绝句化自张继的《枫桥夜泊》意境，但结句更用发问来寄托自己的孤寂情怀。再如王渔洋《秦淮杂诗十四首之十一》：

新月高高夜漏分，枣花帘子水沉薰。

石桥巷口诸年少，解唱当年白练裙。

这首诗的结构方法与前又有不同，前两句写景的"静"，后两句写人的"动"，动静对比，相当于打破了赋笔的平淡局限。结句看似据实叙写，其实是借"诸年少"解唱当年的歌曲来表达诗人对往昔"浮华"的眷恋之情抑或有反思之意。

以上所分析的第二、三种情况就属于前文所说"两大类型"的第二种类型。

总之，不管渔洋手法何等变化多端，都未能挣脱诗的"起承转合"章法的"规范"，其所为只是在既定的规范中做些闪转腾挪，以便看起来更加炫目多姿一些罢了。

二、七言绝句的特殊章法

绝句还有两种特别的作法，创始者乃杜甫也。除此之外，这里也介绍一些我自己的生发。

1. 四句就两种情事交叉照应

我们先仔细看这首诗：

存殁口号·其二

杜 甫

郑公粉绘随长夜，曹霸丹青已白头。

天下何曾有山水，人间不解重骅骝。

这首绝句基本的意思是说郑虔已死，天下再没有好的山水画了；曹霸老了，可是世人却不识货，不懂得欣赏他画的马。即首句讲死者，第二句讲生者，都是写的往事，是回忆；第三句对应叙写死者，第四句对应述说生者，分别表达了缅怀与挂念之情。从结构上看，这颇有些类似七律中的一种写法：颔联呼应首联的第一句，颈联对应首联的第二句。

黄庭坚对这种章法有过仿写：

病起荆江亭即事

黄庭坚

闭门觅句陈无己，对客挥毫秦少游。

正字不知温饱未，西风吹泪古藤州。

此诗黄庭坚写了他所想念的两个好朋友，一个是陈师道，在做秘书省"正字"小官，一个是秦少游，已经客死藤州。第一句写他想念陈师道，知道他家境困窘，爱苦吟，所以有"闭门觅句"之说，第三句写自己正担心他挨饿受冻。第二句写思念秦观，故有"对客挥毫"之语，第四句描写自己为他死在被贬的藤州而流泪。这显然是借用少陵笔法。这里举山谷绝句为例，窃以为山谷诗之意境略胜少陵矣。

我也尝试过这等笔法，但做了一些自己的修改。如：

遥想苏曼殊·其三

段　维

诗肠萧索吟来苦，画笔清虚意兴长。

几树红梅仍带血，一缰白马欲投荒。

诗中只写一个人的两件事，分别提到了苏曼殊有诗句"几树寒梅带血红"和苏曼殊的画作《白马投荒图》。

扩而言之，这种章法不仅适用于写一生一死，也可推及写一男一女、一老一少、一高一矮；或者写同一件事的两个方面、同一个人的两件事，等等。并且，三、四句的位置我觉得可以换位，这有点类似于"交错呼应对"形式，还因为第三句与第二句是邻位直接勾连，故从形式逻辑上看还更加紧密。这也启发我们学习章法时可以灵活运用、举一反三。

2. 四句并列分写四种情事

先来看一个熟悉的例子：

绝　句

杜　甫

两个黄鹂鸣翠柳，一行白鹭上青天。

窗含西岭千秋雪，门泊东吴万里船。

著名文学评论家李元洛认为,这首绝句的特色在于:一句一事,两两对仗,看似不相连属,确有涵盖乾坤的整体构图。其中还注意了线条、色彩、高下、远近、大小的有机组合。诗人熊东遨还分析出这四句诗就是四幅画面,并且这四幅画面分别写四个季节。

我们可以从上述分析中抽象出这首绝句的三个基本特征:一是一句一事,二是两两对仗,三是设定了某些对比关系。那么,后人借鉴这种结构创作是不是也需要具备这些基本要素呢? 个人觉得应该还有讨论的余地。

我也有一首五绝基本符合我总结出来的三个基本特征:

山村夜景素描
段 维
云隐松间月,溪流夜半砧。

蝉声能裂帛,萤火欲缝针。

指该诗描写了四个画面,基本符合上述三个基本特征;但第四句还是承接第三句而出的,还不是那么完全独立地与前三句并列。

关于四句并列分写四种情事,还有一种特殊情况,即四句从四个侧面叙写一个"中心"。如我写的《周末于家中电脑前对某些图书进行网上审读有寄》:"足底寒流袅袅青,鼠标活蹦指难凭。字词凝滞如蝌蚪,屏是方塘一块冰。"这种写法目前还未找到前人的例证,不知此等章法算不算是我所草创的。

总的来看,绝句章法灵活多样,但一定是有着一条或明或隐的"逻辑"线索在起着贯穿作用的,否则就会一盘散沙。

最后补充几句:绝句的整体风格,除了走上面所讲的王渔洋的"神韵"路线外,当下人们更习惯和喜欢走"趣味"路线,即多以巧思取胜,重在五趣,即事趣、景趣、情趣、理趣、谐趣。

五趣之中能得一趣便足可观,若能再加一二,殊为难得。

第九讲 七言绝句技法（下）

三、七言绝句的其他形式逻辑结构法

七言绝句的结构方法最为丰富，从不同视角可以归纳出不同的技法。熊东遨先生在《绝句法浅说》讲座①中对此进行了归纳，我在其基础上，进行了取舍、增添，归纳为六种结构形式。如果说，渔洋七绝技法是从"内容"方面入手，考察不同时空或同一时空中不同画面之间的组合关系的话，那么下面所总结的绝句（主要是七绝）结构法则多半是从"形式"方面入手，考察句子之间的逻辑组合关系的。其中两分式与渔洋诗法类似，其余并不相同。

具体说来，两分式的结构法与渔洋诗法有些类似，其他的诸如层递式、回环式、聚焦式、扩散式、沦陷式的结构法是渔洋诗法中没有涉及的类型。下面就遵循熊东遨先生的思路结合自己的心得进行介绍。

1.两分式

"两分式"很好理解，即两句一意，组合成绝句。细分起来它有三种形式：

第一类：以时间的推移构成两分；

第二类：以空间的变化构成两分；

第三类：以时间的推移和空间的变换交错构成两分。

下面分别来讲。

第一类：以时间顺序的推移构成两分。如：

---

① 参见熊东遨：《绝句法浅说——兼谈律诗中的对仗》，载《城市国学讲坛（第五辑）》，社会科学文献出版社 2012 年版，第 143—158 页。

题都城南庄

崔 护

去年今日此门中，人面桃花相映红。（昔）

人面不知何处去，桃花依旧笑春风。（今）

这首诗前面两句独立表达了去年游都城南庄时看到的景象和人物面貌；后两句则转到写现在看到的景象，即桃花依旧，而人面无寻。今昔对照，时间变了，而地点不变，睹物思人，更能表达作者的失落和怅惘之情。

第二类：以空间变换构成两分。如：

九月九日忆山东兄弟

王 维

独在异乡为异客，每逢佳节倍思亲。（异乡）

遥知兄弟登高处，遍插茱萸少一人。（家乡）

这首诗前两句描写的重点是我在异乡；后两句描写的落脚点是兄弟在家乡。地点变了，但时间没有变化，都是九月九日。兄弟同时却不同地，思念之情顿感强烈。

第三类：以时间的推移和空间的变换交错构成两分。例如：

夜 雨 寄 北

李商隐

君问归期未有期，巴山夜雨涨秋池。（现在、巴山）

何当共剪西窗烛，却话巴山夜雨时。（将来、家乡）

这首诗可以看作是前两首的时空"组合"。前两句叙写的是"现在"的"巴山"境况；后两句顺推到"将来"的"家乡"（西窗）。时空交错变幻构成两分。

2.层递式

其一，两并转合层递。前两句是并列关系，多以对仗句出之；然后三、四句作转合之势，表达更进一步的意思。如：

夜上受降城闻笛

李 益

回乐峰前沙似雪，受降城外月如霜。

不知何处吹芦管，一夜征人尽望乡。

诗的一二句好似两幅并列的画面,写出了塞外苍凉肃杀的环境。三四句在前两句的基础上更进一步,由不知何处发出的"芦管"之声,引得戍边战士一齐注目遥望魂牵梦萦的故乡。三四句很有画面感和整齐划一的动态感,曲折地反映了边关战事吃紧和战士舍身报国的情怀。

其二,三并就近层递。此式是我命名的。由三个画面组成,结句只就近承接第三个画面层递。我们来看一首绝句:

齐安郡中偶题
杜　牧

两竿落日溪桥上,半缕轻烟柳影中。
多少绿荷相倚恨,一时回首背西风。

我曾写过一首《登鹳雀楼远眺》的绝句,也是这种写法。当时有位诗友就提出疑问,能这样结构么? 我一时也没想起例句,心中颇惴惴然。诗是这样写的:

登鹳雀楼远眺
段　维

落日如刀初破橙,黄河云状锦帆行。
蒲州新绿追风长,欲撷江南十万程。

诗成之后,我请教过一位诗词长辈,他认为这有如电影蒙太奇镜头的连缀,完全可以这么写。现在看来,小杜早就为我们树立标杆了。

其三,起承两并层递。这种章法是第一句"起",第二句"承",三四句作为两个并列的句子对一二句做进一步的描写,既是细节补充,也深化了前两句。例如:

春　日
秦　观

一夕轻雷落万丝,霁光浮瓦碧参差。
有情芍药含春泪,无力蔷薇卧晓枝。

一二句类似于因果关系复句,说明因为"一夕轻雷落万丝",才造成了"霁光浮瓦碧参差"的场景。三四句用两个并列的"微距"分镜头进一步深化了一二句的含义。

这种方法以及下面将要讲的方法,都是渔洋诗法没有涉及的。

其四,三归一层递。例如:

117

淮村兵后

戴复古

小桃无主自开花，烟草茫茫带晚鸦。

几处败垣围故井，<u>向来一一是人家</u>。

此诗一、二、三句都是相对独立的画面，最终这三个画面由第四句"向来一一是人家"来统合，组成了一组战乱之后的田园衰败图。读到"向来一一是人家"时，谁能不肝胆俱焚！

其五，一领三层递。例如：

花　影

苏轼（一说谢枋得）

<u>重重叠叠上瑶台</u>，几度呼童扫不开。

刚被太阳收拾去，却教明月送将来。

诗的第一句"重重叠叠上瑶台"类似"领班"带领二、三、四句三个跟班。但四句都是围绕着"花影"这个"主题"来展开的。这种结构比较少见，通俗地称之为"一拖三层递"亦可。

其六，三夹一层递。此式"层递句"夹在中间，既不领头，也不煞尾。如：

六月二十七日望湖楼醉书

苏　轼

黑云翻墨未遮山，白雨跳珠乱入船。

<u>卷地风来忽吹散</u>，望湖楼下水如天。

我们不难看出这首诗的一、二、四句分别是独立的三个画面，而且这三个画面既相对独立，又在逻辑上存在着次第关系，由黑云遮山到白雨跳珠，再到睡浪滔天，随着时间的推移，出现的雨袭场面逐步升级。而这些画面之所以不显得"散"，主要是因为有第三句"卷地风来忽吹散"心甘情愿地起了"串联"作用，没有去争取"独立"。

3.例证式

这种章法往往是一二句立论，三四句举例佐证。这也可看作是一种特殊的"两分式"（非时空变化）。

寒食汜上作

王　维

广武城边逢暮春，汶阳归客泪沾巾。

落花寂寂啼山鸟，杨柳青青渡水人。

诗的一、二句类似于立论"暮春时节的客泪"，三、四句用形象的比喻"落花寂寂啼山鸟，杨柳青青渡水人"来印证论题"暮春时节的客泪"。当然这种论证只是一个类比的说法，不要真的像写理论文章那样去客观地"摆事实、讲道理"地进行论证，因为弄不好就失去了诗的形象化特征。

顺便说一句，虽然我们这一讲所讲的是七绝的一些章法，但五绝也是可以参照运用的。我写过一首五绝：

老父为我补衣并训示

段　维

飞针织经纬，衣破自当珍。

弹饮三千甲，方能号战神。

有诗友问我这是什么章法，我一时想起了词的组句技法中先实后虚的"逆提顿"手法，如秦观《浣溪沙》下片："自在飞花轻似梦，无边丝雨织成愁。宝帘闲挂小银钩。"说穿了，也就是先"立论"，接着用形象化的语句进行烘托。

当然，倒过来先描写后立论的章法肯定是可行的，这种例子很多，此不赘言。

4. 回环式

回环式又叫"连珠体"，不常见。其特点是结构不依常格，回环重沓。如：

雪梅·其二

卢　钺

有梅无雪不精神，有雪无诗俗了人。

日暮诗成天又雪，与梅并作十分春。

此诗围绕着"梅""雪""诗"三个字回环重沓，别有意趣。这个与后面会讲到的"叠咏诗"相似，但又有不同。回环式不一定每句诗中都含有某一个或某两个字进行均衡重沓；叠咏诗则是必需的。我们平时谈诗，通常都强调不要有重复的字，但这里属于诗人有意识地运用回环手法，不仅合律，而且亮眼。卢钺喜用回环，除了这首整首回环，还有半首回环的。例如他的《雪梅·其一》：

梅雪争春未肯降，骚人搁笔费评章。

梅须逊雪三分白，雪却输梅一段香。

需要强调一下，以上所讲，无论是律诗章法还是绝句章法讲的都是一种"逻辑"（包括外在形式和内在脉络）。不要以为诗因为讲"形象"就不讲"逻辑"了。这里所说的逻辑至少有四个层面：形式逻辑（字面或结构）、事实逻辑（生活或历史）、艺术逻辑（无理而妙等）、辩证逻辑（不走极端等）。失去逻辑关联的形象只会是一盘散沙。

四、绝句内容的有效"截取"

我曾在一些地方讲过，绝句字数虽少，但可以留白，给大家的想象空间反而比律诗要大。但我们写诗时经常贪大求全，在绝句中塞进很多内容，结果造成主题分散，也就是什么都想说，结果什么也没有说清楚，更谈不上说透。更坏的效果是，由于装进去的东西太多，结果把袋子（章法）撑破了，里面的东西掉了一地。因此，绝句的内容应该有效"截取"，既是讲"截取"，本节内容就突破了标题"七言"的范围，因为五言、七言绝句在内容如何"截取"方面是完全一致的。为了避免在两处讲解同一内容，在逻辑形式上适当做点"突破"，想必大家是理解的。

诗人刘庆霖在《绝句表现意境的特点和规律》一文中，谈到了四种方法，我在这里做一些编排和补充、发挥，简称"五个一"，便于大家理解。

1.只截取"一幕序曲"

只截取一幕戏的序曲，而不写落幕，是唐人绝句的主要特点之一。我们先看下面的例子：

怨　情

李　白

美人卷珠帘，深坐颦蛾眉。

但见泪痕湿，不知心恨谁。

这首诗重在描写一位美人的面部表情，诗人从这些表情中推断出心中有"恨"，但恨谁却没有说明，留给读者思索回味。就像大幕刚刚拉开就很快关闭一样。试想，如果诗人把结果和盘托出，还有现在的美感吗？

我们再看另一首诗：

终南望余雪

祖　咏

终南阴岭秀，积雪浮云端。

林表明霁色，城中增暮寒。

据说这首诗是诗人应进士考试所作。本来应试诗规定要十二句，但祖咏写了这四句就交卷了。考官问其原因，他回答"意尽"。这首诗也只表现了赏雪的序曲。值得庆幸的是，祖咏没按照规定答题，竟然顺利地通过了进士考试。

2. 只截取"一场落幕"

与只截取"一幕序曲"相反，绝句只写曲终一幕，忽略掉中间的复杂过程。这也是唐代绝句的拿手好戏。唐代以后的绝句更加注重"说理"和细节描画，少了唐代绝句的以虚为主的"神韵"。我们还是看实例：

于易水送别

骆宾王

此地别燕丹，壮士发冲冠。

昔时人已没，今日水犹寒。

从诗题上看，这是一首送别诗。从诗的内容上看，这又是一首咏史诗。诗人在送别友人之际，发思古之幽情，按照一般思路应该写刺杀秦王的复杂而曲折的过程，因为过程十分精彩。但诗人舍弃了常规套路，直接推出一场大戏的落幕画面：昔日的英豪早已长逝，唯剩今日的易水依旧那般寒冷彻骨。诗到此戛然而止。但我们却浮想联翩，今昔对照，"水犹寒"而"人已没"，这是何等令人痛彻心扉的冷峻凄惨的场景！还有必要再续写下去吗？

我们再看一首例诗：

送孟浩然之广陵

李　白

故人西辞黄鹤楼，烟花三月下扬州。

孤帆远影碧空尽，惟见长江天际流。

这也是一首送别诗，寓离情于写景。但与第一首相比，落幕留下的不再是凄凉肃穆、胆寒心裂的写照，而是眼界高远、心胸广袤的场景。诗仙之笔极尽渲染之能事，绘出了一幅意境开阔、情丝不绝、色彩明快、风流倜傥的送别画面。万种情思皆寓其中，无须赘言。

3. 只截取"一个问题"

只截取一个问题，就是指仅仅提出某个问题，而不说出解决问题的路径，更不说出答案。这也是绝句的一大特点。这跟前面讲的只截取序曲有异曲同工之处。我们还是看例句：

悯农·其二

李 绅

锄禾日当午，汗滴禾下土。

谁知盘中餐，粒粒皆辛苦。

这是一首连蒙童都耳熟能详的诗。前两句是情景的渲染，后两句提出"谁知盘中餐，粒粒皆辛苦"这样的问题，但没有给出答案。同样的例子还有：

富 贵 曲

郑 遨

美人梳洗时，满头间珠翠。

岂知两片云，戴却数乡税。

此诗语言浅白，讽旨颇深。诗人仅仅抓住富室女子首饰之华美珍贵这样一个典型事物进行渲染，深刻地揭露出贵戚显宦、地主富室生活的奢靡浮华。不仅如此，诗人还含蓄地提出了一个问题：时人哪里知道，一个富室女子两片云鬓上的配饰就花费了"数乡"农民所缴纳的赋税？这种点到为止，不做回答的方式，更具有感染力。

4. 只截取"一件事情"

一般情况下，因为绝句的空间有限，可以集中精力只写一件事情，通过这一件事情去透视社会生态。例如：

乌 衣 巷

刘禹锡

朱雀桥边野草花，乌衣巷口夕阳斜。

旧时王谢堂前燕，飞入寻常百姓家。

诗人的一点灵感，借一只燕子阅尽时势沧桑，把不同时代的事串在一块儿，无理而妙地抒发历史兴亡巨变的感叹。我也写过类似的习作，关于这种方法的

运用,我以一首诗的修改过程为例:

蔡甸知音湖观荷戏作(定稿)

段　维

秋荷一色绿深沉,舞破重帷雪鹭身。

我比精灵见青涩,顶多只是白头人!

整首诗的诗眼在最后一句"顶多只是白头人"上。本来面对秋荷的深沉与庄严,自己感叹岁月不饶人,不知不觉间步入老境。但与周身皆白的鹭鸶相比,自己的白头就是小巫见大巫了。这种自我调侃,表达的是昂扬向上的精神。其实,在最初构思时,自己对于怎样表达犯了贪多的毛病。初稿是这样的:

蔡甸知音湖观荷戏作(初稿)

段　维

吟眸流绿倍精神,俯首平湖心自沉。

雪鹭拍肩如戏谑,顶多只是白头人!

原诗的问题在于:既想表达自己由喜转忧的情绪,又想表达白鹭出现后对自己的启示。这两个方面也有一定的逻辑关联,但关系比较复杂。很多时候我们自己设想得很好,但写出来的效果却不一定如你所愿。因此集中精力写好一件事,或者围绕一个中心来叙写,也许效果会更好。

5. 只截取"一个道理"

说理应该是一条线,尽量不旁逸斜出,节外生枝。只讲一个道理,把一个道理说透。例如:

王昭君

刘献廷

汉主曾闻杀画师,画师何足定妍媸。

宫中多少如花女,不嫁单于君不知。

相传,汉元帝因为画师把昭君画丑了,以致误以为昭君是丑女而远嫁匈奴,事后追悔,杀了画师毛延寿解恨。作者在头两句即替画师鸣冤,更高明的是,作者并未就此止步(如果就此止步,就与王安石的"意态由来画不成,当时枉杀毛延寿"差不多),而是从本质上揭示其深层原因,直接将矛头指向当时最高封建统治者汉元帝,揭示其奢靡的生活,对广大底层宫女给予深深的同情。

绝句讲到最后,补充总结一下:唐绝句以情韵为主,语言精辟,善用比兴,妙在含蓄不尽,富于言外之意;宋绝句倾向理趣,技巧趋于精湛;元绝句成就不大;明代复古唐风;清代技法上集历代大成,但创新不足。

　　不管唐宋元明清的绝句各有怎样的差异,但都会遵循绝句的基本规律。夏承焘先生曾讲过绝句"六字诀":少、小、了、常、藏、长。少:时空短暂,画面简洁。小:描写细节、不拘琐事。了:语言明了,通俗易懂。常:常见事物,普遍现象。藏:含蓄隽永,含而不露。长:韵味悠长,回味绵长。这可以当作对绝句体性认识的归纳和总结。

第十讲 ⟳ 五言诗的特性及炼字

前面我们花了大量篇幅讲了七言律诗和七言绝句，因为在我看来，七言诗比五言诗要更好把握一些，这也是遵从先易后难原则而为的。有了对七言诗的认识，再反观五言诗就要容易得多。

一、五律与七律的体性之别

一般情况下，人们都知道诗与词各有自己的体性（关于词的体性在稍后会专章讲析），现在要说的是，即便是诗体之间，也各有自己的体性。这一点常被习诗者忽略。与绝句相比，律诗要厚重、典雅一些；并且五律与七律又各有侧重。下面我们就专门考量一下五言律诗与七言律诗的体性之别。

为了便于记忆，我总结了类似口诀的东西，供大家参考：

> 五言重客观，追求空灵；
> 七言偏主观，崇尚平实；
> 五言少评论，七言多感慨。

还是先看诗例吧：

终 南 山

王 维

太乙近天都，连山到海隅。

白云回望合，青霭入看无。

分野中峰变，阴晴众壑殊。

欲投人处宿，隔水问樵夫。

这首诗基本上是围绕终南山的气势、景物变化来写，十分空灵入妙。全诗没有着一字评论，却显得无限蕴藉。对于尾联，历来有不同的理解、不同的评价。对此，清人沈德潜说："或谓末二句与通体不配。今玩其语意，见山远而人寡也，非寻常写景可比。"（《唐诗别裁集》）然而通过玩其语意，我们似乎可以领会更多的东西。

咏怀古迹·其三

杜 甫

群山万壑赴荆门，生长明妃尚有村。

一去紫台连朔漠，独留青冢向黄昏，

画图省识春风面，环佩空归月夜魂。

千载琵琶作胡语，分明怨恨曲中论。

这是杜甫经过昭君村时所作的咏史诗。诗的前三联看似写景，但"一去"和"独留"两字，都充满了哀怨；颈联的"省识"和"空归"也带有褒贬色彩；特别是尾联将诗人的悲愤态度和盘托出。

但大家要注意，这是指一般规律，切不可全部按这个套路来写，不然就是作茧自缚了。再看另外几首作品：

送杜少府之任蜀州

王 勃

城阙辅三秦，风烟望五津。

与君离别意，同是宦游人。

海内存知己，天涯若比邻。

无为在歧路，儿女共沾巾。

这首五律除了首联写景之外，其余都带有感怀成分，尤其是尾联，一洗古代送别诗中的悲凉凄怆之气，音调爽朗，清新高远，独树碑石。

客 至

杜 甫

舍南舍北皆春水，但见群鸥日日来。

花径不曾缘客扫，蓬门今始为君开。

盘餐市远无兼味，樽酒家贫只旧醅。

肯与邻翁相对饮，隔篱呼取尽余杯。

杜甫的这首七律，首联、颔联全在描写屋前屋后的景色，颈联也是用赋笔直陈家境,尾联也只是邀请邻居共饮,基本上没有直接发感,这在他的律诗中所占比例不大。

诗无定法,但有规律可循。练习有了一定的经验积累,方有可能达到随心所欲的境地。

二、五绝特性

进入正题之前,先讲讲五绝与七绝的异同。五绝追求言情真挚,文字朴质一点无妨,朴质处亦是动人处,而且以调古意高为第一要义。初盛唐的五绝由古绝发展而来,保留了较多的古朴与雅致。我们看初盛唐的五绝,一般多用朴质之语,直言其情,少作兴托之语。如:

蝉

虞世南

垂緌饮清露,流响出疏桐。

居高声自远,非是藉秋风。

这首咏物诗饱含寄托,具有很强的象征性。但遣词造句全是白描,不依靠比兴手法,但我们读起来依旧回味深长。

即便到了中唐后期,元稹的五绝也依然不脱古典风貌:

行 宫

元 稹

寥落古行宫,宫花寂寞红。

白头宫女在,闲坐说玄宗。

这首五绝一共二十字,如果多处重字,按常理肯定啰唆不堪。然而汉古诗经常是用字词的重复达到后人难以企及的意境。这首五绝,居然二十个字里有三个"宫"字,然而,就是这"行宫""宫花""宫女",突出表现了盛世不再的悲凉,以及白头宫女空虚冷寂的生活。这种五绝现在也能见到,但是要写出汉古诗的味道,则不是简单地重复字词就可以的,多读汉诗或许是掌握此种秘诀的不二法门。

而七绝则不同,它似乎生来就追求风调高华,特别讲究措辞的优美,多为兴托之语,贵有意象。这在前面所讲的七言绝句中体现得很充分,此不赘言。当然,在表达的含蓄和措辞的从容上,五绝和七绝也有共同的特点。

从诗歌史来看,五绝的风格比较稳定,唐以后的发展不是特别大;七绝虽然传统上以盛唐的高华、风神为正宗,但自中唐以降,七绝的风格在不断地发展变化,其题材领域也在不断开拓延展。绝句常常与民间歌曲、歌谣相互影响借鉴。这一点值得参考。

就五绝而言,我觉得王维、李白是五绝风格的"开新"者,比较有代表性,在如何"守正创新"方面也值得大家借鉴。

王维和李白的五绝共同点就是下语都很清秀流丽,不滞涩沉重。但他们的分别也是显而易见的。下面我们先看王维的两首五绝:

竹里馆

王　维

独坐幽篁里,弹琴复长啸。

深林人不知,明月来相照。

这首五绝是王维晚年隐居蓝田辋川时期所作。他早年信奉佛教,思想超脱,加之仕途坎坷,四十岁以后就过着半官半隐的生活。诗人是在环境清幽、心灵澄净的状态下与竹林、明月融为一体而命笔成篇的。一、二句交代弹琴环境,前后句为十字格,气韵流畅;第三句转写无人听到自己"弹琴复长啸",唯有"明月来相照"。结句回头照应首句,使整个氛围浑然一体,清新脱俗。

鸟鸣涧

王　维

人闲桂花落,夜静春山空。

月出惊山鸟,时鸣春涧中。

因为"夜静",更因为观风景的人"心静",所以他还是感受到了盛开的桂花从枝头脱落、飘下、着地的过程。而我们在诵读的同时也似乎进入了"香林花雨"的胜景。尾联以动写静,一"惊"一"鸣",看似打破了夜的静谧,实则用声音的描述衬托山里的幽静与闲适。

王维五绝多用赋笔,少用比喻。章法的诀窍在于一二句营造静谧的意境,三四两句不直接写题旨,而是渲染景致,偶或托喻比兴。

我们通常说李白是天才,不可学。李白的长项是古体诗,那种随想不羁的风格,确实不是轻易能学到位的。但他的五绝多用比兴手法,注重采用日常语言,亦多奇思妙想,很少用典,这些都是可供借鉴的。我们也看他的两首例诗:

夜宿山寺

李 白

危楼高百尺,手可摘星辰。

不敢高声语,恐惊天上人。

李白的五绝不走"高古"路线,而是善于运用比喻、夸张等手法描写,自成一格。起句"危楼高百尺"就是夸张,第二句运用丰富的想象来进一步补充叙写;三四句运用因果复句写出山寺的寂静,"恐惊天上人"确非凡人之语也。

夜下征虏亭

李 白

船下广陵去,月明征虏亭。

山花如绣颊,江火似流萤。

这首五绝,李白运用生动流畅的语言,独具匠心的比喻,在诗中形象地描绘了从征虏亭(在今南京)到广陵(今扬州)一带的江中夜景,表达了诗人出游时的喜悦之情。全诗语言如话,意境如画,对客观景物神态的描绘逼真传神,体现了作者驾驭语言的高超能力和天赋异禀的想象能力。

从以上的分析可以看出,五绝的特性以高古、朴拙为其底色。但王维、李白并没有拘泥于传统,而是积极开拓,让五绝风格呈现出别样风华。

三、五律炼字法

五律可学王维,其意境空灵,重在锤炼字眼,虚涵神理,诗画互见;也可学杜甫,其笔法凝重,亦注重炼字,风神沉郁。我们这里分别列举王维和杜甫的五言律诗(杜甫的《晚行口号》一诗在讲律诗章法时举证过,但与这里讨论的主题不一样,故不避),让大家体会一下二者的风格差异。讲解则侧重于"炼字"方面。

1. 重点在炼第三字

同崔员外秋宵寓直

王 维

建礼高秋夜,承明候晓过。

九门寒漏彻,万井曙钟多。

月迥藏珠斗,云消出绛河。

更惭衰朽质,南陌共鸣珂。

诗中颈联的第三字"藏"和"出"属于炼字之处。用"藏"说明星斗一开始是显露的,然后因为月亮非常明亮从而使星斗的光芒被掩盖了。用"出"说明银河一开始是黯淡无光的,因为浮云消失而使银河像"跃出"来一般。何其生动形象!

晚行口号

杜 甫

三川不可到,归路晚山稠。

落雁浮寒水,饥乌集戍楼。

市朝今日异,丧乱几时休。

远愧梁江总,还家尚黑头。

诗中颔联第三字"浮"和"集",显然也是诗人可能烹炼过的。"浮"字十分符合落雁在水面上的形态,"集"字写出了鸟类集体觅食的情景,两者都用得恰到好处,表现出寒冷与荒凉之境。

2.重点在炼第二字

我们分别看王维和杜甫的诗:

送封太守

王 维

忽解羊头削,聊驰熊首轓。

扬舲发夏口,按节向吴门。

帆映丹阳郭,枫攒赤岸村。

百城多侯吏,露冕一何尊。

诗中颈联的第二字"映"和"攒"就属于精细化的炼字。"映"字把从帆上面能看到丹阳郭的影子刻画得惟妙惟肖;"攒"有"凑聚"之意,含有动态描写,把枫树簇拥村庄的景色以拟人化的手法写出来,真不愧为炼字圣手。

秦州杂诗二十首·其一

杜 甫

满目悲生事,因人作远游。

迟回度陇怯,浩荡及关愁。

水落鱼龙夜,山空鸟鼠秋。

西征问烽火,心折此淹留。

诗中的颈联"落"和"空"亦是炼字,"落"字不仅仅指水位的下落,也有"龙居浅水遭虾戏"的无奈;用"空"字形容山,写出了鸟类和鼠类在秋天的窘境。秋天本是丰收的季节,现在的山却成了"空"的,反差何其大也,从而贴切地表达了诗人落寞和无奈的心情。

3.重点在炼第五字

送丘为落第归江东

王　维

怜君不得意,况复柳条春。

为客黄金尽,还家白发新。

五湖三亩宅,万里一归人。

知尔不能荐,羞称献纳臣。

诗中颔联中的第五字"尽"和"新"就属于炼字的范例。"黄金尽"以苏秦作比,描写丘为只身困于长安、盘资耗尽的窘况;"白发新"指返回时,由于忧愁的煎熬,两鬓新生的白发不断生长。一"尽"、一"新",两相映照,丘为的凄苦之状与诗人的哀怜之情如在目前。

陪郑广文游何将军山林十首其七

杜　甫

棘树寒云色,茵蔯春藕香。

脆添生菜美,阴益食单凉。

野鹤清晨出,山精白日藏。

石林蟠水府,百里独苍苍。

诗中颈联的"出"和"藏"尽管选字普通,但也是精心所为。"清晨出"说明野鹤觅食早行;"白日藏"准确地描写了山精夜出昼藏的特性。可见,组成诗句的字词无所谓雅俗高下,准确而传神即为好!

4.重点在炼第二、第五字

送邢桂州

王　维

铙吹喧京口,风波下洞庭。

赭圻将赤岸,击汰复扬舲。

日<u>落</u>江湖<u>白</u>,潮<u>来</u>天地<u>青</u>。

明珠归合浦,应逐使臣星。

诗中颈联中的第二字"落"和"来",第五字"白"和"青"就属于在两处不同位置同时炼字。一句之中同时锤炼两个字,其要求更高。"落"和"来"也是再普通不过的字,但二者形成了动作的起伏对照,合并欣赏,尤觉恰切。"白"和"青"都是颜色,分别把日落之后的江湖色彩和大潮来时的天地色彩写得细致传神,这既需要作者具有独特的观察能力,更需要作者具有不凡的表达能力。

<h3 style="text-align:center">与鄠县源大少府宴渼陂</h3>

杜 甫

应为西陂好,金钱罄一餐。

饭<u>抄</u>云子<u>白</u>,瓜<u>嚼</u>水精<u>寒</u>。

无计回船下,空愁避酒难。

主人情烂熳,持答翠琅玕。

诗的颔联第二字"抄"和"嚼"及第五字"白"和"寒"都属于炼字。"抄"和"嚼"两个动词选用十分贴切,使人的动作神态毕现;"白"和"寒"两个形容词相比较而言,后者更加出彩,一般人很难想到用"寒"字,表明杜甫具有常人不具备的特殊想象和感知能力。

5.重点在炼第二、第三字

以上列举了重点炼第二字、第三字、第五字,以及第二和第五字。还有没有炼其他位置的字呢?个人认为还可以炼第二字、第三字。虽然并没有找到古例,但我自己在创作中进行过实践:

<h3 style="text-align:center">东 湖 信 步</h3>

段 维

霾散天开眼,扫描生意隆。

<u>鱼</u>凭排岸浪,鸟<u>啄</u>采花风。

点石成金后,还魂落照中。

辉煌真一霎,心态问从容。

前文讲诗词的语言创新问题时,谈到了几种方法,如吸收口语、自创新语和点化旧语。这里再补充一个"新词旧用与旧词新用"的方法。诗中"扫描"一词是电子时代的新语,这里用作传统意义上的"环视"讲;"生意兴隆"是个旧词,这里用作"生机勃发",算是新词了。颔联中的"凭""排""啄""采"也算是炼字。"凭"有鱼借浪涌之势,"排"形容水势之大;"啄"字形容鸟的动态,在风中"啄"尤觉可爱;而风"采"花,是拟人手法,比较生动形象。

最后,举一二前人炼字不到位的例子,方便大家理解炼字的精义所在。一是炼字要无痕迹。刘长卿《移使鄂州次岘山馆怀旧居》诗云:"万里通秋雁,千峰共夕阳。""通"和"共"属于炼字,比较精准。而李嘉祐《至七里滩作》有类似的句子:"万木迎秋序,千峰驻晚晖。""迎"和"驻"也是炼字。前者不错,后者"便觉着力","套用刘熙载的话说,前者(指刘长卿诗句炼字)人籁已悉归天籁,后者出色而未能本色。"①二是炼字不能用力过猛。贾岛《访李甘原居》有句:"石缝衔枯草,楂根渍古苔。"一"衔"一"渍",很明显是诗人煞费苦心炼出来的,但并未感觉到给句子增光添彩,反而有过度雕琢之嫌。② 这是需要引起注意的。

①　参见陈如江:《古诗指瑕》,上海书店出版社 1998 年版,第 211 页。
②　参见陈如江:《古诗指瑕》,上海书店出版社 1998 年版,第 211—212 页。

第十一讲 词的体性辨析及组句技巧

词据说萌芽于南朝,隋唐时逐渐兴起。到了宋代,经过长期不间断地发展,进入了词的全盛时期。词最初称为"曲词"或者"曲子词",别称有:近体乐府、长短句、词子、曲词、乐章、琴趣、诗余等,本可入乐歌唱,后乐谱失传,只按词牌格律填写。词牌是词调子的名称,不同的词牌在总字数、句数,每句的字数、平仄上都有规定。词在其成型或曰成熟之后,除了句式有异之外,还形成了与诗不同的体性。比如,诗可以直抒胸臆,而词讲究曲折深婉。缪钺先生的《诗词散论》①对词的特质讲得极为详尽。为了便于记忆,不妨归纳成几句口诀:

> 词文小,多取资微物;
>
> 词径狭,重写景言情;
>
> 词质轻,如蜻蜓点水;
>
> 词境隐,似雾绕云蒸。

一、词的体性辨识

这一节内容,我们力图从词的风格嬗变与词的发展沿革相结合的视角来谈词的体性。有时二者还难以分割。

(一)词之婉约与豪放

词有婉约与豪放之说,且以为婉约为正,豪放为奇。明张綖云:"少游多婉约,子瞻多豪放,当以婉约为主。"

不过这种看法,朱庸斋先生并不同意。他在其著的《分春馆词话》开篇就谈

---

① 参见缪钺:《诗词散论》,陕西师范大学出版社 2008 年版,第 45—48 页。

道:"苏能以诗入词,词之疆域始广;辛能以文入词,而词之气始大。"①还进一步说:"万不能为李清照早年所作《词论》所误。"并首倡"诗词合一"。这种观点,实为一家之言。我们可以择其善者而从之。

附带说明一下:苏辛都是诗化之词的代表。这里说辛弃疾"以文入词",是指辛弃疾将辞赋的章法、句式以及内容等移植入词,为散文与词体之间打通了道路。他还喜好用典和口语,为词增强了表现力。

谈到词的婉约与豪放,需要对词的流变做一个简单的梳理,即找出从"歌辞之词"到"诗化之词",再到"赋化之词"的变化脉络。②

以直接的感发写出风月情怀,供酒宴歌席演唱,被称为"歌辞之词"。温庭筠、韦庄、冯延巳和南唐二主为其代表。这些词多以婉约风格著称。我们看两个例句:

菩 萨 蛮

温庭筠

小山重叠金明灭,鬓云欲度香腮雪。懒起画蛾眉,弄妆梳洗迟。 照花前后镜,花面交相映。新帖绣罗襦,双双金鹧鸪。

从这个词的表面意思来看,可以知道他所写的是一个美女,在闺房之中,从起床、梳洗、画眉、簪花照镜、穿衣挪步……这样的一个过程。可是词比诗更容易引起读者的联想,更容易产生像阐释学所讲的衍生意义,也即是从读者的联想滋生衍生出来的意义。

为什么有这种特色呢?这种解释合理不合理呢?现在我们就用这首词作为一个例证,来看看叶嘉莹先生是如何分析的:

"小山重叠"是床头屏风的曲折的形状(也有不同的理解)。"金明灭"则是指破晓之时,阳光从门窗的空隙中照射进来,落在女子的枕畔的屏山之上,而屏山上是有一种金碧螺钿的美丽装饰的,所以当日光照在这个屏风上时,自然就显得金光闪烁。接下来"鬓云欲度香腮雪",是指女子晚上卸了妆,头发披散着。温飞卿(温庭筠字飞卿)没有说云鬓,说的是鬓云。因为"云鬓"是比较理性的说明,类似于说像乌云一样的鬓发。可是说"鬓云"就不同了,把头发说成是乌云了,这就更形象化了。"鬓云欲度",是指如云的头发随着她在枕上一转头就飘

① 参见朱庸斋:《分春馆词话》,广东人民出版社1989版,第1页。
② 这种划分方法参见叶嘉莹:《唐宋词十七讲》,北京大学出版社2007年版。

拂过去。"香腮雪"指的是女子的面颊,因为敷有脂粉,是香的,皮肤是白的,所以称之为"雪"。他把"云"放在前边,把"雪"放在后边,不是说雪白的香腮,而是香腮的白雪、是鬓发的乌云,这就是温词的特色。有些说词的人,如清代的张惠言、陈廷焯都以为像温庭筠这样的小词,具有中国"风骚"和"比兴"的意思,有种喻托的含义在其中。这种解释,当然是比较勉强了。王国维就很不赞成。他说张惠言之类是深文罗织、牵强附会的。可是一个更妙的事情就发生了,即张惠言虽然是牵强附会的,可是温庭筠的词确实可以给我们这种联想,这就是西方阐释学所说的"衍生义"。正是这种衍生义,让我们读花间词时确实不仅仅局限于是在欣赏风花雪月。①

其后的韦庄词注入了自己的主观感受,所表达的多是某一个事件;冯延巳词则注重叙写情感意境,不指实,因而联想更丰富;南唐二主的词注重直接的内心感发,语极沉哀。花间小令发展到北宋的晏几道,形成了自己独特的个性。比如讲究句子的经警,常常在词中夹杂一两句诗,倏然生色。我们不妨看看:

临 江 仙
晏几道

梦后楼台高锁,酒醒帘幕低垂。去年春恨却来时,<u>落花人独立,微雨燕双飞</u>。记得小苹初见,两重心字罗衣,琵琶弦上说相思。当时明月在,曾照彩云归。

晏几道是小令的高手。这首下令通过虚实交融的描写,抒发了词人对歌女小苹的怀念之情,有着比较鲜明的特色。

全词可以划分为四个层次:

第一层为"梦后楼台高锁,酒醒帘幕低垂",也是词的起句。用梦境来描写某种环境,十分契合一种迷离恍惚的情境。读者由此可以感知词人与歌女之间的情感缠绵——经过甜蜜的梦境之后,词人醒来所见却是锁着门的楼台和低垂着毫无生气的帘幕。这无疑也逗起了读者的好奇心。

第二层为"去年春恨却来时,落花人独立,微雨燕双飞",也是词的前结。"去年"二字很重要,它明示词人与歌女相恋已久,所以才有刻骨铭心的思念,且日有所思夜有所梦。"却"字可当"又""再"解。意思是说,去年的离愁别恨又涌上了心头。"落花人独立,微雨燕双飞"是直接把唐五代诗人翁宏的《春残》诗里的句子拿过来了,不料却成了千古名句。这个对仗句十分唯美,孤独之人面对

---
① 参见叶嘉莹:《唐宋词十七讲之温庭筠》,载《意林文汇》,2016 年第 8 期。

落花,双飞燕在微雨中翱翔,两者的对比何其鲜明。

第三层为"记得小苹初见,两重心字罗衣,琵琶弦上说相思",也是词的过片。词人直接用回忆的口吻,而不再是如起句那般隐晦了。想起初见歌女之时,她的打扮是两重"心字罗衣"。欧阳修《好女儿令·眼细眉长》:"一身绣出,两重心字,浅浅金黄。"我们可以闭目想象一下歌女的娇媚。词人接着信手拈出"琵琶弦上说相思"句,很自然地让人想起白居易的《琵琶行》来,这也算是暗用典故了。

第四层为"当时明月在,曾照彩云归",也是词的尾结。这句也是暗用句典的例子,它化自李白《宫中行乐词》之"只愁歌舞散,化作彩云飞",最终词人自己将梦境打碎,留下无尽的遗憾和思念。

柳永从语言方面改变了歌辞之词的传统,用长调的铺排替换了小令的跳脱;并且变单纯的情感描摹而为兴象高远的描写(但仍脱不了对情感相思的刻画,有时甚至描写落俗):

夜 半 乐
柳 永

冻云黯淡天气,扁舟一叶,乘兴离江渚。渡万壑千岩,越溪深处,怒涛渐息,樵风乍起。更闻商旅相呼,片帆高举,泛画鹢、翩翩过南浦。

望中酒旆闪闪,一簇烟村,数行霜树。残日下、渔人鸣榔归去。败荷零落,衰杨掩映。岸边两两三三,浣沙游女。避行客、含羞笑相语。

到此因念,绣阁轻抛,浪萍难驻。叹后约丁宁竟何据! 惨离怀、空恨岁晚归期阻。凝泪眼、杳杳神京路。断鸿声远长天暮。

柳永精通音律,常常自创新声。这首《夜半乐》就是他自创的长调。全词共分三片,长达一百四十余字。在柳永以前的敦煌曲子词中,尚未发现有三叠的作品。该词的三片分工明确,脉络井然,铺排有序,衔接自然。这也是我们推荐学长调可以借鉴柳词的原因。

该词第一片起笔写恶劣的天气,"冻云"一词用得极好,衬托出词人压抑的心情,中四句词笔一转,忽又出现"越溪深处"的清幽景象,让词人心境转为平静。接下来用"更"字牵出后面商旅往来相呼的热闹场面。一片之中情感由抑郁转为平静,进而转为兴奋不已。这种转折的思路并非无迹可寻,而是井井有条。

第二片以"望中"二字引出,接着就写极目所见,有酒旆、烟村、霜树,还有渔人鸣榔、败荷零落、衰杨掩映、游女浣纱。

第三片是在上两片的基础上触景生情,以"到此因念"引出初念抛家漂泊,继叹后约无凭,终恨岁暮难归,结尾又缘情入景,以景结情。

柳永十分讲究句子的音乐性。由于词最初是用来歌唱的,所以音乐性显得非常重要,他十分注重发声的抑扬顿挫,常常运用双声叠韵、四声阴阳调谐、去声入声搭配、去声上声连用等技法。如"叹后约丁宁竟何据"八字中竟用了四个去声字。因为去声有远扬发调与响亮警动的作用,这就使字的声韵与思想感情的表达完美结合。

苏轼受柳永启发,但不像柳词那样过多地叙写儿女情长,而是把笔力更多地放在写才人志士的浩气,发挥了"诗言志"的传统,从内容方面走出了一条与花间词不同的道路,进而把诗化之词推向极致。这类词也被称作"豪放词"。下面我们看苏轼开豪放派先河的绝唱:

念奴娇·赤壁怀古

苏 轼

大江东去,浪淘尽,千古风流人物。故垒西边,人道是、三国周郎赤壁。乱石穿空,惊涛拍岸,卷起千堆雪。江山如画,一时多少豪杰。　遥想公瑾当年,小乔初嫁了,雄姿英发。羽扇纶巾,谈笑间、樯橹灰飞烟灭。故国神游,多情应笑我,早生华发。人生如梦,一樽还酹江月。

这首词感慨古今,雄浑苍凉,大气磅礴,昂扬郁勃,把人们带入江山如画、奇伟雄壮的景色和深邃无比的历史回顾中。

对东坡以诗为词多有诟病者,李易安也。她在其《词论》中,谓苏词"皆句读不葺之诗耳,又往往不协音律者"。此说仅从为词"正名"的意义上看,也许不无道理。其实东坡之词也并非都不合乎词之体性。像《八声甘州·有晴风万里卷潮来》《水调歌头·明月几时有》《水龙吟·似花还似非花》等都兼有了诗之直接感发与词之要眇深微的两种特质。试看苏大学士的《八声甘州》:

八声甘州·寄参廖子

苏 轼

有情风万里卷潮来,无情送潮归。问钱塘江上,西兴浦口,几度斜晖?不用思量今古,俯仰昔人非。谁似东坡老,白首忘机。　记取西湖西畔,正春山好处,空翠烟霏。算诗人相得,如我与君稀。约它年、东还海道,愿谢公、雅志莫相违。西州路,不应回首,为我沾衣。

这首词作于元祐六年(1091 年),苏轼由杭州太守被召为翰林学士承旨时,于离杭时送给参寥的。参寥是一名僧人，与苏轼过从甚密，算是莫逆之交。

词的上片写的是钱塘江景物。起句"有情风万里卷潮来"乍起天风海涛之声，而"无情送潮归"又瞬间转为低吟浅唱。这也符合潮水的涨落态势。其"有情"与"无情"皆是作者的主观感受，正契合怀人的心情起伏之状。接着以"问"作为领字引出后面的感慨，"几度斜晖"是指夕阳无情落下，回扣"无情送潮归"，以自然界的无情反衬朋友之间的有情。真是机关巧用，心思缜密！"不用"以下四句，看似有些消极，即面对社会人生的无情，不必替古人担忧，无须臧否对错，其实是一种心胸旷达、超凡脱俗的表现。接下来是一种调侃的口气：谁能像我一样，"白首忘机"呢？这几句，带有作者深沉的人生感喟和强烈的哲理色彩，读后引人思索。

词的下片从写钱塘江景转到写西湖景致。一个"记"字领起回忆之笔，写词人与参寥一起游湖的场景。"春山好处，空翠烟霏"，虚实相生的笔墨非常美妙。接着发出感叹："算诗人相得，如我与君稀。"为什么这么说呢？因为早在苏轼任徐州知州时，参寥就专程从余杭前去拜访他；苏轼被贬黄州时，参寥又不远两千里，至黄州与苏轼游从；此次苏轼守杭，参寥再到杭州卜居智果精舍；甚至在以后苏轼南迁岭海时，参寥还打算往访，苏轼去信力加劝阻才罢。难怪苏轼要发出"如我与君稀"的感叹。尾结几句用了两个典故，进一步表明苏廖之间的感情之深。一是据《晋书·谢安传》载，"安虽受朝寄，然东山（归隐）之志，始末不渝"，但终究还是病逝于西州门。"约它年、东还海道"，很少有人细加解释。我觉得应该指谢安泛海的典故。说的是，谢安盘桓东山时，一次和孙绰等名士泛舟海上，不料午后风云突变、海浪滔天，众人一时间大惊失色，只有谢安独自吟啸诗文，若无其事。船夫看他那安闲的情状，也跟着镇定下来，继续划向远方。随着风浪越来越猛，船上的名士们大都坐不住了，惊恐地奔忙逃命，一时间小舟像一片落叶在惊涛骇浪间浮沉。谢安却从容地说："如果再这样乱成一团，我们就回不去了。"大家这才平静下来，船也得以平稳，最终平安地驶回。谢安这种随遇而安的心态、临危不乱的胆量，被誉为足以安镇朝野。羊昙素为谢所重，谢死后，一次醉中无意走过西州门，醒后大哭而去。词人正是借这一典故来安慰友人：自己一定不会像谢安一样雅志相违（见不到了），使老友恸哭于西州门下。

全词上阕气象阔大，下阕情感幽怨，与《念奴娇·赤壁怀古》的风格是有明显差别的。叶嘉莹先生认为，东坡的这类词并非有心求之，而是因其坎坷遭际所抒发的个人情思与词之美感特质有了一种暗合之处。

后人将苏轼与辛弃疾并称"苏辛"。细较二家词，稼轩词虽多豪放气，但其遣词造句仍不脱词之曲婉"本色"。我们看看他的一阕《满江红》：

满　江　红

辛弃疾

　　点火樱桃,照一架、茶蘼如雪。春正好,见龙孙穿破,紫苔苍壁。乳燕引雏飞力弱,流莺唤友娇声怯。问春归、不肯带愁归,肠千结。　　层楼望,春山叠;家何在? 烟波隔。把古今遗恨,向他谁说? 蝴蝶不传千里梦,子规叫断三更月。听声声、枕上劝人归,归难得。

　　词的上片以"景"起,"点火樱桃"和"茶蘼如雪",比喻新颖,红白对举,将春天的景色描绘得如诗如画。接下来的"春正好,见龙孙穿破,紫苔苍壁",笔致由艳丽转为矫健。龙孙,是竹笋的俗称。是一种顽强生命力的象征。继而写作"乳燕引雏飞力弱,流莺唤友娇声怯",笔致又转为柔弱。随之在"弱""怯"的基础上,词人发出愤懑之问:"问春归、不肯带愁归,肠千结。"

　　词的下片围绕"愁"字进行具体描写。过片"层楼望,春山叠;家何在? 烟波隔",是承接上片"肠千结"而来,点名其愁是思乡所致。为何有山阻水隔呢? 联系当时的历史,可知南宋因山河沦陷、国家分裂所导致的。接下来很自然地抒发感慨:"把古今遗恨,向他谁说?"可谓愁怀浩渺,英雄的孤独感顿时袭来。后面的"蝴蝶不传千里梦,子规叫断三更月"是对遗恨的补叙,是后面将会讲到的"提顿"手法。尾结"听声声、枕上劝人归,归难得",其中"声声",承"子规叫断"而来,可谓善于呼应;"劝人归,归难得"二语,修辞学上称为"顶真格",其作用在于文气贯通,情感表达既含蓄又没有滞碍。

　　这首词最大的特点就是情感不断起伏,语气豪婉错落,喜悦与沉郁并存,相得益彰。在词风的守正与创新结合方面最为成功,为苏轼所不及也!

　　赋化之词也跟柳永有关。周邦彦发挥了柳词的铺排特征,更加注重"思力安排"。如果说,柳词的铺排还主要靠"感发"来自然叙写的话,周词则是刻意去安排结构的。先看例词:

过　秦　楼

周邦彦

　　水浴清蟾,叶喧凉吹,巷陌马声初断。闲依露井,笑扑流萤,惹破画罗轻扇。人静夜久凭阑,愁不归眠,立残更箭。叹年华一瞬,人今千里,梦沈书远。　　空见说、鬓怯琼梳,容销金镜,渐懒趁时匀染。梅风地溽,虹雨苔滋,一架舞红都变。谁信无聊为伊,才减江淹,情伤荀倩。但明河影下,还看稀星数点。

与柳词的自然铺排不同,周词十分注重铺排的技巧性安排。这首词就通过现实、回忆、推测和憧憬等各种意象的组合,抚今追昔,遥思未来,浮想联翩,摧肝裂肺,感慨深沉。词中情景交融、今昔对照,给读者丰富的审美享受。

上片初读时感觉时空有些错乱,不明就里。但我们如果抓住了核心句子"人静夜久凭阑,愁不归眠,立残更箭"就把脉络梳理清楚了。以词人凭阑孑立为基点,回过头去看前面的"水浴清蟾,叶喧凉吹,巷陌马声初断"是回忆往事的场景,而忆中人则是"闲依露井,笑扑流萤,惹破画罗轻扇"。这是一个相对完整的回忆场面。再以词人凭阑孑立为基点回到现实中来,于是便有"叹年华一瞬,人今千里,梦沈书远"的长叹。

下片接着写两地相思之境况。"空见说、鬓怯琼梳,容销金镜,渐懒趁时匀染"是词人所闻有关她对自己的思念之情,故用"见说"一词,"空"字则表达出万般无奈之感。词人想象着自己思念之人也在思念自己,以至于头发也懒得梳,镜子也懒得照。后面的"梅风地溽,虹雨苔滋,一架舞红都变"句,又显得有些突兀。这是因为周邦彦不像柳永那样喜欢运用领字或提示性语言,以便起到衔接、过渡的作用。周词喜欢凭空转换场景,犹如电影的蒙太奇镜头组合。这句其实是由回忆人事转向叙写眼前景物。如果加上"可怜眼前"这样的提示语,读起来就顺畅了。写这种人迹罕至、花自凋零的景象,是为了映照词人的低沉暗淡的心理。接下来是用典,一是"江郎才尽",一是"荀令伤神",深化了相思之苦。尾结"但明河影下,还看稀星数点",表达出词人凭阑至晓,通宵未睡的情状。全词都是在写词人"夜久凭阑"的思想感情以及心理活动过程。"稀星数点"句还回照"人静夜久凭阑"句,前后关联。虽然词人在词中曾刻意把时空打乱后重组,有时造成看似"混沌"现象,但只要我们静下心来理清情感脉络,整体上还是有章可循的。

(二)词的"质实"与"清空"

何为"质实"呢?平直而拘于事实也。张炎《词源·清空》云:"词要清空,不要质实。清空则古雅峭拔,质实则凝涩晦昧。"郑文焯《鹤道人论词书》曰:"词之难工,以属事遣词,纯以清空出之。务为典博,则伤质实;多著才语,又近昌狂。"

要搞清楚"质实"与"清空",我们先来看一看这首例词:

塞翁吟·赠宏庵

吴文英

草色新宫绶,还跨紫陌骄骢。好花是,晚开红。冷菊最香浓。黄帘绿幕萧萧梦,灯外换几秋风? 叙往约,桂花宫。为别剪珍丛。

雕栊。行人去、秦腰褪玉,心事称、吴妆晕浓。向春夜、闲情赋就,想初寄、上国书时,唱入眉峰。归来共酒,窈窕纹窗,莲卸新蓬。

这首词到底写的是什么,历来说法有别。有研究者疑此词乃为宏庵新纳妾而作;有的说是作者借写夫妻之事而另有寄托。我们且不去管其"本事"到底是什么,先从词的字面上去解读。

上片起句"草色新宫绶,还跨紫陌骄骢"不难理解,就是佩戴着新的宫制绶带,跨着骏马在大街上奔跑炫耀。接下来的"好花是,晚开红。冷菊最香浓"既是描写景物,又是对朋友表示祝贺。"黄帝绿幕萧萧梦,灯外换几秋风?"指的是季节轮替,借指朋友身份的变换,由昔日的清贫到今日的"花红"与"香浓"。接着忆及曾经的约定:"叙往约,桂花宫。为别剪珍丛。""别剪珍丛"确有近得新宠之喻象。这也是引起研究者联想的缘由。

过片"雕栊"二字用的是短韵,起的是镜头突然切换的作用。转写到另外的场景,也许真的是写的"老家"。家中人(疑为原配)隔着窗户望着为取得功名而渐行渐远的夫君,由于思念而"秦腰褪玉",即为伊消得人憔悴;她祈祷夫君不要"心事称、吴妆晕浓",不要因为功成名就而堕入女人的温柔乡。接下来是插入回忆:"向春夜、闲情赋就,想初寄、上国书时,唱入眉峰。"大意是想起某个春夜,夫君写成了《闺情赋》的情景,又想到他写好了国书将要上呈皇上之时,夫妻俩共同欣赏,眉目传情之状。尾结"归来共酒,窈窕纹窗,莲卸新蓬"是作者替"家中人"代言,希望夫君衣锦还乡之时举杯共庆,琴瑟和谐,并有爱的结晶(莲卸新蓬)。当然也可以看成是作者对朋友的一种祝愿,希望取得新的成就。

这首词最大的特点就是运用"空际转身"笔法。所谓"空际转身"就是章法上善于回环穿插、时空叠加,不时陡然转入回忆,又从回忆中转回现实,一如电影镜头的切换,需要读者运用思维的整合性功能将相互交织的画面按照一定的逻辑顺序梳理清楚,从而构成完整的"故事"情节。

夏敬观评此词曰:"其不用虚字,而用实字或静辞,以为转接提顿者,即文章之潜气内转法。"假如不究其内在联系,确易看成是一堆碎片的拼接。

历代对吴词的评价有天壤之别。张炎于《词源》中云:"吴梦窗词如七宝楼台,眩人眼目。碎拆下来,不成片段。"王国维在《人间词话》中取梦窗自作语"映梦窗零乱碧"来评之。而周济则于《宋四家词选序论》中赞曰:"梦窗立意高,取径远,皆非余子所及。"冯煦之《六十一家词选例言》云:"梦窗之词,丽而则,幽邃而绵密,脉络井井。"

我们学词尤其是慢词,可以适当借鉴梦窗笔法,但正如周济在《介存斋论词杂著》中警言:"梦窗每于空际转身,非具大神力不能。"

吴词可谓"质实",不过吴词的质实不在于字面秾丽,而在于叙写过多,很多句子,明白了他的用典也就知道了他的本事,这是质实的真正含义。

与之相对,张炎词则很少叙事,而是通过人情化了的景物意象曲折地传达感情:

八声甘州

张 炎

——辛卯岁,沈尧道同余北归,各处杭、越。逾岁,尧道来问寂寞,语笑数日。又复别去。赋此曲,并寄赵学舟。

记玉关踏雪事清游,寒气脆貂裘。傍枯林古道,长河饮马,此意悠悠。短梦依然江表,老泪洒西州。一字无题处,落叶都愁。

载取白云归去,问谁留楚佩,弄影中洲?折芦花赠远,零落一身秋。向寻常、野桥流水,待招来,不是旧沙鸥。空怀感,有斜阳处,却怕登楼。

张炎词强调意境意象的疏朗,重视白描,工于造语,柔媚浓艳,典雅飘逸。张炎论词,力主清空之说。什么是"清空"呢?刘永济先生在《论词》中云:"又按清空云者,词意浑脱超妙,看似平淡,而意蕴无尽,不可指实。"我们来分析例词:

词的上片以"记"字领起,写的是词人自己及友人沈尧道(作者的词友)前年冬季应蒙古统治者之召赴北方大都写金经的旧事(填词时已经回到了故乡),展现了一幅踏雪游历的画面,画风劲峭豪迈(寒气脆貂裘),先声夺人。接下来再写所经过的路途,即"傍枯林古道,长河饮马,此意悠悠"。其中"此意悠悠"句虽简短,却写出了词人内心无限的忧思。这时词人已经身在江南(江表),但仍难以忘怀北上那段屈辱的经历。接着写回来后与友人失去联系,故称"一字无题处,落叶都愁"。

上片写了与友人一同北上的过程和南归后的独自思念,过片则以友人来访后的"分别"为起点,故云:"载取白云归去,问谁留楚佩,弄影中洲?"这句也是用典:《楚辞》中有湘夫人因湘君失约而捐玦遗佩于江边的描写,后因用"楚佩"作为咏深切之情谊的典故。中洲即洲中,《楚辞·九歌·湘君》:"君不行兮夷犹,蹇谁留兮中洲。"送别之时无所赠,只能"折芦花赠远,零落一身秋"。这样的描写也寄托着词人生不逢时之感喟。接下来的句子承前接续:"向寻常、野桥流水,待招来,不是旧沙鸥。"指故人远处,在附近也能招集到二三朋友,但终非沈尧道、赵学舟之类的知交故旧了。可见词人对朋友至交用情至深。尾结很自然地发出感叹:"空怀感,有斜阳处,却怕登楼。"在古诗词里,"登楼"多指望远怀人,但放眼所及是沉沉夕阳,却不见日夜思念的朋友,所以有"却怕"二字,因为怕失望而退回去了。这就把词人复杂的心态刻画得栩栩如生。

如何在词中抒发情感,大抵有三种方式可供参考:一是像李煜那样直抒胸臆,无须假借;二是像韦庄那样以赋笔叙事,在叙事中自然地流露出情感;三是像温庭筠那样用比兴手法含蓄地表示。而清空之法与上述三种又有不同。现实的遭遇,经过词人内心的酝酿,成为一种情感,而这种情感又投射到可感可觉的意境中,形成了一种意象化的情感。这与温词有相似之处,但温词设色秾丽、意象繁密,为张炎所不取。张炎强调的是意象疏朗,更加注重白描。

王沂孙擅长咏物,他现存词六十四首,绝大多数是长调,小令仅三首,其中咏物词就有三十四首,占了一半多,是其精华与特色所在。王沂孙的咏物词对同一种事物能从多个角度来吟咏,且都不俗;并且意象具有拟喻和象征的特点,因而词意显得层深径曲,寄托遥深(有关词"寄托"问题我们下面还要专门讲)。他的词把"质实"与"清空"融合无痕,一如辛弃疾把"豪放"与"婉约"融合得水乳交融一般。我们先看例词:

齐天乐·蝉
王沂孙

一襟余恨宫魂断,年年翠阴庭树。乍咽凉柯,还移暗叶,重把离愁深诉。西窗过雨。怪瑶佩流空,玉筝调柱。镜暗妆残,为谁娇鬓尚如许?

铜仙铅泪似洗,叹携盘去远,难贮零露。病翼惊秋,枯形阅世,消得斜阳几度。余音更苦。甚独抱清商,顿成凄楚。谩想熏风,柳丝千万缕。

王沂孙的这首长调比较难懂。名为咏蝉,却又将历史故事、个人寄托打叠在一处,造成迷离虚幻,难以捉摸之感。鉴于这种复杂性,我们在正式分析内容之前,有必要交代一些与之相关的历史传说。据马缟《中华古今注》记载:传说齐后因受冤屈,非常怨恨,自杀死后,尸体变蝉。而词人所处的年代正是南宋山河破碎、民不聊生之时。将这两者作为填词的背景来看待,就不难理解这首词的立意了。

词的上片用"一襟余恨宫魂断,年年翠阴庭树"就题直起,用"宫魂"二字关联蝉,写齐后之魂年年附着在"翠阴庭树"之上。这是一种设想,然后就当她真

144

的存在，接下来再细加刻画，便有了"乍咽凉柯，还移暗叶，重把离愁深诉"句。"西窗过雨"是另外设想一种场景，于是就有了蝉在其中"瑶佩流空，玉筝调柱"，写的是蝉的哀叫。接着用"镜暗妆残，为谁娇鬓尚如许"来形容蝉的落魄形态。描写可谓形声俱备。

词的下片接着写蝉的饮食起居及其形态。过片"铜仙铅泪似洗，叹携盘去远，难贮零露"是用典，写的是蝉的饮食。可以参见李贺《金铜仙人歌》："忆君清泪如铅水"和"携盘独出月荒凉，渭城已远波声小"。接下来的"病翼惊秋，枯形阅世，消得斜阳几度"写的是蝉的凄苦的心情。"余音更苦"是一个短韵句，写蝉将亡前的苦苦挣扎，凄清动人。"甚独抱清商，顿成凄楚"似乎是在寻找蝉之所以处境艰难的原因，只因其宿高枝、餐风露，不同凡物，似人中以清高自诩的贤人君子。尾结"谩想熏风，柳丝千万缕"，其中熏风指南风，古《南风歌》："南风之熏兮"，此处借指南宋盛世。乍读来感觉与前面的凄凉氛围不相谐和，其实这只是一种临死前的"谩想"而已。词人用的是"乐语写哀"手法，更增其一倍之哀也。

全篇为咏蝉抒恨之作，明为咏蝉，实则抒发对故国的思念。全词咏物感怀，物我交融，寄托隐曲深微，沉郁悲凉。词中以寒蝉的哀吟写亡国之恨，而词人哀吟亦宛如寒蝉。既贴物写形、写声，又超物写意、写情，不失为一首咏物佳作。

(三)词之隐括

隐括，是指根据前人诗文内容或名句意境进行剪裁、改写来创作新词的一种方法。饶宗颐先生在《词集考》中讲："论者多谓此体始于东坡隐括《归去来辞》，为《哨遍》，按敦煌出土有隐括《孝经》之《皇帝感》，存十二首，乃七言四句体。"①就自觉的文体而言，确是如此，不过在苏轼之前，已有相近的创作了。比如晏几道《临江仙·东野亡来无丽句》词前半阕，就是对唐人张籍《赠王建》一诗"自君去后交游少，东野亡来箧笥贫，赖有白头王建在，眼前犹有咏诗人"的部分"隐括"，只不过隐括的比重不大罢了。

后来的隐括又有狭义与广义之分。狭义的隐括是指把一篇文、一首诗整体改编为一阕词；广义的隐括则是指化用他人的诗句入词。

狭义的隐括可以查阅苏轼的《水调歌头·昵昵儿女语》一词，它完全由韩愈的《听颖师弹琴》诗隐括而成。这有点类似于现代体裁的"改写"：

---

① 　饶宗颐：《词集考》，中华书局 1992 年版，第 209 页。

水调歌头·昵昵儿女语

苏　轼

　　昵昵儿女语,灯火夜微明。恩怨尔汝来去,弹指泪和声。忽变轩昂勇士,一鼓填然作气,千里不留行。回首暮云远,飞絮搅青冥。

　　众禽里,真彩凤,独不鸣。跻攀寸步千险,一落百寻轻。烦子指间风雨,置我肠中冰炭,起坐不能平。推手从归去,无泪与君倾。

听颖师弹琴

韩　愈

　　昵昵儿女语,恩怨相尔汝。

　　划然变轩昂,勇士赴敌场。

　　浮云柳絮无根蒂,天地阔远随飞扬。

　　喧啾百鸟群,忽见孤凤皇。(一作凤凰)

　　跻攀分寸不可上,失势一落千丈强。

　　嗟余有两耳,未省听丝篁。

　　自闻颖师弹,起坐在一旁。

　　推手遽止之,湿衣泪滂滂。

　　颖乎尔诚能,无以冰炭置我肠!

广义的隐括如周邦彦《西河·金陵怀古》:

　　佳丽地,南朝盛事谁记? 山围故国绕清江,髻鬟对起。怒涛寂寞打孤城,风樯遥度天际。　　断崖树,犹倒倚,莫愁艇子曾系。空余旧迹郁苍苍,雾沉半垒。夜深月过女墙来,伤心东望淮水。　　酒旗戏鼓甚处市? 想依稀、王谢邻里,燕子不知何世,向寻常、巷陌人家,相对如说兴亡,斜阳里。

　　此词隐括了刘禹锡《金陵五题》之《石头城》:"山围故国周遭在,潮打空城寂寞回。淮水东边旧时月,夜深还过女墙来。"以及《乌衣巷》:"朱雀桥边野草花,乌衣巷口夕阳斜。旧时王谢堂前燕,飞入寻常百姓家。"隐括诗句入词是一种要求很高的写作手法,以能产生新的意境为上乘。另外,有人可能分不清楚"隐括"与"用典"有什么区别,其实很简单。用典只是拿某一个典故来生发,至于如何表达完全是作者的事;隐括则是拿别人的语句放进自己的作品中,或拿别人的整首作品或几首作品来重新组合成新的作品,其中的语句必须跟原句或原篇相近或相同。

(四)词之寄托

词的寄托问题当下并未引起重视。我们先看苏轼的《水调歌头》：

> 明月几时有？把酒问青天。不知天上宫阙，今夕是何年？我欲乘风归去，又恐琼楼玉宇，高处不胜寒。起舞弄清影，何似在人间？　　转朱阁，低绮户，照无眠。不应有恨，何事长向别时圆？人有悲欢离合，月有阴晴圆缺，此事古难全。但愿人长久，千里共婵娟。

北宋神宗熙宁九年（1076年），苏轼在密州（今山东诸城）做太守，中秋之夜他一边赏月一边饮酒，直到天亮，于是做了这首《水调歌头》。宋神宗熙宁四年（1071年），他以开封府推官改任杭州通判，是为了权且避开汴京政争的漩涡。熙宁七年（1074年）改任密州知府，虽说出于自愿，实质上仍是处于外放冷遇的地位。

从表面上看，写的是中秋饮宴，怀念弟弟苏辙（子由）的，然据杨湜《古今词话》载："神宗读'琼楼玉宇，高处不胜寒'，乃叹曰：'苏轼终是爱君。'乃命量移汝州。"词意表达的是苏轼虽屡遭贬谪，仍思返朝辅弼之情。由于古时通信传播条件有限，词虽作于密州，然非一作而神宗即读之，词之流传需以时日，神宗读此词时，他已因"乌台诗案"而被贬至黄州了。

当然，词之寄托并非只能是政治方面的，个人情感也常常成为寄托的主题。我们再看黄庭坚的《望江东》词：

> 江水西头隔烟树，望不见、江东路。思量只有梦来去，更不怕、江阑住。
> 灯前写了书无数，算没个、人传与。直饶寻得雁分付，又还是、秋将暮。

这首词是黄庭坚因党祸迁徙至西南时写下的一首抒情寄慨之作，寄托了深刻的离愁和相思，表现了梦幻与现实的矛盾。语言平实而悲怨深沉，是一首典型的北宋词。此词不仅表达词人东望思归的心情，也许还表达了自己的无辜或冤屈难以上达天听的无奈。短短小令，四个层次，四个转折，由"望"而一气贯下，则有万般不可"望"处，此种陷入绝境的情形，非亲身经历不能言说。

二、词的组句技法

以上所讲，比较宏观。宏观有利于整体把握。但仅仅懂得宏观，还不足以

"成词"。格律诗的句与句之间用"起承转合"来衔接,而词的起承转合不仅体现在句与句之间,很多时候还体现在上片、过片、下片之间。但句与句之间的衔接是最基本的"焊接"功夫,没有这个功夫,谈上片、过片、下片衔接就毫无意义。那么,词的句与句之间该怎样"组合"呢?这方面的内容,研究得比较深入的,一是周振甫先生的《诗词例话》①,二是徐晋如先生的《大学诗词写作教程》②。下面我们就综合来看两家之论:

1. 问答

一般是上句问,下句答。而所答之辞往往虚致空灵,不能是明确的答案。如:

何处是归程? 长亭连短亭。——李白《菩萨蛮》

试想一下,如果改答:"家在汉阳城"则毫无韵味。

今宵酒醒何处? 杨柳岸、晓风残月。——柳永《雨霖铃》

诗有时可以就问直答,也可以不直接回应。二者相比较,后者也显得更有韵致。如杜牧的《清明》"借问酒家何处有? 牧童遥指杏花村"。这算是比较直接的回答。

2. 对照

指的是词中前一句意与后一句意、上片之意与下片之意相互对照。如:

记得年时,相见画屏中。只有关山今夜月,千里外,素光同。——谢逸《江城子》

虞美人·听雨
蒋　捷

少年听雨歌楼上,红烛昏罗帐。壮年听雨客舟中,江阔云低、断雁叫西风。

而今听雨僧庐下,鬓已星星也。悲欢离合总无情,一任阶前点滴到天明。

---

① 参见周振甫:《诗词例话》,中国青年出版社 1979 年版。
② 参见徐晋如:《大学诗词写作教程》,广西师范大学出版社 2007 年版。

3.提顿

提顿本是书法名词,指笔法粗细错落,提轻顿重,或提虚顿实。词法借用来指前后句的虚实相映。何为虚实?在句中直接定性地下断语为"实",用景物描写来衬托为"虚"。

一是先虚后实称正提顿,如:

> 羌笛悠悠霜满地。人不寐,将军白发征夫泪。——范仲淹《渔家傲》
>
> 东篱把酒黄昏后,有暗香盈袖。莫道不消魂,帘卷西风,人比黄花瘦。——李清照《醉花阴》

第一句中"羌笛悠悠霜满地"是描写,即是"虚";"将军白发征夫泪"实际上就是下的断语"凄凉",故为"实"。第二句中前半描写为"虚",后半的核心词是"消魂",也就是极度悲愁,亦是断语,所以是"实"。

二是先实后虚称逆提顿,如:

> 自在飞花轻似梦,无边丝雨织成愁。宝帘闲挂小银钩。——秦观《浣溪沙》
>
> 第四桥边,拟共天随住。今何许?凭阑怀古,残柳参差舞。——姜夔《点绛唇》

第一句前半看似描写,其实有一个关键字"愁"就是断语,故为"实"。后半句很多人不理解,为什么要着一闲句呢?其实是"虚"写,表明主人公独守空房,进一步强化了愁绪。第二句的前半看似没有下断语,其实"今何许"一问,是在问境况,"第四桥边,拟共天随住"已经表明"漂泊"之意,这个断语下得比较含蓄。后半的景物描写"凭阑怀古,残柳参差舞"是"虚"答。

4.透过

下意直承上意,而用意更进一步。这里的"进"不一定是指递进,而带有平行推进,即"平移"的意味,以与下面要讲的"层递"区别开来。例如:

> 东风且伴蔷薇住,到蔷薇,春已堪怜。——张炎《高阳台》
>
> 情到不堪言处,分付东流。——张耒《风流子》

5.翻转

前后句分为正副两意,且相反相成。

前副后正的例子有:

柳外重重叠叠山,遮不断,愁来路。——徐俯《卜算子》
吹尽残花无人见,惟有垂杨自舞。——叶梦得《贺新郎》

前正后副的有:

人间自是有情痴,此恨不关风与月。——欧阳修《玉楼春》
且尽樽前今日意,休记绿窗眉妩。——李南金《贺新郎》

6. 折进

下一意相对上一意而言,既是转折,又是递进。如:

平芜尽处是春山,行人更在春山外。——欧阳修《踏莎行》
当年不肯嫁春风,无端却被秋风误。——贺铸《踏莎行》

7. 逆写

类似于修辞上的倒装。但倒装是指同一句中语序的颠倒,而逆写则是意脉的颠倒。如:

兰佩紫,菊簪黄,殷勤理旧狂。——晏几道《阮郎归》
王孙去,萋萋无数,南北东西路。——林逋《点绛唇》

8. 假托

明明是自己的情感,却借写他人或物象来映衬自己。如:

闻道绮陌东头,行人曾见,帘底纤纤月。——辛弃疾《念奴娇·书东流村壁》
飞红若到西湖底,搅翠澜,总是愁鱼。——吴文英《高阳台·丰乐楼分韵得如字》

9. 开阖

也称作"开合"笔法。即先分开描写某些事物,然后再总的来叙写。又分先总后分、先分后总。

先分写后总写的有:

水是眼波横,山是眉峰聚。若问行人去那边?眉眼盈盈处。——王观

《卜算子》

　　云鬟坠,凤钗垂,鬟坠钗垂无力、枕函欹。——韦庄《思帝乡》

先总写后分写的有:

　　一般离思两销魂,马上黄昏,楼上黄昏。——刘仙伦《一剪梅》

　　春日宴,绿酒一杯歌一遍,再拜陈三愿:一愿郎君千岁,二愿妾身常健,三愿如同梁上燕,岁岁长相见。——冯延巳《长命女》

以上两位学者的总结已十分完整,在此基础上,我再补充一点。

10.层递

前后句意分成很多层次,并且层层递进。如:

　　泪眼问花花不语,乱红飞过秋千去。——欧阳修《蝶恋花》

　　离恨恰如春草,更行更远还生。——李煜《清平乐》

　　例句一中,"泪眼问花"是第一层;"花不语"是第二层;"乱红飞"是第三层;花被风吹过秋千去是第四层。例句二可依此类推。

　　技法运用比较多的一首词,我们来看看张炎的《渡江云》:

　　山空天入海,倚楼望极,风急暮潮初。一帘鸠外雨,几处闲田,隔水动春锄。新烟禁柳,想如今、绿到西湖。犹记得、当年深隐,门掩两三株。

　　愁余。荒洲古溆,断梗疏萍,更漂流何处? 空自觉、围羞带减,影怯灯孤。常疑即见桃花面,甚近来、翻笑无书? 书纵远,如何梦也都无?

　　"山空天入海,倚楼望极,风急暮潮初。"是逆写,点明人、时、地。"一帘鸠外雨,几处闲田,隔水动春锄。"写眼前景,以婉约之境衬托、铺垫,引出下文"新烟禁柳,想如今、绿到西湖。"把故国情怀写得含蓄有致。"犹记得、当年深隐,门掩两三株。"承接上二句,是透过之笔。

　　过片转入自叙。"荒洲古溆,断梗疏萍,更漂流何处?"这在修辞上是粘连。

　　全篇本是白描,而"空自觉、围羞带减,影怯灯孤",忽作烹炼,便觉奇警。这两句是对"更漂流何处"的补充说明,前后连起来形成逆提顿笔法(先实后虚)。"常疑即见桃花面,甚近来、翻笑无书?"则以翻转笔法,进一步刻画生活状况的孤寂。"书纵远,如何梦也都无?"更以折进笔法,意境层层转深,而意脉却戛然而止,但余响却三日绕梁。

　　张炎词强调意象、意境的疏朗,力主清空之说。这在前面已经讲得很详细了,这里无须赘言。

再看我运用这些技法的一首习作:

最高楼·惜别

段 维

长堤路,风拨一哀弦。夹岸水潺湲。临屏击键寒筲夜,飞红抢白杏花天。奈而今,真决绝,默无言。 算报应、雨梅辜负雪。算报应、玉壶辜负月。斑竹泪,已千竿。举头雁失苍茫里,低头叶堕水云间。最难禁,洲没落,鸟关关。

"长堤路,风拨一哀弦。夹岸水潺湲。"用逆提顿(先实后虚)之笔起兴;"临屏击键寒筲夜,飞红抢白杏花天"用对偶句回忆昔日情景,没有用提示语或过渡语,类似于"空际转身";"奈而今,真决绝,默无言"是翻转之笔;"算报应、雨梅辜负雪。算报应、玉壶辜负月"运用对仗句形成"假托"之笔;"斑竹泪,已千竿"与前一句组成正提顿(先虚后实)关系;"举头雁失苍茫里,低头叶堕水云间。"亦与前一句又组成逆提顿(先实后虚)关系;"最难禁,洲没落,鸟关关"这一结句与前一句构成层递关系。

最后强调一下:有些初学者在填长调时喜欢收纳或涉及很多的景象或情事,造成意象堆砌,主题分散。其实,我们学习了这么多的组句技巧,就是要善于把一个景象或一种情事"写透",即围绕主题上下腾挪、前后延展,从而达到"愈转愈深"的效果。

这一章我们先从宏观的体性之辨讲到微观的组句技巧,下面我们反过来,从组句技巧拉升到整体章法。这样安排看似有些跌宕起伏,其实是比较符合创作规律的。

第十二讲　词的整体章法与词牌选择

一、词的整体章法

1. 词的章法

其实，不仅诗有"起承转合"的章法，词也有。尽管很少有人这么讲过。也许因为词的结构方式千变万化，难以用诗的章法来套用。

（1）词到底如何"起"？

词"起"的方式很多。罗辉先生将诗词并列在一起来讲，认为从修辞学的角度看，有起兴式、对比式、直言式、发问式、设辨式、互文式、顶真式、叠字式、交错式、反复式、列锦式。从内容的角度看，有言事式、写景式、用典式、抒怀式。这些方法不难理解和掌握，故省去示例。① 他还从效用的角度列举了：

一是开门见山式。如辛弃疾的《鹧鸪天》开头："陌上柔柔破嫩芽，东邻蚕种已生些。"

二是出奇制胜式。罗辉先生举例为杜甫的《登高》诗的首联："风急天高猿啸哀，渚清沙白鸟飞回。"（这里就不去另找词例代替了。）

三是聚响惊人式。如苏轼《念奴娇·赤壁怀古》的开头："大江东去，浪淘尽、千古风流人物。"

四是突兀高远式。如毛泽东《念奴娇·昆仑》的起句："横空出世，莽昆仑、阅尽人间春色。"

五是高唱入题式。如贺铸《六州歌头》的起句："少年侠气，交结五都雄。"②

杨森翔先生总结了三种常见方法：

---

① 参见罗辉：《诗词格律与创作》，华中师范大学出版社 2016 年版，第 104—106 页。

② 参见罗辉：《诗词格律与创作》，华中师范大学出版社 2016 年版，第 107—108 页。

一是设势。开门见山，直抒胸臆，如苏东坡的《江城子·密州出猎》起句就是："老夫聊发少年狂。左牵黄，右擎苍。"

二是设境。由景切入，引出主题如苏东坡《念奴娇·赤壁怀古》之起句："大江东去，浪淘尽、千古风流人物。"

三是设思。先设置问题，发人思索，继而铺陈。还是例举苏东坡的《水调歌头·中秋》之起句："明月几时有？把酒问青天。"①

(2)词到底如何"承"？

至于如何"承"，在词中要比诗中的"承"复杂得多。其不仅仅是句与句之间的"承"，还有上下片之间的"承"。所以下面我们还要重点讲一讲词的上下片之间的逻辑关系，其中会涉及很重要的"过片"问题。

(3)词到底如何"转合"？

就"转合"来看，我们无法具体地讲"如何转"，因为"转"有明转也有暗转，并且难以确定在什么地方该"转"，什么地方不能"转"，一切都要根据词意或情意的流程情况来自主设定。那么，我们就把重点放在"合"上，也就是如何"煞尾"或"煞拍"的问题。

一首词结尾是很要紧的，它往往是点睛之笔。尾句要能收住全文，又能发人深思，留有余味，所以词人非常重视它，在句法上、音律上特别下功夫。姜夔说：

> 一篇全在尾句，如截奔马。词意俱尽，如临水送将归是已；意尽词不尽，如抟扶摇是已；词尽意不尽，剡溪归棹是已；词意俱不尽，温伯雪子是已。所谓词意俱尽者，急流中截后语，非谓词穷理尽者也；所谓意尽词不尽者，意尽于未当尽处，则词可以不尽矣，非以长语益之者也；至如词尽意不尽者，非遗意也，辞中已仿佛可见矣；词意俱不尽者，不尽之中，固已深尽之矣。②

现按姜夔所说，分类讲述：

一是"词意俱尽"，点明主题。姜夔讲："所谓词意俱尽者，急流中截后语，非谓词穷理尽者也。"也即是情理并未绝。例如：

---

① 参见杨森翔：《词的特点及章法》，载"CSDN 博客"（https://blog.csdn.net/weixin_30421525/article/details/96407873），2017-01-07。

② 参见姜夔：《白石道人诗说》，转引自衡大新、欧明俊：《"一篇全在尾句"——唐宋诗词的结句艺术》，载《文学史话》2015 年第 2 期，第 40 页。

玉楼春·戏林推

刘克庄

年年跃马长安市。客舍似家家似寄。青钱换酒日无何，红烛呼卢宵不寐。

易挑锦妇机中字。难得玉人心下事。男儿西北有神州，莫滴水西桥畔泪。

题目中的林推指的是姓林的推官，是词人的同乡。

这首词一共八句，单看前六句，写的都是骑马浪游、喝酒赌博、泡在温柔乡中等醉生梦死的情景，似乎忘了国家安危和民生艰辛，没有多大意义。然而，作者在词的结尾突然推出了"男儿西北有神州，莫滴水西桥畔泪"两句，有如惊堂木响，使人猛醒，前面六句也因之有了着落。作者用尾句点明主题，告诉人们不要沉醉于颓废的生活而忘记了统一祖国的大业。

二是"意尽词不尽"，余味无穷。姜夔讲："意尽于未当尽处，则词可以不尽矣，非以长语益之者也。"有的词也是在结尾处点明主旨，但写得不外露。例如：

水龙吟·次韵章质夫杨花词

苏　轼

似花还似非花，也无人惜从教坠。抛家傍路，思量却是，无情有思。萦损柔肠，困酣娇眼，欲开还闭。梦随风万里，寻郎去处，又还被莺呼起。

不恨此花飞尽，恨西园落红难缀。晓来雨过，遗踪何在？一池萍碎。春色三分，二分尘土，一分流水。细看来，不是杨花，点点是离人泪。

全词在尾结以前，都是在拿杨花比喻离人，写得很是细腻缠绵，处处写花，处处喻人，但始终未将"离人"二字托出，一直到尾结，说到被风雨击落的杨花化成了尘土，溶入了流水以后，才笔锋一转，说"细看来，不是杨花，点点是离人泪"，煞拍才明确点题，但因为前面缩写亦花亦人，故而读来不觉得突兀，反而使人感到余味无穷。

三是"词尽意不尽"，引人寻味。姜夔讲："非遗意也，辞中已仿佛可见矣。"有些词的结尾看似用词不留余地，其实恰恰引人深思。例如：

菩萨蛮·书江西造口壁

辛弃疾

郁孤台下清江水，中间多少行人泪。西北望长安，可怜无数山。

青山遮不住，毕竟东流去。江晚正愁余，山深闻鹧鸪。

这首词的上片起句开门见山,想到祖国的分裂和人民的苦难就不禁潸然泪下。接着进行补叙:"西北望长安,可怜无数山。"下片话锋一转,"青山遮不住,毕竟东流去",表白统一祖国的大势是不可阻挡的。尾结说"江晚正愁余,山深闻鹧鸪",又转为低沉,写暮色笼罩中的大江使自己苦闷,而这时深山中却又传来阵阵"不如归去"的鸟鸣。有些评家大多说这首词的结尾是消极低沉的,其实仔细思考,就中也有积极的一面。他虽然感到国势危如日薄西山,这时的惆怅自然是难免的,但词人心中依旧时刻不忘收复旧土,重返家园,那深山中传出的"不如归去"的呼叫,就代表着作者渴望祖国统一的心声。

四是"词意俱不尽",余意深邃。姜夔讲:"不尽之中,固已深尽之矣。"例如:

调笑令·河汉

韦应物

河汉,河汉,晓挂秋城漫漫。愁人起望相思,塞北江南别离。离别,离别,河汉虽同路绝。

这首小令字数不多,起句就运用反复和呼告的手法,描绘出一幅秋夜河汉图,为相思之情渲染气氛。接着写"愁人"因为"塞北江南别离"而"起望相思"。尾结"离别,离别,河汉虽同路绝",与开头"河汉,河汉,晓挂秋城漫漫"两相呼应。仰望星河,想到牛郎织女,他们还有相会的时日,现实中的人却没有这样的幸运。全词在"此恨绵绵无绝期"的氛围中结束,但读者的心依旧被牵扯甚至是撕裂着。真可谓词意俱不尽矣!

还有贺铸的《青玉案》用问答方式结尾:"试问闲愁都几许?一川烟草,满城风絮。梅子黄时雨。"把失意人的愁思比作烟草、风絮、梅雨,非常形象地加深了主题,耐人寻味;柳永《雨霖铃·寒蝉凄切》以深情的问句"便纵有千种风情,更与何人说"作结,余意深远,缭绕不绝。

2. 词的上下片逻辑关系的处理

这里还是以两片词或叫两叠词为例。按常理来说,词的上下片之间肯定具有一定的逻辑关系,或并列,或对比,或递进,或转折,或反串。但不少初学者经常把上下两片内容弄得相互交叉或相互包含,这就导致逻辑上不清晰了。当然,上下片中有时放置"插叙"也不是不可以,但要"插而不断",即前后内容依旧能够衔接起来。这样从总体上看,上下片的内容还是相对独立的。那么,如何处理这些逻辑关系呢?我们还是进行实例分析。

(1)上片结句引出过片,下片则围绕过片之意展开。

通常情况下,词的"前结"(上片结句)引出"过片"(下片起首句);反过来说,过片是承接上片结句来写的,下片自然是紧跟着过片来铺展的。

我们看例词:

卜算子 · 缺月挂疏桐
苏 轼

缺月挂疏桐,漏断人初静。<u>谁见幽人独往来,缥缈孤鸿影</u>。

<u>惊起却回头</u>,有恨无人省。拣尽寒枝不肯栖,寂寞沙洲冷。

这首词是元丰五年(1082年)十二月苏轼初贬黄州寓居定慧院时所作。词中借月夜孤鸿这一形象托物寓怀,表达了词人孤高自许、蔑视流俗的心境。

上片营造了一个夜深人静、月挂疏桐的孤寂氛围,"谁见幽人独往来,缥缈孤鸿影"为下片专门叙写"孤鸿"做铺垫,起到了过片作用,也可看作是过片前置。下片则专写孤鸿遭遇不幸,心怀幽恨,惊恐不已,拣尽寒枝不肯栖息,只好落宿于寂寞荒冷的沙洲。过片的重要性是显而易见的。

绝大多数情况下,过片起着"承接"或"转换"的作用。这种作用至少体现在三个方面:

第一,情景关系的转换。这分三种情况,分别是指词的各片之间先景后情、由实入虚的转换;或者先情后景、由虚入实的转换;或者情景兼具、虚实相融的转换。

第二,风格情调关系的承接或转换。词风有"舒徐斗健"(刘熙载《艺概·词曲概》)之说。一般来说,豪放词过片斗健激越,婉约词过片舒徐婉转。

第三,章法结构关系的承接或转换。从章法结构上来审视,有转折、对比、层递或反串等表现形式。这时,过片就要做好铺垫准备。这里只举不太常见的"反串"词例。反串本是戏曲名词,指男女角色颠倒扮演,我借用来指词中角色的转换。

采 桑 子
吕本中

<u>恨君不似江楼月</u>,南北东西。南北东西,只有相随无别离。

<u>恨君却似江楼月</u>,暂满还亏。暂满还亏,待得团圆是几时?

词中从"恨君不似江楼月"转换到"恨君却似江楼月",而且"恨君却似江楼

月"就起到了过片的"反串"作用。

（2）下片进一步申说上片未尽之事物。

上片所咏事物意犹未尽，下片接着抒写。这与上片结句引出过片、下片围绕过片之意展开是有区别的。看例词：

玉 楼 春

辛弃疾

——乐令谓卫玠①：人未尝梦捣荠、餐铁杵、乘车入鼠穴，以谓世无是事故也。余谓世无是事而有是理，乐所谓无，犹之有也。戏作数语以明之。

有无一理谁差别？乐令区区浑未达。事言无处未尝无，试把所无凭理说。伯夷②饥采西山蕨。何异捣斋③餐杵铁。仲尼去卫又之陈④，此是乘车入鼠穴。

本词的上片提出一种论题（理论），故下片举例进一步叙说，也可看作用具体事例来证明其立论。这种下片接着叙写上片未尽之意的手法也许并不稀奇，但辛词的这种上片说理，下片例证的手法却罕见。

（3）上片设问下片作答。

前句设问，后句答之的例子很多；但上片设问，下片作答的例子并不常见。

满 江 红

李孝光

烟雨孤帆，又过钱塘江口。舟人道、官侬缘底，驱驰奔走？富贵何须囊底智，功名无若杯中酒。掩篷窗、何处雨声来，高眠后。 官有语，侬听取。官此意，侬知否。叹果哉忘世，于吾何有。百万苍生正辛苦，到头苏息悬吾手。而今归去又重来，沙头柳。

李孝光是元代词人。这首词的上片以"舟人道、官侬缘底，驱驰奔走？"设问，过片以"官有语，侬听取"引出下片的回答之语。全词表现出词人的爱君忧民之正统儒家思想。

---

① 乐令：指卫玠，中国古代四大美男之一。

② 伯夷：商朝末年孤竹国君的儿子。他和弟弟叔齐，在周武王灭商以后，不愿吃周朝的粮食，一同饿死在首阳山（现山西省永济县南）。后人称颂他们能忠于故国。

③ 斋：捣碎的姜、蒜、韭菜等。

④ 此句指孔子周游列国事。因为孔子想宣传自己的主张，希望君主能施以仁政，不要战争。但春秋时期，各国都想拥有更多的土地，战争难以避免，所以各国的国君根本不可能听他的。

（4）上下片文义并列。

上下两片的意思是平行并列，或者是相反并列的。如：

生查子·元夕
欧阳修

去年元夜①时，花市②灯如昼。月上柳梢头，人约黄昏后。

今年元夜时，月与灯依旧。不见去年人，泪湿春衫③袖。

此词的上下两片意思就是平行并列的。

（5）上下片各自独立地吟咏两种事或物。

上片咏某事某物，下片则另咏他事他物。那么，这两种事物之间有无内在联系呢？我们先看苏轼的一阕词：

贺新郎·夏景
苏 轼

乳燕飞华屋。悄无人、桐阴转午，晚凉新浴。手弄生绡白团扇，扇手一时似玉。渐困倚、孤眠清熟。帘外谁来推绣户，枉教人、梦断瑶台④曲。又却是，风敲竹⑤。 石榴半吐红巾蹙⑥。待浮花、浪蕊都尽，伴君幽独。秾艳一枝细看取，芳心千重似束⑦。又恐被，秋风惊绿⑧。若待得君来向此，花前对酒不忍触。共粉泪，两簌簌⑨。

词的上片咏美人，写得妩媚灵动；下片咏石榴，写得秾艳妖娆。那么这二者有什么关系呢？表面看似乎没有什么关系，但细究起来，也许东坡把石榴当作美人来看待，就像他曾把杨花看作离人一样。但咏杨花基本上是一体式的，只是曲终点题，这首词则上下片分开叙写。上片的"手弄生绡白团扇"与下片的"石榴半吐红巾蹙"似乎融为一体了，即美人与石榴合一。这可能需要我们有一

---

① 又称"元夕"，指农历正月十五夜，也称上元节。自唐代元夜张灯，故又称"灯节"。
② 指元夜花灯照耀的灯市。
③ 年少时穿的衣服，可指代年轻时的自己。
④ 玉石砌成的台，神话传说在昆仑山上，此指梦中仙境。
⑤ 唐李益《竹窗闻风寄苗发司空曙》："开门复动竹，疑是故人来。"
⑥ 形容石榴花半开时如红巾皱缩。
⑦ 形容榴花重瓣，也指佳人心事重重。
⑧ 指秋风乍起使榴花凋谢，只剩绿叶。
⑨ 形容花瓣与眼泪同落。

定的联系能力与整合能力。其实,词中对此还是有些暗示的。如下片的"若待得君来向此,花前对酒不忍触",就把花与人勾连一处。上片实写,下片虚写,都是围绕闺怨春愁来展开的。

比苏东坡走得更远的是辛稼轩。我们亦看例词:

感 皇 恩
辛弃疾

案上数编书,非《庄》即《老》。会说忘言①始知道;万言千句,不自能忘堪笑。今朝梅雨霁,青天好。　　一壑一丘,轻衫短帽。白发多时故人少。子云②何在? 应有《玄经》遗草。江河流日夜,何时了?

这是一首悼念大理学家朱熹的词。上片所写的陈列着几本老子或庄子的书斋是辛也是朱的,借环境刻画人的精神,一石二鸟,迥异拙笔。下片直接转到写朱熹,"一壑一丘,轻衫短帽"用以描写朱熹晦庵云谷的幽居和衣着简朴的形象。从表面看,两片之间似乎毫不相关。但如果细加推演,还是能找出上下片之间的逻辑联系的。上片写读书之感受时,其实心游天地之间,思想已经暗中与朱熹相通,这种相通的媒介就是老庄的思想;于是下片就直接转到写朱熹本人身上去。这也有点类似于吴文英的"空际转身"。只不过梦窗是句与句之间"潜转",而稼轩则在上下片之间"潜转"。这种方式,初学者不宜提倡,弄不好会显得没有章法。

(6)打破上下分片定格。

这种章法完全打破了上下片的分工界限,随着意脉或情脉的流动而成篇:

贺新郎·别茂嘉十二弟③
辛弃疾

绿树听鹈鴂④。更那堪、鹧鸪声住,杜鹃声切。啼到春归无寻处,苦恨

---

① 出自《庄子·外物》:"言者所以在意,得意而忘言,吾安得忘言之人而与之言哉?"
② 指西汉末哲学家扬雄,字子云,《太玄》是其著作,这里将朱比扬,谓朱熹思想将如江河行地,万古不废。
③ 指稼轩族弟,《词选》云:"茂嘉盖以得罪谪徙,故有是言。"
④ 常解释为杜鹃。也有主张鹈鴂与杜鹃实两种鸟:据《禽经》曰:"隽周,子规也。江介曰:子规,蜀右曰杜宇。"又曰:"鹈鴂,鸣而草衰。"注云:"鹈鴂,《尔雅》谓之鵙,《左传》谓之伯赵。然则子规、鹈鴂二物也。"

芳菲都歇。算未抵人间离别。马上琵琶关塞黑①，更长门②、翠辇辞金阙。看燕燕③，送归妾。　　将军百战身名裂④。向河梁⑤、回头万里，故人长绝。易水⑥萧萧西风冷，满座衣冠似雪。正壮士、悲歌未彻。啼鸟还⑦知如许恨，料不啼清泪长啼血。谁共我，醉明月。

词中从"马上琵琶关塞黑"到"正壮士、悲歌未彻"一共十句，平列了五件离别故事。过片不做变化，完全打破了过片的成法。

说到这里，我想最后设定两个概念，即"意脉"和"情脉"。它们分别指的是意识脉络的自然流动和情感脉络的自然发展。不像写诗，我们时时有个"起承转合"的"紧箍咒"在起作用；填词特别是长调时，往往会"跟着感觉走"，这就是意脉和情脉在起作用(这里面往往也包含着已经熟练掌握的基本章法在暗中推动)。当然，这种作用不是直线的，它常常起伏跌宕，回环跃动。把握好了，所填的词也会婀娜多姿，摇曳生辉。

二、词牌选择要点

选择填词之后，对于初学者来说有两种情况：一是对词牌了解不深，往往随意选择词牌；二是对词牌知识一知半解，因而在选择时踌躇不已。即使对于有一定词学功底的人，对于到底如何选择词牌也要费些工夫。的确，词牌的种类繁多，仅《钦定词谱》记的词牌有826调，2306体，还不包括一调数名或异调同名等，要想从中选择与词作内容相适合的词牌，确非易事。因此非常有必要了解一些有关词牌的知识。

有关词牌的知识相当丰富，就个人多年习作经验来看，如何选择词牌可以

---

① 暗用汉王昭君出塞事。石崇乐府《王明君辞序》云："昔公主嫁乌孙，令琵琶马上作乐，以慰其道路之思，其送明君，亦必尔也。"

② 指冷宫。汉武帝时，陈皇后失宠，退居长门官。

③ 《诗·邶风·燕燕》"燕燕于飞，差池其羽。之子于归，远送于野。瞻望弗及，泣涕如雨。"《小序》曰："燕燕，卫庄姜送归妾也。"

④ 指李陵。李陵多次与匈奴交战而终降于匈奴，因此身败名裂。用此典有勉励忠义气节之意。

⑤ 李陵《与苏武诗》："携手上河梁，游子著何之？"

⑥ 用荆轲事，见于《史记·荆轲传》。

⑦ 还：作"如果"讲。

抓两个重点部分。一是根据字数和篇幅大小来选择，二是根据不同的声情特征来选择。就字数和篇幅来分：有长调和小令；就声情特征来分，表现为不同的词牌各有不同的声情特点，比如婉约与豪放。下面我们分别解析：

1.根据字数和篇幅选择

按照字数和篇幅大小可划分为小令和中调和长调。清人毛先舒在《填词名解》中讲："五十八字以内为小令，五十九字至九十字为中调，九十一字以外为长调。"不过这一说法遭到万树等人的批评，认为过于机械，并且指出其说不通的地方。如《念奴娇》又名《百字令》。① 既然有百字，何故称"令"？一般来讲，小令字数少，适用于表现简单的情韵；长调字数多，适合表现复杂的情感。

不过小令虽然字数少，却是易写难工。故宋人张炎在《词源》卷下《令曲》中言："词之难于令曲，如诗之难于绝句，不过十数句，一句一字闲不得。"因为小令字数较少，必须在用字遣词上精雕细刻、言简意赅，才能语意丰满、内容充实。在写小令时，叙事时最好掺杂一两句景语，写景时说上一两句情话，才不至于单薄。小令的结句也非常重要，要有不尽之意。唐后主李煜的小令就极见功夫，如二首《乌夜啼》："无言独上西楼，月如钩，寂寞梧桐深院锁清秋。剪不断，理还乱，是离愁，别是一般滋味在心头。"和"林花谢了春红，太匆匆！无奈朝来寒雨晚来风。胭脂泪，留人醉，几时重？ 自是人生常恨水常东"。其中对景的描述仅只言片语，未作任何渲染铺排，但仍给人强烈的艺术震撼。

对于长调，由于字数多，可描写的内容也就多，更适宜叙事铺陈，因此在整体安排上，讲求章法。所谓整体安排，是指立意命题、结构布局、起句结句、上下过片这些方面。虽然长调可以描写的内容比较丰富，但结构上也不能拖沓臃肿，情感上也无须单一，在豪放中得见细腻，在婉约中蕴含激扬，这样才能情致错综、豪婉和谐。

2.根据声情特征选择

词的声情特征可以大致分为婉约与豪放。有关这个问题，在前面已经讲到过，兹补充如是。明朝张绨在《诗余图谱》中说：词体大略有二"一体婉约，一体豪放"。婉约者欲其词调蕴藉，豪放者欲其气象恢宏。不论婉约与豪放，都可在词调的声情中得以辨识。大约可归纳为四个方面：

---

① 参见钱志熙、刘青海：《诗词写作常识》，中华书局2013年版，第29页。

一是根据曲名来选择。北宋音乐理论家沈括曾说过:"唐人填曲,多咏其曲名,所以哀乐与声,尚相谐会。今人则不复知有声矣!哀声而歌乐词,乐声而歌怨词,故语虽切而不能感动人情,由声与意不相谐故也。"①比如《六州歌头》只适宜于抒写"苍凉激越的豪迈情感",如果拿来填上"缠绵哀婉、抒写儿女柔情的歌词",那就必然要导致"声与意不相谐"的结果。② 有一个简单的办法,即根据词调的首创之作和大多数词作的内容辨识。一般来说,首创之作,最能切合音乐曲谱,体现词调内在的思想感情。如词牌《忆余杭》,是回忆西湖风景的,因此用它来描写风景名胜,十分合适;又如《一斛珠》取之于唐玄宗密赐江妃珍珠一斛,妃不受,且题诗云:"柳叶双眉久不描,残妆和泪污红绡。长门尽日无梳洗,何必珍珠慰寂寥。"表达了一种婉转凄抑的情调。

二是从词牌所从属的宫调辨识。宋人所作的词,大多依宫调而填。《中原音韵》中关于宫调有这样的论述:仙吕宫清新绵邈,南吕宫感叹伤悲,中吕宫高下闪赚,黄钟宫富贵缠绵,正宫惆怅悲壮,道宫飘逸清幽,大石风流蕴藉,小石旖旎妩媚,高平条畅洸漾,般涉拾掇坑堑,歇指急并虚歇,商角调悲伤婉转,双调键捷激袅,商调凄怆怨慕,角调呜咽悠扬,宫调曲雅沉重,越调陶写冷笑。如《蝶恋花》入小石调,《临江仙》入仙吕调,等等。

但到底什么是"宫调"? 吴梅先生说:"举世且莫名其妙,岂非一绝大难解之事。""余以一言定之曰:宫调者,所以限定乐器管色之高低也。何也? 即以笛论,笛共六孔,计有七音,今人按第一孔作工,第二孔作尺,第三孔作上,第四孔作一,第五孔作四,第六孔作合,而别将第二第三两孔按住作凡,此试所通行者,曲家谓之小工调。笛色之调有七:曰小工调、曰凡字调、曰六字调、曰正工调、曰乙字调、曰尺字调、曰上字调。"这些知识对于今人相当难懂,有兴趣者可以参看吴梅先生的有关词曲的论著。③ 我认为,既然当代人已经很难辨识这些宫调了,那么填词时就可以不必过分纠结这些因素,还是以曲名作为主要的参考依据。

三是根据所用韵部的不同特点和韵脚的疏密来辨识。韵部的不同,表达的声情自然也不尽相同。如平声韵和畅舒缓,常表达平和婉转的情调;上声韵舒徐高亢,宜表达清新绵邈、慷慨豪放的情感;去声韵劲厉沉着,宜表达挹怒幽怨、高亢响亮的感情;入声韵迫切遒(拖延)峭,宜于表达清劲迫切、激越峭拔的情

---

① 沈括:《梦溪笔谈》卷五,中华书局 2009 年版。
② 参见龙榆生:《词学十讲》,北京出版社 2014 年版,第 25—26 页。
③ 张一兵、周宪主编:《吴梅词曲论著集》,南京大学出版社 2008 年版,第 126 页。

志。具体到各韵部，又有不同的特点，可以查看王易的《词曲史·构律》一文。

以上三点中的第一、第三点，通过多读多习，是不难掌握的；第二点掌握起来有较大的难度，但即便掌握不是很到位，也不是特别影响填词效果的。

3.主要词牌示例

前面主要是讲词牌的一些最基本的知识和如何选择词牌的两个主要"抓手"。下面再来说说单个词牌所属的宫调以及所表达的情感内容，便于写作时直接参考，无须费力斟酌。其实这方面的内容网上已有很多的阐述了，不过其中以舍得先生整理收集的最为齐全，综合大家的见解，在此做个归纳（不一一讲解）：

词牌名	情　调
暗香	又名《红情》。入仙吕宫，此调音节和婉，古人多以咏梅。
八声甘州	又名《甘州》《潇潇雨》。属仙吕调、中吕调，摇筋转骨，刚柔相济，最使人荡气回肠。
卜算子	又名《百尺楼》《眉峰碧》《楚天遥》等。此调入歇指调、南吕宫，婉曲哀怨而略带几分激切。
采桑子	又名《罗敷媚》《丑奴儿》等。入羽调或双调或太簇角，此调流畅轻巧、深蕴含蓄，宜于借景抒情。
钗头凤	又名《折红英》。入中吕宫，此调音节拗怒，声情凄紧，宜表达一种情急调苦的姿态。
捣练子	又名《深院月》《夜如年》《杵声奇》《捣练子令》。入双调，多为怀念征夫之作。
点绛唇	又名《点樱桃》《十八香》《南浦月》《沙头雨》《寻瑶草》《万年春》。此调入仙吕调。多描写男女相会，情调缠绵悱恻。
蝶恋花	又名《凤栖梧》《鹊踏枝》。入小石调或商调，以表达低回掩抑、哽咽幽怨感情为多。
定风波	又名《定风流》《定风波令》《醉琼枝》。入双调、林钟商，感情细腻，宜表现婉约情调。
洞仙歌	又名《洞仙歌令》《羽仙歌》《洞仙词》《洞中仙》《洞仙歌慢》。此调兼入中吕、仙吕、般涉三调，音节舒徐，极骀宕摇曳之致。

词牌名	情　调
风流子	入大石调,此调壮阔豪迈,显示宽宏器宇和雍容气度。
风入松	又名《远横山》《风入松慢》。此调入林钟商,音节轻柔婉转、掩抑低回,适宜表达和婉情调。
凤凰台上忆吹箫	又名《忆吹箫》。入仙吕调,和谐婉约,轻柔婉转,宜表达缠绵情绪。
高阳台	又名《庆春泽》。入商调,此调情调低沉,只适合表现哀怨心情。
更漏子	又名《付金钗》《独倚楼》。入大石调、商调、林钟商调,音节和婉。本咏"更漏"之事,多咏夜间相思。
桂枝香	又名《疏帘淡月》。入仙吕,本调音节高亢拗怒,宜表达雄壮豪放情怀。
好事近	又名《钓船笛》《倚秋千》《翠圆枝》。入仙吕宫,声情拗峭挺劲,适宜表达"孤标耸立"和激越不平的情调。
何满子	此调入双调,哀歌愤懑,悲凉凄怨。
河传	又名《河转》《月照梨花》《怨王孙》。入南吕宫、仙吕调,此调悲切,原系隋炀帝开运河时的河工之曲。
贺新郎	又名《乳燕飞》《贺新凉》《貂裘换酒》《金缕歌》《金缕曲》《唱金缕》《金缕词》《金缕衣》。入南吕宫,此调用入声韵时,气格激昂豪壮,宜于表达慷慨激昂、豪迈雄壮的英雄情感;用上、去声韵时,则沉郁悲凉。
浣溪沙	又名《浣纱溪》《满院春》《小庭花》等。入中吕宫或黄钟宫,此调音节和婉、明快,上半阕情调较急,下半阕则趋缓和。可用来表达各种忧乐之情。婉约、豪放两派词人都竞相采用。
减字木兰花	又名《木兰花》《玉楼春》《偷声木兰花》《木兰花慢》。入林钟商或仙吕调,章节优美而多变化。
剑器近	此调属中吕宫、黄钟宫,音节低回掩抑。

词牌名	情　调
江城子	又名《江神子》《水晶帘》《村意远》。入双调或高平调,音节流美,上紧促而下沉咽。
解语花	入林钟羽,此调婉丽,宜抒情。
金人捧露盘	又名《铜人捧露盘引》《上西平》《西平曲》。入越调,此调苍凉凄楚。
兰陵王	此调入越调犯正宫,音节拗怒,声情激越,适宜表达苍凉激越的情调。
浪淘沙	又名《浪淘沙令》《卖花声》《过龙门》。入歇指调、商调,此调音节谐婉,可用来表达各种忧乐之情。多作激越凄壮之音。
临江仙	又名《谢新恩》《雁后归》《画屏春》等。入仙吕调、高平调,此调音节谐婉,声情掩抑,可用来表达各种忧乐之情。
六丑	入中吕调,音节之美,欲断还连,千回百折,而又一气贯注。
六州歌头	入大石调,句式短促,音节繁密多变,有步步紧逼、意切情激之感,宜表达慷慨悲歌、怒斥强敌,借以抒发豪壮奔放之情。
满江红	又名《上江红》《念良游》《伤春曲》。入仙吕调,此调沉郁激昂,宜抒发激烈慷慨之情,此调用入声韵者居多,前人多用以抒发怀抱。
满庭芳	又名《锁阳台》《满庭霜》《潇湘夜雨》等。此调属中吕宫,音节低抑凄凉,适宜表达绵邈婉转的情感。
摸鱼儿	又名《买陂塘》《迈陂塘》《双蕖怨》等。入中吕调,情调低回掩抑、欲吞还吐,适宜表现苍凉郁勃与幽咽哀婉之情绪。
木兰花慢	此调入南吕、高平调,和谐婉转,宜于写缠绵悱恻之情。
南歌子	又名《南柯子》《风蝶令》《十爱词》《水晶帘》《望秦川》。入仙吕宫,音节流美,由舒徐渐趋急促,显得摇曳生姿,有余音袅袅、缠绵不尽之致。
南浦	入中吕宫,此调高亢欢乐,不适于表达清凉悲伤的送别之情。

词牌名	情　调
南乡子	又名《好离乡》《蕉叶怨》。此调入中吕宫、黄钟宫,音节流美,适宜抒写缠绵低抑情调,以咏江南风物而得名。
霓裳中序第一	属商调,音节娴雅。
念奴娇	又名《百字令》《酹江月》《大江东去》。此调入大石调,复道调宫,又高宫大石调,音节高亢拗怒,声情激壮,多以抒发慷慨豪放之情。也是一个笛子曲。
破阵子	又名十拍子。入林钟商,此调为军乐,适合抒发激昂雄壮情绪。
菩萨蛮	又名《子夜歌》《重叠金》等。此调入中吕宫或中吕调,情调由紧促转低沉。
凄凉犯	又名《凄凉调》《瑞鹤仙影》。为仙吕犯商调,不宜用于祝贺之词。
齐天乐	又名《台城路》《如此江山》。入正宫,此调音调高隽,最宜于写秋景。
千秋岁	入歇指调、仙吕调,此调悲伤感抑,不适合祝寿喜庆。
沁园春	又名《寿星明》。入般涉调或中吕调,此调格局恢弘,宜于铺叙,抒发壮阔豪迈襟怀。
青玉案	又名《横塘路》《西湖路》。入双调,适宜表达低回掩抑、哽咽幽怨之情。
清平乐	又名《清平乐令》《忆萝花》《醉东风》等。入大石调或越调,上片感情拗怒,下片转为和婉,有缠绵不尽之致,乃短调中最为美听者。
曲玉管	此调入大石调,宜抒写羁旅中的怀旧伤离情绪。
鹊桥仙	又名《鹊桥仙令》《金风玉露相逢曲》《广寒秋》。入歇指调,此调多咏牛郎、织女七夕相会事。
人月圆	又名《青衫湿》。此调入黄钟宫,婉转缠绵,多咏元宵节。

词牌名	情　调
如梦令	又名《忆仙姿》《宴桃园》《无梦令》。入中吕调,此调甜庸,可作一般抒情用。
阮郎归	又名《醉桃源》《醉桃园》《碧桃春》。此调入南吕宫,情调较低沉,宜抒写缠绵低抑情调,使人感到情急调苦,凄婉欲绝。
山花子	又名《摊破浣溪沙》或《添字浣溪沙》。入中吕宫或黄钟宫,宜描写细腻深致、缠绵悱恻的情感。
少年游	又名《少年游令》《小阑干》《玉腊梅枝》。入林钟商调,音节谐婉,情调激越,声容迫切凄厉。
生查子	又名《楚云深》。原唐教坊曲,入双调。此调音节比较谐婉,多抒发怨抑之情。
寿楼春	此调节奏舒缓,声情低抑,凄切悠远,适于抒发缠绵哀怨的悼亡之情,不适宜祝寿贺年。
疏影	又名《绿意》《解佩环》。入仙吕宫,此调音节和婉,古人多以之咏梅。
水龙吟	又名《龙吟曲》《小楼连苑》。入越调,此调本为声调激越的笛子曲。故气势雄浑,宜写慷慨激昂之情。
水调歌头	又名《凯歌》《元会曲》《台城游》。此调入中吕调。唐人水调凄凉怨慕、声韵悲切;宋人水调昂扬酣畅、豪放潇洒。所咏有:吊古、登览、赠别、庆贺、感时、伤世等。
诉衷情	又名《一丝风》《步花间》《桃花水》《偶相逢》《画楼空》《渔父家风》。此调入林钟商,凄怆怨慕,一般多作抒情之用。
踏莎行	又名《柳长春》《喜朝天》《踏雪行》等。入中吕宫,常以绘景抒情,多为愁别。
太常引	又名《太清引》《腊前梅》。入仙吕宫,此调适于描写轻悠婉约,或淡淡幽怨。遣字不需太重、太猛。可有波澜,但无需骇浪。
桃园遇故人	又名《虞美人影》。入双调,此调多用来咏友情。
天仙子	此调入歇指调、中吕调、仙吕调,情急调苦,伤春怨别。
调笑令	又名《古调笑》《宫中调笑》《调啸词》《转应曲》《三台令》等。此调入双调,音节婉转相应,情调迫促,多为又歌又舞的筵席上的劝酒曲。

词牌名	情　调
望海潮	此调入仙吕调,宜作怀古词。
乌夜啼	又名《相见欢》《秋夜月》《上西楼》。入南吕宫,音节激越凄怨。
西江月	又名《步虚词》《白苹香》《江月令》。此调入中吕宫,声情甜庸,宜抒一般之情。
西吴曲	入越调,此调苍凉凄楚。
小重山	又名《小冲山》《小重山令》。入双调,声容极掩抑低回之致,恰宜表达缠绵悱恻的情感。此调唐人常用以写宫怨,故其调悲。
扬州慢	此调入中吕宫,悲凉掩抑,凄咽低沉,哀怨无端,特显缠绵凄抑情调。
夜半乐	又名《还京乐》。入中吕调,格局开展,伟岸奇丽,中段雍容不迫,后段声拍促数。柳永用来抒写羁旅行役之感。
谒金门	又名《垂杨碧》《花自落》《杨花落》。入双调,宜表达激切紧促的思想感情。
一斛珠	又名《醉落魄》《怨春风》《章台月》等。此调入中吕调,婉转凄抑,不宜表达壮烈豪迈之志。
一剪梅	又名《腊梅香》。此调入南吕宫,声情低抑。
忆江南	又名《江南好》《春去也》《望江南》《望江楼》《梦江口》《梦江南》《望江梅》等。入南吕宫。音节流丽谐婉,可用来表达不同的思想情感。
忆旧游	此调入越调,情调掩抑低沉,适宜于曼声低唱。
忆秦娥	又名《秦楼月》《双荷叶》《蓬莱阁》《子夜歌》《碧云深》《花深深》《中秋月》《华溪仄》。元高拭词注作"商调"。为双调,共四十六字,有仄韵、平韵两体。仄韵格为定格,多用入声韵,上下片各五句,三仄韵一叠韵。词情酸楚,韵调凄悲。
莺啼序	又名《丰乐楼》。入商调,凄凉悲苍,宜写伤春怨别之情。
永遇乐	又名《消息》。入歇指调,本调音节抑扬、气势雄壮,宜于抒发慷慨豪壮之情。
渔歌子	又名《渔夫》《渔父乐》《渔夫辞》。唐教坊曲,入黄钟宫,此调声情轻快,多是用来写渔人和渔家生活的曲子。

词牌名	情　调
渔家傲	又名《吴门柳》《添字者》等。入般涉调,音节拗怒,情绪紧张迫促,适宜表达兀傲凄壮的爽朗襟怀。
虞美人	又名《一江春水》《玉壶水》《巫山十二峰》等。入中吕宫、黄钟宫、中吕调,此词章节顿挫,平仄韵递换,足见感情起伏。
雨霖铃	又名《雨霖铃慢》。入双调,此调极为哀怨,适宜抒发激越悲凉、感怀凄切之情。
玉楼春	又名《玉楼春令》《西湖曲》《惜春容》《归朝欢令》《春晓曲》。入大石调,宜由景入情,抒发凄婉的情致。
御街行	又名《孤雁儿》。入双调,整体拗怒多于和谐,显示着心胸开阔、英姿飒爽的苍莽气度,便是用来抒写儿女柔情,也绝不至流于软媚。
长亭怨慢	入中吕宫,音节清劲峭折,摇曳生姿。
长相思	又名《长相思令》《相思令》《吴山青》。入般涉调,此调多用以写男女相思之情,也可抒写友情。
鹧鸪天	又名《思佳客》《思越人》《醉梅花》。入正平调,音节谐婉,可用来表达各种忧乐之情。
祝英台近	又名《月底修箫谱》《祝英台》《祝英台令》《燕莺语》《宝钗分》。入越调,此调宛转凄抑,声容刚柔相济,适宜表达抑塞磊落的幽咽情调。
最高楼	又名《醉高歌》。入中吕宫、正宫,此调轻松流美,开元人散曲先河。
醉花阴	又名《九日》。入黄钟宫,多用于表达悱恻缠绵的情感。

第十三讲　古体诗创作解析（上）

一、古体诗概说

王力先生在其《古体诗律学》开篇就说："古体诗又叫'古风'。自从唐代近体诗产生以后，诗人们仍旧不放弃古代的形式，有些诗篇并不依照近体诗的平仄、对仗和语法，却模仿古人那种较少拘束的诗。"①当然，也有人认为，古体诗是对近体诗产生以前的一切诗体的统称，比如《诗经》《离骚》等。因为最早的"古体诗"不可能形成明确的规范，我们也难以找出带有规律性的东西。因此，我们还是采用王力先生的定义来分析古体诗。下面我简要讲一下古体诗的分类。

1.依其源流及与音乐的关系分类

古体诗依其源流及与音乐的关系，可分为谣谚体、诗经体、骚体（或称楚辞体）、古风（或称古诗）、乐府等。

谣谚体诗多来自民歌，其实《诗经》中很多就是由民歌加工而成的。如《伐檀》（节选）：

> 坎坎伐檀兮，置之河之干兮，河水清且涟猗②。
> 不稼不穑，胡取禾三百廛③兮？
> 不狩不猎，胡瞻尔庭有县④貆⑤兮？
> 彼君子⑥兮，不素餐⑦兮！

---

① 参见王力：《古体诗律学》，中国人民大学出版社 2004 年版，第 1 页。
② 猗（yī）：义同"兮"，语气助词。
③ 廛（chán）：古制百亩。
④ 县（xuán）：通"悬"，悬挂。
⑤ 貆（huán）：猪獾。形略似猪，又似狸。
⑥ 君子：此系反话，指有地位有权势者。
⑦ 素餐：白吃饭，不劳而获。

这首诗就带有民歌风格。它以叙述伐檀木起头,表现了当时干着繁重伐木劳动的奴隶,一边劳动,一边想到社会的不平,而随口唱出来的歌声。全诗采用了回旋重沓、反复咏叹的手法,使思想和感情得到畅快的倾泻。

谈到骚体诗,大家自然会想到屈原。我们看看有名的《国殇》:

> 操吴戈兮被犀甲,车错毂兮短兵接。
>
> 旌蔽日兮敌若云,矢交坠兮士争先。
>
> 凌余阵兮躐①余行②,左骖③殪④兮右⑤刃伤⑥。
>
> 霾⑦两轮兮絷⑧四马⑨,援⑩玉枹⑪兮击鸣鼓。
>
> 天时⑫坠⑬兮威灵怒⑭,严杀尽兮弃原野。
>
> 出不入兮往不反,平原忽兮路超远。
>
> 带长剑兮挟秦弓,首身离兮心不惩。
>
> 诚既勇兮又以武,终刚强兮不可凌。
>
> 身既死兮神以灵,子魂魄兮为鬼雄。

这首诗是对为国捐躯将士的礼赞,气势磅礴,惊心动魄。它属于骚体诗,即《离骚》一类的诗。骚体也称楚辞体,在《汉书·艺文志》属"诗赋"一类。它起于战国时的楚国,是屈原创立的。屈原以及其他诗人用这种文体写了许多优秀的作品。骚体诗的基本特征是富于抒情成分和浪漫气息,篇幅、字句较长,形式较自由,句尾多带"兮"字。⑮

---

① 躐(liè):践踏。

② 行(háng):行列。

③ 左骖(cān):古代战车用四匹马拉,中间的两匹马叫"服",左右两边的叫"骖"。

④ 殪(yì):缁地而死。

⑤ 右:指右骖。

⑥ 刃伤:为兵刃所伤。

⑦ 霾(mái):通"埋"。

⑧ 絷(zhí):绊住。

⑨ 此句意思是把(战车)两轮埋在土中,马头上的缰绳也不解开,要同敌人血战到底。

⑩ 援:拿。

⑪ 玉枹(fú):嵌玉饰的鼓槌。

⑫ 天时:天意。

⑬ 坠:通"怼"(duì),恨。

⑭ 威灵怒:神明震怒。

⑮ 参见潘啸龙:《什么叫"骚体诗"》,载《文史知识》1983 年第 6 期,第 117 页。

至于古风,我们后面会专门讲到,兹不举例。

乐府诗最早产生于汉代,源于两汉时期朝廷专设的音乐机关——"乐府"。该机关除了制谱度曲外,还负责收集民间的歌辞入乐。继"诗""辞"之后,在汉魏六朝文学史上出现了一种能够配乐歌唱的新诗体,即"乐府诗"。从体裁的"类"来审视,乐府也可以归入古体诗,古体诗中的歌行体就出自乐府(也可以说是乐府的一种变体,据说为南朝宋鲍照所创)。但乐府也可以视作一个独立的"小类"。那为什么今人很少再提到乐府诗了呢?这与近现代以来,人们的诗歌创作不再以付诸歌舞有很大的关系。我甚至敢妄下断语:乐府诗已经基本被歌行体兼并了。

2. 以字数分类

按照字数,古体诗又可分为二言、三言、四言、五言、六言、七言、九言及杂言。

原始的二言体保留了诗歌创作初期的原貌,节奏短促,叙事鲜明,与上古人类思维、文化发展有关。如《吴越春秋》中的《弹歌》:

> 断竹,续竹,飞土,逐肉。

此乃一首原始的猎歌。歌咏的是砍竹做弓箭,用泥土做弹丸,追捕禽兽的劳动生活。

下面看一首三言乐府诗:

代 春 日 行

鲍 照

> 献岁发,吾将行。春山茂,春日明。园中鸟,多嘉声。梅始发,柳始青。泛舟舻,齐棹惊。奏《采菱》,歌《鹿鸣》。风微起,波微生。弦亦发,酒亦倾。入莲池,折桂枝。芳袖动,芬叶披。两相思,两不知。

所谓乐府诗,就是配合钟、鼓、管、弦、磬等乐器而唱的诗歌。上面这首乐府就用简洁灵动的语言,表现了春日清新瑰丽的风韵。

四言乐府诗最典型的是曹操的《步出夏门行·观沧海》:

> 东临碣石,以观沧海。水何澹澹,山岛竦峙。树木丛生,百草丰茂。秋风萧瑟,洪波涌起。日月之行,若出其中;星汉灿烂,若出其里。幸甚至哉,歌以咏志。

曹操以四言诗配乐府曲调，绘出沧海雄浑壮阔之景，抒发远征乌桓时必克敌人的豪迈胸襟。

杂言诗常见的有五七杂言、三七杂言、三五七杂言、错综杂言等。这里看看杜甫的杂言诗《茅屋为秋风所破歌》：

> 八月秋高风怒号，卷我屋上三重茅。茅飞渡江洒江郊，高者挂罥①长林梢，下者飘转沉塘坳。南村群童欺我老无力，忍能对面为盗贼。公然抱茅入竹去，唇焦口燥呼不得，归来倚杖自叹息。俄顷风定云墨色，秋天漠漠向昏黑②。布衾多年冷似铁，娇儿恶卧踏里裂。床头屋漏无干处，雨脚如麻未断绝。自经丧乱少睡眠，长夜沾湿何由彻③？安得广厦千万间，大庇天下寒士俱欢颜。风雨不动安如山！呜呼，何时眼前突兀见此屋，吾庐独破受冻死亦足！

需要注意的是，有些七言古风在起首处加"君不见"三字作"冒头"，被视作一种七古变体，不能看作杂言诗。如李白的《将进酒》就连用两个冒头。

其他诗体比较常见，在此不举例。后面会重点讲五言和七言古体诗。

3.以风格内容分类

按照风格内容，古体诗又可分为诗、歌、行、歌行、引、吟、谣、曲等。

姜夔的《白石道人诗说》这样界定几类体裁的分别："守法度曰诗，载始末曰引，体如行书曰行，放情曰歌，兼之曰歌行。悲如蛩螀曰吟，通乎俚俗曰谣，委曲尽情曰曲。"白石讲得很精炼。后面我们会对七言古诗与歌行的区别加以探讨，这里先打住。

二、古体诗用韵类型

我们现在所说的古体诗，主要是指唐朝及以后的古体诗，可以简称为"后古体"。唐以前的古体诗比较自由，字数、平仄，甚至是押韵，基本无一定之规，我们可以简称为"唐前古体"。中唐以后，格律诗已经成型。受其影响，诗人们写古体诗时尽量破律，但仍然难以完全摆脱格律的掣肘，所以慢慢地又形成了古

---

① 挂罥：挂着，挂住，缠绕。
② 黑：读 hè，为叶韵。后面讲"诗词吟诵"时会讲到这类问题。
③ 何由彻：意思是，如何才能熬到天亮呢？彻，这里指结束，完结的意思。

体诗的一些"规范"。古体诗最主要的规范就是不拘平仄,但要求押韵(或押平声韵或押仄声韵,或平仄韵可以转换,但不允许平仄通押。)而近体诗不仅讲求平仄,还要求一韵到底,中间不可换韵;此外律诗中间两联还要求对仗。这些都与古体诗不同。

1. 本韵

我们先讲古体诗的用韵。古体诗的用韵,一般以押本韵比较常见。也就是用某个韵部的字来押韵,既可以押平韵,也可以押仄韵。先看韦应物的五言古体诗:

答裴丞说归京所献

韦应物

执事颇勤久,行去亦伤乖。家贫无僮仆,吏卒升寝斋。衣服藏内箧,药草曝前阶。谁复知次第①,濩落②且安排。还期在岁晏③,何以慰吾怀。

全诗用的是平声"佳"韵部的字,即本韵。内容是感伤自己的处境。

2. 通韵

所谓通韵,就是常说的"邻韵",如"真、文、元"互为邻韵,"寒、删、先"亦互为邻韵。古风的"通韵"有几种情况:

一是偶然出韵:全篇用某韵,只有一个韵脚是出韵的。

二是主从通韵:以甲韵为主,掺杂着少量的乙韵。

三是等立通韵:所用邻韵的字数大致相等。

现在作诗可以用"词韵",甚至"宽韵",就不再存在以上问题了。

3. 转韵

关于转韵问题,王力先生在其《古体诗律学》中认为:"唐诗的转韵,可大别为两种:第一种是随便换韵,像古诗一样;第二种是在换韵的距离上和韵脚的声调上都有讲究,这样,虽名为古风,其实已经是一种新的形式了。前者可称为仿古的古风;后者可称为新式的古风。"前者如杜甫的"三吏"之二:

---

① 次第:这里指"情形"。

② 濩落:沦落失意。

③ 岁晏:一是指一年将尽的时候,二是指人的暮年。

潼 关 吏

杜 甫

士卒何草草,筑城潼关道。大城铁不如,小城万丈余。借问潼关吏,修
关还备<u>胡</u>。要我下马行,为我指山<u>隅</u>。连云列战格,飞鸟不能<u>逾</u>。胡来但
自守,岂复忧西<u>都</u>。丈人视要处,窄狭容单<u>车</u>。艰难奋长戟,万古用一<u>夫</u>。
哀哉桃林战,百万化为<u>鱼</u>。请嘱防关将,慎勿学哥<u>舒</u>。

全诗先用"皓"韵,再转用"鱼、虞"韵。转韵中又夹杂通韵。"皓"是上声韵,
属于仄声,音高而强,适合起势的愤懑情感表达;接着转为"鱼、虞"这两个通韵
字,都属于平声,发音转为平缓,适合客观叙事。

新式古风虽然与仿古的古风没有绝然的鸿沟,但却有自己的特点:一是平
仄多数入律;二是可以换韵;三是平仄递用。我们看杜甫的"三吏"之三:

石 壕 吏

杜 甫

暮投石壕<u>村</u>,有吏夜捉<u>人</u>。老翁逾墙走,老妇出门[看]。吏呼一何怒!
妇啼一何苦!听妇前致词:三男邺城<u>戍</u>。一男附书至,二男新战<u>死</u>。存者
且偷生,死者长已矣! 室中更无<u>人</u>,惟有乳下孙。有孙母未去,出入无完
<u>裙</u>。老妪力虽衰,请从吏夜归。急应河阳役,犹得备晨炊。夜久语声绝,如
闻泣幽<u>咽</u>。天明登前途,独与老翁别。

这首诗除开首四句的第四句"看"为不入韵外,其余是四句一换韵。共用了
"真(元)、虞(遇)、纸、真(文、元)、支(微)、屑"六韵。同样是转韵中夹杂通韵。
当然,这里面有一个"看"字似乎"掉单"了。对此,研究者莫衷一是。从音韵学
来说,"村"属十三元,"人"属十一真,"看"属十四寒。比如仇兆鳌《杜诗详注》认
为,这三个韵脚字"人、看可叶,村字未合";王嗣奭《杜臆》也认为:"考古韵无此
叶,乃其疏漏处。"也有人认为"老妇出门看"实为"老妇出看门"之误。多数版本
写作"老妇出门看",如中学语文教材;也有少数版本写作"老妇出看门",比如霍
松林等主编的《唐诗精品附历代诗精品》。为避免跑题,对这个问题的探讨到此
为止。

这种转韵的新式古风,在唐朝以后才盛行。尽管如此,唐以后,五言转韵的
比较少,七言及杂言转韵的最多。

4.奇句韵

奇句,就是律诗里的出句。提到奇句韵,我们当先谈首句入韵的问题。古

风也和律诗一样,五言首句入韵的少,七言首句入韵的多。

五古的首句入韵,比之五律的首句入韵更为罕见。相对地,七古的首句入韵比七律的首句入韵更为常见。

需要注意的是:在转韵的古风里,每转一韵,第一句总以入韵为原则。非但七古大多如此,连五古也有一部分如此。我们来看孟浩然的古体诗:

采 樵 作

孟浩然

采樵入深山,山深树重叠。桥崩卧槎拥,路险垂藤接。<u>日落伴将稀</u>,山风拂萝衣。长歌负轻策,平野望烟归。

这首古风在转韵的首句"日落伴将稀"用了"微"韵。

5.柏梁体

柏梁体是七言古诗的一种,句句用韵。关于柏梁体,还涉及一个概念——畸零句。所谓畸零句,就是前面一联的出句不入韵,才显得畸零,故有此称。所谓独立句,就是一连两句以上都入韵,而又不是首句或转韵的第一句,则如此称谓。[①] 下面看李白的古风:

长 相 思

李 白

长相思,在长安。<u>络纬秋啼金井栏</u>。<u>微霜凄凄簟色寒</u>。孤灯不明思欲绝,卷帷望月空长叹。<u>美人如花隔云端</u>。上有青冥之长天,下有渌水之波澜。天长路远魂飞苦,梦魂不到关山难。长相思,摧心肝。

这首李白的《长相思》中,"络纬秋啼金井栏。微霜凄凄簟色寒",是两个独立句;"美人如花隔云端"则是畸零句。

杂言诗中,多畸零句和独立句。凡有了两个以上的独立句,就被认为是部分的柏梁体。独立句越多,就越近似柏梁体。杜甫的《丽人行》独立句就相当多。

但真正的柏梁体,是纯七言的平韵诗,必须句句用韵,一韵到底。也就是说,不是七言诗,不能称柏梁体;转韵的七古也不是柏梁体;仄韵的七古也不是

---

① 参见王力:《语言学词典》,山东教育出版社1995年版,第446—447页。

柏梁体。下面看李白的吟唱：

白纻辞三首·其三

李　白

　　吴刀剪彩缝舞衣，明妆丽服夺春晖。扬眉转袖若雪飞。倾城独立世所稀。激楚结风醉忘归，高堂月落烛已微。玉钗挂缨君莫违。

《激楚》《结风》皆为曲名。玉钗挂缨，指佳人的玉钗挂在您的帽缨上。这首古风描写的是宫廷中纸醉金迷的生活场景，七言古风句句用平韵，且一韵到底，是纯正的"柏梁体"。

三、古体诗用韵疑义辨析

　　第二部分，我们基本是用近体诗用韵的思维视角来观照古体诗的。也就是说，我们只是放开了诗句的平仄律，而用韵还是近体诗的思维，至多就是认可古体诗可以押仄声韵而已。

　　以五绝为例，押平声韵的格律诗有四种格式：

平平中仄平，中仄仄平平。中仄平平仄，平平中仄平。

中仄仄平平，平平中仄平。中平平仄仄，中仄仄平平。

中仄平平仄，平平中仄平。中平平仄仄，中仄仄平平。

中平平仄仄，中仄仄平平。中仄平平仄，平平中仄平。

　　除了首句入韵外，单句是不入韵的，而且用仄声字脚。

　　押仄韵的格律诗也有四种格式：

中仄平平仄，中平平仄仄。平平中仄平，中仄平平仄。

中平平仄仄，中仄平平仄。中仄仄平平，中平平仄仄。

平平中仄平，中仄平平仄。中平平仄仄，中仄平平仄。

中仄仄平平，中平平仄仄。平平中仄平，中仄平平仄。

　　依照押平声韵的规范，除了首句入韵外，单句是不入韵的，而且用平声字脚。

　　像这样押仄韵的格律诗，有人称为仄韵五绝，其实这个应该划入古体诗，因为格律诗要求押平声韵。

　　不管是押平声韵还是押仄声韵，如果将每句的平仄律放宽，就是我们通常所说的平韵古风或者仄韵古风了。

但当我们检索唐宋古体诗时,却发现其押韵要灵活、随意得多。

与第一部分的先下结论再找例句相反,我们在第二部分则采用先看例诗,再试图寻找出带规律性结论的做法。

佳 人

杜 甫

　　绝代有佳人,幽居在空谷。自云良家子,零落依草木。关中昔丧乱,兄弟遭杀戮。官高何足论,不得收骨肉。世情恶衰歇,万事随转烛。夫婿轻薄儿,新人美如玉。合昏尚知时,鸳鸯不独宿。但见新人笑,那闻旧人哭。在山泉水清,出山泉水浊。侍婢卖珠回,牵萝补茅屋。摘花不插发,采柏动盈掬。天寒翠袖薄,日暮倚修竹。

通过上例,我们可以发现如下现象:

1.仄韵五古,首句不入韵,第三句并非为平声字脚。如:“绝代有佳人,幽居在空谷。自云良家子,零落依草木。”

2.仄韵五古,首句不入韵,首句并非为平声字脚。如:“关中昔丧乱,兄弟遭杀戮。官高何足论,不得收骨肉。”

3.仄韵五古,首句不入韵,首句和第三句都非为平声字脚。如:“摘花不插发,采柏动盈掬。天寒翠袖薄,日暮倚修竹。”

下面再看例句:

咏怀(节选)

阮 籍

　　二妃游江滨,逍遥顺风翔。交甫怀环佩,婉娈有芬芳。猗靡情欢爱,千载不相忘。倾城迷下蔡,容好结中肠。感激生忧思,萱草树兰房。膏沐为谁施,其雨怨朝阳。如何金石交,一旦更离伤。

仔细品读这首诗,我们又发现这样的现象:

4.平韵五古,首句不入韵,首句并非为仄声字脚。如:“二妃游江滨,逍遥顺风翔。交甫怀环佩,婉娈有芬芳。”

5.平韵五古,首句不入韵,第三句并非为仄声字脚。如:“感激生忧思,萱草树兰房。膏沐为谁施,其雨怨朝阳。”

再继续看例句:

行行重行行(古诗十九首之一)

佚 名

行行重行行,与君生别离。

相去万余里,各在天一涯。

道路阻且长,会面安可知。

胡马依北风,越鸟巢南枝。

相去日已远,衣带日已缓。

浮云蔽白日,游子不顾反。

思君令人老,岁月忽已晚。

弃捐勿复道,努力加餐饭。

分析这首古体诗,可得出如下看法:

6.平韵五古,首句不入韵,首句和第三句都非为仄声字脚。如:"道路阻且长,会面安可知。胡马依北风,越鸟巢南枝。"

还是继续看例句:

西北有高楼(古诗十九首之五)

佚 名

西北有高楼,上与浮云齐。

交疏结绮窗,阿阁三重阶。

上有弦歌声,音响一何悲!

谁能为此曲?无乃杞梁妻。

清商随风发,中曲正徘徊。

一弹再三叹,慷慨有余哀。

不惜歌者苦,但伤知音稀。

愿为双鸿鹄,奋翅起高飞。

青青陵上柏(古诗十九首之三)

佚 名

青青陵上柏,磊磊涧中石。

人生天地间,忽如远行客。

斗酒相娱乐,聊厚不为薄。

驱车策驽马,游戏宛与洛。

洛中何郁郁,冠带自相索。

长衢罗夹巷，王侯多第宅。

两宫遥相望，双阙百余尺。

极宴娱心意，戚戚何所迫？

从上述两首古体诗中，我们发现了更加离奇的现象：

7. 平韵五古，四句互不押韵，句尾均为平声字脚。如："西北有高楼，上与浮云齐。交疏结绮窗，阿阁三重阶。"

8. 仄韵五古，四句互不押韵，句尾均为仄声字脚。如："洛中何郁郁，冠带自相索。长衢罗夹巷，王侯多第宅。"

在第一部分，我们总结了"柏梁体"古体诗的特征，即押平声韵，且句句入韵。现在的问题是，有没有一种古体诗，押仄声韵，且句句入韵呢？笔者目前没有发现按照平水韵押韵的此类例诗。但我相信，如果有足够的文本供分析，押仄韵且句句入韵的诗应该是允许的。

从以上分析来看，古体诗的用韵相当灵活，甚至还可以称得上相当随意。不仅"前古体"如此，"后古体"亦如此。如果这种结论成立，我们写古体诗时就不必太过在意单双句尾字的平仄交错问题了，完全可以把重心放在立意和语言的锤炼方面。这是相当有意义的。当然，我们在写作过程中，多采用人们习惯的单双句尾用字平仄交替的做法，可能会使音律更加错落有致。这也是"后古体"留给我们的遗产。

第十四讲 ◯ 古体诗创作解析（下）

四、古体诗粘对规则

1.古风"对"与"粘"原则

王力先生在《古体诗格律学》中认为：在新式的五言古风里，其粘对与律诗的粘对大致相同。总以第二字为主：出句第二字和对句第二字平仄相反，这说的是"对"；后一联的出句第二字与前一联的对句第二字平仄相同，这指的是"粘"。先生没有提到七言古风的粘对规则，按理应该是大致相同的。我们看李颀的《送王昌龄》：

> 漕水东去远，送君多暮情。淹留野寺出，向背孤山明。前望数千里，中无蒲稗生。夕阳满舟楫，但爱微波清。举酒林月上，解衣沙鸟鸣。夜来莲花界，梦里金陵城。叹息此离别，悠悠江海行。

诗中的"对二"与"粘二"规则很明显："水"与"君"相对，"留"与"君"相粘。其余类同。

再看杜甫的《发阆中》：

> 前有毒蛇后猛虎，溪行尽日无村坞。
> 江风萧萧云拂地，山木惨惨天欲雨。
> 女病妻忧归意速，秋花锦石谁复数。
> 别家三月一得书，避地何时免愁苦。

诗中的每一句的第二字都遵循了"粘"和"对"的规则。

2.古风"拗对"与"拗粘"

顾名思义，不按照粘对规则来写，就成为"拗对"或"拗粘"了。

(1)拗对

先看例句:

> 白<u>云</u>惭幽谷,清<u>风</u>愧泉源。——张说《杂诗四首》

联中"云"对"风"即为拗对。

不论五古还是七古,如果出句与对句都用平脚,则以拗对为常。例如:

> 犹<u>忆</u>鸡鸣山,每<u>诵</u>西升经。——高适《遇冲和先生》

句中"忆"对"诵"亦为拗对。

> 秦<u>兵</u>益围邯郸急,魏<u>王</u>不救平原君。——王维《夷门歌》

上联的"兵"对下联的"王"也为拗对。

(2)拗粘

下面再看例句:

答洛阳主人
陈子昂

> 平生白云志,早<u>爱</u>赤松游。事<u>亲</u>恨未立,从宦此中州。主人亦何问,旅客非悠悠。方谒明天子,清宴奉良筹。再取连城璧,三<u>陟</u>平津侯。不<u>然</u>拂衣去,归从海上鸥。宁随当代子,倾侧且沈浮。

诗中"亲"与"爱"不粘,"然"与"陟"不粘。

客舍喜郑三见寄
刘长卿

> 客舍逢君未换衣,闭<u>门</u>愁见桃花飞。遥<u>想</u>故园今已尔,家<u>人</u>应念行人归。寂寞垂杨映深曲,长<u>安</u>日暮灵台宿。穷<u>巷</u>无人鸟雀闲,空庭新雨莓苔绿。北中分与故交疏,何<u>幸</u>仍回长者车。十<u>年</u>未称平生意,好得辛勤谩读书。

诗中"想"与"门","寞"与"人","巷"与"安","年"与"幸"都彼此不相粘。

3.古风对仗

律诗需要对仗,古风可以不用对仗。事实上,有些古风全篇不用对仗。杜甫的《新婚别》就是如此。大家可找来看看。

即使用对仗,古风的对仗有如下特点:

一是位置不拘，大约以尾联不对仗为原则。这样可以表示一篇的终结。例如：

夜出偏门还三山
陆　游

月行南斗边，人归西郊路。水风吹葛衣，草露湿芒屦。渔歌起远汀，鬼火出破墓。

凄清醒醉魂，荒怪入诗句。到家夜已半，伫立叩蓬户。稚子犹读书，一笑慰迟暮。

诗的前四联大体上算是对仗句。

二是半对半不对，位置不拘。看例句：

发白还更黑，身轻行若风。——李颀《赠苏明府》

向来皓首惊万人，自倚红颜能骑射。——杜甫《醉为马坠，诸公携酒相看》

前一联"发白"对"身轻"，后一联"皓首"对"红颜"。

三是同字相对，甚至多个同字相对。例如：

能使江月白，又令江水深。——常建《江上琴兴》

徘徊双峰下，惆怅双峰月。——刘长卿《宿双峰寺寄卢七李十六》

在山泉水清，出山泉水浊。——杜甫《佳人》

朝亦常苦饥，暮亦常苦饥。——孟云卿《悲哉行》

以上四联分别为一字、二字、三字、四字相对。

四是两联相对，就是上一联整体上与下一联相对。例如：

劝君掩鼻君莫掩，使君夫妇为参商。

劝君揶蜂君莫揶，使君父子成豺狼。

——白居易《天可度——恶诈人也》节选

这种两联相对，白居易最喜欢用，甚至用到律诗里去了。然而，这种对仗终究为古风所独有，不宜滥用。

4.古风式律诗与入律古风

大家知道，律诗有三个要素：第一，字数合律。第二，对仗合律。第三，平仄合律。三个条件同时具备,就是纯粹的律诗;如果只具备第一、第二两个要素,就是古风式的律诗;如果具备第一、第三两个要素,可视作入律的古风。

终 南 别 业

王 维

中岁颇好道,晚家南山陲。

兴来每独往,胜事空自知。

行到水穷处,坐看云起时。

偶然值林叟,谈笑无还期。

这首诗基本符合第一、第二要素,但出律之处甚多,故可看作古风式的律诗。

子夜吴歌·秋歌

李 白

长安一片月,万户捣衣声。

秋风吹不尽,总是玉关情。

何日平胡虏,良人罢远征?

此诗除了首句第三字拗(五律第三字也偶然可拗,此处为可接受的三仄尾),以及"秋风"句拗粘以外,在平仄上竟是一首近体诗。我们之所以不把它视作"三韵小律",只是因为中间一联不对仗而已。这当算作入律的古风了。

五、古体诗章法探讨

1. 五古章法

近体诗的章法是由"起承转合"构成"闭环";古体诗却是一个意思一结,注重逻辑性的叠加,但"起"与"收"还是有的。

关于五古,徐晋如在其《大学诗词写作教程》一书中认为:五言古风,一般篇幅较短者直赋其情,或比兴寄托;较长者,则多叙事,叙事中穿插议论和抒情。五古以高古雄浑为正格,要有气格、有风骨。词句不妨质朴,亦不妨以文为诗,多加议论。至于气体幽灵,风流蕴藉者,乃是五古的变格。①

---

① 参见徐晋如:《大学诗词写作教程》,广西师范大学出版社2007年版,第79页。

我们看例句：

古风五十九首·其四

李 白

　　凤飞九千仞，五章①备彩珍。（兴起）衔书且虚归，空入周与秦②。横绝历四海，所居未得邻。（一结）吾营紫河车③，千载落风尘。药物秘海岳，采铅青溪滨。（二结）时登大楼山④，举手望仙真⑤。羽驾灭去影，飚车⑥绝回轮。（三结）尚恐丹液迟，志愿不及申。徒霜镜中发，羞彼鹤上人⑦。（四结）桃李何处开，此花非我春。唯应清都⑧境，长与韩众⑨亲。（点题收）

　　诗人自比凤凰，抒发自己卓然不群、超然物外的胸怀。接着说自己羡慕神仙，不恋红尘，想及时炼成丹药，好早早仙去。最后四句谓人间繁华无意留恋，只想去仙境与仙人共处。

　　五言古风是古体诗的正宗，起源比七言古风要早。七言有歌行体，从理论上讲，五言也应该有歌行体，但很少有人这么讲，而宁肯把"气体幽灵，风流蕴藉者"称为五古变体。原因可能出于两点：一是维护五古既有的端庄、朴拙体性，二是大家都沿用成习，担心拓展会不讨好，也就不去思考突破问题。

2.七古章法

　　明清以来的诗论家，对七言古体诗的划分有两种意见：一种意见认为七古、七言歌行同体，可以互相替代。如胡应麟、王士禛都作如是观。另一种意见则认为，七古与歌行在体性上存在差别，而且差别甚大。像李中华、李会两位先生就认为二者的区别有三点：一是二者渊源不同。七言歌行出自古乐府，七古则是在七律产生之后别立的诗体。二是体式特征不同。七古要求与七言律诗划清界限；七言歌行虽然在部分体式上与七古相似，但在其演化过程中的律化现

---

　　① 五章：指服装上的五种不同纹采，也泛指五采，还指五言诗。
　　② 周与秦：周，指洛阳；秦，指关中。
　　③ 紫河车：道家炼成的长生玉液。
　　④ 大楼山：在今安徽。
　　⑤ 仙真：即仙人。
　　⑥ 飚车：御风乘云。
　　⑦ 鹤上人：亦指仙人。
　　⑧ 清都：天帝所居的宫阙。
　　⑨ 韩众：仙人名。

象越来越严重。三是文学风貌不同。七古讲究端正浑厚、庄重典雅;歌行则婉转流动、纵横多姿。尽管在具体创作过程中,常常出现以七古的笔法写歌行,或以歌行的笔法写七古,但总体上还是能见出二者的差异。①

七古的章法与五古正格相似,走的是一事一转的折线。七古的句法常常"散文化",多以文为诗,转韵较少。我们看例子:

山 石
韩 愈

山石荦确②行径微,黄昏到寺蝙蝠飞。升堂坐阶新雨足,芭蕉叶大支子③肥。(直起——到寺)僧言古壁佛画好,以火来照所见稀。铺床拂席置羹饭,疏粝④亦足饱我饥。夜深静卧百虫绝,清月出岭光入扉。(一结——夜宿山寺)天明独去无道路,出入高下穷烟霏。山红涧碧纷烂漫,时见松枥皆十围。当流赤足踏涧石,水声激激风吹衣。(二结——离寺)人生如此自可乐,岂必局束为人鞿⑤。嗟哉吾党二三子,安得至老不更归。(发感收)

这是一篇山水游记式的古体诗。诗中多用散文笔法,绝少语序错综、成分省略的句子。诗中"僧言古壁佛画好,以火来照所见稀。""人生如此自可乐,岂必局束为人鞿。嗟哉吾党二三子,安得至老不更归。"这些散文式的句子,使诗富于顿挫,呈现出一股苍古矫健之气。这就是把七古与七言歌行区别开来的典范。

七古实为旧体诗中最难者。它不仅要求性情与天分,更要求有思想、有学养,否则很难达到上乘境界。

3. 七言歌行章法

七言歌行的章法与古诗不同,更接近于近体诗,在结构上也是走的"起承转合"的圆环形,而非折线形。同时要注意,七言歌行,下字要求雅驯,要善用比兴,尤其要注意多用典、用指代。这是由七言歌行流丽温雅的体性所决定的。从用韵方面来看,七言歌行多采用仄韵与平韵交替,常常四句一换韵(当然也有

---

① 参见徐晋如:《大学诗词写作教程》,广西师范大学出版社 2007 年版,第 85 页。

② 荦确:山石不平的样子。

③ 支子:即栀子。

④ 疏粝:简便的饭食,粝指糙米。

⑤ 鞿:马嚼子、马笼头。

两句、六句等偶数句换韵的)。先看歌行短制:

滕王阁诗
王 勃

滕王高阁临江渚,佩玉鸣鸾罢歌舞。画栋朝飞南浦云,珠帘暮卷西山雨。闲云潭影日悠悠,物换星移几度秋。阁中帝子今何在?槛外长江空自流。

这首歌行短篇在体性上往往与近体诗相近。如不考虑平仄,差不多就是两首绝句连在一起。

歌行长篇,我们假如把一个个四句看作一粒粒珍珠,那么主题思想就是串珠的红线。在这方面极具创意的是吴伟业(1609—1672年,字骏公,号梅村)。他在写作时多用典故、对仗,被称作"梅村体"。其有名的《圆圆曲》,其本质上是戏剧,而非诗歌。艺术风格与七古了不相类,以婉转缠绵、音调抑扬变化且和谐圆转为其特色。

圆 圆 曲
吴伟业

鼎湖①当日弃人间,破敌②收京下玉关。(赋起)恸哭六军俱缟素,冲冠一怒为红颜。红颜流落非吾恋,逆贼天亡自荒宴。电扫黄巾定黑山,哭罢君亲再相见。相见初经田窦家,侯门歌舞出如花。许将戚里箜篌伎,等取将军油壁车。家本姑苏浣花里,圆圆小字娇罗绮。梦向夫差苑里游,宫娥拥入君王起。前身合是采莲人,门前一片横塘水。横塘双桨去如飞,何处豪家强载归。此际岂知非薄命,此时唯有泪沾衣。薰天意气连宫掖,明眸皓齿无人惜。夺归永巷闭良家,教就新声倾坐客。坐客飞觞红日暮,一曲哀弦向谁诉?白晳通侯最少年,拣取花枝屡回顾。早携娇鸟出樊笼,待得银河几时渡?恨杀军书抵死催,苦留后约将人误。相约恩深相见难,一朝蚁贼满长安。可怜思妇楼头柳,认作天边粉絮看。遍索绿珠围内第,强呼绛树出雕阑。若非壮士全师胜,争得蛾眉匹马还?蛾眉马上传呼进,云鬟不整惊魂定。蜡炬迎来在战场,啼妆满面残红印。专征箫鼓向秦川,金牛道上车千乘。斜谷云深起画楼,散关月落开妆镜。传来消息满江乡,乌柏

---

① 鼎湖:古代传说黄帝在鼎湖乘龙升天,后借指帝王驾崩。这里指崇祯帝自缢。
② 破敌:指打败李自成。

188

红经十度霜。教曲伎师怜尚在,浣纱女伴忆同行。旧巢共是衔泥燕,飞上枝头变凤凰。长向尊前悲老大,有人夫婿擅侯王。当时只受声名累,贵戚名豪竞延致。一斛明珠万斛愁,关山漂泊腰肢细。错怨狂风飏落花,无边春色来天地。尝闻倾国与倾城,翻使周郎受重名。妻子岂应关大计,英雄无奈是多情。全家白骨成灰土,一代红妆照汗青。君不见,馆娃初起鸳鸯宿,越女如花看不足。香径尘生鸟自啼,屧廊人去苔空绿。换羽移宫万里愁,珠歌翠舞古梁州。(叙写承接)为君别唱吴宫①曲,汉水②东南日夜流!(发感转合)

《圆圆曲》主要是作为一首爱情诗来写的,它既写了吴三桂与陈圆圆之间悲欢离合的爱情故事,也表现了他们的悲剧命运。诗中所要表达的感情也是复杂的,有同情,有讥讽,亦有感慨。"恸哭六军俱缟素,冲冠一怒为红颜""妻子岂应关大计,英雄无奈是多情。全家白骨成灰土,一代红妆照汗青",这些诗句写出了吴三桂的悲剧性格和命运。诗人运用多种结构手法,使情节曲折多变,富有传奇色彩。而且本诗注重格律,全篇多为律句,也增强了语言表现力。也正因此,这首《圆圆曲》写得烟水迷离,百感交集,极富艺术魅力。

近代以来,梅村体很受诗家青睐。他们常常借壳来写重大时事,取其近于戏剧、便于叙事、韵律动听、词采动目等优势,值得当下叙事诗创作者参考。

六、古体诗语言特征与平仄要义

(一)古体诗语言特征

古体诗的语言一直到近现代以来,都以"古雅"为风格,白话文运动对近体诗词的语言冲击不可小视,胡适的白话诗颇近古体诗,其实是作为对近体格律诗的反动面目出现的。当代诗坛也曾出现过对诗词的白话探索,如启功、蔡世平、李子、伍锡学等的白话诗词,但依旧是属于格律诗词的"白话化"。真正的当代古体诗还是以雅言为主流。

就我个人的体会来讲,古体诗既然"姓古",自然是以雅言为主来抒写,风格

---

① 出自李白《登金陵凤凰台》诗:"吴宫花草埋幽径,晋代衣冠成古丘。"王琦注:吴宫,谓孙权建都时所造宫室。

② 出自李白《江上吟》诗:"功名富贵若长在,汉水亦应西北流。"

也应当以"古雅"或"新雅"为上,纯粹的白话古体诗不能说绝对不可行,但多少会因为失去了"古味"而令人读来尤其是吟诵起来感到不适。

诗人黑眼睛(本名张超)有一首古体诗,描写乘坐公汽时见到一位美女时的细腻感觉:

有 女 同 车

黑云接层楼,暮雨落街市。满城潇潇声,站台人寂寂。有女上车来,敛伞坐我侧。颜色如霜雪,妙曼绝人世。皓手撩青丝,一缕拂我臂。清凉入肌理,光阴为一滞。欲语无因由,欲看唯睥睨。余光偶一接,中心犹惴惴。赧颜顾窗外,含笑不我视。容颜映玻璃,影入我眸子。彼此更无言,默契生此际。临去秋波转,一转含百意。擎伞失夜色,寒雨犹未霁。同居此城中,生小不相识。今夕偶相值,再见良不易。感此生惆怅,欲遣浑无计。

叙写"感觉"本是新诗的特长,但这首古体诗却写得毫不逊色。但该诗总体风格依旧是雅言的,至少算是"新雅"一派。

诗人刘庆霖长期用新诗的语言(自然属于白话)经营旧体诗,自成一派。他写的古体诗不多,有一首写永定河的:

永定河放歌

小序:庚子四月初六,赴门头沟区求租居所,适逢永定河引黄河水,全线开闸通流。俯仰所见,山容翠黛森立,龙鳞白练萦怀;膝前浅滩浴柳,杂花摇曳,时闻童声洗耳,蛙鼓敲风。遂忘俗累,即兴于永定楼边畅饮,忽有感慨,以记。

时间开始后,山河先抵达。燕山与永定,在此极渤渤。山河存记忆,被人常翻阅。绿风起氤氲,化育识重叠。吾今欲暂栖,已签山水契。康衢大门开,有春在迎接。此水通幽怀,此山不言别。吾陪黄河水,于斯学清澈。水可结络交,久与梦同辙。水可作吾师,涓浍能载物。山可当药食,瑰壮男儿骨。山可比圣贤,涤化世风洁。吾生亲渌水,每见心必悦。江河独弦琴,常自在心拂。吾生崇崒嵂,慕名多拜谒。曾给江郎山,递过英雄帖。携酒恕斜阳,山河多寥阔。藉此水中火,熔炼心头铁。一饮醉烟峦,二饮醉胸月。三饮倾五湖,天下孰豪杰。光阴延长线,被谁打个结。笑我酩酊际,难禁澜翻舌:水星已渴死,火星火熄灭。孤绝地球村,慨息自相伐。时空松动了,拧紧踝关节。蝙蝠歌声黑,何敢浴白雪。不畏雷霆震,不管天完缺。放胆作山石,倦待娲皇割。满山草木中,指认一尊佛。抛把野花香,由蜂去啖说。撒把鸟鸣声,让树去活泼。掰块水底天,喂养蛙声茁。噫吁嚱! 男儿适花甲,已共天地协。虔修自胸壑,苍茫川与岚。

这首古体诗的语言虽然呈现出文白夹杂、新旧交叠的特点,但底色依旧是属于我所讲的"文言范式"。只是因其较多地掺入了新诗元素,品嚼起来感觉有点"怪味"。这种探索是否成功,还请读者自鉴。

我个人的做法是以雅言为主,偶尔勾兑新词、时语(包括口语)作点缀,以期收到"切题""点染""活泛"之效。如我有一首篇幅较长的古体诗:

窖 酒 歌

有兄擅酿造,馈我何其慷。瓶盖启未半,堂屋旋流香。想见高粱红,想见苞谷黄。山坡秋纵色,山人歌佐觞。念此亦小抿,直如炭滚肠。何以葆其质,来年就壶浆。网购紫陶瓮,土法调阴阳。左右偎河沙,其上覆泥浆。此际如烈马,长窖性驯良。静待归田日,倾倒尽芬芳。最喜故人至,雨后复斜阳。其时齿残缺,其语多慈祥。拈出恩和怨,粒粒转琳琅。苍颜红借酒,玩笑偶郎当。某某和某某,对对又双双。言罢微鼾起,皱褶了月光。

这首五言古体以雅言为主基调,杂以时语"网购",口语"郎当""某某和某某,对对又双双"等,以便更切合实际描写的内容。

以上尝试是否成功姑且不论,我想说明的是:写古体诗时,尽量不要忘记它"姓古"。

(二)古体诗平仄要义

1.五古的平仄

古风的平仄以避免入律为原则。如果不能句句避免入律,至少不能让出句和对句同时入律。这就是所谓的以对句救出句,或以出句救对句。我们看《古诗十九首》中的一首:

古诗十九首之五

西北有高楼,上与浮云齐。交疏结绮窗,阿阁三重阶。上有弦歌声,音响一何悲! 谁能为此曲? 无乃杞梁妻。清商随风发,中曲正徘徊。一弹再三叹,慷慨有余哀。不惜歌者苦,但伤知音稀。愿为双鸿鹄,奋翅起高飞。

诗中出句"西北有高楼"(平仄仄平平)入律了,对句"上与浮云齐"(仄仄平平平)不入律,而且平仄也不相对;出句"交疏结绮窗"(平平仄仄平)入律了,对句"阿阁三重阶"（平仄平平平）不入律。其他类推。"音响""中曲""慷慨"均为"平仄仄平平"；"奋翅"（仄仄仄平平）也入律了，出句"上有""清商""一弹""愿为"都不入律。只有"谁能为此曲？无乃杞梁妻"（杞梁，春秋时齐国大夫，后战死，其妻就是孟姜，哭倒城墙），完全入律了，说明这首诗还没有完全做到不入律。

相传清朝的赵执信提出了一个定理：古体诗无论五言还是七言，总以每句的后三字为主，而腹节的首字尤为重要（五言第三字，七言第五字）。平脚的句子，腹节首字以用平声为原则；仄脚的句子，腹节首字以用仄声为原则。当然也有变化不拘的。前面讲过：五言诗可划分为"头节、腹节、尾节"，七言诗可划分为"顶节、头节、腹节、尾节"。

专就后三字而论，下面四种形式乃是古体诗的常轨：

（甲）平脚

　　（1）平平平

　　（2）平仄平

（乙）仄脚

　　（1）仄平仄

　　（2）仄仄仄

平脚的句子有所谓的"三平调"，仄脚的句子有所谓的"三仄尾"，都是古风常见的句式。下面分别举例：

> 悠悠西林下，自识门前山。——王维《崔濮阳兄季重前山兴》
> 手持白羽扇，脚步青芒履。——孟浩然《白云先生王迥见访》

2.七古的平仄

七古的平仄，也像五古一样，以后三字为主。后三字的四种常式为：平平平、平仄平、仄平仄、仄仄仄，都与五古相似。又可以是：仄仄平、仄平平、平平仄、平平仄。只需要前四字配起来不入律就可以了。不过，七古比五古多两个字，所以变化较多。有研究者统计，七古除了律句之外，可分为二十九个大类，一百一十四个小类。我们不可能都列举出来。这里也分别举平脚与仄脚各一例：

> 未知肝胆向谁是，令人却忆平原君。——高适《邯郸少年行》
> 清晨无风浪自涌，中流歌啸倚半酣。——苏轼《自金山放船至焦山》

第十五讲 新古体诗词立论

一、新古体诗概念

1."新古体诗"概念的提出及其初衷

樊希安先生在《我对"新古体诗"的几点认识》一文中认为:"新古体诗"的概念是由范光陵先生在 20 世纪 90 年代提出的。[①] 为了验证这个说法,我特地在互联网上搜索了一下,在"百度百科"中果然出现了"新古诗"的词条,并出现栏目标题:"新古诗创始人范光陵"。当然,即便这样做也并不能确切地认定范光陵先生就一定排他性地拥有发明权,好在这并不是本文探讨的关键。

为什么要提倡"新古体诗"呢? 范博士认为:其一,诗歌是表达感情的,过分地拘泥于形式无异于削足适履。旧体诗发展至今,已经成了"古玩",只剩下少数人在象牙塔中自吟自唱,"与社会和人民严重脱节了"。其二,中国旧体诗在国际诗坛的影响与其源远流长、博大精深的传统极不相称。"原因很多,但语言障碍是较重要的一项。中国传统旧诗翻译成英文失真很多,有些典故几乎没办法翻译;而绝大多数旧诗诗人又不懂英文,这些都不利于外国人了解中国诗。"[②] 范博士关于为何要提倡"新古体诗"所提出的两点认识,既考虑到了传统性,又具有国际性,是就此问题表述得最为全面的代表。其他人基本上是从第一个层面来谈的。像毛泽东在 20 世纪 50 年代就谈到格律诗"这种体裁束缚思想",贺敬之在 80 年代曾几次借诗作发表之机说明自己是"不拘格律"的,并指出"自唐

---

① 樊希安:《我对"新古体诗"的几点认识》,见中华诗词研究院编:《诗人论诗》,中国书籍出版社 2012 年版,第 222 页。

② 转引自樊希安:《我对"新古体诗"的几点认识》,见中华诗词研究院编:《诗人论诗》,中国书籍出版社 2012 年版,第 222—223 页。

代格律诗形成后,历代仍有许多名诗人的名作不尽遵律"。① 正是基于以上原因,解放诗律,适时地提出新的诗体就是理所当然的了。

2.当前"新古体诗"概念的杂陈现象

什么是"新古体诗"? 范光陵博士的表述是:"完全尊重中国传统诗的格式,每诗四行或几个四行,每行四、五、六、七言皆可;不讲平仄对仗,只要第二、四行末一个字有韵即可;韵也是现代自然韵,不必用古韵;用词都用现代的词,尽量使用流畅的文字;在有限的篇幅内尽量地表现出情感和一些哲理来。"②

贺敬之也提出了自己对"新古体诗"的看法,他认为,所谓"合适的较固定的体式"对自己来说,就是"用的这种或长或短、或五言或七言的近于古体歌行的体式,而不是近体的律句或绝句。这样,自然无须严格遵守近体诗关于字、句、韵、对仗,特别是平仄声律的某些规定"。贺老不是主张完全不守律,只是遵守"不同于近体诗的严律而属于宽律罢了"。③

2009 年《诗国》编辑部在《新古体诗特辑·小引》中说:"对于新诗和旧体,新古体诗未能尽收两者之长,却可兼补两者之短:它比自由体诗更加严谨整饬,而无其散漫芜杂;它比格律体诗更加灵动自由,而无其陈旧板滞。由于丢掉了部分新诗的自由,牺牲了部分旧体的格律,新古体诗的艺术表现受到了某些局限和一定伤害,必须予以正视,同时还要想方设法在其他方面找补回来。"④

高昌认为:"所谓新古体诗,实际上就是借鉴古绝形式,采用七言、五言诗歌和词曲的基本形式,同时又不拘泥于严格的平仄格律的限制和约束的一种比较宽松自由的诗体。"⑤

不难看出,上述对"新古体诗"的界定基本上具有这样一些共同特征:一是采用描述性的语言来表达;二是概括得不够严密,特别是没有找出"新古体诗"

---

① 贺敬之:《贺敬之诗书集·自序》,见中华诗词研究院编:《诗人论诗》,中国书籍出版社 2012 年版,第 215 页。

② 转引自樊希安:《我对"新古体诗"的几点认识》,见中华诗词研究院编:《诗人论诗》,中国书籍出版社 2012 年版,第 222 页。

③ 贺敬之:《贺敬之诗书集·自序》,见中华诗词研究院编:《诗人论诗》,中国书籍出版社 2012 年版,第 214 页。

④ 转引自尹贤:《双向运动,共创辉煌》,载《中华诗词》,2013 年第 3 期,第 57 页。

⑤ 高昌:《钱江怒涛抒我怀——贺敬之新古体诗论》,见《诗人评诗》,中国书籍出版社 2012 年版,第 112—113 页。

的本质特征。按照上面所列的各家表述，"古体诗"的概念也完全可以容纳他们所提出的需求或主张。那么，还有什么必要提出"新古体诗"的概念呢？

二、新古体诗的本质特性

一门学科或一个概念欲成立，必须找出它区别于其他学科或概念的本质特性，也就是说要找到其独具"个性"的特质。提出"新古体诗"的概念，必须要找出"新古体诗"与"古体诗"的区别所在，否则，就没有必要突出一个"新"字了。我认为，"新古体诗"除了具备"古体诗"的所有基本特性外，它与古体诗最根本的区别就是平仄韵可以通押。

至此，我们可以从理论上尝试着给"新古体诗"的各个类别命名了。古体诗本来就有七言古绝、七言古律、五言古绝、五言古律之称，只是通常不去标注罢了，就像近体诗的七绝、七律、五绝、五律通常不做标注一样。那么"新古体诗"照理就应该对应地称作"新七言古绝、新七言古律、新五言古绝、新五言古律"了。但为简便起见，我们姑且分别称之为"新七绝、新七律、新五绝、新五律"。依此类推，像排律、歌行等，也可以在前面加上"新"字。当然，这纯然是理论上的推演，实际写作中，不会有人去这样标注。

还是回到"正题"。为了证明"新古体诗"具有平仄韵通押的特征，我们不妨分析一下目前认可度最高的贺敬之先生的"新古体诗"。

大 观 西 湖

贺敬之

大观西湖识壮美，九天峰飞仰岳飞。

于谦清白悬白日，千秋碧水接苍水。

诗中的第一个韵脚"美"字在平水韵中属于上声"纸"韵，"飞"字属于平声"微"韵，"水"字属于上声"纸"韵，很明显地不在同一个韵部。但若按照词韵来检验，"美""水"均在词韵的第三部仄声韵里，而"飞"则在第三部平声韵里。因此全诗就属于平仄韵通押了。即便按十八韵和十四韵来检验，"飞"属于"微"部的平声字，"美""水"均属于"微"部的上声字，也属于平仄韵通押。再按照最新的《中华通韵》来检验，"飞"属于"欸"韵部的平声字；"美""水"均属于"欸"韵部的上声字，依旧属于平仄韵通押。

由此，我认为，"新古体诗"与"古体诗"的本质区别在于"新古体诗"可以平仄韵通押,而"古体诗"则是不可以的。这也就决定了"新古体诗"这个概念是可以成立的。我没有能力对"新古体诗"概念做出一个科学的界定,但我可以做一个简单的概括,即"新古体诗"就是在用韵方面允许平仄通押的古体诗。

三、新古体词的概念

长期以来,我们只是提"新古体诗"这个概念,而较少提及"新古体词"的概念。细究起来,可能有以下原因:

第一,历来有"古体诗"的说法,作为对古体诗的反动,所以对应提出"新古体诗"的概念;而历来都未闻有"古体词"的提法,所以"新古体词"就由于没有对立面而无法依存。

第二,一直以来,词被视作"诗余"。一般说到"诗"的时候,常常包含词在内。所以,"新古体诗"或许就包括"新古体词"。

第三,按照无"古体词"故难存其"新古体词"之说的推断,似乎将这种新的词体称作"古体词"更合乎情理。但考虑到与"新古体诗"最好对应来称谓,特别是考虑到将来会习惯于用"新古体诗词"的合并式简称,故命之名曰"新古体词"也不妨碍对这个新概念的理解。

1. 谁最早涉及"新古体词"概念

我们利用网络搜索引擎辅助,并在中国知网的"CNKI 中国学术期刊网络出版总库"中检索,发现最早公开出现"新古体词"字样的应该是徐宗文先生发表于 1999 年第 4 期的《江淮学刊》上的《通古变今,自成一格——读顾浩的"新古体词"》一文。王同书先生发表在《唯实》杂志 2009 年第 8—9 期上题为《"新古体词"开辟诗歌发展新路——〈胜日乐章〉的启示》的文章,则对顾浩"新古体词"的特点进行了提炼。

王先生提到,顾浩在 2001 年出版的《神州凯歌·前言》中说:"我决心继续就新古体词的创作努力下苦功夫进行探索。"如此看来,是不是词人顾浩首先使用了"新古体词"的概念呢? 我们目前还难以据此得出结论,但这确实是我能找到的最早的出处。

王先生总结了顾词的主要特点:其一,词作借用了旧体词牌和框架。其二,每首字数多和古体相同(少数有增减),句式也大致相同(少数有变化);押韵不用古韵,而用普通话新韵。其三,有较高的思想内涵和文学色彩。并说:"这三点就是他的'新古体词'的内涵。"假如我们拿"古体诗"的特点来类比,王先生对"新古体词"特点的总结,更像是对"古体词"(暂且设定有这个概念)特征的概括。

下面我们实际考量一下顾浩先生的词作:

浪淘沙慢·为纪念改革开放三十年而赋

顾 浩

跃上珠峰望神州,傲立世间巅。万古江山依然,卅载城乡换颜! 满眼里、金铺玉砌,盈耳中、风和人欢! 我祖国,上下五千年,扬眉有今天! 回首,悲声纷若雪片。忘不了,虎凶狼狂日,遍野断炊烟! 而当一崛起,惠及坤乾! 总梦想、四海安康,赤县正赋新篇! 但遥看、云卷雨飞,又激得、心忧意绵。更奋发,携手并肩,沿自辟大道,永向前! 都惊叹:华夏花开别样妍!

《浪淘沙慢》由小令《浪淘沙》演变而来,三叠,一百三十三字,第一、二叠各九句六仄韵,第三叠六句四仄韵,须用入声。或作双调者,以第一叠为前片,二、三叠合为后片。减字有一百三十二字体。我们先从形式上对照,顾词将词谱规定的仄韵换成了平韵;原谱起句为三个分句,即"三字、四字、四字",共十一字,顾词则改作二分句——"七字、五字",共十二字。还有将七字句改作含有豆顿的句式。其他变化处就不在此一一列举了。值得注意的是,这首词并没有出现平仄韵通押的现象。

我们再来看一首周思思的词作:

临江仙·忆故人

周思思

半缕薄烟半丝柔,回首三世凝眸。闲来醉卧玉龙舟。雨打弦上月,花落杯中酒。 一曲缱绻一曲愁,登临几处高楼。碧波长漾水悠悠。华庭未可驻,故园不曾留。

这首词的用韵在词韵中,除了"酒"字属于第十二部上声"有"韵外,其他韵脚字均属于第十二部平声"尤"韵。全词属于明显的平仄韵通押。再依十八韵和十四韵来检测,"酒"字分别属于"侯"部的上声韵和"尤"部的上声韵;其他韵脚字分别属于"侯"部和"尤"部的平声韵。因此,也属于平仄韵通押现象。最后按照《中华通韵》来检测,"酒"字属于"欧"韵部的上声韵,其他韵脚字均属于

"欧"韵部的平声韵。作者似乎并没有主张自己所写的词就是"新古体词",但由于作者行文没有严格遵循词谱要求的格律,如起句按谱的格律应当是"中仄中平平仄仄,中平中仄平平",依此用所有的韵书来检视,"丝"字应仄而平,"首"字应平而仄,都"出律"了。因此,将其划入"新古体词"阵营应该不会冤枉作者。

2."新古体词"的基本特性

综合以上对"新古体词"的辨析,我们不难归纳出它的基本特性。它跟"新古体诗"类似,有许多区别于"近体词"的方面。

第一,"新古体词"可以在近体词谱的基础上,不拘格律,字数可以适当增减,句式可以微调,平仄韵也能相互置换。顾浩的词例就表现出了这些特性。

第二,"新古体词"可以在词谱规定的韵脚中采用平仄韵通押。我们知道,近体词有押平韵的,也有押仄韵的;有一首词中平仄韵夹协的,有同部平仄韵互协的;有上去入三声通协的;但都没有出现平仄韵通押的现象。而周思思的词则表现出了平仄韵通押的特征。

我们这里为何没有像"新古体诗"那样,一定要找出"新古体词"的本质特性呢?原因前文已提到:"新古体诗"没有"古体词"作为参照。

如果仅凭上述分析就直接认定"新古体词"的基本特征,那么严肃的学者们会认为我过于轻率。但如果事先设定"古体词"这个概念成立,然后再一步一步地进行逻辑推导,最后得出"新古体词"的基本特征,也许就不会那么让人难以接受了。现在,我们就假定"古体词"的概念成立,然后依照"古体诗"的特性推导出"古体词"的特性。它应该包括这样几点:一是不拘平仄律,二是字数允许适当增减,三是句式可以微调。其实,"二、三"两点在近体词中已经客观存在了,很多词牌除了所谓"正格"外,还有许多"变格"就是例证。

在上述基础上,我们继续推导,以便找出"新古体词"的特性——平仄韵通押。如果允许平仄韵通押,那么"平仄韵互换"又有什么问题呢?前述顾浩的词之所以让人产生难以接受的感觉,是因为他走得还不够远,他没有打通平仄韵通押这一关,所以他将《浪淘沙慢》的仄韵脚换成平韵脚才会显得有些突兀。

参照给"新古体诗"各个类别命名的方法,我们也不妨从理论上给"新古体词"的各个词牌重新命名,很简单,那就是在既定词牌前加上一个"新"字,如《新蝶恋花》《新临江仙》《新沁园春》《新满江红》等等。当然,词作者们在实际创作中也是不会去这样标注的。

四、新古体诗词的短板及其补足

我们上面分析过贺敬之的"新古体诗"和顾浩、周思思的"新古体词",至此我们不妨在有必要的时候把两个概念合并称作"新古体诗词",然后一起来探讨它们的优长与不足,并探索其提升质量的途径。

1."新古体诗词"的优势

在谈这个问题之前,我们先了解一下诗词格律产生的根本原因。这与汉文字的特点有关。汉字"声""韵""调"的配合极其严密,特别是对于句子高度概括的文学体裁而言尤其如此。汉字中,调变即意变的情况举不胜举。汉字有四调,而这四个声调,一旦排列组合不当,将至吟诵困难,甚至是拗口结舌。譬如数个平声字,或数个上声字排列于一个吟读节奏之内,若按标准声调去吟读,要么是气滞低沉,要么是亢扬不接。如此一来,诗词之格律要求,即显得非常重要。六朝"八病"之说,即是要求避免这些"声""韵""调"上的排列冲突,使之符合汉字的发音习惯。这一切,都是为吟读,而不是为"格律"服务的。至于"八病"过于琐碎,亦是实情,但就出发点而言,无疑是具有进步意义的——诗,于古人,不仅仅是看看即了。关于此点,今人颇有忽视。琐碎与自然的冲突,格律与解放的冲突,困惑了无数人,但无论怎么说,我们都不应该忘记诗词的吟诵特点,无论是"正宗"的格律诗还是"新古体诗词",都应该使作品不拗口,易吟诵。当今新古体诗词如果用"新声韵"(目前可以《中华通韵》为代表)来创作,就允许四声混押,即阴平、阳平、上、去通押。这与中古是不同的。原因是:其一,上声、去声与平声相押,是宽于中古的作法,可算是对上古的一种状态回归。其二,现在没有入声字,从实际应用看,仄声中的冲突变小,有操作的空间。因为古代的入声字的读音,与上声、去声、平声的冲突实在太大,所以中古必须区分之后押韵,现在则不需要了。因此,建议新古体诗词,以用新声韵为好;实在要坚持用平水韵,也建议入声独用,不要与上声、去声混押。而要做到此点,无论如何是需要了解一些格律基础知识的,尤其是其原理。至于具体到在当今汉字的读音之下如何遵守、如何解放等等问题,又当别论了。

正是鉴于近体诗词格律甚严,对写诗的人或多或少有一些束缚,因此,毛泽东于1957年1月12日在复《诗刊》主编臧克家的信中写道:"诗当然应以新诗为主体,旧诗可以写一些,但是不宜在青年中提倡,因为这种体裁束缚思想,又不易学。"其实,感到这种束缚的人并非只是当代人,从唐代古体诗的兴起也可以看得出当时的一些大诗人同样在做突破"枷锁"的探索,并取得了丰硕的成就。只不过,时过境迁,当代人的语境、思维都发生了极大的变化,所以一些有志于写诗的人觉得古体诗对格律的解放还不够,于是就有了"新古体诗"萌生的土壤和情感冲动的诱因。"新古体词"也是如此。这种对诗词格律的进一步解放,从理论上讲,是有其明显优势的。

第一,诗词既可以"缘情"(陆机《文赋》),也可以"缘事"(班固《汉书》卷三十《艺文志》)"缘政"(孔颖达疏《毛诗正义》),在利用某种文体来写作时,如果较少地受到束缚,肯定会有利于"情""事""政"的充分表达,以实现"言志"(《左传·襄公二十七年》)的目的。

第二,诗词"格律"并不是每个人都能弄懂或精通的,部分解除诗词格律的严格束缚,便于那些有诗情要表达而又对格律还未"过关"的人昂首走进诗词王国,从而不断壮大诗词创作队伍,繁荣诗词创作园地。

第三,进一步解放"格律"之后,有利于新文体的生成。任何一种文体不可能万年不变,也不可能独步天下。从诗歌的发展沿革来考察,有些诗体由兴盛走向衰落,有些诗体则一直并行发展。可以预见,"新古体诗词"随着其创作队伍的扩大和创作水平的提升,也一定会作为一种新的诗体与其他诗体一道协同发展。

2."新古体诗词"创作方面存在的不足

前面我们列举了贺敬之的"新古体诗"。贺老是新诗的大家,有很深厚的文化底蕴,所以他的"新古体诗"除了不拘平仄律、平仄韵通押之外,其语言、意象、境界都达到了相对较高的水平。

但更多的探索者,尽管进一步解放了格律,但作品的其他方面,其实还处于"起步"状态。我们通过网络搜索到一篇于 2011 年 4 月 15 日发表在《教育时报》上的题为《新古体诗的擎旗手——高治军诗歌研讨会发言纪要》的文章,它记录了新古体诗人高治军作品研讨会的盛况。很多知名作家、评论家都发表了热情洋溢的褒奖之辞。我们与来分析一下他被与会者广泛肯定的诗作:

爱　诗

高治军

咬定青山不放松,魂牵意绕缘一梦。

色香味佳心欲动，终身嗜好伴平生。

这首诗不拘平仄律、平仄韵通押，是典型的"新古体诗"。诗的首句"咬定青山不放松"直接借用了郑板桥《竹石》诗中的成句，这在诗中应尽量避免（词有"隐括"一说，偶尔借用或套用则无大的妨碍）；第二句有些古诗的韵味，可惜意象比较"老旧"；第三句把诗比作"色香味佳"的美食，有新意；第四句"终身嗜好伴平生"收结得太过平直，少了些诗的蕴藉之美。

3. 如何提升"新古体诗词"的质量

要提升当代"新古体诗词"的质量，必须对症下药。

首先，对诗词创作者来讲，饱读诗书是前提，也是基础。贺敬之先生就是先具备深厚的古典文化底蕴，然后再去解放"格律"的。这就像练书法一样，只有先练好楷体字，再去写行书、行草，乃至狂草才有根基。如果没有一点书法的底子，直接就去写草书，其成品肯定是忽悠人的"鬼画符"。

其次，"新古体诗词"要从宏观上吸收近体诗词的营养。近体诗词产生、发展至今千年不衰，自然有其精髓所在。尽管其在当代遭受过挫折，但如今的复兴、繁荣之势，足以说明它具有强大的生命力。实事求是地说，除了格律之外，近体诗词的优长，诸如讲求韵律、神理、意象、境界等，都是值得"新古体诗词"全面学习和借鉴的。"新古体诗词"如果不把握韵律、神理、意象、境界等"宏观"脉络，那就很容易沦为顺口溜、打油诗，或者入韵的谚语、流行歌词之类的"非诗体"。

再次，要从微观上追求语言的"诗味"。"新古体诗词"除了学习近体诗词讲求的"韵律、神理、意象、意境"等比较宏观的方面以外，学习近体诗词语言的"凝练、精警、空灵、蕴藉"等方面也是十分必要的，这些东西最终都必须通过"语言"来实现。所以，有必要把对语言应具有"诗味"的追求单独拎出来强调。这也是新古体诗词在微观上区别于顺口溜、打油诗，或者入韵的谚语、流行歌词之类的"非诗体"的关键要素。而怎样才能做到语言具有"诗味"呢？这在第一讲中就进行了比较详细的阐述。

最后，就是"新古体诗词"要尽量贴近时代，不要一味地去"拟古"，无论是意象、意境，还是词语、句法，都要有鲜明的时代特色。"拟古"在习作诗词的初级阶段是难以避免的，甚至是必要的，就像书法在起步阶段缺不了临摹环节是一个道理。但入门之后，却可以脱化出来，走上贴近时代的康庄大道。

五、新古体诗词归属研判

1. 应当正确对待"新古体诗词"

现在的情形是写近体诗词的人，看不上写"新古体诗词"的人，甚至有人认为它是洪水猛兽，会毁掉我们的传统诗词文化。而主张或亲身实践"新古体诗词"的人则认为坚持写近体诗词的人是泥古不化，认为这些人对新生事物的排斥，必将把诗词引向守旧的死胡同。

前一种情况，我经常碰到。排斥"新古体诗词"的人士经常说，不懂格律或不守格律，完全可以去写新诗，实在想模仿近体诗词，于诗方面还好说，你不标示"七律、七绝、五律、五绝"之类的名头，咱就视作"古体诗"看待罢了；最不能接受的是，不按词谱填词，还硬要标示出《蝶恋花》《临江仙》《沁园春》《满江红》之类的词牌名，实在令人不齿。其实，我们只要弄清楚了这些写"新古体诗词"的人为何钟情于近体诗词"名号"，就不难理解这些问题了。

贺敬之先生是这样看待类似问题的："旧体诗对我之所以有吸引力，除去内容的因素之外，还在于形式上的优长之处，特别是它的高度凝练和适应民族语言规律的格律特点。"这种形式，"对某些特定题材或某些特定的写作条件来说，还有其优越性的一面。前者例如，从现实生活中引发历史感和民族感的某些人、事、景、物之类；后者例如，在某些场合，特别需要发挥形式的反作用，即选用合适的较固定的体式，以便较易地凝聚诗情并较快地出句成章"。① 如此看来，正是因为近体诗词在表情达意上具有其他文体无法企及的优势，所以"新古体诗词"才向近体诗词学习，才不遗余力地借鉴近体诗词的格律框架和诗词名号。人家在向我们学习，在向我们借鉴，我们有什么理由排斥人家呢？

后一种情况，我也经常碰到。一些主张破除"格律"的新派诗人，往往嘲弄坚持写近体诗词的人整天就会"平平仄仄平平仄"地像念咒语，或者像胡适讽刺的只会贩卖假古董，"其所为诗文处处是陈词滥调，蹉跎、身世、寥落、飘零、虫沙、寒窗、斜阳、芳草、春闺、愁魂、归梦、鹃啼、孤影、雁字、玉楼、锦字、残更之类，累累不绝，最可憎厌。"这种指责也确实戳到了近体诗词的某些痛处，即缺乏创

---

① 贺敬之：《贺敬之诗书集·自序》，见中华诗词研究院编《诗人论诗》，中国书籍出版社2012年版，第214—215页。

新,无论是语言还是意象都存在陈旧老套的问题。如果我们写近体诗词的人通过努力脱去了"陈旧老套"的帽子,创作出大量的优秀作品,这方面的指责自然会烟消云散。

我觉得,双方都不要把精力和时间用在去争论孰优孰劣上面,而是要各自拿出高水平的作品来说话。实事求是地说,当下近体诗词的优秀作品远远多于"新古体诗词",前者对后者具有强大的统摄力和吸引力。从"新古体诗词"还带着"古"字,还挂靠在"古体诗词"这个"单位"上,我们就不难见出端倪。正因为如此,从事近体诗词的创作者,就更要有宽广的心胸接纳这一新的文体样式。我们对新诗都能借鉴,那对"新古体诗词"这个与自己血缘关系最亲近的"兄弟"还有什么可抵触的呢?

事实上,一些具有战略眼光的诗人、诗评家、诗词刊物已经对"新古体诗词"表现出了包容、鼓励,甚至倡导的态度。范光陵博士继提出"新古体诗"概念之后,还举办了"海峡两岸青少年新古诗比赛",得到了很多学者、作家、诗人的响应,如冰心、钱伟长、贺敬之、魏传统等都对赛事给予热情的鼓励,有的还为此创作了诗作。诗评家丁国成先生主编的《诗国》总第四卷开辟了《新古体诗特辑》专栏,并配发了类似编者按的"小引",不仅刊发了贺敬之、周克玉、顾浩等人的大量新古体诗作,还集中刊发了贺敬之、丁芒、范光陵、丁国成等诗人和诗评家论新古体诗的有分量的文章。

2."新古体诗词"的终极归属

"新古体诗词"到底能走多远?为了相对准确起见,我们还是将"新古体诗"和"新古体词"分开来探讨。

先就"新古体诗"来分析。"新古体诗"不管怎样演进,有一点是"固定"的,那就是必须押韵(包括平仄通押);另一点则是"相对固定"的,即除了"歌行"的字数和句数不拘,排律的句数不拘以外,其他类别的字数和句数也是固定的。

"新古体词"的变化会比"新古体诗"要大一些,比如词牌所规定的字数可以增减,句式可以调整。唯一"固定"的就是应当押韵(包括平仄通押)。所以,保留"押韵"是"新古体词"最后的"底线"。未来的"新古体词"的发展可能会产生两个分支:一个分支还会保留词的基本框架,只是坚持"平仄律不拘,平仄韵通押",并在字数、句式上适度调整。另一个分支可能会进一步打破许多既有的"框框",只保留"押韵"这一条,最后可能会与"自由曲"接近或趋同。什么是自由曲(也可称"自度曲")呢?按丁芒先生的说法,自由曲是对旧体诗进行大改革的产物，"就目前来说，是距离新旧诗体接轨点更近的中间体，是双向运动中旧体诗这一方走得最快的一个"。这个表述比较笼统。我们不妨先看例子：

假食油（地沟油）

张四喜

污油炼，泔水脱，漂白沉淀细筛过。炸了些金黄煎饼果，烩了些喷香辣田螺，弄了些酥脆甜米糕。质检把它纸捅破。唾！唾！唾！

这首自由曲，全曲押的是十八韵的"波"部韵，且平仄通押。

自由曲与"新古体词"有着诸多相近或相同的特征。"新古体词"走得最远的一支，或许就会与自由曲"会师"一处。

也许有人会问，如果"新古体词"走得最远的一支真的只保留"押韵"这一"底线"了，那它与新诗有什么区别呢？我们知道，新诗从来就没有把"押韵"作为必要条件。所以，是否押韵（包括平仄通押）就成为"新古体词"与新诗的分水岭了。而某些入韵的新诗或称"格律体新诗"，则完全可以被"新古体词""收编"。

至于"新古体诗词"能否成为未来的"主流"诗体，这是一个难以准确回答的问题。唐代的古体诗作为对格律诗的突破，一直没有成为诗界的主流；白话诗作为对近体诗的反叛，一度独领风骚，现今却呈现出停滞状态；与之相反，近体诗却大有复兴之后的赶超势头。那么"新古体诗"是与其他诗体并存鼎立，还是有朝一日百尺竿头，成为"主流"诗体？我无法确切地去预测，但有一点则是异常明晰的，那就是："传统诗词"（包括近体诗词和古体诗）和"新古体诗词"都不会消亡。不仅如此，未来还可能会有更新的诗体出现。这些性质相近的诗体在发展过程中，彼此之间可能会有摩擦、冲突；但相互吸收对方的优长，走上"合作共荣"之路，才是永恒的主题。这也是我们祖国优秀的传统文化生生不息、繁荣昌盛的内驱力。

第十六讲 诗词创作三要素与三层次

一、诗词创作三要素细读

讲到现在,我们应该总结一下:什么样的诗词才是好诗词? 可以从立意、章法、语言、意象、意境等方面去衡量。用叶嘉莹先生的话说,能传达出你的"兴发感动"的诗词就是好诗词;杨逸明先生主张的好诗词标准是"眼前一亮、心头一颤、喉头一热"。叶先生是从方法论的角度来总结的;杨先生则是从效果论的角度来归纳的。不过由于诗与词的体性不同,诗的感发成分要多一些,词的寄托成分要重一些。

那么,我们怎样才会产生兴发感动呢? 也就是说,"兴发感动"的过程是怎样发生的呢? 其实,这是一个心理学上的发生过程,当我们看到一种引起注意的事物后,我们便产生了要去仔细了解的愿望(感知),了解之后会产生心灵触动(感动),于是就想把自己的感知、感动通过语言表达出来(感发)。根据叶嘉莹先生的"兴发感动"说①,我们打算从客观和主观两方面来领会。

从客观方面看,可概括为"感知—感动—感发"这样一个过程。要"感知",必须有一颗敏感的心灵,善于感知事物,无分古今中外。要产生"感动"就需要一颗善良、正义的心灵。不然,再感动人心的事物,你也会熟视无睹。最后要善于把内心的感动表达出来,这就是所谓的"感发"。要表达得好,当然就要掌握表达的手法。

从主观方面看,可概括为"感觉—感情—志意"这样三个层面。"感觉"是纯客观的表达,"感情"则带有个人倾向,"志意"则包含了一种理念。有人认为,陶渊明的诗表达的是"感觉",李商隐的诗表达的是"感情",杜甫的诗表达的是"志

---

① 参见何春环:《叶嘉莹先生诗词学中的"兴发感动"说》,载《南都学坛(人文社会科学学报)》2006 年第 3 期,第 67 页。

意"。三个层面不能笼统地区分高下。

不管是从客观方面还是从主观方面去考量"感发",都必须很好地将其表达出来。而通常的表达手法就是最早讲到的"赋、比、兴"。赋、比、兴本身没有高下之分,但对其运用却有高下之别。

如何判断"赋比兴"运用的效果呢?我们这里借用一下索绪尔的符号学理论。他认为符号之间的关系主要有水平的序列关系和垂直的联想关系两种,符号就是由这两大基本轴向组织起来的,将它纳入诗词语言中来看,把语序轴作为语言坐标的横轴,不同的句读(断句)会让读者产生不同的联想。我们把它扩展一下,语序不仅仅是断句的问题,还包括炼字、组句成分的省略与语序的错综等方面。索绪尔把联想轴作为坐标的纵轴,主要指对一组近义词的不同选取,即使用不同的词汇会引发人们的不同联想。[①] 为了便于理解,我们分别举例:

浪淘沙令
李 煜

帘外雨潺潺,春意阑珊。罗衾不耐五更寒。梦里不知身是客,一晌贪欢。

独自莫凭栏,无限江山,别时容易见时难。流水落花春去也,天上人间。

词中"天上人间"一句,句法极为简练,但对其的理解却反而很复杂。叶嘉莹先生对此有着独到的理解:

第一种可能性就是一般的疑问之辞:流水落花春去也,春去哪里了?天上还是人间?第二种可能性说这是一个对比:流水落花春去也,昔日是天上,今日是人间。第三种可能性是一个呼天抢地之辞:流水落花春去也,天哪!地啊!还有第四种可能性是,承应、注解上句的"别时容易见时难":流水落花春去也,是别时容易;天上人间,是见时难。[②] 这可以看作是语序轴上的观照。

下面再看看联想轴上情况:

比如"美人、佳人、红粉、蛾眉"等都是说美丽女子的,就像一个谱系。创作的时候,可以根据细微感觉的质地来选用。而在你选择以后,每一个符号,都会引起人们不同的联想。

"美人"形容女子比较笼统,但似乎比较全面,才、貌都好。"佳人"似乎更全面些,才、貌、德俱佳。"红粉"就比较庸俗一点,好像只注重外表的形态容貌。而"蛾眉",作为一个语言符号,在联想轴上的意义更为丰富,让人想起《诗经》里

---

①② 参见叶嘉莹:《唐宋词十七讲》,北京大学出版社 2007 年版,第 25—26 页。

的"手如柔荑,肤如凝脂。领如蝤蛴,齿如瓠犀。螓首蛾眉,巧笑倩兮,美目盼兮";还让人想起《离骚》中的"众女嫉余蛾眉兮,谣诼谓余以善淫"。它比喻一种才德志意的美好。这就是近义词的选取给人不同的联想空间。①

最终,这些"联想"会直接指向诗词创作中的意象、意境和境界。

1.意象

意象一词,有人认为是从 20 世纪初西方文学流派"意象派"那里引进的,其实刘勰在《文心雕龙》中早就提出过"窥意象而运斤"的观点。有时候,我们还可以望文生义地理解:意象,就是"意中之象"。它是客观外界的具象映入诗人的大脑,渗透着诗人主观色彩的"意",进而做出的能动反馈的产物。就像郑板桥画竹那样,先将"眼中之竹"化为"胸中之竹",再将胸中之竹转变为"手中之竹"。

意象包括自然物象、人间事象或假想形象。自然意象包括自然景观(山水园林)和自然力(光电声热、风雨雷电、地震火山之类的能量表现)。人间事象包括王朝兴废、人事变迁。假想意象,包括梦境和鬼神臆想等。

如秦观《满庭芳》中的词句:"斜阳外,寒鸦万点,流水绕孤村。"词中的"斜阳""寒鸦""流水""孤村"已经不再是纯粹的客观物象,也不再是纯粹的自然景观,而是浸染了词人的哀伤和忧郁,它们是主观和客观形象交融而产生的新"象"。诗词是以意象来反映诗人眼里和心中世界的。诗人总是戴着感情的有色眼镜看世界,而组成诗词用以感人的基本因素正是意象。

下面我们举几例古代诗词中的意象:

月亮的意象很丰富。一是寄思乡怀远之情。如"露从今夜白,月是故乡明"(杜甫《月夜忆舍弟》),在思乡人的眼里,故乡的月色格外明亮,可借天上的明月表达自己的相思之情。二是渲染凄清的气氛,烘托孤苦的情怀。如李白的《月下独酌》,"花间一壶酒,独酌无相亲。举杯邀明月,对影成三人。"诗人借月影写孤独,极尽委婉曲折之致,以想象中的热闹反衬心中的无限愁寂。三是抒发对宇宙、人生的思考。如张若虚的"江畔何人初见月?江月何年初照人?"这里的明月就包含着诗人对人生短促、宇宙永恒的悲叹之情,抒写了人间离别相思之情和对宇宙、人生的深切感慨。②

---

① 参见叶嘉莹:《谈〈古诗十九首〉的多义性——以〈行行重行行〉为例》,载《语文学习》2011 年第 9 期,第 45 页。

② 参见沈霜:《古诗词中月亮意象浅析》,载《学苑教育》2019 年第 4 期,第 85 页。

菊花的意象也十分丰富。一是指士之精神。如屈原在《离骚》中吟道："朝饮木兰之坠露兮，夕餐秋菊之落英。"这是种对自我心志纯洁高远的肯定，而非单纯表象里唯美的生活形式。木兰之坠露，秋菊之落英，都是天地交合多态变化中凝结的精华，一个人的思想和行为不以先贤智者的精华来浸。二是寄托离愁别绪。如秦观的《满庭芳》："问篱边黄菊，知为谁开？漫道愁须酒，酒未醒、愁已先回。"西风寒菊点缀着荒寂的驿馆，孤旅天涯，内心频受煎熬，词人写尽了伶仃孤处的滋味。三是喻象英雄。如南宋爱国诗人郑思肖在《画菊》一诗中托物言志："花开不并百花丛，独立疏篱趣无穷。宁可枝头抱香死，何曾吹落北风中。"他借菊花独自开放，宁可枯死枝头也决不落地的高尚品格，表示他不与世俗同流合污，决不向元朝统治者屈膝投降的崇高的民族气节。①

杜鹃鸟在古诗中的意象也是丰富多彩。一是烘托伤春、惜春之情。如苏轼《浣溪沙》："松间沙路净无泥，潇潇暮雨子规啼。"松林间沙路洁净得不沾泥土，潇潇的暮雨声和布谷鸟的啼叫声在回荡。作者虽贬官黄州，但他从自然景物中汲取生活的乐趣，杜鹃鸟在这里烘托了作者伤春、惜春之情。二是抒发乡愁、思念之情。如李白《闻王昌龄左迁龙标遥有此寄》："杨花落尽子规啼，闻道龙标过五溪。"在杨花落尽的时候，子规鸟也在啼叫，李白把思念朋友王昌龄的气氛作了渲染，表达了思念友人之情。三是倾诉悲苦、哀怨之情。如白居易《琵琶行》："其间旦暮闻何物？杜鹃啼血猿哀鸣。"白居易被贬江州，月夜送客，琵琶女被弃，诗人伤感万分，联想到自己，谪居卧病，苦竹绕宅，朝晚听到杜鹃啼血，悲伤无限。②

此外，还有以梅子的成熟比喻少女的怀春，如"倚门回首，却把青梅嗅"（李清照《点绛唇》）；以浮云比喻在外漂泊的游子，如"浮云游子意，落日故人情"（李白《送友人》）；把鸳鸯比作恩爱的夫妇，如"得成比目何辞死，愿做鸳鸯不羡仙"（卢照邻《长安古意》）；将丁香喻指愁思或情结，如"自从南浦别，愁见丁香结"（牛峤《感恩多》），等等。

我们现在写诗，既要继承传统意象，又不能老是停留或局限于古人的意象层面，要有创新意识。如何创新？开篇就讲过不少技法，大家可以回头去看。下面只举一例：

① 参见李东：《浅析古诗词中的菊花意象》，载《魅力中国》2010年第30期。
② 参见万永红：《古诗词中的杜鹃鸟意象》，载《文学教育》2009年第2期，第30页。

浣溪沙·租居小屋

李 子

高吊一灯名日光,河山普照十平方。伐蚊征鼠斗争忙。

大禹精神通厕水,小平理论有厨粮。长安居久不思乡。

词中"日光灯""大禹精神""小平理论"都是新的意象,在传统诗词里是找不到的。我们可以仔细领会其中的奥妙。

2.意境

意境是诗词中所呈现的那种情景交融、虚实相生的形象系统,及其所诱发和开拓的审美想象空间。其实,意境也可望文生义地理解为"意中之境",即是主观感情(意)与客观物象(境)的有机统一。

意境又是由若干"意象"构成的形象体系,是以整体形象出现的高级形态。一般情况下,意境是由意象链组成的。什么是意象链呢?它是由一个个意象按照一定的方式井然有序地排列组合在一起所形成的。意象链的组合方式主要有两大类:

一是就单句或联句来看,主要有意象叠加、意象密集、意象脱节。

(1)意象叠加

参照张其俊先生在《诗艺管锥》①一书中的观点,意象叠加指的是将两个或两个以上的单意象通过动词谓语(或隐含动词谓语)抑或是互动式的比喻相互勾连,以重叠交加的方式结合而成的新的复合意象。如王维的"明月松间照,清泉石上流";崔护的"人面桃花相映红"。

(2)意象密集

它指的是将两个或两个以上的意象(作为短语中的主语),以主谓短语的形式压缩在一个紧缩复句里,形成密集的复合意象。如杜甫的"风急天高猿啸哀,渚清沙白鸟飞回";李商隐的"相见时难别亦难,东风无力百花残"。

(3)意象脱节

指的是在诗句中全方位地采用一系列名词性的意象(或可在名词意象之前带有附加的修饰成分,或可于名词意象之后附带有方位词)并列在一起,省去了其间的任何关联词,像是彼此处于孤立状态,故称"意象脱节"。如温庭筠的"鸡

---

① 参见张其俊:《诗艺管锥》,北京燕山出版社2009年版。

声茅店月,人迹板桥霜";陆游的"楼船夜雪瓜洲渡,铁马秋风大散关";吴寇中的联句"骏马秋风冀北,杏花春雨江南"。其实,这就是我们前面讲过的"列锦"的修辞手法。

二是就整首诗来看,主要有意象组合、意象并列。

(1)意象组合

指的是诗中的诸意象链按时间上的关联作纵向的组合而形成的序列。如杜甫的七律:

闻官军收河南河北

杜 甫

剑外忽传收蓟北,初闻涕泪满衣裳。

却看妻子愁何在,漫卷诗书喜欲狂。

白日放歌须纵酒,青春作伴好还乡。

即从巴峡穿巫峡,便下襄阳向洛阳。

全诗围绕一个"喜"字,将一系列相关的事象按照时间顺序纵向串联起来。

(2)意象并列

指的是诗中的诸意象链按其空间上的位置作横向的连接并网而形成的序列。如杜甫的七绝:

绝 句

杜 甫

两个黄鹂鸣翠柳,一行白鹭上青天。

窗含西岭千秋雪,门泊东吴万里船。

诗中的意象链呈现意象并列形态,从地上到天上,又从山上到水上,有近观,有远眺,有仰望有俯瞰,有动有静,有声有色,组成了完美的画面,也就是意境。当然,意象组合与意象并列还可以组合运用,大家不妨试试。

意境是繁富多样的。或雄奇阔大,或苍凉悲壮;或清新素雅,或秾艳瑰丽。有人将其概括为阳刚之美与阴柔之美两大类。李白之诗、苏轼和辛弃疾之词多属前类,其所描写的意境,或如崇山峻崖,或如大江汹涌,或如迅雷疾电,或如风起云涌。凡此种种,往往以雄奇、粗犷、轩异等感性形象给人以强烈刺激,使人从中吸取强大的精神力量,获得一种感奋的激荡和崇高的美感。王维之诗、柳永和李清照之词属于阴柔之美,其描写的意境,或如彩云轻烟,或如幽林曲涧,或如琵琶轻拢,或如笛音缥缈。此类作品长于抒发精美幽深之情,常以小巧、柔和、典雅等感性形象,直接引起人们精神上的愉悦。① 他们之间不存在高下之分。但就意象链组合的辩证视角来看,要处理好点染、虚实、疏密、动静、浓淡、雅俗、巧拙、曲直、隐现、离合这样一些对立统一的辩证关系。比如尽可能做到虚实结合、疏密有致、动静相宜等。

3.境界

中国诗论,常常将意境与境界等同。王国维的《人间词话》在探求历代词人创作得失的基础上,结合自己艺术鉴赏和艺术创作的切身经验,提出了"境界说",即"词以境界为最上。有境界则自成高格,自有名句。"作者阐释说:"境非独谓景物也。喜怒哀乐,亦人心中之一境界。故能写真景物、真感情者,谓之有境界。否则谓之无境界。"②有境界的作品,言情必沁人心脾,写景必豁人耳目,即形象鲜明,富有感染力量。这里边,境界有时指的就是意境。

个人认为,境界与意境还是有区别的。境界高于意境,也比意境丰富。其核心在于有无"兴发感动"以及程度的差异。

王国维在《人间词话》里谈道:"古之成大事业、大学问者,必经过三种之境界。"③

第一种境界:"昨夜西风凋碧树。独上高楼,望尽天涯路。"这词句出于晏殊的《蝶恋花》,原意是说,"我"上高楼眺望所见的更为萧飒的秋景,西风黄叶,山高水长,案书何达?王国维以这句话形容学海无涯,只有勇于登高远望者才能寻找到自己要达到的目标,只有不怕孤独寂寞,才能探索有成。

第二种境界:"衣带渐宽终不悔,为伊消得人憔悴。"这引用的是北宋柳永《蝶恋花》最后两句词,原词是表现作者对爱的艰辛和无悔。若把"伊"字理解为词人所追求的理想和毕生从事的事业,亦无不可。王国维以这句话比喻为了寻求真理或者追求自己的理想,废寝忘食、夜以继日,就是累瘦了也不觉得后悔。

第三种境界:"众里寻他千百度,蓦然回首,那人却在,灯火阑珊处。"是引用南宋辛弃疾《青玉案》词中的最后四句。梁启超称此词"自怜幽独,伤心人别有

---

① 参见郑晓华:《浅谈初中语文古典诗词的鉴赏》,载《中学课程辅导·教学研究》2018年第2期。

② 王国维:《人间词话》一、六,见《诗品 人间词话》,哈尔滨出版社2007年版,第77、81页。

③ 王国维:《人间词话》,见《诗品 人间词话》,哈尔滨出版社2007年版,第77页。

怀抱"。这是借词喻事，与文学赏析已无关涉。王国维已先自表明，"吾人可以无劳纠葛"。王国维用这句话比喻经过长期的努力奋斗而无所收获，正值困惑难以解脱之际，突然获得成功的心情。踏破铁鞋无觅处，得来全不费工夫，乃恍然间由失望到愿望达成的欣喜。①

以上所涉及的"境界"，主要指人所能达到的修为层次，三境界说具有明显的递次而进的意义。

二、诗词成品三层次缕析

作诗填词久了，回首过往，如果把诗词从初创、修改到完成看作是"成品"出炉，那么这个过程似乎可以拆解为必经的三个阶段，或者说要过三道关，抑或三道坎，那就是技术、艺术、哲学三个层面。

1. 技术层面

技术层面是指格律、押韵、炼字以及句法章法、逻辑结构运筹等方面。初学者以为格律、押韵最难，其实句法的变化、用字的锤炼都要比格律、押韵难得多。而这些也是诗词出新的最基础的窍门之一。

下面看岑参的一首五律：

送杨瑗尉南海

岑 参

不择南州尉，高堂有老亲。

楼台重蜃气，邑里杂鲛人②。

海暗三山雨，花明五岭春。

此乡多宝玉③，慎勿厌清贫。

岑参与高适同为盛唐边塞诗派的掌门人，人称"高岑"。这是一首送友人任南海县（今属广东）尉的诗。开篇嘉之以"孝"，结尾勉之以"廉"。颈联"海暗三山雨，花明五岭春"，既是词类活用（"暗""明"是形容词，这里用作动词），又是倒装句，即"三江雨使海面变得暗淡，五岭春让山花显得明媚"。这里十分注意炼

---

① 参见豆瓣网，黑曼巴（ID）日志：《王国维的"境界说"》。

② 本指神话传说中的人鱼，这里指渔夫。

③ 这里当指唐代风清气正的民风乡俗。

字、炼句。

我写过一首《远眺武当南岩》的七律,不妨也作为例举:

远眺武当南岩

段　维

凌虚高阁生玄妙,香冷龙头动楚吟。

壁吮残阳红透骨,松呼断雁绿操琴。

无为编织游仙梦,大难煎熬济世心。

向使英雄都羽化,山河终古气萧森。

其中颔联"壁吮残阳红透骨,松呼断雁绿操琴"的句法和炼字还是有些特别之处的。这也算是技术层面的。

再看一例:

西　施

罗　隐

家国兴亡自有时,吴人何苦怨西施。

西施若解倾吴国,越国亡来又是谁?

这首咏史诗以古讽今,意在言外。在结构上运用"层层推理"的方法,最后得出西施不是亡吴的根源,替西施昭雪。这堪称是技术层面的"精构"。

这种讲究逻辑推演的构思,主要注重艺术逻辑,不一定是事实逻辑。看下面的例句:

北齐二首·其一

李商隐

一笑相倾国便亡,何劳荆棘始堪伤。

小怜玉体横陈夜,已报周师入晋阳。

此诗开篇即以议论出之,首句暗用周幽王宠褒姒而亡国的故事,辛辣地讽刺"无愁天子"高纬荒淫的生活。第二句引典照应国亡之意。讲的是晋时索靖有先识远量,预见天下将乱,曾指着洛阳宫门的铜驼叹道:"会见汝在荆棘中耳!"两句照应起来看,讲的就是荒淫无度即亡国易玺的先兆。虽每句各用一典故,却化典无痕,即便不知道用典也不影响对诗意的理解。但如果只此而已,仍属老生常谈,不值得推举。我们接着看后两句,它通过两个并列的镜头,撇开议论而展示形象画面。类似于前面讲到的七绝之"例证型",即用具体画面来补叙前番"立论"。第三句描绘冯淑妃("小怜"即其名)进御之夕"花容自献，玉体横陈"(司马相如语)，是一幅秽艳的春宫图，可与"一笑相倾"句联系起来看；第四句写的是北齐亡国情景。公元 577 年，北周武帝攻破晋阳(今山西太原)，向齐都邺城(今河北省临漳县)进军，高纬出逃被俘，北齐遂灭。淑妃进御与周师攻陷晋阳，相隔尚有时日。诗人将小怜进御与北周的军队攻破晋阳这两件并非同时发生的事，颠倒时空剪接组合在一起(可见艺术真实不一定得抱守历史真实)，揭示了北齐当政者荒淫腐败而导致亡国的惨痛教训，给后世以警醒。这便是议论附丽于形象，通过特殊表现一般，是符合形象思维的规律的。

2. 艺术层面

艺术层面就是着重于意象、意境的出新。意象就是"意中之象"，是作者主观情意与客观对象的统一体。意境是由一个个相关意象有机组成的，是情景交融的产物。这两方面出新都很难。下面我们分别来剖析一下两种做得不好的情况：

其一，诗词的有"意"无"象"。

意，就是思想或理念；象就是物象或事象。"意"与"象"的结合，产生情景交融的艺术效果。换言之，意象乃是客观外界的具象(物象或事象)映入诗人的大脑，经过思想或理念的投射得到的产物，简称为"意中之象"。张其俊先生认为，意象可分为单个意象和复合意象。在诗人的笔下，总是先将单个意象组合成若干复合意象(诸如意象叠加、意象密集、意象脱节)，也称意象单元，再按照在构思中设定的程序(诸如意象并列、意象组合、意象并列与组合)将这些意象单元整体装配成诗歌艺术成品，也就是形成意境。

我们经常看到一些有"意"无"象"的诗，诗中全用逻辑思维或理论术语，也就是说以抽象的语言表达自己的理念，尽管注意了平仄，但缺少形象，缺少艺术感染力。我们在第一讲开头提到的两首绝句和一首长调即是如此。有"意"无"象"的诗，其语言肯定不是诗的语言。其实，不仅现代人易犯这个毛病，古人甚至是名家大家也不例外。我们看王安石的一首绝句：

商　鞅①

王安石

自古驱民在信诚，一言为重百金轻。

---

① "鞅"：其读音查《汉语大字典》有两读。一是《集韵》的於良切，读阳；二是《广韵》的於两切，读养。字典特地标明"旧读 yǎng"。

今人未可非商鞅,商鞅能令政必行。

这首绝句只是以商鞅"立木取信"并兑现承诺为例,说明诚信的重要性。缺乏形象,缺少情景,当然也就谈不上有什么意境了。

其二,诗词的有"象"无"意"。

另外一种现象则是诗中有"象"无"意"。也即是诗中罗列了许多意象,却没有明确的"意"将其贯串,或者许多"象"相互乖离,与诗中的"意"不搭界、不相融。先看宋杨亿编选的《西昆酬唱集》中他自己的一首七律《泪》:

泪
杨 亿

锦字梭停掩夜机,白头吟苦怨新知。

谁闻陇水回肠后,更听巴猿拭袂时。

汉殿微凉金屋闭,魏宫清晓玉壶敧。

多情不待悲秋气,只是伤春鬓已丝。

诗中写了八种"象"——思妇停机、弃妇怨吟、征夫肠断、纤夫闻猿、皇妃冷宫、壮士击壶、士子悲秋、闺人伤春。但相互之间犹如散珠碎片,没有一个明确突出的"意"加以串联。《西昆酬唱集》中这类作品很多,在文学史上屡遭诟病。

我们再看黄庭坚的一首词:

浣 溪 沙
黄庭坚

新妇滩头眉黛愁。女儿浦口眼波秋。惊鱼错认月沈钩。

青箬笠前无限事,绿蓑衣底一时休。斜风吹雨转船头。

词的上片用三个景象组成绮丽的意境,但一、二句中的"眉黛愁"与"眼波秋"不谐;上片总体为绮丽之景,而下片则写渔翁的悠闲自在,有飘然出尘之意,与上片也不搭。无怪乎苏东坡开玩笑说:"才出新矶妇,又入女儿浦,此渔父太澜浪也。"(见宋胡仔的《苕溪渔隐丛话前集》)。

归纳来说,诗词中有意无象,不是诗的语言;有象无意,不是诗的章法。两者都不能创设情景交融的意境。

其三,遣词对诗词意象的损益

当然,还有一种情况:"象"与"意"都好,但遣词造句欠妥,结果使意象打了折扣。我们看唐代李端的一首诗:

拜 新 月

李 端

开帘见新月,便即下阶拜。

细语人不闻,北风吹裙带。

这首诗世人评价很高。但顾随先生却找出了毛病:"拜月真是美事,女儿拜月真是美的修养。每夜拜月,眼见其日渐圆满,心中将是何种感情?但'开帘见新月,便即下阶拜',写得像李逵,真写坏了。'细语'句尚可,'北风吹裙带',绝不可用'北风'。"①这说明,意象的营造考验诗人的综合素养。

大凡优秀的诗作,都是遣词妥帖恰切,将"意"与"象"关联无间,允称妙合。以象达意,意寓象中。这样的例子比比皆是。这里只举白居易的一首绝句:

暮 江 吟

白居易

一道残阳铺水中,半江瑟瑟②半江红。

可怜九月初三夜,露似真珠月似弓。

诗人选取了红日西沉到新月东升这一段时间里的两组景物进行描写,运用了新颖巧妙的比喻,创造出和谐、宁静的意境。全篇用"可怜"二字点逗出内心深处的情思和对大自然的热爱。其写景之微妙,历来备受称道。明代杨慎《升庵诗话》评云:"诗有丰韵。言残阳铺水,半江之碧,如瑟瑟之色;半江红,日所映也。可谓工微入画。"乾隆皇帝在《唐宋诗醇》中评云:"写景奇丽,是一幅着色秋江图。"清代王士祯《唐人万首绝句选》评云:"丽绝韵绝,令人神往。"

3. 哲学层面

哲学层面的问题,起始于"思维",终达于"境界"。境界不是靠聪明或技巧就能到达的,要靠器识与胸襟,还有思考过程中哲学思维的引领与托举。具体讲如陈永正先生所言之"独立人格,忧患意识,自由思想",具备了这些,才有可能洞察幽微,胸怀天下。这就难上加难了。不少人精通格律、句法、炼字,也很

---

① 参见叶嘉莹整理:《顾随诗词讲记》,中国人民大学出版社2010年版,第151页。顺便一说,该书原文将本诗的作者误作李白。也许是顾先生口误,也许是叶嘉莹先生所记笔误。后经顾随之子顾之京整理,再经出版社三审,也就是说至少经过六人之手,错误都没有纠正。所以我们不能盲信他人,即使是名家。

② 瑟瑟:原义为碧色珍宝,此指碧绿色。

善于选取意象和营造意境，但所写的东西之所以昙花一现，就是差在境界不够高远上面。

2011年5月末，我去了一趟沈阳，参观故宫时发现牡丹正在怒放，而此时洛阳牡丹早已凋零。于是由此发端，填了一阕《汉宫春·沈阳故宫牡丹》，颇受诗界好评。一位近70岁的秦皇岛诗友，还专门为这首词谱了曲。我在这里提到，并不是说这首词写得多么出色，而是因为此词非一般地题咏牡丹花，选取了新的角度，我自认为体现出了一些历史与现实融合的境界。现录词如下：

汉宫春·沈阳故宫牡丹

段 维

国色天香，锁后宫苔砌，烟雨霏微。相扶伫立，玉盏静候谁归？图强霸业，向中原、新画蛾眉。浑未觉、皇冠尘土，猩唇更胜当时。 岂是洛中天艳，俟阳春一去，魄走魂飞。征人梦回故里，肠断何其。翻疑塞北，有贞芳、坚守琼枝。休揣度、名姝心事，风来秀靥迷离。

词以"景"起，"相扶""玉盏"是描摹形态。"图强霸业，向中原、新画蛾眉"，是回答"谁归"句的。"浑未觉、皇冠尘土，猩唇更胜当时"是作者的想象，"猩唇更胜当时"句让人觉得不胜凄凉。过片引起两地牡丹花的对比。"征人梦回故里，肠断何其"，也是推想与想象。"翻疑塞北，有贞芳、坚守琼枝"句将情感推向高潮。结句拉回到眼前。"休揣度、名姝心事"，看起来是否定句，实在是作者对历史与现实的确定性思考。"风来秀靥迷离"，照应开头，以"景"作结，却有言之不尽之意。

上面讲到了诗词创作的三个层次，带有一些抽象意味。那么是不是注意到了这三个层面的东西，写出来的就一定是好诗呢？这个不敢保证。什么样的诗才是好诗？前面已经提到了叶嘉莹先生的"方法论"表述和杨逸明先生的"效果论"见解。我觉得，还可以从"文本论"角度总结出四个方面：有真情、有高格、有新意、有妙语。这四个方面与前面说的三个层次无法一一对应，但也不是没有关联。比如说，有新意，包括立意新、构思巧，就属于艺术层面；有妙语既有技术因素，更应该属于艺术层面。有高格对应哲学层面。有真情无法对应任何层面，却是作为"好诗"的基础和前提。缺乏真情，谈其他层面的东西毫无意义。

第十七讲 现当代诗词唱和的本质

一、诗词唱和的源流与本质

1.唱和诗的起源

唱和,按《汉语大词典》解释,最初是指歌唱时此唱彼和。语出《诗·郑风·萚兮》:"叔兮伯兮,倡予和女。"后来的"唱和"发展为专指诗人之间的酬唱行为。这时的酬唱不一定伴随音乐而歌。梁萧统《昭明文选》专列"赠答"诗类,收王粲以下至齐梁诗凡七十二首,其中魏晋时期的作品超过五十首。可见当时赠答体已很发达。"赠"顾名思义,就是先作诗送给别人,"答"是就他人来诗的旨意进行回答,前者可称"唱",后者则称"和"。但若只有赠诗而无答诗,那么前者也就不能称"唱"了。赠诗在诗题上一般标出"赠""送""呈"或"寄"等字样,而不标"唱",而答诗则标"答""酬",或直接标"和"字,为了表示敬重,还可称"奉答""奉酬"或"奉和"。另外,在唱和诗中还有一种特殊的"唱和"形式被称为"追和"。它指的是因为对前人所写的诗篇有感触,便按原意或原韵再效写一篇或若干篇,因这与友人之间赠答唱酬的作品不同,故称之谓"追和"。唐代诗人李贺有《追和柳恽》诗一篇,宋代苏轼有《和陶饮酒二十首》,是追和晋代大诗人陶渊明《饮酒二十首》的,苏诗不仅和其旨意,且为"次韵"。除了这种与古人"追和"的作品外,还有所谓的"自和"诗,即根据自己以前作的诗意和用韵,再作一首或数首。如唐陆龟蒙有《江墅言怀》一诗,后来又作了一首相同意趣的诗称《自和次前韵》。这种"自和"后来也称为"叠韵"。

尽管"赠答"(唱和)一词出现较早,但是被用于诗歌创作方面,作为一种有意识的诗歌创作方式却是到了汉代以后。虽有观点认为最早的唱和诗是西汉时苏武和李陵的送别诗,还有观点认为东汉的《客示桓麟诗》与桓麟的《答客诗》以及秦嘉夫妇的赠答诗可以看作赠答诗的滥觞,但是,一般来说,我们认为真正的有意识的唱和诗作出现在东晋之末。庐山释慧远及其追随者之间以及陶渊明与友人之间的唱和之作的出现,才能被认为是唱和诗的滥觞。[①]

2. 唱和词的发生

李桂芹、彭玉平在《唱和词演变脉络及特征》一文中认为:词兴于唐,随着词体的形成,唱和词也应运而生。"唱和词最初出现于中唐,张志和的《渔父》词是记载最早的唱和词。"[②]

渔　父

张松龄

乐在风波钓是闲,草堂松桧已胜攀。

太湖水,洞庭山,狂风浪里且须还。

张志和的《渔歌子》:

西塞山前白鹭飞,桃花流水鳜鱼肥。

青箬笠,绿蓑衣,斜风细雨不须归。

时志和隐居山林,松龄作此词以招其归,志和以《渔歌子》回应之,以明其心志。

不过,敦煌曲子词诞生于初盛唐时期,应该早于中唐的张志和之作。这时传统的五言与七言诗都已成熟,南朝末至唐初许多文人对汉字声韵做了成功的探索和总结并逐渐形成诗律规范。而词则是一种刚刚出现在社会底层、还没有被文坛主流注意到的与音乐相关的新文体。因此并没有文人参与创作,敦煌曲子词的作者都是来自社会底层的平民。

稍晚能界定为唱和词的是白居易与刘禹锡的《忆江南》。白居易曾填《忆江南》三首,刘禹锡和了两首。

忆江南三首

白居易

江南好,风景旧曾谙;日出江花红胜火,春来江水绿如蓝。能不忆江南?

江南忆,最忆是杭州;山寺月中寻桂子,郡亭枕上看潮头。何日更重游!

---

① 参见李艳杰:《唱和次韵诗的流变考察——以二苏次韵诗为例》,载《佳木斯职业学院学报》2010年第6期,第108页。

② 参见《甘肃理论学刊》2008年第3期,第117页。

江南忆,其次忆吴宫;吴酒一杯春竹叶,吴娃双舞醉芙蓉。早晚复相逢!

和乐天春词依忆江南曲拍为句

刘禹锡

春去也,多谢洛城人。弱柳从风疑举袂,丛兰裛露似沾巾。独坐亦含嚬。

春过也,笑惜艳阳年。犹有桃花流水上,无辞竹叶醉樽前。惟待见青天。

唱和词在这一时期至少有三个特征:其一,唱和者没有明显的词体意识。中唐,曲子词开始发端,但词学尚未形成,一些长短句被视作诗句的新变或是对民间曲调的借鉴,唱和双方没有觉得自己是在作词,故刘禹锡、白居易的唱和词收在其唱和诗集《洛中集》里。其二,和者基本上只有"和意"的自觉,没有必须遵循与唱者句式一致的意识。如敦煌曲子词《南歌子》二首,句式长短就不完全相同。其三,从实际用韵来看,早期的唱和词基本上不和韵。张志和、张松龄的《渔父》唱和就是如此,刘禹锡、白乐天的《忆江南》唱和亦是各行其韵。

到了宋代,唱和词随着宋词的繁荣自然进入了发展期,特别是南宋更是达到了新的高度。张元幹、张孝祥、辛弃疾、叶梦得、陈亮、刘克庄、刘辰翁均有大量的唱和词。辛弃疾与刘辰翁两人的唱和词数量惊人,其中仅和韵词,辛弃疾有 144 首,刘辰翁有 102 首。而北宋的全部和韵词仅存 150 首左右。①

唱和有狭义与广义之分。前者认为,唱和是诗人之间一对一或者一对众的诗词"回应式"的创作行为,这个过程必须有先有后;并且唱与和之间应该有一定的"关联性",既可以是题目(形式)上的关联,也可以是内容方面的关联,其关联度可多可少,但不能完全没有"瓜葛";后者认为,只要内容相关,不强调"回应"过程和先后次序,比如就同一事件的拈韵、分韵、叠韵等形式,都被看作"唱和"行为。因此,唱和诗的"关联性"是其前提条件。

3.唱和诗缘于表情达意

(1)异调异韵唱和的自由抒写

诗歌史上现存最早的一组确知作者的酬唱和答诗是秦朝末年的楚霸王项羽垓下诀别其宠姬虞氏。项羽作《垓下歌》云:

> 力拔山兮气盖世,时不利兮骓不逝。
>
> 骓不逝兮可奈何,虞兮虞兮奈若何。

---

① 参见《甘肃理论学刊》2008 年第 3 期,第 118 页。

虞氏有《和项王歌》一首为：

> 汉兵已略地，四方楚歌声。
>
> 大王意气尽，贱妾何聊生！

两首诗不仅原唱押韵与和作押韵没有任何关联，而且诗的句式结构（体裁）也不相同，唯一体现唱和关系的是两诗内容之间的联系。这就是典型的异调异韵型唱和。

在现当代诗坛，这种唱和形式并不少见。

（2）同调异韵唱和的节奏共振

现在已知较早的比较有影响的"同调异韵"唱和，发生在中唐后期柳宗元与刘禹锡之间。永贞革新十年以后，二人回京没多久又一次被贬，柳宗元与刘禹锡告别时各作了一首"同调异韵"的七律：

衡阳与梦得分路赠别

柳宗元

十年憔悴到秦京，谁料翻为岭外行。

伏波故道风烟在，翁仲遗墟草树平。

直以慵疏招物议，休将文字占时名。

今朝不用临河别，垂泪千行便濯缨。

刘禹锡回和了一首：

再授连州至衡阳酬柳柳州赠别

去国十年同赴召，渡湘千里又分歧。

重临事异黄丞相，三黜名惭柳士师。

归目并随回雁尽，愁肠正遇断猿时。

桂江东过连山下，相望长吟有所思。

柳宗元与刘禹锡的唱和诗，两首都是七律，但是对于押韵没有什么要求。柳宗元押青、庚韵，刘禹锡则押支韵。这种"同调"唱和给人以体裁形式上的一致感和诵读节奏上的同频共振。

唐代特别是中晚唐，唱和诗达到了第一个高峰。中唐最著名的诗歌唱和是中唐后期的白居易与元稹的"通江唱和"，而晚唐的皮日休、陆龟蒙两人的唱和诗就有220余首，在晚唐唱和诗中颇具代表性。

这些早期唱和诗基本上是"和意"的"异调异韵"和"同调异韵"，到了元稹与白居易唱和时则开始"和韵"了。但这时的"和韵"还没有像后来那样普遍细分为"次韵（步韵）、依韵和用韵"。这说明，唱和的起源就是以表情达意为主，并非一开始就是为了逞才斗巧。只是到了中晚唐，和韵的细分才逐渐萌生；到了北宋，和韵诗渐成风气，如苏轼的"尖叉"韵七律就曾引得次韵者云聚。

在现当代诗坛上，这种"同调异韵"的唱和情况就更多一些。

"同调异韵"的唱和，还有一种特殊形式就是"拈韵"或者"分韵"。拈韵是按照一定顺序，如年齿大小、客籍远近等，就某首诗句或者词句，先后拈韵，当然也可以自由拈韵。分韵也可以按照某种顺序由"召集人"就某一诗句或者词句来分配韵字。其结果是一样的。各人就主题写作，一般会限制体裁。如果不限体裁，则归入前面讲的"异调异韵型"，唱和起来更加自由洒脱。

我们来看一则典型的拈韵之"同调异韵"唱和的例子：

陈三立（1853－1937 年），字伯严，号散原，江西义宁（今修水）人，近代同光体诗派重要代表人物。1913 年 9 月，陈三立友人吴庆坻招集樊园，以渔洋生日为题，分韵赋诗。陈三立、缪荃孙、樊增祥、吴庆坻、沈曾植、瞿鸿禨、沈瑜庆、周树模、吴士鉴等同集。这里选录陈三立的《八月廿八日为渔洋山人生辰，补松主社集樊园，分韵得鲁字》和吴士鉴《八月二十八日渔洋山人生日，家大人招同诸公宴于樊园，分韵得洋字，超社第九集》。其中，陈三立诗云：

> 往卧西湖却炎暑，日看荷风送飞雨。水光山气销楼栏，微传海畔轰鼙鼓。归来辇道寻战迹，野烧血腥杂尘土。卖浆市屋一椽无，入门旅篚拾残础。……雍容揄扬又一时，追拾坠韵同鸾羽。漫从隆污别坛坫，但令哀乐敕肺腑。诸公骚雅关运会，不废江河殉初祖。异军积甲跨大邦，愿裂邾莒附齐鲁。

吴士鉴诗云：

> 夫于亭畔坛宇荒，蚕尾山色犹青苍。宗风阒寂二百载，述诗已祧新城王。即今扬榷严断代，如画两戒分岩疆。茶村变雅耿悽怨，梅村怀旧心尽伤。……翘欲向公丐膏馥，分甘那得升公堂。高秋晶爽速嘉客，瞻礼遗像陈罍觞。江南风物公所厌，清都腾盖应来翔。我欲从之鹜云表，飘然梦落明湖旁。

唱和均借王渔洋生日之"题"，抒发自家襟抱。可见唱和诗从发端到近现代，多以"表情达意"为本，不像当下这样自我设限，以步韵或次韵为主。

二、现当代诗词唱和的押韵形式

我们现在经常说到的唱和的基本类型,包括次韵(步韵)、依韵和用韵。相对于前面的"异调异韵"和"同调异韵",这几种唱和则属于"调韵俱和"型。前人是什么时候将和韵细分为三种不同的形式呢?宋人刘攽在《中山诗话》中指出:"唐诗赓和,先后无异。有次韵,在同一韵。有用韵,用彼韵不必次。"张表臣在《珊瑚钩诗话》中说:"前人作诗,未始和韵。自唐白乐天为杭州刺史,元微之为浙东观察,往来置邮筒唱和,始依韵。"①对和韵讲得最细致的当属陆游。他说:"古诗有倡有和,有杂拟追和之类,而无和韵者。唐始有之,而不尽同。有用韵者,谓同用此韵耳。后乃有依韵者,谓如首倡之韵,然不以次也。后始有次韵,则一皆如其韵之次。自元白至皮陆,此体乃成,天下靡然从之。"②这就大抵找到了从理论上对和韵进行细分的源头。

1.次韵

次韵、步韵是一个意思,指与原作韵字相同,次序也不变的唱和形式。"步"可理解为"步骤、亦步亦趋","次"可理解为"次序"。这是一种比较严谨的唱和手法。

次韵之体起于何时何人?杨衒之《洛阳伽蓝记》卷三记载:"肃在江南之日,聘谢氏女为妻,及至京师,复尚公主。其后谢氏入道为尼,亦来奔肃,见肃尚主,谢作五言诗以赠之。其诗曰:'本为箔上蚕,今作机上丝。得络逐胜去,颇忆缠绵时。'公主代肃答谢云:'针是贯线物,目中恒任丝。得帛缝新去,何能纳故时?'肃甚有愧谢之色,遂造正觉寺以憩之。"③肃即王肃,乃北魏名臣。不过这个故事乃野史逸闻,不足为据。而次韵起于中唐后期的说法更占主流。例如程大昌《考古编》卷七《古诗分韵》云:"唐世次韵,起元微之、白乐天。"严羽《沧浪诗话·诗评》云:"古人酬唱不次韵,此风始盛于元、白、皮、陆",即中唐时期。赵翼《瓯北诗话》卷四《白香山诗话》云:"次韵实自元、白始。""盖元、白觑此一体,为历代所无,可从此出奇,自量才力,又为之而有余,故一往一来,彼此角胜,遂以

---

① 张表臣:《珊瑚钩诗话》卷一,见何文焕辑《历代诗话》,中华书局1981年版,第458页。

② 陆游:《跋吕成叔和东坡尖叉韵雪诗》,见《陆游集》,中华书局1976年版,第2277页。

③ 转引自李丹:《〈洛阳伽蓝记〉中的女性与佛教探析》,载《中华女子学院学报》2019年第1期,第95页。

之擅扬。"但到底是从何开始的呢？卞孝萱在《唐代次韵诗为元稹首创考》一文中，通过对元稹与白居易之间大量唱和诗的梳理，认为"元和五年元稹在江陵府所作《酬乐天书怀见寄》等五首诗，是元、白之间'次韵相酬'的开始。"①因为这五首唱和诗押韵之字俱同。

元、白此期的唱和诗多长篇排律，既要遵守格律，还要注意次韵相酬，短的五六十句，长则数百句，如白居易有《东南行一百韵寄通州元九》寄元稹，一韵十个字，一百韵就是一千个字：

> 南去经三楚，东来过五湖。
> 山头看候馆，水面问征途。
> 地远穷江界，天低接海隅。
> 飘零同落叶，浩荡似乘桴。
> ⋯⋯⋯⋯⋯

收到后，元稹即作《酬乐天东南行诗一百韵》回赠：

> 我病方吟越，君行已过湖。
> 去应缘直道，哭不为穷途。
> 亚竹寒惊牖，空堂夜向隅。
> 暗魂思背烛，危梦怯乘桴。
> ⋯⋯⋯⋯⋯

有宋一代，词的唱和也随着词的繁荣进入了发展期。"自张先始，唱和词中的和韵词出现。"②最著名的是秦观被贬，作了一首《千秋岁》，引得唱和者众。

千 秋 岁

秦 观

> 水边沙外。城郭春寒退。花影乱，莺声碎。飘零疏酒盏，离别宽衣带。人不见，碧云暮合空相对。忆昔西池会。鹓鹭同飞盖。携手处，今谁在。日边清梦断，镜里朱颜改。春去也，飞红万点愁如海。

秦观于绍圣四年(1097 年)在衡州遇到了在这里做知府的孔平仲(毅甫)。因境遇相同，秦观向他赠送了旧作《千秋岁》词。孔平仲读了这首词以后，步原

---

① 参见《晋阳学刊》1988 年第 4 期，第 93 页。
② 参见《晋阳学刊》1988 年第 4 期，第 118 页。

韵和词一首。元符三年(1100年)四月,秦、孔二人所作的《千秋岁》传到了远谪琼州的苏轼那里。苏轼有所感,亦作和词一首:

千秋岁·次韵少游
苏　轼

乌边天外。未老身先退。珠泪溅,丹衷碎。声摇苍玉佩。色重黄金带。一万里。斜阳正与长安对。　　道远谁云会。罪大天能盖。君命重,臣节在。新恩犹可觊。旧学终难改。吾已矣。乘桴且恁浮于海。

宋徽宗崇宁三年(1104年),黄庭坚被贬宜州,经过衡阳,秦观的好友、衡州知州孔毅甫处,见到了秦观的遗作《千秋岁》词。黄庭坚遂追和《千秋岁》词,此时,距离秦观之死已经五年:

千　秋　岁
黄庭坚

苑边花外。记得同朝退。飞骑轧,鸣珂碎。齐歌云绕扇,赵舞风回带。岩鼓断,杯盘狼藉犹相对。　　洒泪谁能会。醉卧藤阴盖。人已去,词空在。兔园高宴悄,虎观英游改。重感慨,波涛万顷珠沈海。

现当代诗词唱和,次韵可以说是一种主要形式,而当下则呈现压倒性优势。这种形式唱和的例子比比皆是,故略去举例。

"次韵"之中还有一种特殊形式,即自己次韵自己的诗词,通常称为"叠韵",连续次韵自己,就称为再叠前韵、三叠前韵等。苏轼的《正月二十日往歧亭,郡人潘古郭三人送余于女王城东禅庄院》《正月二十日与潘郭二生出郊寻春,忽记去年是日同至女王城作诗,乃和前韵》《六年正月二十日复出东门仍用前韵》就是三首叠韵诗。

陈三立亦有着相当多的叠韵诗作,著名的"门存"诗唱和就是其叠韵诗之集成。"门存"诗,是指陈氏寓居江宁时创作的诗歌。"门存唱和"是由陈锐和陈三立于光绪二十七年(1901)发起,并在后来演变为"海内和者殆千数百首不止"的一场大型诗歌酬唱活动。由于唱和之作均为次韵的七律,且按顺序以"门""村""喧""魂""存"五字为韵脚,故陈锐和陈三立在收集编印唱和之作时,取首尾韵字为此次唱和命名为《门存诗录》十卷梓行,后又编为《续刻》三卷出版。① 《门存

---

① 参见谢文韬:《"门存唱和"与清末诗学地域性的初步消解》,载《文学遗产》2020年第2期,第153页。

诗录》以人系诗，卷二收录陈三立诗作 30 首。这些诗作，虽然各有诗题，但眷怀君国，忧心世变，抚昔伤今的基调十分明显。《遣兴二首》云：

> 九天苍翩影寒门，肯挂炊烟榛棘村。
>
> 正有江湖鱼未脍，可堪帘几鹊来喧？
>
> 啸歌还了区中事，呼吸凭回纸上魂。
>
> 我自成亏喻非指，筐床乌蓁为谁存？
>
> 刺绣无如倚市门，区区思绕牧牛村。
>
> 晓移筋榼溪桥稳，晨听篝车田水喧。
>
> 俯仰已迷兰芷地，伶俜余吊属镂魂。
>
> 江长海断风雷寂，阴识雄人草泽存。

这种叠韵诗相当于次韵的组诗，便于抒发深长之思。

2. 依韵

依韵指与原作是一个韵部，但韵字与原作不同或不完全相同。这种手法常用于形式与意境不好统一的时候，作为一种变通办法。

依韵和诗大约缘于南朝。据萧统《文选》卷第三十一记载，江淹《杂诗三十首》初见依韵特点，如《赠友》依曹植《赠丁仪》韵，《咏怀》依阮籍《咏怀其八》韵，《离情》依张华《情诗其二》韵等。古人诗题中的"依韵"有很多其实是次韵（步韵），例如梅尧臣次韵欧阳修的《感兴五首之一》。

不过倒是有些诗题没有标明"依韵"的，恰恰就是依韵唱和，例如陆龟蒙《和袭美春夕酒醒》即为同调依韵和皮日休的《春夕酒醒》七言绝句。

和袭美春夕酒醒
几年无事傍江湖，醉倒黄公旧酒垆。

觉后不知明月上，满身花影倩人扶。

皮日休《春夕酒醒》：

春 夕 酒 醒
四弦才罢醉蛮奴，醽醁余香在翠炉。

夜半醒来红蜡短，一枝寒泪作珊瑚。

很明显，陆诗是依皮诗之韵而唱和的。另外，白居易和元稹诗《戏和微之答窦七行军之作》用韵为"全、天、仙、传、船、钱"，超出了元稹诗韵"全、天、船、钱"，也为依韵和诗。

现当代这种押韵形式的和诗,也是很常见的。其形式也比较多样。

(1)同调依韵

1915年初夏,陈三立全家从上海迁回金陵家中。李审言寄诗《伯严吏部移归金陵计已安处矣寄此奉问》问讯其平安,陈三立收到李诗后,次韵和诗《乙卯四月还金陵旧居审言先生寄诗见讯次韵奉酬》一首:

> 梦回海屋泻鸱船,杂佩深衣落眼前。
>
> 独返初迷三径月,闲吟宁值一文钱。
>
> 草根啼视疮痍满,方外游难口舌宣。
>
> 化俗谬期笺列女,倚君甄录腹便便。

李审言收到陈三立和诗后,再依韵回和《伯严先生和余诗来再答其意》:

> 弹丸黡子汉山川,避世仇池小有天。
>
> 无水独沈三径网,驱愁入梦一心悬。
>
> 项刘匈匈何时定,江海茫茫正可怜。
>
> 僦舍蚁邱谁见问,衣冠错认广明年。

这两首诗押韵均用"先"韵部,但韵字则完全不同。

(2)异调依韵

1913年3月7日,陈三立作《正月晦雪,过李道士,出醇酿饮之,醉写所触》。诗云:

> 夕风狝豹号,及晨乱飞雪。遂过道人庐,壁立冷积铁。窗蟀絮花眩,鳞瓦皎玉屑。铃语答低昂,车音递呜咽。……丧乱驱儒冠,羸饿满行列。夷市今秦坑,存遗供一瞥。扪腹傲天幸,默祷谥饕餮。湿衣睨寒空,忍忘假盖别。

樊增祥依韵作《正月晦雪》。诗云:

> 高楼昨卧春寒冽,密覆青绫加灚毾。一宵暖热蚕在蛹,晓起出手冻如铁。试窥十扇琉璃窗,满园乱飞玉蝴蝶。今日之日为黑月,一雪翻令天下白。……花信迟如船守闸,米价跌似潮退尺。老夫临水觅鱼看,娇女斧冰作粥喫。歌舞六朝琼树花,楼台十里连城璧。明朝轻骑出郊原,万瓦春阳晃金碧。

陈三立作的是五古,而樊增祥依韵和为七古。

"依韵"中也有一种特殊形式,即"限韵",即就某个"主题"限定某个韵部,大家所写的诗其结果就相当于依韵了。

1913 年 2 月 10 日,沈曾植赴樊园宴集,樊增祥、王闿运、瞿鸿禨、陈三立、吴庆坻、吴士鉴、易顺鼎在座,以感怀时势为主题,各赋五言诗,限三江韵。这里只选录陈三立《五日樊园宴集,限三江韵》和易顺鼎《五日樊园宴集,限三江韵,五言一首》,两首诗都依"江"韵,但韵字不完全相同。

陈三立诗云:

> 初襟荡春气,衢巷绝吠尨。人境辟仙源,喜此足音跫。樊园信饶邃,蚕食留一邦。藩篱密榆柳,畹亩滋兰茳。……玄言觉天民,神凝卓幡幢。拊膺千世在,聊与娱珘璁。行炙乌止屋,呼觞鲸吸江。一欢谓何求,圣证谢纷哤。

易顺鼎诗云:

> 圣人重性命,玉珮常玎珚。无宁入裸国,而不居危邦。诸夏竞浇漓,九夷转敦庞。所以从凤嬉,尼父足音跫。……初春卜吉日,有酒如长江。辅仁实良会,兼以风愚蠢。鄙哉列喉据,陋矣绝膑扛。遁世在无闷,庶几我心降。

3. 用韵

用韵指与原作韵字相同,但先后次序有变化。这种手法常用于原韵字意较窄的时候,也是一种变通办法。元白唱和中,就有典型的"用韵"之作,如白居易原作为《八月十五日夜禁中独直对月忆元九》,元稹《酬乐天八月十五日夜禁中独直玩月见寄》就是用的"沉、林、心、深、阴"韵,只是前后次序不同而已。元白之后,皮日休以《奉和鲁望四月十五日道室书事》奉和陆龟蒙的《四月十五日道室书事寄袭美》也是较早的用韵和诗。

奉和鲁望四月十五日道室书事
皮日休
> 望朝斋戒是寻常,静启金根第几章。
> 竹叶饮为甘露色,莲花鲊作肉芝香。
> 松膏背日凝云磴,丹粉经年染石床。
> 剩欲与君终此志,顽仙唯恐鬓成霜。

四月十五日道室书事寄袭美
陆龟蒙
> 乌饭新炊笔膧香,道家斋日以为常。

月苗杯举存三洞，云蕊函开叩九章。

一掬阳泉堪作雨，数铢秋石欲成霜。

可中值著雷平信，为觅闲眠苦竹床。

很显然，二者所押之韵都是"常、章、香、床、霜"，只是次序有所变动。

也有情况是，与依韵一样，在诗题中标的是用韵，其实是次韵。例如陈亮的《贺新郎·酬辛幼安再用韵见寄》与辛弃疾的《贺新郎·同父见和再用韵答之》，虽然标明了"用韵"，其实是在"次韵"。

贺新郎·酬辛幼安再用韵见寄

陈　亮

离乱从头说。爱吾民、金缯不爱，蔓藤累葛。壮气尽消人脆好，冠盖阴山观雪。亏杀我、一星星发。涕出女吴成倒转，问鲁为齐弱何年月。丘也幸，由之瑟。斩新换出旗麾别。把当时、一桩大义，拆开收合。据地一呼吾往矣，万里摇肢动骨。这话霸、只成痴绝。天地洪炉谁扇鞲，算于中、安得长坚铁。淝水破，关东裂。

贺新郎·同父见和再用韵答之

辛弃疾

老大那堪说！似而今、元龙臭味，孟公瓜葛。我病君来高歌饮，惊散楼头飞雪。笑富贵、千钧如发。硬语盘空谁来听？记当时、只有西窗月。重进酒，换鸣瑟。事无两样人心别。问渠侬：神州毕竟，几番离合？汗血盐车无人顾，千里空收骏骨。正目断、关河路绝。我最怜君中宵舞，道男儿、到死心如铁！看试手，补天裂。

这两首都是押入声韵：说、葛、雪、发、月、瑟、别、合、骨、绝、铁、裂。"用韵"不需要韵脚的次序一一对应，但是这两首词的韵脚次序是完全一致的。

还有些在诗题中标明了"用韵"的却是"依韵"。如明代于慎行在题目《夏日过二兄石淙别业同游洪范东流用韵四首》中标明"用韵"，实则依韵。而王国维标注的三首"用韵"和词《水龙吟·杨花用章质夫苏子瞻唱和韵》《霜花腴·用梦窗韵补寿彊邨侍郎》《齐天乐·蟋蟀用姜白石原韵》，无一不是"次韵"之作。这说明很多诗人词家并不是太在乎这些有关押韵的概念，而是立足于"表情达意"这一唱和诗的本质。

现当代的和诗"用韵"比较少见，从我们前面尚未谈到"用韵"情况。那就用我自己十多年前的习作为例吧：

舂　米

交足公粮剩可怜，无须花费用机旋。

支开碓架鲲鹏鸟，捣向白寰沧海田。

金粉筛来人亦食，银珠舂就月犹馋。

此生早许三生愿，笑看儿孙饱腹眠。

磨　粉

双手轮回磨自旋，年关一遇足堪怜。

冬雷滚滚真盈耳，瑞雪纷纷不润田。

未必寒酸常附体，终将粑面尽消馋。

举家更进三杯酒，容我鼾声动地眠。

　　这是我以父亲的视角所写的三首七律的前二首，第二首《磨粉》就是"用韵"自和（叠韵）第一首《舂米》的。

　　为什么"用韵"和诗一直不太流行呢？我觉得可能与"用韵"和诗的"不上不下"的难度系数有关。不愿意受束缚者自当选择更加自由的唱和，如"同调异韵""异调异韵"（当下非常少见），想"克难"者直接选择"次韵"，甚至自我增加难度，选择所谓的"次韵全尾字"之类了。

　　最后补充一点：前面提到过，前人唱和是相当自由的。不仅可以"同调同韵"（包括次韵或步韵、依韵和用韵），也可以"同调异韵"，还可以"异调异韵"。更进一步讲，我们还可以用词来唱和诗或用诗来唱和词。总之，只要唱和之间保持一定的关联性，能充分表情达意即可，千万不要自缚手脚。

第十八讲 特殊诗格例析

近体诗形式上有很多规范,诸如格律、押韵、章法等,但前人也不会被自己"创设"的规范束缚到不能动弹,他们往往会有意突破规范,后人也逐渐认可了这些"出格"行为,还为之取了相应的名称,后来就形成了固定的概念。还有一种情况,就是诗人们在一起逞才斗巧,弄出很多花样,对此我们也需要做些了解,否则别人弄出个招数,我们还见所未见,岂不丢了文人最看重的"面子"?下面我们就对这些特殊诗格分别做些介绍。

一、"出格诗"举要

1.孤雁出群格

前面讲过,如果严格用平水韵的话,就存在"邻韵"问题。古人有时喜欢把绝句称为"两韵诗",把律诗称为"四韵诗"。因为古人认为,绝句只要有严格的两韵脚就可,律诗只要求有严格的四韵脚就行。北宋以来,格律中开始大量出现这种特殊的"邻韵通押"情况,即允许格律诗的首句和最后一句借用邻近韵部的字作为韵脚。格律诗的首句借用邻近韵部的字作为韵脚的,称为"孤雁出群格"。其律诗和绝句示例:

访戴天道士不遇

李 白

犬吠水声<u>中</u>,桃花带露浓。

树深时见鹿,溪午不闻钟。

野竹分青霭,飞泉挂碧峰。

无人知所去,愁倚两三松。

春　怨

金昌绪

打起黄莺儿，莫教枝上啼。

啼时惊妾梦，不得到辽西。

第一首五律押"冬"韵，但首句"中"属于"东"韵，"冬""东"属于邻韵通押。第二首五绝押"齐"韵，首句"儿"属于"支"韵，"齐""支"也属于邻韵通押。

2.孤雁入群格

格律诗的最后一句如果借用邻近韵部的字作为韵脚的，称为"孤雁入群格"。其律诗和绝句示例：

无　题

鲁　迅

惯于长夜过春时，挈妇将雏鬓有丝。

梦里依稀慈母泪，城头变幻大王旗。

忍看朋辈成新鬼，怒向刀丛觅小诗。

吟罢低眉无写处，月光如水照缁衣。

行　宫

元　稹

寥落古行宫，宫花寂寞红。

白头宫女在，闲坐说玄宗。

第一首七律押的是"支"韵，结句"衣"属"微"韵，"衣""微"属于邻韵通押。第二首五绝押"东"韵，而"宗"属"冬"韵，"冬""东"也属于邻韵通押。

3.葫芦韵、辘轳韵、进退韵、抱韵

另外，从严格使用"平水韵"的角度来说，近体诗要求一韵到底。不过也有变体，除了已述首句可用邻韵外，还有葫芦韵、辘轳韵、进退韵等。

北宋黄朝英在《靖康缃素杂记》中讲："昔郑都官与僧齐己、郑损辈共定今体诗格云：凡诗用韵有数格，一曰葫芦，一曰辘轳，一曰进退。葫芦韵者，先二后四；辘轳韵者，双出双入；进退韵者，一进一退。失此谬矣。"

（1）葫芦韵

由于郑谷等人并无"葫芦韵"诗作流传,"葫芦韵"并无诗例可寻。因此,其概念迄今仍无确论。古今学者对于"葫芦韵"的解读众说纷纭,现存的概念就有八种。有学者考证认为其中最接近郑谷原意的应为"相邻不相通说",即在六韵排律中,首句不入韵,前两句用甲韵,后四韵押与甲韵相邻而不相通的乙韵,先二后四,上小下大,状如葫芦。① 读者如感兴趣,可以去搜索学习。

(2)辘轳韵

辘轳韵是指除了首句的韵脚外(一般不入韵),偶句韵脚上可以在第二句、第四句上用甲韵,第六句、第八句上用与甲韵相邻的乙韵。

举黄庭坚的《谢送宣城笔》为例:

> 宣城变样蹲鸡距,诸葛名家捋鼠须。(须:七虞)
> 一束喜从公处得,千金求买市中无。(无:七虞)
> 漫投墨客摹科斗,胜与朱门饱蠹鱼。(鱼:六鱼)
> 愧我初为草玄手,不将闲写吏文书。(书:六鱼)

可见,前两联押"虞"韵,后两联押"鱼"韵。两韵双出双入,有如辘轳取水,故名辘轳韵。

(3)进退韵

进退韵是指除了首句的韵脚外(一般不入韵),第二句、第六句用甲韵,第四句、第八句用与甲韵相邻的乙韵。如"庚、青、蒸"互为邻韵。以李师中《送唐介》为例:

> 孤忠自许众不与,独立敢言人所难。(难:十四寒)
> 去国一身轻似叶,高名千古重如山。(山:十五删)
> 并游英俊颜何厚,未死奸谀骨已寒。(寒:十四寒)
> 天为吾皇扶社稷,肯教夫子不生还。(还:十五删)

这首七言律诗中,第二句韵脚"难"与第六句"寒"同部,第四句韵脚"山",与第八句"还"一个韵部,这就是进退韵格七律。

如果我们采用《词林正韵》就不存在用邻韵的问题。不过我们了解一下还是有必要的。

(4)抱韵

所谓抱韵,是指一首四句诗,一、四句押一韵,二、三句另押一韵,后者环抱

---

① 李丰山:《"葫芦韵"概念考辨》,载《陇东学院院报》,2020年7月第31卷,第4期。

于前者之中。这种抱韵在近体诗词中用得不多,倒是英文十四行诗常常采用;一些新诗也喜欢用这种"abba"式的押韵方式。

抱韵的诗不多,我们举五代欧阳炯的《壶天晓》词为例:

壶 天 晓
欧阳炯

月映长江秋水,分明冷浸星河。浅沙河上白云多,雪散几丛芦苇。

扁舟倒影寒潭里,烟光远罩轻波。笛声何处响渔歌,两岸频香暗起。

这首词的押韵方式,前后阕都是典型的"abba"式,即首尾两句押"纸"韵、中间两句押"歌"韵。

二、趣味诗选析

1. 辘轳体与八仙体

再多说一点,有些诗友经常写所谓"转辘轳"的组诗。这里的辘轳体组诗与辘轳韵不是一回事。辘轳体由五首律诗组成一组,是指以某一句诗为"轴"分别镶嵌在每首律诗的第一、二、四、六、八句上,形成五首平韵律诗。因为形似此起彼伏地"转辘轳"而得名。

还有一种游戏,就是将某句诗分别嵌在律诗的第一、二、三、四、五、六、七、八句上,形成八首律诗,其中包含三首仄韵律诗(严格说来,仄韵律诗属于古风),被称作"八仙体"组诗。举我早年步陈为习诗友的一组八仙体七律,供参照:

世事如棋局局新
段 维

其 一

世事如棋局局新,半由天意半由人。

韩侯受辱终成器,知命张良早出尘。

万里霜花梅与菊,几杯浊酒止还频。

醒来吐纳长风起,举我闲云野鹤身。

其 二

功名利禄等浮尘,世事如棋局局新。

何处笙歌独邀月，当年书剑共怀仁。
红梅吐焰春先至，沧海噙珠月已泯。
莫若诗囊结驴友，天涯放逐自由身。

其　　三

人生自觉观城堡，进退狐疑青鬓皓。
世事如棋局局新，柳花若絮垂垂老。
迢遥多梦怕啼莺，辗转无眠疑跳蚤。
直可趋身夺入门，当真苦海回头好。

其　　四

背字文身久落贫，讵随旧俗染风尘。
秋心共日时时暖，世事如棋局局新。
愿借忠肝干气象，但凭禅意易天轮。
敢将一把嶙峋骨，海选当今人上人。

其　　五

旧怨新痴都了却，如何犹见人萧索。
天边春蛱已蚕眠，眼里秋波还雀跃。
世事如棋局局新，心潮逐浪时时落。
莫猜圆缺乱玄机，只与东坡樽共酌。

其　　六

人间万象者般真，不笑娟流争笑贫。
史上忠奸皆水火，眼前猫鼠往来频。
情缘比纸稍稍薄，世事如棋局局新。
乐得小诗娱自我，键盘声响压司晨。

其　　七

燕来雁去何时了，惯看庸人多自扰。
水月窥窗孤枕寒，火花辞树芳魂杳。
忆曾酒热醉冬烘，羞煞词穷将舌绕。
世事如棋局局新，书山一览群山小。

其　　八

平治修齐敢惜身，披肝沥胆为求真。

蛀书不避人憔悴,布道何妨兜扁贫。

去岁虬枝欣有骨,交春花雨净无尘。

莫愁险象环环扣,世事如棋局局新。

2. 卷帘体

卷帘体诗的创作过程分两步:

第一步制帘。即先写一首帘体诗挂起来。这种帘体诗有其特点,题目往往是四字成语,且多为并列关系,如春夏秋冬、琴棋书画、笔墨纸砚、梅兰竹菊或阳春白雪、柳暗花明、晓风残月、雨恨云愁等,然后按题目所示,每一字起一句,成一首藏头绝句(非绝亦可)。

第二步卷帘。即按"帘体"写卷帘诗四首。其特点是,卷帘诗第一首第一句用帘体之第一句,第二首第一句用帘体第二句,第三首第一句用帘体第三句,第四首第一句用帘体第四句。按帘体诗句含义接续写,内容相关,押原韵。选一个网上的"帘体"例子:

琴棋书画

佚　名

琴鸣幽谷月初圆,

棋落松烟鸟语喧。

书海棹舟浮玉律,

画藏梦境觅诗还。

这是一首嵌诗题"琴棋书画"的藏头诗,然后将此四句诗分别置于四首绝句的首句而写四首绝句,即为四首卷帘体诗。还有一种卷帘体的简约形式,即第二首的首句是第一首的第二句,第三首的首句是第一首的第三句,第四首的首句是第一首的第四句。这样就只需另作三首卷帘体诗即可。

注意,卷帘体须按每行一句排列,才能看出卷帘之势,如每行排二句则难见其势。

3. 回文体

回文体就是一首诗词顺读和倒读都能成为另一首或诗或词的一种体裁。它起源于何时已难确考。《文心雕龙·明诗》说:"回文所兴,则道原为始。"道原何人,无从考查。习惯上将晋代苏蕙的《璇玑图》视作回文诗之祖。苏蕙的《璇玑图》总计 841 字,纵横各 29 字,纵、横、斜、交互、正、反读或退一字、迭一字读均可成诗,诗有三、四、五、六、七言不等,共有一千多种成诗方法,甚是奇巧,广为流传,是文字游戏的登峰造极之作。由于图形字数较多,还要区分不同色彩,比较复杂,故不在此附图。有兴趣者可以在网上搜索一下。

我们看一首五言回文诗:

回　文

陆龟蒙

静烟临碧树,残雪背晴楼。

冷天侵极戍,寒月对行舟。

这首诗正读、倒读意境、意义差不多,语句也都比较流畅。只不过倒读就成了仄韵诗,归入古体诗一类了。再看一首回文七律:

奉和鲁望晓起回文

皮日休

孤烟晓起初原曲,碎树微分半浪中。

湖后钓筒移夜雨,竹傍眠几侧晨风。

图梅带润轻沾墨,画藓经蒸半失红。

无事有杯持永日,共君惟好隐墙东。

从这首七律看,回文后的意思与正读基本相差无几。不过到了宋代李禺的《两相思》则开创了正读、倒读分别两义的先河:

枯眼望遥山隔水,往来曾见几心知?

壶空怕酌一杯酒,笔下难成和韵诗。

途路阻人离别久,讯音无雁寄回迟。

孤灯夜守长寥寂,夫忆妻兮父忆儿。

这首诗正读为拟丈夫给妻子写的信,倒读则成了拟妻子给丈夫的回信,颇见机巧。

宋代喜欢作回文诗的人还不少,苏轼、王安石、秦观都留下不少回文诗作。尤其令人瞩目的是,宋代还从回文诗发展到了回文词。苏轼、黄庭坚、朱熹等都有作品传世。仅举苏轼两首词为例:

菩萨蛮·回文

落花闲院春衫薄,薄衫春院闲花落。迟日恨依依,依依恨日迟。　　　梦回莺舌弄，弄舌莺回梦。邮便问人羞，羞人问便邮。

西江月·咏梅

马趁香微路远，纱笼月淡烟斜。渡波清彻映妍华，倒绿枝寒凤挂。

挂凤寒枝绿倒，华妍映彻清波。渡斜烟淡月笼纱。远路微香趁马。

前一首词的特点是单句回文式，后一首词属于上下片回文式。此外还有宋代王齐愈创作的《虞美人》回文，是从词的最后一字倒读，句式韵脚全变，创作难度较大，被称为全词回文式。看示例：

黄金柳嫩摇丝软，永日堂空掩。卷帘飞燕未归来，客去醉眠欹枕瓣残杯。

眉山浅拂青螺黛，整整垂双带。水沉香熨窄衫轻，莹玉碧溪春溜眼波横。

倒读为：

横波眼溜春溪碧，玉莹轻衫窄。熨香沉水带双垂，整整黛螺青拂浅山眉。

杯残瓣枕欹眠醉，去客来归未？燕飞帘卷掩空堂，日永软丝摇嫩柳金黄。

不过这种全词回文式一般由读者自己去回文，作者无须给出结果。

元代的回文诗词极少，这与散曲占主导地位不无关系。明代回文诗词有所回升。清代回文诗词并不为文人所重视，但从搜集到的资料看，数量居历代之首，朱彝尊、纳兰性德都有少量的回文诗词。清代诗人朱杏孙有首《虞美人》可倒读换韵另成一首《虞美人》，并且还可重标句读后成为一首七律，该七律又可倒读成律，其难度系数可想而知。兹录如下：

孤楼倚梦寒灯隔，细雨梧窗逼。冷风珠露扑钗虫，络索玉环圆鬓凤玲珑。

肤凝薄粉残妆悄，影对疏栏小。院空芜绿引香浓，冉冉近黄昏月映帘红。

倒读换韵，仍合《虞美人》词牌：

红帘映月昏黄近，冉冉浓香引。绿芜空院小栏疏，对影悄妆残粉薄凝肤。

珑玲凤鬓圆环玉，索络虫钗扑。露珠风冷逼窗梧，雨细隔灯寒梦倚楼孤。

而重新断句加上标点，它又成了一首七律：

孤楼倚梦寒灯隔，细雨梧窗逼冷风。

珠露扑钗虫络索，玉环圆鬓凤玲珑。

肤凝薄粉残妆悄，影对疏栏小院空。

芜绿引香浓冉冉，近黄昏月映帘红。

该七律即使倒读后仍可成诗,实在妙不可言:

> 红帘映月昏黄近,冉冉浓香引绿芜。
>
> 空院小栏疏对影,悄妆残粉薄凝肤。
>
> 珑玲凤髻圆环玉,索络虫钗扑露珠。
>
> 风冷逼窗梧雨细,隔灯寒梦倚楼孤。

这些炫技的回文诗词,其难度不在于能凑成篇什,而在于反复腾挪变换之后还能文通字顺,语义晓畅,音韵流美。

回文诗还有许多"弄巧"形式,除了上述所列举的例子外,还有"当句回环",即每句下半句为上半句的回读。当代诗人老街写过一首《七律·乱弹》:

> 柳边桥入桥边柳,烟里村生村里烟。月下舟随舟下月,天中水映水中天。
>
> 醉同人看人同醉,癫更歌狂歌更癫。笔作花时花作笔,弦无妙处妙无弦。

除"当句回环"外,还有"双句回环",即下一句为上一句的回读。如苏轼的《菩萨蛮·回文夏闺怨》:

> 柳庭风静人眠昼,昼眠人静风庭柳。香汗薄衫凉,凉衫薄汗香。手红冰碗藕,藕碗冰红手。郎笑藕丝长,长丝藕笑郎。

还有"顶真回环",即上句诗的尾字作为下句诗的首字,首尾相连,环环相扣,如秦观的《赏花归去》,"赏花归去马如飞酒力微醒时已暮",如果排成圆环,可以读出一首七绝:

> 赏花归去马如飞,去马如飞酒力微。
>
> 酒力微醒时已暮,醒时已暮赏花归。

还有"拆字回环"的,它有点类似拆字藏头诗,将前句结尾的字拆开一个部首,用来做下一句的首字。如白居易的《游紫霄宫七言八句》:

> 水洗尘埃道味尝,甘于名利两相忘。
>
> 心怀天洞丹霞客,各诵三清紫府章。
>
> 十里采莲歌达旦,一轮明月桂飘香。
>
> 日高公子还相觅,见得山中好酒浆。

第一句的"尝"通"尝",拆开一个甘字,甘就是第二句的首字。第二句尾的"忘"为第三句首拆来一个心字,以此类推,直到终章。

到了近现代,回文诗词已渐渐销声匿迹,这大概就是陈望道先生所说的"回文实在是难能而并不怎么可贵的东西"之故吧!

4.独木桥体

独木桥体乃词曲中俳体之一,又名福唐体。基本上是用同一个字来押韵。细分有两种:一是只有部分韵脚用同一个字,另一种是通体都用同一个字押韵。前者如:

阮郎归·效福唐独木桥体作茶词
黄庭坚

烹茶留客驻金鞍,月斜窗外山。别郎容易见郎难。有人思远山。
归去后,忆前欢。画屏金博山。一杯清露莫留残,与郎扶玉山。

后一种情况,我在学诗之初做过尝试:

抒 怀
段 维

平生事业慕名山,人到中年日薄山。
愧忆春宵赊月色,惜荒田砚误书山。
茫茫商海嫌浑水,魅魅官场缺靠山。
好置桶瓢与笔墨,芝兰诗赋向东山。

5.叠咏体

在有的诗词中,一个字或两个字在全诗每句中重复出现,而且总体上并不连用(个别句子例外),称为叠咏诗(非"叠韵诗",叠韵诗指的是全诗各句重复和韵的诗)。这种诗偶尔见之于短篇或有新鲜之感,若是用于长篇,势必给人堆砌和啰唆的感觉。

五代欧阳炯的《清平乐》就是在词的每句重复"春"字:

春来街砌,春雨如丝细。春地满飘红杏蒂,春燕舞随风势。 春幡细缕春缯,春闺一点春灯。自是春心撩乱,非干春梦无凭。

明代唐寅写了十二首《花月吟》叠咏诗,每句诗里都重复"花"和"月"字。这里选录其第八首:

有花无月恨茫茫,有月无花恨转长。
花美似人临月镜,月明如水照花香。

240

扶筇月下寻花步,携酒花前带月尝。

如此好花如此月,莫将花月作寻常。

6.堆絮体

有的词,以顶针叠句作词,将前句借作后句的前半部分,如叠棉堆絮,被称为"堆絮体"。这种体式由清代万树首创:

苏幕遮·离情
万　树

彩分鸾,丝绝藕。且尽今宵,且尽今宵酒。门外骊驹声早骤,恼杀长亭,恼杀长亭柳。

倚秦筝,扶楚袖。有个人儿,有个人儿瘦。相约相思须应口,春暮归来,春暮归来否?

实际上,此体式虽于清代首创,但清代以前的作品中,也有源头,如李白的《忆秦娥》:

箫声咽,秦娥梦断秦楼月。秦楼月,年年柳色,灞陵伤别。乐游原上清秋节,咸阳古道音尘绝。音尘绝,西风残照,汉家陵阙。

词中"秦楼月"和"音尘绝"各反复两次,达到了强调凄清悲苦之效果。

有些词本非堆絮体,但条件合适时,也可以作成堆絮体或部分堆絮体。举我庚子年冬拜谒襄阳武侯祠的一首《临江仙》:

临江仙·拾级谒武侯祠
段　维

石径磋磨铮亮,伞花倒放雍容。劫余古柏柱苍穹。祠堂人迹香,走兽泣西风。　几绺篆香无力,几星灰烬犹红。几多霸业水流东。转怜衰草里,抖擞几鸣虫。

词的下片反复运用"几"字,形成不同的数量结构,强调抚今追昔所带来的迷离感和无奈感。

以上所列举的特殊诗格,绝大多数是一种游戏,初学者没有必要把精力用于尝试此类作法。这里还是强调"雅正"二字。我们平时所说的雅正主要是指语言风格,这里再拓展到结构形式。

7.集句体

集句诗,又称集锦诗,指的多是从前代经典中(也有少数是从当代乃至当下人)诗文中,分别选取现成的句子,根据自己的立意重新"组合"而成的"新诗"。集句诗,要求有集中的主题、完整的内容和较新的主旨,要求符合诗词格律规范,前后连贯,上下一气,浑然天成。"集句"之名,出自宋代陈师道的《后山诗话》,但它的创作,由来已久,现存最早的集句诗,一般认为,现存最早的集句诗是西晋傅咸所作《七经诗》。《七经诗》是专集儒家经典的四言诗,与北宋以来的集句诗在形式和内容上有较大差别。集句诗的起源很早,但是自西晋傅咸之后,一直到宋代,集句诗才得到命名和发展。① 集别人的诗句成对子的律诗也是宋代才出现的,据说王安石是这种诗的鼻祖。宋代文献中仅陈师道《后山诗话》提及唐代集句:"王荆公暮年喜为集句,唐人号为四体,黄鲁直谓正堪一笑尔。"因少有作品流传,现难以详知这种号为"四体"的唐集句。当时,由于格律诗体式已经成熟,且有前朝大量诗歌的丰富遗产,文人便开始大量写作集句诗,像王安石、苏东坡、文天祥、辛弃疾、黄庭坚、晁补之、杨冠卿等诗词大家都有大量的集句诗作。时人竞相仿效,成为时尚。王安石的集句诗具有很高的艺术水平,作为集句诗的创作典范在后世集句诗论数据中经常被提及,如周紫芝《竹坡诗话》有载"集句诗近世往往有之,惟王荆公得此三昧"②。我们看王安石的一首集句诗:

梅 花
王安石

白玉堂前一树梅,为谁零落为谁开。

唯有春风最相惜,一年一度一归来。

首句"白玉堂前一树梅",出自唐代薛维翰的《春女怨》:"白玉堂前一树梅,今朝忽见数花开。几家门户寻常闭,春色因何入得来。"作者接着说"为谁零落为谁开",此句出自唐代严恽的《落花》:"春光冉冉归何处,更向花前把一杯。尽日问花花不语,为谁零落为谁开。"第三句"唯有春风最相惜",出自唐代杨巨源的《和练秀才杨柳》:"水边杨柳曲尘丝,立马烦君折一枝。惟有春风最相惜,殷

---

① 转引自陈婷:《以诗释诗——论宋人集句诗创作及其阐释意义》,载《中国韵文学刊》2019 年第 10 期,第 51 页。

② 转引自陈婷:《以诗释诗——论宋人集句诗创作及其阐释意义》,载《中国韵文学刊》2019 年第 10 期,第 51 页。

勤更向手中吹。"结句"一年一度一归来"出自宋代詹茂光妻的《寄远》:"锦江江上探春回,销尽寒冰落尽梅。争得儿夫似春色,一年一度一归来。"只有春风知道梅花一年一开,所以"一年一度一归来"。

集句词最早出现于北宋,经南宋、金、元、明各代,至清代发展到高峰,成为词中的一个重要类别。据现有材料看,最早的集句词是北宋宋祁的《鹧鸪天》:

> 画毂雕鞍狭路逢,一声肠断绣帘中。身无彩凤双飞翼,心有灵犀一点通。 金作屋,玉为笼。车如流水马如龙。刘郎已恨蓬山远,更隔蓬山几万重。

此词首句出自刘筠《无题二首》(前三字,刘诗原作"昱爚银鞍狭路逢"),"一声肠断"四字出自白居易《哭女樊》,"绣帘中"三字出自李商隐《药转》,"身无"两句出自李商隐《无题二首》,"金作屋"三字出自《北史·斛律金传》,"玉为笼"三字出自段成式《酉阳杂俎》卷十六,"车如"句出自苏颋《夜宴安乐公主宅》,"刘郎"二句出自李商隐《无题四首》其一("几"字,李诗原作"一")。词中所有的句子均可在前代诗文中查到出处,虽然并非全部出自前人诗句,而且有所改动,但作为早期的集句词,这样的情况还是可以接受的。因此,宗廷虎、李金苓《中国集句史》将其看作最早的集句词。①

王安石的作品中,有比较有名的早期集句词。宋吴曾《能改斋词话》卷二云:"王荆公筑草堂于半山,引八功德水,作小港其上,叠石作桥,为集句填《菩萨蛮》云:数间茅屋闲临水……"然而,苏轼的《定风波·雨洗娟娟嫩叶光》词有序曰:"元丰五年七月六日,王文甫家饮酿白酒,大醉,集古句作墨竹词。"由此可见苏轼作集句词的时间可能不会比王安石迟多少。

集句词出现于宋代的原因很简单:创作集句词的主要词人,就是推演集句诗风者。这也反映了诗坛词坛相互影响,以及宋人"以诗为词"的倾向。下面来看苏轼的一首《南乡子》词:

南乡子·集句
苏 轼

> 怅望送春怀(杜牧),渐老逢春能几回(杜甫)。花满楚城愁远别(许浑),伤怀,何况清丝急管催(刘禹锡)。 吟断望乡台(李商隐),万里归心

---

① 参见张明华:《论古代集句词的基本特征及其发展原因》,载《文史哲》2016年第3期,第95—96页。

独上来(许浑)。景物登临闲始见(杜牧),徘徊,一寸相思一寸灰(李商隐)。

上片起笔"怅望送春怀",是借杜牧《惜春》的诗意。次句取杜甫《绝句漫兴九首》诗中的句子。杜甫作此诗时正流离失所,是泊在成都。"渐老逢春能几回"是一句之中有转折,笔致淡宕而苍老。东坡用此句,正好叙写自己因"乌台诗案"被贬黄州的相似遭遇和感喟。"花满楚城愁远别"改动了许浑《竹林寺别友人》诗,时值春天,故曰"花满"。楚城指的是黄州。"伤怀"二字为短韵,是直陈之语,涵盖了临老逢春、抱愁远别之种种痛苦。这两个字不是"集句",是词人的自铸语。自铸语能更好地将所集唐人诗句融为己有。"何况清丝急管催",此句取自刘禹锡《洛中送韩七中丞之吴兴》诗。真是伤心人别有怀抱,更何况酒筵上清丝急管之音乐,更加重了这种悲切的气氛。

过片"吟断望乡台",显然是从思乡之情着笔。这一句取自李商隐《晋昌晚归马上赠》诗:"征南予更远,吟断望乡台。"尽管取其下句,我们仍应将两句联系起来看,重点在背井离乡上面。接下来是"万里归心独上来"。此句取自许浑《冬日登越王台怀归》诗。词人归心万里,同筵的诸君,有谁能真正领会呢?"独"字,更突出了词人的孤独感。再接着是"景物登临闲始见",该句取自杜牧《八月十二日得替后移居雪溪馆因题长句四韵》,原诗为:"景物登临闲始见,愿为闲客此闲行。"两句之中,"闲"字出现三次。东坡取其诗意,是借他人酒杯浇自己块垒。春日之景,只因此身已闲身(遭贬谪),才得以从容登临闲览。与"伤怀"一样,"徘徊"二字也是自铸语,蕴含着词人此时心态由外向转而内向。辗转踌躇,思绪缠绕,正与诗句"一寸相思一寸灰"契合。尾结句取李商隐《无题》"飒飒东风细雨来"诗句,沉哀入骨。

词中所集唐人诗句无一不切合词人当时之境况、命运、心态,经其灵气融通,一如己出,焕发出新的光彩。这首集句词之成功,也足见东坡之博学强识,心灵之自由放旷。

从集句词与集句诗的比较来看,集句诗多集自五、七言句子,基本上是原封不动地"拿来";而词为长短句,故对于一些"短韵句"可以自铸,这也是集句词的灵活之处。

以上所举一诗一词之例,都是集多人诗句而成,毫无疑问,也可以专门集某一个人的诗句。比如,文天祥晚期诗作的"集杜诗",即把杜甫的诗句重新组合成诗。"集杜诗"经常被视为文字游戏,但文天祥的集杜诗却是独具文学价值的创作,情真词挚,意境完整,如出己手,写出了宋亡前后的历史过程,且渗入了诗人自己的感受。我们看被引用最多的两首：

至福安第六十二

握节汉臣回，麻鞋见天子。

感激动四极，壮士泪如雨。

思故乡第一百五十六

天地西江远，无家问死生。

凉风起天末，万里故乡情。

前一首写自己从元军中逃出，历尽艰险回到温州朝见宋端宗的情景；后一首写身处狱中对江西故乡的怀念。

除了集句于诗词，还可以集句于经书。这个难度更大。好在喜欢创新的辛弃疾知难而上，克难为之：

踏莎行·赋稼轩，集经句
辛弃疾

进退存亡①，行藏用舍②。小人请学樊须稼③。衡门之下可栖迟④，日之夕矣牛羊下⑤。

去卫灵公⑥，遭桓司马⑦。东西南北之人也⑧。长沮桀溺耦而耕⑨，丘何为是栖栖者⑩。

这首集句词专集经史子集之句，信手拈来，并增删有致、韵律协和，不见斧斫之痕。"掉书袋"能至此等境界，舍稼轩其谁也？辛弃疾此词可谓千古奇篇！

按照唱和规则，集句唱和既可以步韵（次韵），还可以依韵、用韵。我手头有一本 2006 年 6 月出版的《趣味诗文》，载有陈定山集句唱和赵尺子的诗作。这

① 出自《易经》："知进退存亡，而不失其正者，其惟圣人乎？"
② 出自《论语》："用之则行，舍之则藏，惟我与尔有是夫。"
③ 出自《论语》："樊迟请学稼。子曰：吾不如老农。"
④ 出自《诗经》："衡门之下，可以栖迟。"
⑤ 出自《诗经》："日之夕矣，羊牛下来。"
⑥ 出自《论语》中卫灵公问陈于孔子的典故。
⑦ 出自《孟子》："孔子不悦于鲁卫，遭宋桓司马截。"
⑧ 出自《礼记》："今丘也，东西南北之人也，不可以弗识也。"
⑨ 出自《论语》："长沮、桀溺耦而耕，孔子过之，使子路问津焉。"
⑩ 出自《论语》："微生亩谓孔子曰：丘何为是栖栖者与？无乃为佞乎？"

里选《集句步赵尺子先生韵》之第一首：

> 洒幕侵灯送寂寥（杜　牧），玉人何处教吹箫（杜　牧）？
> 洛阳亲友如相问（王昌龄），二十年前旧板桥（刘禹锡）。

赵尺子原玉为：

> 强把无聊当有聊（拙　翁），小红低唱我吹箫（姜　夔）。
> 此身合是诗人未（陆　游），秋雨秋风过灞桥（王士禛）。

以上是原作为集句诗，唱和者亦以集句和之。这种形式近来并不少见。当然，也有原作为非集句，而以集句和之的，这种形式更为稀少。如宋代管向集句追和李白的诗：

游水西简郑明府
李　白

> 天宫水西寺，云锦照东郭。
> 清湍鸣回溪，绿水绕飞阁。
> 凉风日潇洒，幽客时憩泊。
> 五月思貂裘，谓言秋霜落。
> 石萝引古蔓，岸笋开新箨。
> 吟玩空复情，相思尔佳作。
> 郑公诗人秀，逸韵宏寥廓。
> 何当一来游，惬我雪山诺。

集句和太白水西韵
管　向

> 绝景西溪寺（崔　颢），分明见城郭（裴　丹）。
> 绿水缬清波（谢　朓），青苔照朱阁（杜　牧）。
> 石径无纤尘（白居易），杨花共纷泊（韩　愈）。
> 香刹中天起（宋之问），野泉当案落（郑　谷）。
> 蛇龙蟠古根（李　白），院竹翻夏箨（李正封）。
> 李侯金闺彦（杜　甫），颇多宛陵作（郑　重）。
> 韵与金石谐（沈　约），遗声寄寥廓（郑　重）。
> 何人继其踪（李　白），佳游屡前诺（张　说）。

此后的文献记载很少有人用集句来回和他人非集句原作的。我印象最深的是罗辉先生于 2016 年 9 月集句和厉有为先生的原创绝句：

读罗辉同志文章有感
厉有为

万古江涛赤县歌，滴滴清水汇长河。

雄文浪卷千年浪，豪笔风驰载五车。

集句步韵老领导厉有为书记赠诗
罗　辉

洞箫一曲和高歌（于　谦），此夕澄澄月渡河（何吾驺）。

下自成蹊直虚语（王十朋），吟余便拟借牛车（胡仲弓）。

厉有为先生用的是新声韵，罗辉先生集前人诗句无疑用的是平水韵。

我之所以比较重视集句诗词，是因为集句诗词不同于其他的游戏类诗词，需要具备广泛阅读和融合他人诗句，从而借以抒发自己情怀的能力。这个能力丝毫不比原创来得容易。现在凭借电脑的搜索引擎，尤其是一些诗词网站的检索功能，比较容易找到可供选择的原诗原句，但如何选择和融合，如何借句抒怀和创意，这个功夫依旧不是轻易就能具备的。

第十九讲 诗词吟诵及其功能

我们经常说起的"吟诵",指的就是诗词的诵读与吟唱。诵读,是一种不急不慢,韵律性、节奏性极强的读书或背书方式;吟唱,则是依照传承的调子或乐谱而发声的吟咏或歌唱。

有人把读、诵、吟、唱分开来看;也有人区分为诵、吟、歌、唱。其实,读与诵不易区分,常常合称为诵读;歌与唱也难以截然划界(有人说,歌是由自己主导的,唱是由乐曲主导的;歌中的字要分平仄,唱中的字就要由乐曲来决定。但是,唱中的字如果完全由乐曲来决定,又会失去诗词特有的平仄韵律,所以把歌与唱结合起来不失为一种"中庸"的办法)。实在要细分,不妨分为诵、吟、歌,亦即诵读、吟哦、歌唱。诵是着腔的读,吟是低调的哦,歌是高调的唱。从另一个角度看,无法用乐谱记录的,则为诵和吟;可以用乐谱记录其声的,则为唱。但诵、吟、唱又不能截然分开,它们是有联系的。有时候是诵中有吟,吟中有唱。所以我认为把"吟诵"简化为诵读与吟唱两大类基本上是说得过去的。那么,究竟用什么方法来诵读与吟唱好呢? 叶嘉莹先生认为:可以按照你们自己觉得喜欢的、适合的调子来随心诵读与吟唱。只要你自己觉得能够很好地表现作品的感染力,自己觉得好听就行。① 另外,我们还可以通过听别人吟唱的录音资料,来模仿、学习,从中受到启发,进而找到适合自己的诵读与吟唱方法。

一、诗词吟诵形式沿革

我国有着诗歌吟诵的悠久传统,周代的诗歌吟诵就成了当时官办学校的必修课。我国最早的诗歌总集《诗经》中的每首诗都可入乐,《墨子·公孟》

---

① 转引自龚希健:《现代人如何吟唱传统诗词》,江西省老年大学课程视频。

曰:"颂诗三百,弦诗三百,歌诗三百,舞诗三百",意谓《诗》三百余篇,均可诵咏、用乐器演奏、歌唱、伴舞。我国第一部浪漫主义诗歌总集《楚辞》以鲜明的文化色彩,独特的艺术风格在文学史上享有重要的地位。[①] 战国时期,巫风盛行于楚地,在这样的环境中,楚辞作品萌生出想象丰富、文辞华美、风格绚丽的浪漫主义色彩。楚辞中多有五言和七言的句子,多用三字一顿的节奏,其中包含了后来五言诗"二三"句式和七言诗"四三"句式的重要基因。在句中或句尾处,楚辞中多用"兮"字,帮助调节音节和节奏,舒缓语气,或起到某种结构助词的作用。

东汉以后吟诵得到进一步发展,凡诗文皆可用来吟诵,历代的歌诗(诗、骚、乐府、词、曲等)在乐谱失传而不能歌之后,亦用吟诵之法传承。凡文人皆会吟诵,其唱和酬答,教授弟子均可用吟诵的方式。历史上有很多吟诵名家,如谢安、王阳明等。

到了隋唐,燕乐产生并盛行;唐代则是诗歌的鼎盛时期,格律规整、语言押韵的近体诗基本定型。上自天子下至文士,从庙堂宫廷至江湖乡野,吟诗作赋蔚然成风,大批杰出的诗人与流芳百世的作品层涌而出。其时,大量诗词都可以入乐歌唱。

历史在不断演进,许多有乐谱的诗词如今已经不见踪影,能存于世的只有极少数,我们也只能从残存的片段中去寻找一丝半粟。傅雪漪先生在《中国古典诗词的吟与唱》一文中写道:"在敦煌出土的唐代琵琶乐曲,皆'虚谱无词',而出土的曲子词,又'虚辞无谱',目前虽有人试将'谱、辞'译配歌唱,但也属于初步探讨的作法。"[②] 例如,清代乾隆十一年刊行的《九宫大成南北词宫谱》中的几首词调,其中也有几首诗句,在原书凡例中已说明是由当时昆曲乐工所谱配明末《魏氏乐谱》,以及明清琴歌中之古代诗词乐曲。这些东西或流传散失,或传抄讹误,或由今人整理、改编,再有新创作的诗词配曲,数量不少,但难求得原诗原词原谱。吟唱便逐渐变成了"倚声填词",即按照原有的曲调填上新词用以吟诵歌唱,或者是将旧乐谱加以改编,创作出新的曲子。

1905年清朝废除了科举制,传统的私塾面临困境,读书的吟诵方式也首次受到打击。民国初立,新学堂渐兴,导致私塾进一步消亡;抗日战争时期私塾再遭灭顶。但吟诵传承在民间依旧如岩下暗流,不绝如缕。1920年唐文治先生创办无锡国专,大力提倡吟诵。20年代赵元任先生首次研究吟诵,并录

---

①② 参见吉颖颖:《古典诗词的吟诵与吟唱》,载《黄河之声》2009年第20期,第107页。

有唱片。1934年、1948年唐文治先生两次录制唱片,发行海内外。1946年为研讨如何推行国语,北大中文系应命召集几十位著名学者共同讨论,最终一致开出了"吟诵"的药方。① 此会遂被命名为"吟诵与教育"研讨会,发言记录尚在。

中华人民共和国成立后,正规课堂已经见不到吟诵了。但仍有一批怀着传统文化情怀的著名学者都曾撰文提倡吟诵,如赵元任、朱自清、叶圣陶、杨荫浏、俞平伯,等等。20世纪80年代,学者们私下聚会还会兴来吟诵,偶有演出,私下和半公开的研究开始萌动,一些领导和学者分别在一些场合曾大声疾呼,意欲恢复传统的诗文吟诵,但收效不大。此时陈炳铮、劳在鸣等先生专力做吟诵曲;华钟彦、李西安、王恩保、秦德祥、盘石等先生专力搜集吟诵资料,研究吟诵。1995年茆家培先生主编《中国古诗词吟诵曲选》出版;1997年陈少松先生著《古诗词文吟诵研究》出版,并附吟诵录音光盘;尹小珂以《中国传统吟诵调的艺术价值与生存现状》为题撰写了硕士毕业论文,从音乐、文学、语言学等角度对吟诵调做了深入探讨。1998年,中国青少年发展基金会推出中华古诗文经典诵读工程青少年社会公益项目,深受国内外民众的好评。1999年4月6日《人民日报》评论道:"让下一代自小就能从李白、杜甫、苏东坡……的名句中接触、了解中国的优秀文化,在科技高度发达的现代社会具有极为深远的意义。"2008年,常州吟诵列入国家级非物质文化遗产名录。

二、诗词吟诵腔调源流

吉颖颖在《古典诗词的吟诵与吟唱》一文中,对诗词吟诵的部分亲缘关系做了探讨。认为:诗词吟诵在发展过程中由于地域、师承、方言、审美情趣的差异,以及在流传过程中受到民歌、戏曲音乐、宗教音乐等因素的影响,产生了不同的流派和腔调;这些音乐也与吟诵音乐互相影响、互为吸收。②

1. 与歌曲相交汇

有些词曲的创作直接吸收了民歌元素,比如琴歌《竹枝词》。刘禹锡在《竹枝词九首》并引道:"四方之歌,异音而同乐。岁正月,余来建平,里中儿联歌《竹

---

① 参见邓成龙:《诗词吟赏集》,宁夏人民出版社2017年版。
② 吉颖颖:《古典诗词的吟诵与吟唱》,载《黄河之声》2009年第20期,第107—109页。

枝》,吹短笛、击鼓以赴节。歌者扬袂睢舞,以曲多为贤。聆其音,中黄钟之羽,其卒章激讦如吴声,虽伧伫不可分,含思宛转,有《淇奥》之艳音。昔屈原居沅湘间,其民迎神,词多鄙陋,乃为作《九歌》。到于今荆楚鼓舞之。故余亦作《竹枝》九篇,俾善歌者飏之,附于末,后之聆巴歈,知变风之自焉。"①这段话描绘的大意是:岁逢正月,我在建平见到儿童边唱《竹枝》,边吹短笛,还用鼓打着节拍,唱歌的人挥袖以舞,以唱得最多的人为优胜者。听其声音,里面有黄钟之羽,黄钟是正宫音乐,其声辞和平中正,但羽声是激昂慷慨之音。所以整个歌曲听起来是和平中带有激昂的音调。激昂是在歌曲的最后部分,像苏州的山歌那样。但也分不出哪里是吴声,哪里是楚声。过去屈原行走于沅湘之间,当地的民众有请神送神的习俗,所唱之词比较俚俗,于是自作《九歌》,提升了文雅之气,至今仍在荆楚流传。所以我也作了《竹枝词》九首,待善于歌唱者传扬,以至后来的巴渝歌曲风格受其影响。这充分说明了《竹枝词》是根据巴渝一带的民歌创作而来。杨荫浏先生曾说:"诗三百篇、楚辞、乐府、唐诗、宋词、元曲,自来凡属诗歌这一类的文学作品,在格调上无不受当时民歌音乐的推进,因诗之所以为诗,除了内容之选择与处理,不用散文之外,它还有许多重要的形式成分。这些形式成分中间,最为世界多数诗学家们所公认的是轻重律,便是顿逗,便是诗步。诗步产生于节奏。节奏不被曲调的歌唱促成,诗步怎么能产生。诗学家们似乎都觉得自古而今,本国诗词,有着清楚的进化步骤,却很少人说起,在这进化步骤之后,是有着活跃的民间音乐为之推动。"②同时吟诵音乐也影响着现代歌曲的创作。由赵元任作曲、刘半农作词的《听雨》就是在常州古诗的吟诵调上略作改动而成。

2. 与戏曲相融合

很多词的题目就是词牌名本身,如《雨霖铃》《菩萨蛮》《扬州慢》等;也有一些词,经过节录重组、加工改造后,被收入戏曲的唱词或道白之中,如《牡丹亭·惊梦》里有"朝飞暮卷,云霞翠轩。雨丝风片,烟波画船"这样几句唱词,它化用自唐代王勃的《滕王阁诗》,其诗曰:"画栋朝飞南浦云,珠帘暮卷西山雨。"传统戏曲中许多"引子"不用伴奏,且唱念相间,都是借用词调中的短调(小令)的词

---

① 转引自吉颖颖:《古典诗词的吟诵与吟唱》,载《黄河之声》2009 年第 20 期,第 107 页。

② 转引自吉颖颖:《古典诗词的吟诵与吟唱》,载《黄河之声》2009 年第 20 期,第 108 页。

句,唱腔也借用了文人的吟诵调。古人吟唱诗词讲究"韵",不仅主张歌词中同声相应的"韵"的位置应与调式主、属音的位置相对应,还要求"韵"的位置必须与板位互相对应,即歌唱时韵字直接落板,或采用底板使韵字延长的弱音,落于板位。诗词歌曲"逢韵必拍",对散曲、南戏、杂剧、昆曲也产生了直接的影响。①如元散曲《翠裙腰》:

翠裙腰·闺怨
关汉卿
晓来雨过山横秀,野水涨汀洲。阑干倚遍空回首。下危楼,一天风物暮伤秋。

这首曲子一共五句,韵字"秀、洲、首、楼、秋"五个字全部落于强拍,正契合了"逢韵必拍"的规则。

3.与宗教音乐相影响

宗教音乐如禅宗音乐多以空灵圆融、肃穆庄严打动听众。吟诵音乐在长期发展的过程中也受到过宗教音乐的影响,一些元素被所谓的世俗形式所吸收。陈少松先生在其所著《古诗词文吟诵》一书中举例说:旧时无锡地区私塾里吟诵《千家诗》有一种读法来源于民间流行的宣卷调子。宣卷是佛教音乐中"唱导"的一种形式。所谓"唱导",就是以宣唱佛礼的形式来开导善男信女之心,是一种通俗化的佛教音乐。② 这个例子说明佛教音乐对吟诵音乐的实际影响。黄翔鹏在《逝者如斯夫——古曲钩沉和曲调考证问题》一文中举到一例:陈家滨、刘建昌从五台山青庙音乐《三昼夜本》中发现歌曲《望音乐江南》的曲调配上白居易《忆江南》的词,词曲间竟天然契合。黄翔鹏在文中写道:"文人词《望江南》在唐代应是清乐琴歌一类作品。它的'南吕宫'可从琴调'清商调'推得。慢一弦得 B 音作徵声为清商调黄钟。它的清商音阶宫声是仲吕 E 音,南吕音当然是升 G 而成为此曲的角调式主音,即古代宫调理论中的'调头了'。"并认为该词曲无论从调高、调式结构、调头位置和古文献中的唐代俗乐调名称,都取得了可以互相印证的结果。③

---

① 吉颖颖:《古典诗词的吟诵与吟唱》,载《黄河之声》2009 年第 20 期,第 108 页。
② 转引自吉颖颖:《古典诗词的吟诵与吟唱》,载《黄河之声》2009 年第 20 期,第 108 页。
③ 黄翔鹏:《逝者如斯夫——古曲钩沉和曲调考证问题》,载《文艺研究》1989 年第 4 期,第 102—103 页。

三、诗词吟诵要素例释

吟诵到底应该采用方言还是普通话,很多人纠结不已。也有不少人把吟诵与朗诵混为一谈。黄兴慧认为:我们不妨从历史的变迁和语言的发展变化中来探究一二。古代汉语有"平、上、去、入"四个声调,到了元代,北方民族粗豪的语言尽弃婉转细腻,"平声"分化为阴平和阳平,相当于现在普通话中的一声和二声,"上声"有一部分字归并到"去声"里了,"去声"和由上声归并的一些字是现代普通话中的第四声,"入声"则分化到了阴平、阳平、上声、去声四个声调当中了。[①]

现今汉语言发音以普通话为正统,普通话是以北京语音为标准音,以北方官话为基础方言,以典范的现代白话文著作为语法规范的通用语。汉语不等同于普通话,推广普通话并不是要人为地消灭方言,主要是为了消除方言隔阂,以利社会交际,与人们使用传承方言并不矛盾。然而普通话在形成、发展过程中渐失入声,对于某些押入声韵的词牌如岳飞所写的《满江红》,若以普通话朗诵便不能展现出原作的气势和韵味,悲有余而壮不足。还有像苏东坡的《念奴娇·赤壁怀古》也是押的入声韵,若用普通话朗诵,诸多字根本就不押韵,像"物""壁""发"这几个字彼此就不押韵。而用粤语吟诵起来则平仄有序,气势磅礴,两者效果迥然不同。那些保留了古音的方言特别适合诗词吟唱,比如闽方言、粤方言、吴方言、赣方言、客家方言等南方方言。其中唯粤、闽、湘、赣(局部客家之语)尚余唐宋古韵。用这些方言吟唱诗词,平仄分明,抑扬顿挫,韵味十足。并且经过前人的吟诵经验形成了充满地方特色和古典韵味的吟诵腔调,如闽南调、江西调、常州调、鹿港调、流水调(福建)、天籁调、黄梅调,等等。[②]

我很赞成黄兴慧的观点,即采用普通话与方言相结合的诵读方式。大家知道,普通话适合于朗诵。朗诵,就是用响亮有力的声音,结合各种语言手段来准确表达作品思想感情的一种语言艺术。20世纪初,西方的朗诵方式随话剧进入中国,同时引起教育界关于如何诵读汉语作品问题的热烈讨论,一度有"两字一

---

① 黄兴慧:《何要斟词酌句,且去浅吟低唱——论吟诵为古典诗词诵读的正确方式》,载《语文教学通讯》(初中)2017年第11期,第30—31页。

② 黄兴慧:《何要斟词酌句,且去浅吟低唱——论吟诵为古典诗词诵读的正确方式》,载《语文教学通讯》(初中)2017年第11期,第30—31页。

顿"的读法。抗日战争时期,朗诵诗十分盛行;其后汉语朗诵逐渐定型,并取代吟诵,至今话剧腔(包括抗战调)仍对汉语朗诵有着影响。[①] 但朗诵与吟诵,二者并非水火,而是可以兼容的。吟诵艺术作为古典诗词的"活化石",是一份珍贵的非物质文化遗产,后代子孙应该予以珍视和继承,但普通话毕竟是现今语言的法定标准,我们也不能够视而不见。古典诗词吟诵的某些传统完全可以保留下来,比如有些字古今异义差异很大,可发古音以示区别。如王昌龄《出塞》中的"不教胡马度阴山"之"教",普通话读"jiào",是训诲之意,但在句中是"使、令"之意,为了合意,也为了合律(此处必须为平声),可以读作中古音"jiāo"。又如为了诗歌平仄押韵的审美需要,可以把押韵之字改读古音或采用叶韵读法。如杜牧《山行》中的"远上寒山石径斜"之"斜",普通话读作"xié",为了叶韵,可读做中古音"xiá"。叶嘉莹先生有不少吟诵诗词的录音资料,她就是用普通话来吟诵的。虽说是用普通话,但有些字听起来并不是普通话的读音。叶嘉莹先生是这样解释的:"因为我是在北京出生的人,我只会说普通话,我不能读出正确的入声字来。但是,为了古诗的声调听起来能够谐和,合乎古人的声调,我尽量把入声字都读成第四声仄声字。经过这样的处理,听起来就比一般的朗读更有韵味了。"[②]著名话剧演员濮存昕朗诵古诗词时,用话剧腔兼顾入声字的短促,也自有韵味。李昌集主编的《中华吟诵读本》中采集了大量出生于清末和民国初老一辈,出生在民国、现龄80多岁,出生在民国晚年和新中国成立初,现龄65岁到70多岁的人的吟诵录音,故该书"前言"中指出:"学习传统吟诵,最直接的途径,就是对这些吟诵录音用耳朵听,学着吟。"[③]

下面我们就吟诵的几个关键因素加以分析。

(一)识字

这里的"识字"不是蒙童意义上的认识文字,而是要从音节上认识其音乐属性,即辨别平仄、掌握韵字;从文义上和吟唱规矩上了解古今音异,即辨别古音、灵活叶韵和掌握破读等。

---

① 徐素容:《吟诵的前世今生》,载《中华读书报》2009 年 10 月 13 日。
② 叶嘉莹:《古典诗词的吟与唱》,转引自龚希健"现代人如何吟唱传统诗词",江西省老年大学课程。
③ 李昌集主编:《中华吟诵读本》,中华书局 2017 年版,第 3 页。

1. 平仄

平仄是学诗最基本的东西,相信大家都已经掌握了。简要归纳之:平声字一般声调平缓且拖长;上声字相当于普通话的三声;去声相当于普通话的四声,但收束得平缓一些;入声字在普通话四声的基础上读得短而促,诵读入声时基本上是出口即收,而吟唱时则可以在适当拖长后,再加一个"收"的停顿。这几点中唯一的难点在于如何辨别入声字。这个第二讲中已经做了讲解。除了掌握一些规律外,还可以死记硬背,更可以随时查找韵书。喜欢用新声韵写诗的朋友要注意:由于新声韵没有入声字,有些词牌如《满江红》《念奴娇》《忆秦娥》等一般要求押入声韵,你就没办法填写和吟诵了。当然你也可以用上声和去声字代替入声字,但吟诵时可能经常会感觉有点"不着调"。看一个例子:

闻官军收河南河北

杜 甫

剑外忽传收蓟北,初闻涕泪满衣裳。

却看妻子愁何在,漫卷诗书喜欲狂。

白日放歌须纵酒,青春作伴好还乡。

即从巴峡穿巫峡,便下襄阳向洛阳。

我们分析一下后四句。其中的"白""日""作""即""峡"都是入声字。尾联出句"即从巴峡穿巫峡"按照平水韵,其格律为"仄平平仄平平仄",是非常严整的律句,若用普通话标准音读来,就成了"平平平平平平平",这对律诗来说是绝对不容许的,音节上也十分难听,甚至会因气短而无法卒读。

2. 叶韵

叶韵,也称叶音。六朝时,有些学者因按照当时的语音读《诗经》,感到许多诗句韵脚不谐,便以为作品中的某些字音须改读,称为叶音。到了宋代,朱熹在吴棫《诗补音》基础上,完成了《诗经》研究的划时代著作《诗集传》,对《诗经》的古音进行了全面探索,其叶音说也体现在其著作中。而后元明清各代皆以朱子叶音为正宗。尽管后来为很多人质疑与诟病,但一直到今日,朱子叶音仍然是读古诗难以绕过去的"叶音"传统。还有一种情况,在中古音的平水韵中,某个字有几种读音,分别属于不同韵部。为了押韵,我们可以根据主韵来选读与主音相近的某个音,这也常常被人们视作叶韵。但我觉得从广义上这么讲也无不可，但严格说来，这不能算是叶韵，我将其称作"靠读"。我们先看《诗经·小雅》中的一段：

我行其野，蔽芾其樗。昏姻之故，言就尔居。尔不我畜，复我邦家。

野：读 shǔ。家：读 gū。

这种古老的叶韵，我们平常比较少见。下面看两个常见的例子：

江 南 曲

李 益

嫁得瞿塘贾，朝朝误妾期。

早知潮有信，嫁与弄潮儿。

整首诗押的是"支"韵，"儿"字如果读成现代音 ér，则与"期"不叶，故依传统叶读为 ní，以与"期"同韵。

春 望

杜 甫

国破山河在，城春草木深。

感时花溅泪，恨别鸟惊心。

烽火连三月，家书抵万金。

白头搔更短，浑欲不胜簪。

"簪"，在平水韵中分别属于"侵"韵部和"覃"韵部。而整首诗押的是"侵"韵，"簪"如果读 zān（覃韵），则与"深""心""金"均不叶，故也须依传统靠读作 zēn（侵韵）。

上述两个例子与《诗经》例子的差别是，它们属中古音韵，可依平水韵叶音或靠读。而《诗经》属上古音系，叶音时只有查《康熙字典》等标有古音（不一定是叶音）的工具书，沿袭前人的成例。

不仅是诗存在叶韵的问题，词亦如是。我们看苏轼的一阕《蝶恋花》：

蝶恋花·密州上元

苏 轼

灯火钱塘三五夜，明月如霜，照见人如画。帐底吹笙香吐麝，更无一点尘随马。　寂寞山城人老也，击鼓吹箫，却入农桑社。火冷灯稀霜露下，昏昏雪意云垂野。

周汝昌先生在讲解这首词时,特地讲到了韵脚字的叶音。先生说:"本篇韵脚诸字,应依古音(今地区方言犹然)读'马亚'之'辙':夜,读如亚;麝,读如啥;也,读如亚;社,读如啥;野,读如亚。则诸调上口,无复滞碍。"(见《千秋一寸心:周汝昌讲唐诗宋词》)

周老先生提到的"古音"应指中古音,显然是依平水韵来"叶音"的。但有一点要跟先生讨论:"麝""社"应为上声,读如"杀"(而"啥"字在平水韵里是平声)。先生也许使用的是方音吧。总之,如果按当今的普通话来吟诵,则多处拗口,无法卒读。

其实,这里面的某些读音也并不是严格意义上的"叶音",而是我称之的"靠读"。

3.破读

参照张本义先生在《吟诵拾阶》一书中的定义,破读又称异读、读破或勾破(亦作句破),有的汉字除了常见的读音之外,还有一种或多种读音。

像《弟子规》中的"出必告,反必面",语出《礼记·曲礼》,"告"字不读常音"gào",而读作"gù"。这就是读破,表达"请求"的意思。来看例子:

遣悲怀三首·其二

元　稹

昔日戏言身后意,今朝都到眼前来。
衣裳已施行看尽,针线犹存未忍开。
尚想旧情怜婢仆,也曾因梦送钱财。
诚知此恨人人有,贫贱夫妻百事哀。

诗中的"衣裳已施行看尽"是很严谨的律句。其中"裳"字,按其常音读作"sháng",轻声,破读为"cháng";"施"常音"shī",破读为"yì",作"移"和"延"解。"看"常音"kàn",破读为"kān"。这一组多音字的不同读法在平水韵中也有标注,故也相当于"选读"。

叶韵(有些是"靠读")与破读(有些是"选读")都是对某个字音的异读。前者多出于押韵的需要;后者出于语义和格律的需要。它们没有很固定的规律,但有文字根据可查或前人的"惯例"可循,这就需要博览群书,以便积累起相关知识。下面略微梳理一下思路:

（1）古音需要查找工具书

鼓瑟鼓琴，和乐且湛。——《诗经·鹿鸣》

诗中的"和"破读为"hè"，有跟着唱或和乐之意。"乐"破读为"yuè"，是"音乐"的意思。"湛"破读为"zhén"，音乐深沉之意。此字破读，是为了叶音。

（2）通假字要破读为被通假后的读音

风吹草低见牛羊。——北朝民歌《敕勒歌》

属予作文以记之。——范仲淹《岳阳楼记》

臣密今年四十有四。——李密《陈情表》

上例中，"见"通"现"；"属"通"嘱"；"有"通"又"。读音时均须读通假字音。

（3）因特殊需要而习惯性地破读

吟唱古诗文时，有时为了追求雅言效果，往往习惯性地破读某些字。如：

厦，不读"shà"，往往破读为"xià"。

绿、六，不读"lǜ"和"liù"，常常破读为"lù"。

杯，不读"bēi"，破读为"bāi"。

他，不读"tā"，破读为"tuō"。

百、白，不读"běi"和"bái"，破读为"bò"。

这其中的有些读音可以从韵书里查到，有些则查不到，需要根据吟诵的传统习惯来处理。

（4）人名用字本着名从主人的读音原则

如：皋陶（yáo），墨翟（dí），傅说（yuè）。

（5）古代的一些官制名称需要按历史习惯破读

如：仆射（yè），洗（xiǎn）马，单（chán）于，可（kè）汗（hán）。

（二）断句

诗词的断句问题，我们在第三讲中详细解析过。这里就不作细讲了。

词的句子长短不一，所以节奏与诗也不尽相同。有时要注意"领字""折腰句""尖头句"等特殊节奏。

这里注意一下诗与文节奏的不同。例如王勃《滕王阁序》中的七言骈句：

落霞｜与｜孤鹜｜齐飞，秋水｜共｜长天｜一色。

爽籁发｜而｜清风生，纤歌凝｜而｜白云遏。

再看七言诗：

却看｜妻子｜愁何在，漫卷｜诗书｜喜欲狂。——杜甫《闻官军收河南河北》

关城｜曙色｜催寒近，御苑｜砧声｜向晚多。——李颀《送魏万之京》

人世几回｜伤往事，山形依旧｜枕寒流。——刘禹锡《西塞山怀古》

有些杂言诗则要根据节奏的关键字，结合气韵流畅度来灵活掌握。如：

蜀道之难｜难于上青天。……上有六龙｜回日之高标，下有冲波｜逆折之回川。黄鹤之飞｜尚不得过，猿猱欲度｜愁攀援。——李白《蜀道难》

(三)腔与字

1.腔调

腔，常指一个地区的发音习惯。调，多指高低长短配合和谐的组音。腔调是戏曲音乐范畴的名词，指某一地区的戏剧音乐，在广泛流传的基础上，逐渐形成特定的音乐体系。由于吟唱和音乐的紧密关系，使得各地吟唱在发展过程中，形成了无数的腔调。例如闽南话、客家话、粤语等现代南方方言，由于保留了大量古音（尤其是入声字），故其吟唱时八音俱备，格外悦耳。

龙榆生先生在《词学十讲》之第八讲中讲到了"四声阴阳"。清初黄周星在其《制曲枝语》中说："三仄更需分上去，两平还要辨阴阳。"原本在唐宋词中，平声的阴阳还不够严格，只是上去入三声的安排比较讲究，一般韵脚是平入独用，上去通协。而宋词作家则注意平分阴阳，仄分上去。但这个"阴阳"却不是《中原音韵》和普通话的"阴平阳平"。宋词所讲的阴阳，不是指声调上的，而是声母的清浊。沈曾植认为："阴字配轻清，阳字配重浊，此当是乐家相传旧法。"说的就是这个道理。另外，我曾就此请教过赋学专家赵薇女士，她认为：宋人填词分阴阳，因为词作是要拿来唱的。同样是平声字，声母的清浊不同，就关系到发音的声带颤动与不颤动，送气与不送气的问题。这样的细化，可能有利于唱腔。即便是同样的平声（中古音的平声调值都是一样的），都还可以再分出来一些不与唱腔冲突的字。还有一种情况就是阳声韵与阴声韵，是关于韵尾的区分，也不是声调。如果词要区分这个，也是为了唱腔的协调。对此，刘熙载在他所著

《艺概》卷四《词曲概》中,有进一步的阐发。他说:"词家既审平仄,当辨声之阴阳,又当辨收音之口法。取声取音,以能协为尚。玉田称其父《惜花春》词'琐窗深'句,'深'字不协;改为'幽'字,又不协;再改为'明'字,始协;此非审于阴阳者乎?又'深'为闭口音,'幽'为敛唇音,'明'为穿鼻音,消息亦别。"①收音之口法,类似于现在的开口音与闭口音,但古今读音已经无法一一对应了。

当今填词不需要唱了,填词用平声字,只要声母、韵母不冲突,读起来不拗口就可以了。

用普通话来吟唱,多采用北方方言的腔调,其让人感受到的是以北京戏曲为代表的京味。

北方方言的腔调特点如下:

(1)长短抑扬

平长仄短,平抑仄扬,是基本规律,但也不刻板。有时为了情绪的需要,也对个别平声字做高音处理。

(2)区别调式

诵读与吟唱的腔调不仅因地、因人不同,还往往因用途不同而发生变化。前面讲的节奏、腔调均是"唱书调"(诗词、韵文、散文),也称"唱告调"(各种祭文、谕示等)。唱书调的特点:一是语速较慢,二是讲究节奏和韵律,三是尽量还原诗文情感。这种调式多用于正式场合。

背书调,也称"读书调"。它讲究速度和效益。因为学生温习功课和背书不可能慢条斯理地耗费时间,故强调在字词读音准确的基础上,顺畅流利,一般语速较快。背书调虽然使用,但不如唱书调易于表达诗文的内在情感。

(3)诵唱结合

这种方式是指,遇到某种情感需要特别强调时,或者感觉旋律不够顺畅时,往往做些灵活的调式处理。诵唱结合就是一种比较有效的处理方式。可以根据情况,对一个字、两个字、三个字或者更多的字作咏叹式的诵读处理。侯孝琼先生的秘籍是:仄声可采用念或诵的方式,平声用唱的方式。

(4)断腔的运用

断腔,是指在吟唱过程中,字断、声断。这种情况也多适用于处理仄声字,尤其是入声字。仄声字因为音节短促,所以在做句尾,或作为节奏的关键节点,突然断开,作或长或短的休止后,再以该字的韵母做衬腔,或加上诸如"呀、啊、

---

① 转引自缪钺:《诗词散论》,陕西师范大学出版社 2008 年版,第 43 页。

啦、呜"等衬字与后面的声调相连接。关键是要做到"声断气连"。现就(3)和(4)共举一例：

可怜｜九月｜初三夜(呀)，露似｜珍珠｜月似弓。——白居易《暮江吟》

2.用字

（1）依字行腔

诵读与吟唱者按照诗文字词的本音，以平长仄短、平低仄高的方式，还原诗文音节的方法，就叫依字行腔。字词是母，音律或旋律是子，不能颠倒母子关系，不能以字音去服从某种特定的音律或旋律。要确保"字正腔圆"。

字正，就是在行腔时，不能为了行腔中音律或旋律的需要，而改变字的本音。如流行歌词"你知道我在等你吗"中，"你"字要处理成重音，"吗"字要处理成轻音，不必实唱。否则极易出现"你知道我在等你妈"的歧义。

腔圆，是指吟唱者利用反切法，将诗文字词的字头(声母)和字尾(韵母)完全吟唱出来。如流行歌词"你是我的唯一"，如果尾字的韵母唱得不清晰，很容易让人觉得唱的是"你是我的胃"。

（2）文读与白读

文读，是指按照文言文简洁、严谨、规范、美化的特点来诵读与吟唱，显得格外高雅动听，被称作文读。文读方法，千百年来主要是师徒相授，口耳相传，具有极强的保守性，也容易失传。侯孝琼先生主张即便是用方言诵读或吟唱，也一定要"文读"。

白读，是与文读相对应的一种诵读与吟唱方式。它以流行于各地的方言为基础发展而成。白话，实际上就是民间方言。用方言诵读与吟唱古典诗文，韵味十足，也是珍贵的非物质文化遗产。按照张本义先生的说法，现今以普通话读音加上"话剧腔"来诵读古典诗文的方式，也可称为"白读"。这种吟唱方式，在20世纪60年代中央人民广播电台的《阅读与欣赏》栏目曾广泛使用，产生了一定的影响，但由于没有入声字，没有遵照古音律，很难还原作品的情境，也会削弱作品的感染力。

（3）借曲套腔

借曲行腔，套曲作歌，自古有之。苏轼曾套用《阳关曲》调式，在不同的时间里创作了三首七言古绝，用以歌唱，其平仄格式完全一致。填写歌词，皆可付诸歌唱。可惜宋词的曲调没能流传下来。现在的所谓"借曲"多是借用当地民歌小调，或其他乐曲的旋律稍加改造来唱宋词。王菲演唱的苏轼的《水调歌头·明月几时有》就是以民歌曲调和流行曲调融合而成的。

最后总结一下吟诵应该注意的四个要点：平长仄短、叶韵破读、身临其境、情景交融。

3. 曲谱

曲谱即乐谱，是记录音乐之音高或者节奏的各种书面符号的有规律的组合，如常见的简谱、五线谱、古琴谱等都叫作曲谱。据文字记载，中国隋唐时期就产生了工尺谱、减字谱（古琴用），宋代又产生了俗字谱。工尺谱几经演变，如清道光二十四年（1844年）松滋人谢元淮就编制了《碎金词谱》，至今仍有民间艺人使用。不过中国近现代使用比较普遍的是简谱和五线谱。

但对于吟诵来讲，曲谱不能承载音乐的全部信息，五线谱也只能记录旋律、节奏等主要的音乐因素，对于我国传统民间音乐中十分重要的音色、力度、速度等许多微妙的变化，通常不能做出详尽、准确的表述。而这些曲谱不能表明之处，往往正是吟者所重视的寄寓感情之处（当然，感情的表达不是仅凭这些就够的）。还因记谱者的不同，所记曲谱的详略、准确与否等必然存在差异，最重要的是同一位吟诵者在不同吟次中吟诵同一首诗词时，也不会每次完全相同，其音调、节奏都可能有所变异。有无这种变异、变异能力的强弱，通常还显现出吟诵者水平的高低。吟诵音调被记录成曲谱，就成了固定的视觉符号，失去了可塑性，也就无从体现出吟诵的自由、即兴。尽管我们明确传统吟诵的记谱是"一次性吟谱"，并非该吟者每次都必定是这样吟诵的，那么，另一遍的吟调是什么样的呢？按此而论，为吟诵记谱的确亦非妥善之法。或许说，录音能较好地解决上述问题？其实也不然。录音固然能克服乐谱的某些局限性，避免记谱者的主观性，但还是不能解决它的"一次性"问题，它同样把自由、即兴的吟诵艺术固定了起来，下一遍和这一遍将会有什么不同？依旧是个谜。有人主张"西谱中读"，即在读吟诵谱时，排除由西洋音乐所形成的一些读谱的习惯观念，用中国传统音乐的观念、吟诵音乐的观念去读西式乐谱。比如：在总体上首先要明白吟诵谱不是一般的曲谱，应以表达诗文的感情、意境为主，不应完全按谱吟唱。中国吟诵的魅力就在于因人、因时、因地、因情景、因情绪不同而不同。即便这几个因素完全一样，也具有不可重复性。

四、诗词吟诵功能简析

1. 音乐性——加深记忆

我们学习古诗文,少不了要背诵,而重复是记忆的不二法门,也就是"熟读成诵"。河北卫视的《中华好诗词》栏目于 2013 年 10 月 19 日开播第一季,影响甚大,成了诗词爱好者背诵诗词的盛宴。受此启发,中央电视台推出了《中国诗词大会》,于 2016 年 2 月 12 日播出第一期,将全民背诗词热情推向顶峰。很多选手出口成章,想必是"读"了和"背"了大量诗词作品。这或许跟"吟诵"(多数还属于"朗诵")分不开。原因很简单,吟诵句有音乐性,带有更强的节奏和韵律,也就更有助于记忆。一般人都有这种经验,唱的比念的更容易记住,有韵的比无韵的更容易记住。尽管这些选手可能并不熟悉"吟诵",更多的是用普通话在"朗诵"。普通话朗诵一般文章,通常没有韵律,也没有明显的节奏变化,也就不具有很强的"音乐性";但用普通话朗诵诗词则不一样,它会被古诗词特有的格律、押韵等因素"带偏节奏",不自觉地契合了古诗词的"音乐性"。有些中学语文老师带领学生"唱"诗,就是把古诗词"填"到流行音乐的曲子里唱出来,希望借助大家都熟悉的旋律来加强记忆,或者在课堂上播放以古诗文为歌词的流行歌曲,比如《但愿人长久》(苏轼《水调歌头》)、《满江红》(岳飞《满江红》)、《鹊桥曲》(秦观《鹊桥仙》)等。这就是在弥补普通话朗诵的不足。而吟诵最大的优势就在于它有音乐性,听上去似唱而非唱,许多年轻时学习过吟诵的老前辈,诗文成诵之后,到老都不会忘记。借鉴吟诵的声调对朗诵进行适当改造,无疑将更适合我们学习、记忆古诗文。

2. 情感性——深化理解

吟诵的一大优势是可以通过表情甚至是形体的夸张,以及丰富的语音手段将作品的情绪表现出来,这是纯粹朗诵所不能及的。古代诗文,讲究"文气"(这里可以简单地理解为与主旨相应的情感起伏和节奏变化)。一篇好诗文,必然是声情并茂、感情充沛的,诗人也会有意识地塑造语音节奏,借以表达情感。举几个大家熟悉的例子:比如李白的"云青青兮欲雨,水澹澹兮生烟。列缺霹雳,丘峦崩摧。洞天石扉,訇然中开。青冥浩荡不见底,日月照耀金银台";李清照的"冷冷清清,凄凄惨惨戚戚";欧阳修的"初淅沥以萧飒,忽奔腾而澎湃,如波涛夜惊,风雨骤至。其触于物也,铮铮铮铮,金铁皆鸣"……细细品读,这些语句在语调、音长上都经过了精心锤炼,使人一读就能从声音中感受到作品的情感。这些声音及情绪的变化,用吟诵的方式加以表现,无疑会比普通话朗诵更为贴切,也就是说,吟诵更具有"情感性"。

3.修养性——美育过程

吟诵者把吟诵作为自娱、学习,甚至是健身的手段,成为生活中不可或缺的一部分,此时吟诵对于身心健康、养气养性,都有重要的作用。因为吟诵的方法和内容里面,都包含着中国传统的文人品格,其正直、仁义、忠勇、担当,先天下之忧而忧、后天下之乐而乐的精神,今日大家都非常需要学习。

这种美育过程对学生来讲,更具现实意义。在很多学生眼里,古诗文是枯燥乏味、晦涩难懂的。实际上,选入语文教材中的古诗文都是流传千古的名家名篇,文质兼美,是我国古典文学中的瑰宝,是中国文化最璀璨的结晶。这些诗文,本身就是一流的艺术品。语文教学如果不能让学生感受到文学的美、汉语的美,只把古诗文作为解剖台上的标本进行机械、枯燥的肢解,那必然是失败的。文学是美的,美育应该是语文教育追求的重要目标。知道什么是美,才知道什么东西不美,学生也才具备了文学审美能力,也就更会读、更会写了。这对他们今后的学习和生活是大有帮助的。现在的语文课堂,可能不具备传授传统吟诵的条件,但语文教师应当时时不忘文学美育的重要性,借助一些传统的手段和技巧,让学生领略古诗文真正的魅力,这样学生自然会因为有兴趣而变得更愿意学了。即便是成年人,通过诗词吟诵时时温习传统美德,对修身养性、自我省察、自我约束、自我激励、终身进步都是十分有益的。

4.谐和性——创作辅助

因为诗词具有格律、声韵带来的谐和美,不仅有助于记诵,也有利于创作。当你写完一首诗词后,不妨多吟诵几遍,看看有无不和谐的地方。如果有,多半与句读、格律和押韵有悖,从而促使你重新思考节奏、用字与选韵。

现在很多初学者习惯于依赖一些诗词检测软件的辅助,这是必经的阶段,也很有效果。但作诗并非都是在正襟危坐的情景中,很多时候是在行走或坐卧的环境下,你手头不一定有手机或电脑,这时就要靠大脑了。我们在第三讲中讲到了"诗律的关键点",就是讲当你学会了诗的格式推导后,就可以随时随地"口占"了。口占得如何,你还需要在没有电脑时靠大脑来检验。这时,你若熟练地掌握了吟诵方法,就可以边吟诵边修改,其乐无穷。

如果你掌握了吟诵技艺,还可以尝试写一些"自度曲"或称"自由曲"。

5.传播性——中国声音

我们现在讲"四个自信",其中"文化自信"是根脉也是基石,而传统文化中的诗词则是文化大厦的"金顶"。我们要让它走出国门,传播中国声音。其实,诗词吟诵不仅在中国源远流长,而且很早就传播到了海外,尤其是日本、韩国和东南亚地区。

日本在唐代与我国交往密切,这在诗词中多有反映。韦庄《送日本国僧敬龙归》一片神行:"扶桑已在渺茫中,家在扶桑东更东。此去与师谁共到,一船明月一帆风。"李白《哭晁卿衡》感情深沉:"日本晁卿辞帝都,征帆一片绕蓬壶。明月不归沉碧海,白云愁色满苍梧。"此后历朝历代交流都不在少数。如今,日本吟诗社众多,社员据说有百万乃至数百万。日本吟诵所涉及的作品包括日本的各类诗歌,甚至连散文也可以吟诵。整体来看,其中还是以所谓"汉诗"占主要部分。日语中的"汉诗"指的是中国古典式诗歌,包括以唐诗为主的中国诗歌以及日本人模仿中国诗歌的作品。其汉诗吟诵还有吟诵谱传世。日语和汉语相似,也具有文言和白话之别。金钟博士认为,以纯汉字形式书写的汉诗在日本经过"训读"的方式被转化为直译的日语文言自由诗,别具一种刚健爽朗的风格和高雅的格调。不过,各句变得长短不一,汉语中的押韵和平仄在日语中无法体现。日本的汉诗吟诵常有乐器伴奏,并可有伴舞、伴唱,表演性很强,20世纪经常组团来我国交流。现在也有来访问的,只是少了一些。日本吟诗社存在人员老化的问题。

韩国(包括我国的朝鲜族)也有汉诗文吟诵传统。高句丽时期是引进汉文化的第一个高峰,据龚昊、棒育从、黄景玲、徐健顺《韩国汉诗文吟诵初探》一文统计,高句丽时期主要文人的诗集,其中出现"吟""咏""哦""诵"的诗句很多,可以证明至少在高句丽时期,文人已经熟练地用吟诵的方式创作和欣赏汉诗了,并且吟诗已经成为文人颐养性情、修身养性的必要方式。古代韩国文人虽然熟练地掌握了汉字和汉文化,创作了大量汉诗,但汉语只是书面语,大多数人并不能用汉语自由交流。所以大多数韩国文人吟诵汉诗时用的是韩国语或转读音。诗人创作汉诗时,用转读音在口中吟咏推敲诗句,再拿纸笔用汉语书写出来,最后用吟诵加以润色修改。这一特殊的吟诵方式对韩国人学习、欣赏和创作汉诗都有影响。

越南也有汉诗文吟诵,其具体情况尚不明了。新加坡、马来西亚等东南亚国家华人吟诵之风尚在,多为闽语系统。

我国台湾吟诵之风基本上没有中断过。传统吟诵分为河洛音、闽语、粤语等多个流派,有许多著名的吟诗社,很多大学有吟诵活动或开设此课程。同时,由吟诵发展起来的唱诗形式更为普及。

欧美国家华人的吟诵传统也未断绝。不只是华人的传承,一些外国人也在学习吟诵。

我们应该在国内大力恢复和倡导曾经断裂、如今也并不兴盛的诗词吟诵传统,在增强我们民族自信心和自豪感的同时,还可以通过各种途径将诗词吟诵这个中华"国粹"传播到世界各地。

一是利用现有的对外汉语教育组织形式。孔子学院是中外合作建立的非营利性教育机构,致力于适应世界各国(地区)人民对汉语学习的需要,增进世界各国(地区)人民对中华语言文化的了解,加强中国与世界各国教育文化的交流合作,发展中国与外国的友好关系,传播儒家文化,促进世界多元文化发展,为构建和谐的"人类命运共同体"做出贡献。

孔子学院自创办以来,累计为数千万各国学员学习中文、了解中国文化提供服务,在推动国际中文教育发展方面发挥了重要作用,成为世界认识中国的一个重要平台。我们完全可以在各个孔子学院开设诗词鉴赏和诗词吟诵课程,让世界各地的华人和外国人欣赏并学习中国诗词的吟诵知识,并身体力行地进行吟诵实践。

二是借助人工智能的"重现"与"生成"手段。利用人工智能技术,在大数据的支持下,"重现"(模拟)古代各种诗词吟诵调原貌,也可以对当代优秀的中华诗词进行谱曲和模拟吟诵。中华诗词学会副会长、"诗词中国"总策划、中国出版集团中版文化传播总经理包岩在 2020 年底发表的《破圈出圈,"双推"增加大众接触点》的讲话中,就敏感地注意到了这方面的问题。她认为,可以建立一个模型,为诗人提供物美价廉的谱曲服务,为他们的作品插上音乐的翅膀,为传播提供更多的大众接触点。

我们知道,如果是为一首诗去找人定制谱曲费用是很高的,要进录音棚,要进行旋律合成,还有与演唱者合成,非常烦琐,一次还未必成功;但是在音乐家和科学家的协作下,通过吟诵规则的确定,体裁的归类,加上对适用场合、诗词主题、诗词风格的学习和提炼。智能谱曲一旦开发完成,常用词牌、绝句、律诗、乐府、歌行等都有了不同风格的曲子。演唱者可以是智能语音,也可选男女老少的音色,用的词是咱们诗人的作品。有了智能谱曲、智能语音演唱,我们只需要把作品输入,选择体裁、风格、音色等,即可自动"生成"比较满意的成品。这样,在吟诵之外,也许我们就又多了一种体验诗词之美的方式。这种方式非常有利于向世界各地传播中华诗词,让全世界人民领略独一无二的、美妙绝伦的中国声音!

附录一 诗词评论选

恬淡与刚健的融和魅力

—— 江岚诗质地漫议

《心潮诗词评论》编辑部约我写一篇江岚诗作的评论文章,我不假思索就应承下来。及至收到江岚兄寄来的 40 首诗作,品味再三,心有戚戚焉,却不知如何下笔。读着江岚的诗,总有一种潺潺的情愫律动心弦,着力处还会让内心最柔软的部分隐隐作痛。但那到底是什么,却一时说不清。按照当下评诗的套路,大可摘出作者的一些佳句进行品评,然后再将其升华一把。但说来奇怪,江岚的诗不能说没有佳句,但十分抢眼的并没有很多;然而读后却又那样真真切切地触动着我。因此,评论欲走现成的老路,恐怕行不通。

于是,我把他的诗作打印出来,带在手边,有空就拿出来品味一番。渐渐地似有所悟。然对与不对,只好套用一句当下流行语了:我的文章我做主。

一、恬淡:江岚诗风与诗人情怀

仲冬的一个周末,艳阳高照,气温回升,我驱车至郊外闲游,看到三五农民正在翻耕田土。那怡然自得的神态,让我情不自禁地念叨起陶潜的诗句:

> 少无适俗韵,性本爱丘山。
> 误落尘网中,一去三十年。
> 羁鸟恋旧林,池鱼思故渊。
> 开荒南野际,守拙归园田。
> 方宅十余亩,草屋八九间。
> 榆柳荫后檐,桃李罗堂前。
> 暧暧远人村,依依墟里烟。
> 狗吠深巷中,鸡鸣桑树颠。

户庭无尘杂,虚室有余闲。

陶诗字面上往往用平淡、自然、优美、浅净的文字,写意出一幅幅宁静、淡远的山水田园画,表现了大自然清明澄澈的美,以及诗人物我同一、超尘拔俗的恬淡人格。而实质上,这些平静浅淡的文字里却包含着深邃、厚重的意蕴。正是这种恬淡的美,深深感动了读者,让读者产生润物无声的情感共鸣。

这不也正是江岚诗中最明显的风格么? 我们不妨先来看看他自选集中排在最前面的三首绝句:

乙未春雨过敬亭山生态园瞻太白像步其《独坐敬亭山》原韵

胜地耽高咏,临风负手闲。

也应听不厌,暮雨洒空山。

壬午春末游十渡杂咏选一

孤馆倚空山,清光如许寒。

骆驼峰下望,恍惚已千年。

春日过东固访富田事变发生地王家祠堂

故地青樟老,空庭丹桂花。

休教花解语,一任日西斜。

五绝最是难写,江岚兄能写得如此醇厚,与他自然性情的流露、朴实无华的笔法分不开。这几首五绝,乍一看很有些王维的影子。仅从诗的意境来看,王维与陶渊明确有相似之处。但如果更进一步考量二者的内心世界,区别还是很大的。陶渊明是真心实意的归隐,王维则是遇挫后的暂时逃避。反映到诗作中,陶渊明就像"采菊东篱下,悠然见南山"那般自然天成;而王维则多少有些像"月出惊山鸟,时鸣春涧中"那样刻意了。

我与江岚兄谈不上过从甚密,有限的几次接触和交谈,总感到他葆有谦谦君子之风。这种为人处世的风格与其诗词创作有没有内在的必然联系呢?

2016 年 4 月底,我参加了《诗刊》社和晋江文联组织的"海丝晋江行"采风活动,有幸与江岚兄同行。一路上我们多数人说说笑笑,而他则话语不多,每到一地总是默默观察;为了尽快完成采风活动的写作任务,我们一行人早早动笔,不断地晒出自己的作品,而他则久久不拿出来。直到过了很久,我才最早在《诗刊·子曰》公众号上读到他的诗作。下面录二首这次自选集中并没有收入的作品:

丙申春暮谒安海镇龙山寺

一片慈云卧翠微，春残法雨尚霏霏。

苍蟠石柱龙听海，绿锁莲池叶护龟。

愧向婆婆耽好句，空教文字老通眉。

上人经过多遗泽，瞻拜不禁双泪垂。

丙申春暮过晋江草庵寺

万绿沉沉处，红墙一草庵。

深山无客到，绝壁有龙盘。

古寺耽凭吊，幽禽自往还。

昔人不可见，空此雨廉纤。

这两首诗，依旧是淡泊的风格，除了第一首七律的颔联句式有些新人耳目外（我清楚地记得，这还是我们一帮好为人师者建议他这么组句的，他也许不好意思拒绝诗友的盛情才使用的吧），其余都不以句法、章法取胜。第二首五律读至"古寺耽凭吊，幽禽自往还"时，我不禁想起陶潜《饮酒二十首》之四中的"栖栖失群鸟，日暮犹独飞"的句子，甚至恍惚觉得江岚诗里的"幽禽"就是陶潜诗里的"失群鸟"，而这只鸟正穿越千年，充当着两位诗人心灵交通的信使。

在这次采风活动中，我发现江岚兄是很享受创作过程的，他在这个过程中不是为了完成任务，更不是为了炫耀才学，而是用心去与历史对话，然后把这种对话的心得忠实地表达出来。这与当下诗坛心浮气躁的表演和逞强斗技的风气有着云泥之别。就我自己来说，写诗丝毫没有求实惠的功利之心，但却不乏求虚名的炫技举动。当下诗词界，评价一首诗的好坏，十分注重句子是否精妙、章法是否独到、立意是否崇高等元素，因为浮躁的编辑和敷衍的评委哪有心思去"细读"海量的作品呢！这样一来，像江岚兄这样的本色写作，是很难被选为报刊头条或摘得各种大奖桂冠的。这就十分考验一个人的写作动机了。

二、刚健：江岚诗骼与内在品质

既然把江岚与陶渊明对照着来看，那么两者的恬淡风格与情怀是一以贯之的，还是同样都有着共性中的个性呢？

在很多人眼里，陶渊明是山水田园诗的代表，其诗营造的田园牧歌式的意境令许多人迷恋。

然而,陶诗并非只有一种面目,他的内心也并非一直古井无波。他一生最大的痛苦是忠心报国的愿望无法实现,未酬的壮志一直深埋在心底,至晚年更加强烈。诗人内心的慷慨与悲愤借助怪诞神话形式释放出来,尤以《读〈山海经〉》组诗之九、之十所写的内容十分突出:

夸父诞宏志,乃与日竞走。

俱至虞渊下,似若无胜负。

神力晚殊妙,倾河焉足有!

余迹寄邓林,功竟在身后。

——《读〈山海经〉》其九

精卫衔微木,将以填沧海。

刑天舞干戚,猛志固常在。

同物既无虑,化去不复悔。

徒设在昔心,良辰讵可待!

——《读〈山海经〉》其十

陶渊明通过对夸父的远大志向和非凡毅力,对精卫、刑天顽强品格与一往无前的斗争精神的歌颂,对他们最终徒存猛志而发出的叹惋,从字里行间抒发了诗人"猛志逸四海,骞翮思远翥"(《杂诗十二首》其五)的豪情和"日月掷人去,有志不获骋"(《杂诗十二首》其二)的悲慨。

而他的《咏荆轲》则最为慷慨且锋芒毕露。像"雄发指危冠,猛气冲长缨""登车何时顾,飞盖入秦庭"的气概真可谓横绝千载!

同样,江岚的诗也有金刚怒目、慷慨悲歌的时候。兹略举一例:

过长白山天池

雪从太古尚皑皑,虎踞关东千嶂开。

绝顶霜风骇神鬼,大池何物吐氛埃?

棉衣愧比苔衣暖,心火休随地火埋。

淬罢群崖坚似铁,好同猛士镇高台。

这首诗整体上浩气干云,尾联则卒显其志——"淬罢群崖坚似铁,好同猛士镇高台"。这种气势当不在渊明《咏荆轲》之下。

与近体诗相比,江岚的古体诗写得更加厚重,亦更多刚健之笔。像《谒成吉思汗陵有感》《过伊犁咏马》就是如此。尤其是《咏长白山岳桦林》更是惊神泣鬼："独怜岳桦近高寒,倔强势欲傲风霜。木棉也称英雄树,对此壮气恐难当。苍松宁折不能弯,安知岳桦虽弯不能折?恍若复生与任公,去留肝胆两豪杰。"收束处,直是惊雷炸响："斧锯何辞根还在,雷电交加色不挠。截去犹堪作长剑,好为吾侪破寂寥。"

为什么江岚与陶潜的诗骼会有如此的相似之处呢?是经历、个性使然,还是观念、才情使然?我们很难妄加猜测。那我就只好又一次发挥我的"主观能动性",以小我之心度他人之腹了。

好在有一种理论叫印象主义批评。那我就再次拿来给自己撑腰了。所谓印象主义批评其实是一种依据审美直觉,专注文学作品的审美特性,来表现批评家自我的主观印象和瞬间感受的批评方法。

这真是一个特别适合我的批评武器,可以一任我思维的野马,放纵奔驰。

我一直认为,人的性格有一个统领性的主调或基调,但也有适度性的变调。平时呈现的是主调,遇到合适的环境也会呈现出变调。陶渊明如此,江岚也不应该例外。陶渊明终其一生都难以彻底泯灭报效国家的愿望;我想,江岚兄心底燃烧的同样是一腔报国赤诚。这在"淬罢群崖坚似铁,好同猛士镇高台"和"截去犹堪作长剑,好为吾侪破寂寥"中清清楚楚地表明了心志。只是陶渊明隐于乡野,江岚兄隐于都市,因此二者在呈现变调时音色不可能完全一样而已。

性格决定命运。不善逢迎、不善言辞、不善屈膝者,常常空怀一腔热血,理想永远都是梦想。但陶渊明晚年的愤懑与其生活日渐困顿有关,而江岚兄的生活不至于窘迫吧,因此,他的峻峭诗骼更多的是源于一种心理自觉,一种与天地同悲的可贵品质。

三、融和:双重诗性造就的魅力江岚

说实话,我最喜欢读江岚那些恬淡风格的作品,这除了我个人的性格偏向内敛以外,还有一个重要的原因就是读诗时很容易将其诗与其人融合为一个整体,更何况他的诗意还那样醇厚耐品。先看他的两首七绝吧:

苏 州 秋 日

昔人夜泊枫桥畔,留下三唐第一绝。

而今认得古时人,唯有桥头这轮月。

丁亥夏日过赛里木湖

湖上风高带雪吹,湖边芳草绿成围。

几时浪静摇船去，泊向湖心看落晖。

第一首显然是由张继的《枫桥夜泊》起兴的，诗句表达了对人世沧桑的感慨，相对于永恒的宇宙和不朽的诗篇，人是何等的速朽。这就从侧面告诫我们，与其去计较那些功名利禄，不如去拥抱文学、拥抱自然！第二首开头两句推出两幅绮丽的画面，尽管看起来是二元对立的；第三句则笔触一转，"几时浪静摇船去"，从而逗出第四句"泊向湖心看落晖"。外界好也罢、歹也罢，我且随心任意地欣赏夕阳的美丽去。这是何等的修为！

江岚兄的七律则很有些老杜的气质，那就是显性的家国情怀。他的《读中国近现代史咏怀》三首情怀浩荡。如第一首中的"宁与外邦共休戚，那堪禹甸满腥膻"，第二首中的"纵遣小民自为战，百年何至泣铜驼"，第三首中的"长技强兵徒逞霸，移民立国不禁风"等诗句，苍凉老辣，直逼人心。

不止如此，江岚兄的一些作品，在同一首中还融和了恬淡与刚健之风，读来别具神韵。我们还是用作品来见证：

咏长白山美人松

风雨神州哀陆沉，白山黑水共悲呻。

几多巾帼揭竿起？赢得苍松属美人。

过潘家口水库

一湖山影绿，万壑水光青。

日沐九天阔，云飞数朵轻。

长城望犹在，痛史抚难平。

爱此喜峰口，登临豪气生！

前一首借美人松起兴，抒发的是对巾帼英雄的仰慕。这本是一个严肃而重大的主题，但结句的字面却无比秾丽华美。第二首算是典型的山水诗，前二联意境恬淡优雅，后二联则转为刚健峭拔。这种舒徐斗健之间的转换如此合拍，毫无斧凿痕迹，是极见功底的。

击键至此，文章该煞尾了，心情也顿时松弛不少。端起已经转凉了的咖啡，牛饮一口，顿觉微苦中带着些许清爽和甘甜。这与我品读江岚兄诗作时的感受颇为相似。更深入一层，这种特殊的回味来自两个方面：一是微凉，二是牛饮。江岚的作品似乎也是需要放一放再品的，不适合趁热吞咽；江岚的诗还需要通过饱和式阅读才能渐入佳境，读三五首很难从局部上与之共鸣。这也是他的作品未能引起评论界重视的缘由吧。就我所知,评论家不管内心是否真的喜欢,都愿意去评论"实验派"作品。尽管这些"实验"很少有成功的,但却给评论家提供了舀之不绝的"话题"活水。江岚则不同,他的笔法是那样传统,他的为人又是那样低调。

而我,如果不是接受稿约,也不会那样去反复细读他的作品,也就不会发现他的诗或柔或刚,或刚柔并济,而且这两种看似对立的元素却在他的整体创作中由恬淡的基调所统领,终至融和。也许,正是这种对立统一的双重诗性,造就了魅力江岚!

(原载《新潮诗词评论》2017 年第 2 期)

得诗体三昧　成自家面目

——读黄金辉先生诗词有得

除了给学生点评作业之外，我是不敢给人写评论性文字的，更何况是对名人的诗词指手画脚。原因嘛，一来是因为自己资历浅，二来则是顾忌说好话人人爱听，说实话就未必真的讨人喜欢。

黄金辉先生执意要我为他的一组作品写几句实打实的评论文字，推辞不掉，就只好恭敬不如从命了。

我无力就黄先生的整体创作去评说，只能就他自选的 20 来首诗词谈点个人观感。在这些作品中，我最欣赏的是绝句。绝句最见一个人的功力，尤其是五绝。纵观当代诗坛，优秀的五绝寥若晨星。偶见的五绝也多是七绝的笔法，轻盈取巧，气格低下。然黄先生摆在首篇的《随州千年银杏林》则赫然夺目：

> 神农尝果后，曾乙铸钟成。
> 黄叶秋风里，古铜犹发声。

这首五绝很有些古汉诗的风格，沉稳雄健，古朴端正。结句的古铜之声似乎从远古洪荒穿越至今，缭绕不绝，辐射未来。

再说他的七绝。七绝讲究最多，但终究当以得"趣"为妙。他的《武汉郊区消泗乡万亩油菜花》是这样写的：

> 炫富守财唯此乡，黄金铺地当寻常。
> 谁人摘朵金花去，遣蝶驱蜂追缴忙。

三四句或许是从杨万里的"儿童急走追黄蝶，飞入菜花无处寻"诗句中化出，但意境却大异其趣。另一首《大冶上冯村》则以诙谐之笔写出了历史的厚重感：

> 夏雨霏霏访上冯，鹿头遥对古村鸣。
> 游人步履须轻巧，历史神经莫踩疼。

这完全是先生自己的创意之语，寓庄于谐，妙不可言。

黄先生的五律走的是传统路数。笔法空灵,想象奇特,炼字精准。如《梦里水乡》:

> 乡情鸢尾线,到老梦魂牵。
>
> 树树钻天笔,田田漱玉笺。
>
> 驱鱼磨黑墨,盖印倩红莲。
>
> 画就禾香韵,诗成锦绣园。

诗前原是有小序的:"龙岁为余本命年,花甲至矣!春节初二,回乡探亲;初八凌晨,又梦水乡。蒙眬中得句,乡村景物幻化为文房四宝,岂非故园水土养育文思欤? 急取纸笔,披衣坐床而记之。"这首诗的妙处在于,把故乡景物想象成文房四宝,再加上那颗红莲花盖的印,整个水乡自然就变成了一幅画、一首诗。

黄先生的七律的精彩则不像常规做法那样由中间两联托出,而是往往在尾联处著以言尽意远之墨。如他的七律《昭君之美》的尾联是这样写的:"感恩边草荣青冢,雁阵和鸣飞向南。"又如《花甲自况》的尾联如此收束:"涂鸦笔蘸长江水,自画图如涧底松。"前者发思古幽情,寄现实良愿;后者以自谦之语抒老而弥坚之志。读后均令人深长回味,并久久沉醉其中。

像擅长短小的绝句一样,先生的令词也写得风神摇曳。先看《浣溪沙·铜草花》:

> 黄菊重阳满地金,白芦霜降半空银。紫花秋月最传神。
>
> 造物钟灵标矿产,铜花毓秀助人文。一锄挖出史书新!

再看《渔歌子·年关降雪》:

> 雪压飞尘现碧空,灯笼辉映醉颜红。
>
> 盼归者,留守童,可有天寒卖炭翁?

单看两首小令的尾结句"一锄挖出史书新"和"可有天寒卖炭翁",是否感觉到有绝句的基因在潺潺流动呢?

先生的长调当是苏门一脉,笔势破空而来,豪情壮语,思接霄壤。像《沁园春·荆楚诗风》熔古今于一炉,尽管罗列了诸多历史人物,但并没有给人造成堆砌之感,这与先生善用词中的对仗不无关系。相比之下,《满江红·大武汉》气势就要弱一些,尽管词中有"东湖浪,权蘸墨;水杉树,狼毫握。写长江流派,梅花品格"这样的佳句。因为选取的是几个人们太过熟悉的"龟蛇、黄鹤、崔颢、青莲、东湖、梅花"等意象,故无法给人们带来新鲜味觉。由此看来,要写出熟悉的陌生感的确不是一件容易的事。

我读过先生的长篇歌行《父亲江》，那气势、那力道均在他自选的两首长调之上，或许是受篇幅限制无法荟萃于自选稿之中，但其光芒却始终在我眼前闪耀。

以上文字，是为读诗心得。谬误之处，还请黄先生海涵并指正！

2016 年 12 月 9 日于桂子山

玩家诗笔别有天

——柯国华先生诗词小品

　　神交国华兄，屈指十余年矣。那时我刚刚自学格律诗词，误撞到了新浪网的"古典诗词博客圈"。在一次由国华兄主持的课业中，我的一首很不成熟的七律得到了他的热情鼓励。这大大增强了我学习诗词的信心和决心。后来我因眼疾关闭了博客，彼此就很少联系了。丙申年末，突然接到他的电话，说是从一位诗友那里得到我的信息，自己打算出一本诗集，让我推荐出版社。我在华中师范大学出版社当了三十年编辑，尽管此时已经调到政治与国际关系学院做党务工作了，但我却毫不犹豫地将其推荐到华中师范大学出版社"中华诗词出版中心"出版。丁酉初春，国华兄带着书稿来汉，我们终于相会在桂子山头。回首往事，不胜唏嘘。与出版社敲定出版事宜后，他希望我能为诗集"开序"。这让我有些为难。我还从未序过任何人的诗文，然国华兄的诚恳又让我无法拒绝。分别之后，我写了一首五律寄怀：

> 网络神交久，凭空可辨容。
>
> 生风双掌击，一脉带潮通。
>
> 秃笔蘸春绿，灰心淬火红。
>
> 缘因诗结籽，种入梦魂中。

　　万事做到一定分上，便可称家。有科学家、文学家、书法家、画家等等高大上的称呼，但因与我相距遥远，也就显得有些"隔"；而"玩家"一词则甚合我心。只是我还不会玩，所以有心向往之而力有不逮之感。国华兄喜爱和擅长诗赋、书画，兼通商道、佛道，于周易、堪舆着力尤深。在各项"事业"如日中天之际，前几年突然回到故里通山，卜居养性，设立以闲书画院，供文人雅聚相娱。这种情怀在诗集的"自序诗"中表露无遗，诗曰：

> 半生风月半世玩，半耕砚田半戏班。
>
> 半读诗书半酌酒，半藏辛苦半寻闲。
>
> 半信玄机半听命，半顾妻室半红颜。

半程清醒半觉梦,半歌云水半观山。

在我看来,玩家其实还是一种生活态度,一种价值取向。玩的目的在于给自己、亲人、朋友乃至社会带来快乐;而不在乎对方反馈与否。正是出于这样的追求,他的诗词有一种自然天成、著手成春的气象。

写暮春之景,用"满地残痕风扫净,半窗月影竹摇新"(《暮春怀旧》)写出季候之变,且在不经意间运用对比手法,倍增能效;写村前所见,有句云:"家鸡下蛋零形样,野鹭升天八字开。"(《村前咏叹》)虽几近俚语,却想象奇特,暗含玄思。如句中的"八字"既是拟形,又借指人生"八字命理",笔法可谓藏而不露。他的闲逸情怀,仅一句"偷闲戏水一池月,得空抽烟满嘴云"(《夜饮醉咏》)就勾画得淋漓尽致。

国华兄玩诗,并非玩物丧志的"玩",而是举重若轻的"玩"。只不过他的"志"并非壮怀激烈而已。人生的"志"本就多元。有岳飞的直捣黄龙,也有陶渊明的种豆南山,还有辛弃疾的曾经金戈铁马继而终老林泉。这几种"志",从社会价值层面看也许可以硬性分出高下,但从诗学价值考量,则是难分伯仲的。国华兄的绝句《久误尘缘》是这样表达心志的:

久误尘缘不敢哀,疏枝素影醉心台。
年关未雪梅依旧,冷艳盈香为我开。

诗写得淡雅,但其中仍有某种不平之气,然而更多的则是豁达情怀。他的五律《适兴》如此样明志:

窗前新月缺,院内老花残。
陋室观棋谱,滩头弄钓竿。
低吟心语唱,大梦鼻声鼾。
煮酒青梅食,烧汤紫菜餐。

整首诗都在"出世"与"入世"之间纠结,后四句均以对仗出之,内容相反相成,表达了内心于缠斗中的势均力敌。

以上是从内容方面入手的分析,从形式上看,柯兄的诗词颇多"游戏体"。如回文五言古体《咏春》:

早窗迎日晓,帘起轻徐徐。
嫩柳新开放,鲜桃小展舒。
卷烟浮雾淡,天雨转清虚。

暖水湖乡富，年丰贺韵书。

还有"八仙格"五古《唠嗑子咏菊》，将"唠嗑咏菊仙"句分别嵌入诗的八句之中，终成八首诗作。

这些作品看似游戏笔墨，或许不无寄概。咏春，表达出对大自然的亲近；咏菊，表达出对高洁品格的推崇。

国华兄的诗亦庄亦谐，显露刚性骨骼；而其词却承继了花间遗风，柔婉清丽。这也没什么好奇怪的。词本就成熟于花间调的歌化之词，后来发展到诗化之词、赋化之词。这几种风格并无高下之分，写到极致均为妙品。他有一首《摊破浣溪沙·无题（代内人作）》是这样写的：

月缺香残冷枕寒，无聊清夜帐衾单。郎约归期早空过，总凭栏。
问柳柳烟烟散易，寻花花雨雨收难。何不醒来欢乐聚，水云间。

笔触何其窈窕，表达的却是妻子对丈夫的深切思念，读来娓娓动人。
他的一首《烛影摇红·无题》依旧是类似的风格：

柳绿桃红，小轩窗外轻歌送。清明光景喜相逢，醉入香香梦。　　梦里春风抖弄，得欢处、卿吟我颂。一轮淡月，满天长风，有相思共。

这大约是写夫妻重逢的欢愉场景，韵致摇曳，看似香艳，实则情深。
另一首《减字木兰花·风雨》则在婉约风中添加了矛盾纠葛：

风撩玉腕，雨弄清音琴韵转。雨打门楣，风在长街扫落樱。　　雨停风妥，风水之间分右左。风咏悲文，雨让花容添泪痕。

这是否写的是夫妻间亲密佐料般的争吵情境呢？连争吵怄气都写得这么驯美脱俗，可见笔力非同一般。

既然爱"玩"，国华兄在填词方面当然比较注重于各种形式、体裁的尝试。他孜孜不倦地填写了《清音二十五弦》这样少有人涉及的词调；还写过《虞美人·秋江送别》的回文七律。说到这里，我不得不承认，自己在习作早期，也"玩"过一阵，不知国华兄的这首词与诗的回文，是否受到过我的煽动？因为我当时也写过这个体裁。所不同的是，我很快就不玩了，而他一直玩到今天仍欲罢不能。这说明我还是一个世俗之人，而他已经彻彻底底地脱俗成仙了。这是一种我无限倾慕的境界。

品味国华兄的诗词，始终如坐春风。我还奢望这春风能吹绿我心灵深处那渴望自由生长的根芽。

辞不达义,但言实由衷。勉为序。

2017 年 4 月初于桂子山

奇情壮采　婉转铿锵
——敬读皇甫国先生诗词

皇甫国先生是我尊敬的军人和诗人。我没有用"老"字，是因为每次见到他，都是那样英姿勃发，诗兴昂扬。他参加过抗美援朝，退伍后先后担任湖北省军区老干部大学副校长、常务副校长，倾力开设诗词教学班，聘请侯孝琼教授主讲。一次侯教授临时出差，他邀请我应急顶缺，给了我从未有过的给老军人（其中不乏将军级人物）讲授诗词的机会。他总是给予我热情的鼓励和展示的机会，见面还尊称我为"老师"，让我诚惶诚恐。老人家今年八十二岁高龄，创作激情绝对不输二十八岁的青年人。他时有作品成形，便谦虚地发来听取我的意见，我也经常不知天高地厚地给他"挑毛病"。这次湖北省中华诗词学会成立三十周年，他作为"诗坛耆宿"入选，需要有人写篇短论。老人家找到我，希望能帮他"完成任务"。我自知没有这个资格和能力，但老人家对我有栽培之恩，我也就断无推脱之理了！

诗词的风格常常被分为豪放与婉约，二者本没有高下之别，但语言的驾驭和意境的营造还是有高下之分的。由于皇甫校长学诗之初就有侯孝琼先生这样的名家指导，因而诗路无疑是正确的。他既有豪气凌霄的作品，也有婉转悦耳的篇章，有时在一篇之中还能豪婉兼具。这是一般人很难达到的修为。

皇甫校长给我寄来了四十多首诗词，让我按照省学会的要求选择十五首，并加以评论。我按照先诗后词、先短后长的顺序，认真选择了一番。老人家的诗非常雅正，但又善于吸收口语，尤其是绝句，写得婉转动人。我们以诗来鉴：

南征前夕全家度一九七九年元宵
买药付邮医母病，叠衣忍泪嘱加餐。

稚儿不晓南行事，灯影欢声闹月圆。

这本是离别伤感的题材，作者却通过小儿的无知嬉闹来反衬。王夫之在《姜斋诗话》中说："以乐景写哀，以哀景写乐，一倍增其哀乐。"此诗即是以乐景写"哀"的例证。

麻 木

踩日蹬风一溜烟，二三里路两元钱。

筋疲汗滴尘污面，月黑迎门小女牵。

全诗注重细节刻画，一二句熟练地运用口语，写出了底层民众的悲欢，尤其是结句"月黑迎门小女牵"，读来令人潸然落泪。

皇甫校长的五律与七律，风格有比较明显的着意区分。五律豪婉结合，七律沉郁顿挫：

答荆江抗洪指挥员

羽檄动雕弓，将军气势雄。

荆江平浊浪，铁旅建丰功。

血肉堤千道，壶浆花一丛。

洪湖春烂漫，常忆战旗红。

这首五律的前四句可谓"豪"，后四句过渡到"婉"，这中间没有落差，浑然天成。而七律则又别具面目：

登岳阳楼怀杜甫

洞庭波涌渚烟秋，子美高怀孰与俦？

拾橡秦州诗带血，漂舟湘水泪盈眸。

黎民瘦骨撑千壑，霸主军声动五洲。

拍遍栏杆凝望眼，红旗影里岳阳楼。

这首七律颇有杜甫遗风，庄严端正，语醇韵雅；尤其是尾联，言尽意远，引人思索。

先生的词，小令婉约之风拂面，长调则豪放之气干云。

浣溪沙·读《杏花词》

小院沉吟鸟不知，春深一卷杏花词，沾衣欲湿雨如丝。

柳絮香尘头已白，清宵淡月意犹痴，风光长似少年时！

虞美人·即景

熏风播绿愁云扫，幽涧鸣春鸟。江山万里早霞红，妆点画图南北与西东。

戚颜已伴严冬去，醉倚丝丝雨。髫龄小女二三人，放学齐邀花片舞缤纷。

《浣溪沙》下阕前两句对仗工整，造语清新，一位痴迷于诗词的老者形象跃然纸上。《虞美人》整体风格和谐,画面亲切可感,尤其尾结"髫龄小女二三人,放学齐邀花片舞缤纷",着实令人仿佛回到了童真无邪的岁月。如果不加介绍,我们很难想象这两首词出自一位八秩老人之手。

当然,皇甫校长毕竟是老军人,军人的铁血始终在内心澎湃。他的长调总是以难以遏制的激情,呈现奇情壮采。

贺新郎·登黄鹤楼感赋

健步登高阁。动龟蛇,八方云汇,两江潮跃。欧美鸥鸡东岛鹜,齐仰冲天黄鹤。谁尚忆,阿瞒横槊!李白重来挥巨笔,赞今诗妙语惊檐雀。大浪涌,凯歌作。　　沉雷怒雨清污浊。祭吴钩,和珅狱冷,蔡京靴落。箫鼓欢呼声声劲,催动神州村郭。纷颔手,新醅频酌。万众归心朝北阙,抱成团拧紧降龙索。十三亿,共忧乐。

这首《贺新郎》借登黄鹤楼抒发了诗人俯瞰古今中外的豪情,词中多次用典,但能化典无痕,显示出非凡的捉笔功力。

上述所云的皇甫校长的小令婉约,长调豪放,并不是一种质性鉴定。老人家常常笔致纵横,风格变幻。像这首《风入松·回乡见闻》走的则是"中正"路线:

山村争说免皇粮,翁妪醉斜阳。良辰初嫁东邻女,欢声起,锣鼓铿锵。小镇花枝招展,清溪绿柳成行。　　村官选举喜开场,时彦荐新章。点皴画卷添奇彩,谐鱼水,共建康庄。夜校沿蹊披月,朝霞上网临窗。

这无疑是一首"颂词",但注意用生动的形象来描绘,摒弃事实罗列,且语言于雅正中佐以新词新语,使全词显得十分灵动,充盈时代气息。

皇甫校长从未满足于现状,也从未停止过探索。最近他尝试用《满江红》词体为老部队的七位英雄各唱一首赞歌,这是一种不小的自我挑战。我之所以没有选入十五首之中,是因为我有一个十分顽固的传统理念,那就是"词之为体,要眇宜修"。用长调去叙写一个人的战斗历程,很容易流失词体的韵致。老人家充分理解我、宽容我的执拗。我也由此更深刻地体会到,诗坛毕竟比政坛更雍容大度,更适合我为之奉献赤诚!

2017 年 4 月 15 日成稿于文泉书苑

诗词因为灵性而灵动

——序炳灵诗

炳灵是毕小板的"字"，我与小板的首次接触是乙未年初秋由"诗词世界"组织的一次景德镇笔会。最初给我留下比较深刻的印象，源于他的名字。他是一家装饰公司的老板，却起名"小板"，这很有些反差，因而也就成为众人说笑的对象。后来他成为我的"线上"学生，对他的了解才日渐丰满起来。

他是很有灵性的，不知道这与装饰设计有无关系，但对写诗还是很有关系的。我一向主张，写好七言绝句需要有灵性，写出的诗作必须有趣味。之所以要有灵性，是因为七绝讲求语言灵动，而其章法又最为灵活。我所指的趣味则大致包括事趣、景趣、情趣、理趣和谐趣，而要达到这样的效果，没有灵性也是不行的。五绝虽然也属绝句，但与七绝比较，尽管章法类似，而语言则要醇厚得多。

小板对绝句是有些偏爱的，尤其是七绝。整部集子收录诗词 302 首，绝句就占了 210 首，其中五绝 25 首，除了一首六绝外，七绝多达 184 首。并且，七绝不仅数量占压倒性优势，质量自然也夺先声。

我们还是先看他的几首作品：

黑城怪树林

苍苍戈壁朔风鸣，如诉胡杨未了情。

卿守千年缘等我，我寻万里更怜卿。

这首诗看似写景，却充满了情趣。三四句活脱脱自曝出一枚多情种子的心态。

元日登石耳山吟

依稀晓雾辨春声，险径遥看纵复横。

惟见林空峰也瘦，争留余地给新生。

如果说上一首诗的风格宗唐的话，那么这首诗的风格则是尚宋了。于景物描写中,自然散发出理趣。

小板的七绝中,咏史怀古诗写得颇具新意。如今,有些名气的历史上的人和物,都被吟咏了千百遍,若无新意,终是步尘。严光的钓鱼台,他写了二首:

访严子陵钓鱼台二首

其　　一

春鸟旋回终是客,浮云底事几徘徊。

只今楫向桐庐去,为借丝纶上钓台。

其　　二

邀得烟霞伴野居,羊裘不肯换簪裾。

一时竞学先生钓,便问几人真为鱼?

第一首从风格上讲,已得渔洋神韵精髓;从立意上讲,则颇具反讽或自嘲意味。第二首的章法乃是传统的起承转合,但结句一问,意味深长。尽管这两首的立意有些近似,但描写角度不同,自然就不算重复。当下不少咏史怀古诗,写得一脸严肃,而我更欣赏小板这种举重若轻的姿态。

我如此推重小板的七绝,并非说他不擅长别的体裁。像诗集的第一首五绝《观渔》写得就很是舒展沉稳。诗曰:"大江横一棹,天澹夕阳微。偶尔鸬鹚起,衔云水上飞。"《登石耳山赏杜鹃花遇雨》则采用了七绝的风格:"十里红如火,寻常不肯烧。烧来天也惧,纵雨竟难浇。"而《母校行》又带有新诗的句法:"故人寻杳杳,旧事忆桩桩。凫梦难挥去,依然那片窗。"可见,风格的分类是静态的,在守成的基础上完全可以开新。我经常跟学生说的一句话就是:不管什么风格,写到位了都是好作品!

小板的五律、七律也都有可圈可点之处。

咏　柳

折柳问归期,茫然未可知。

莺声怜日短,燕语惜春迟。

沾雨疑含泪,吟风料已痴。

一枝牵别恨,何况是千枝。

村　景

山中清气佳,昏晓起鸣蛙。

陌上施烟雨,峰头摘晚霞。

风侵蝉隐树,鸭渡水流沙。

邻老闲无事,庭前数落花。

游太平湖有感

酒酣不计韶光逝,且倩东风助橹驰。

孤岛凭猴知动静,群山借雾证迷离。

清波不厌长干曲,皓月能留合璧诗。

道是太平犹有憾,无从水底认城池。

曲阜诗友会

肯舍繁华访古城,书生岂合赚浮名。

同谁梦里分词韵,随客陵边听雨声。

万树飘摇伤岁序,千年代谢羡菁英。

如今结得诗缘在,好向书田日月耕。

按照我的理解,五律讲究空灵,多着客观笔墨;七律追求厚重,多生主观之感。这在上引小板的诗作中是有体现的。我不想从语言、章法、意境等方面去逐一分析诗作,那样就变成了作品赏析。我想通过对他作品各种体裁的检点,找出他的特长,也发现他的弱项。这样做,也并非希望他补齐短板,而是希望他将特长发扬光大。一个人一生能把某种体裁写到极致,比什么体裁都能出手但无一出彩要强得多。

小板的词相对于他的七绝自然要退让一步,但这不妨碍他也会写出一些优秀的词作。他有几首小令我就很喜欢,兹举几阕,以见端倪。

鹧鸪天·生日偶吟

懒计年轮第几层,闲云入眼化诗声。若教砌字如排阵,也算经营数万兵。

身未老,气先平。书生岂合赚浮名?江湖似梦难参透,参透由来是不争。

临江仙·学词有感

雏燕不知归处,夜阑误入蒿蓬。但凭月朗识迷踪。小荷才一点,新绿已千重。

说雪说风朝暮,煮梅煮酒春冬。欲笺心事与飞鸿。才吟天上水,又唱大江东。

定风波·羽山祭

乱石参差若紫霞,多情剩舞两三鸦。一孔灵泉流赤血,凄绝,丹丘尽染向天涯。有种伤心堪入骨,心裂,江河还在尔无家。料得年年春懒顾,枯树,荒坡谁肯著桃花?

这几阕词，第一首灵动、机智；第二首淡定、放旷，第三首则沉郁而婉约，足见词心窈窕。

小板很早就嘱我为他的诗集写序，我自然爽快应承。但由于俗务缠身，拖到今日才落笔。然而写到最后，却发现不长的文字极像是作业点评，虽不满意，也没有精力重新来过，权且算是我交的一份作业吧！

2018 年 6 月中旬于文泉书苑

以诗学"三命题"视角观照程林诗词

所谓诗学"三命题"指的是"诗缘情"(陆机《文赋》)、"诗言志"(《尚书·尧典》)、和"诗缘政"(孔颖达 疏《毛诗正义》)之说。前两个概念大家耳熟能详,后一个则少见提及。个人觉得,从创作层面讲,"诗缘情"是基础,缘情之诗最容易打动人,也就最容易成功。而"言志"也好,"缘政"也罢,都要缘情而发,否则就容易成为说教。

《心潮诗词》编辑部要刊登程林兄的一组诗词,希望我能写点评论文字。虽然写这类东西对我来说比较犯难,但论于刊于人之交情,我又当责无旁贷。

一、缘情而作,烟霞交映

《诗大序》提出过诗的"吟咏情性"之说,表明情感在诗歌创作中的作用已逐渐为人们所认识和把握,但是对于"情"在诗中的独特审美意义和价值则尚未成为诗人自觉的意识。[①] 而陆机在《文赋》中于"诗缘情"后面加上了"绮靡"二字,顿使诗美的光辉穿帷夺目。"绮靡",是一个具有通感意味的美感表述词,由对一种丝织物精美细密的视觉美转化为内在感觉美的"精妙之言"(李善注《文选》释"绮靡"语),是"彩色相宜,烟霞交映,风流婉丽"(唐丙挺章《国秀集序》语)之美的一个总括。这样,他就将"情"与"美"直接联系起来了,并且将"情"之"美"物质化了,感性化了。"缘",此取"凭藉"之义,亦可取"因为"之义,"缘情而绮靡",直解为凭藉"情"而美,因为抒情而美。"情"便被强调为诗的美感发生之源。换言之,"情"是诗之本体,诗美因情而生。

程林兄的诗词中,最亮眼的当数书写农村的绝句。我想,这与他出生在农村或干过农活有关。我也出生在农村,每每写到故乡,总是情难自禁。并且写

---

① 参见胡迪:《浅谈〈诗大序〉的诗歌功能论——"诗者吟咏情性也"分析》,载《戏剧之家》2014 年第 9 期,第 359 页。

故乡的诗句,无须过多费力,常常收获一些精彩。程林兄亦是如此。我们先来看他的两首涉农诗:

出 工

足量阡陌梦量天,雾锁青山碧草连。

手拉耕牛挑日月,荷来欢乐一篇篇。

耕 田

一声吆喝太阳升,水溅云天百丈绫。

冻土新耕春入住,花溪有梦应开征。

《出工》起句不凡,"足量阡陌"是实写,"梦量天"是虚写,一句之内虚实结合,虚实相生,写出了农民对美好生活的向往与追求。第三句也是虚实相映,"挑日月"之"日月"因为隐去了本体,乍看显得有些迷离,但我们不难从农民的生活场景中推想"日月"代表"早晚",亦即描绘农民起早贪黑之艰辛。

《耕田》首句就题直起,但含义丰富。也许是天未亮就下田,默默劳作了很久,此时耕牛有些累了,腿也迈得慢了。农人忍不住一声吆喝,催促耕牛加快步伐;正巧此时天也放亮了,太阳冉冉升起,就好像太阳是被吆喝声叱起一般。这么复杂的意思,一般来说不适宜在一句之中并置的,弄不好会造成语言"杂糅"。但这句诗不仅没有出现这类问题,反而读来回味无穷。原因就在于作者十分熟悉农事,也许还有亲身经历,因而感受十分深切,感情十分真切,故无须仔细锤炼,就像民歌一般冲口而出,在山野田间回荡。第二句十分工巧,"云天"在水田之底,故而有"水溅"之说,而耕田时一定会赶起水浪,此际云天晃漾,就像绫罗绸缎飘动一般。此景若没有亲身经历,因触景而生情,是不可能描绘得如此生动的。第三句的"冻土新耕"则要朴实得多,但"春入住"的拟人化,又为句子点染了一抹亮色。我觉得,如果没有"冻土新耕"这几个字的实写,而是都用虚笔,那么这首诗可能会陷入刻意和浮华。结句的"花溪有梦"接续"春入住"而来,可谓钩锁紧密。

这几首绝句写的都是作者熟悉的生活,并且这些生活每每回忆起来,作者都是一往情深。这些感人的诗作,除了运用常见的赋比兴而外,其实并没有过多地运用语言技巧和特别章法。何故?缘情而作也!

二、寓志于情,其志丰赡

《尚书·尧典》最早提出"诗言志,歌永言,声依永,律和声。八音克谐,无相夺伦,神人以和",提出了"诗言志"的命题。《诗大序》在倡导儒家的"风教"之后,对"诗言志"作了如下诠释:"诗者,志之所之也。在心为志,发言为诗。情动于中,而形于言。言之不足,故嗟叹之;嗟叹之不足,故咏歌之;咏歌之不足,不知手之舞之,足之蹈之也。"这些论述概括了先秦以来儒家对诗的本质的基本认识。

然而,"志"并非与"情"相对立。刘勰《文心雕龙·明诗》云:"人禀七情,应物斯感,感物吟志,莫非自然。"①"七情"便是"志","感物吟志"既"莫非自然","缘情"作用也就包含在其中。钟嵘《诗品序》云:"气之动物,物之感人,故摇荡性情,形诸舞咏……凡斯种种,感荡心灵,非陈诗何以展其义,非长歌何以骋其情!故曰,诗'可以群,可以怨'。使穷贱易安,幽居靡闷,莫尚于诗矣。"②这里说"性情""心灵""长歌骋情""幽居靡闷"是"缘情"的表现,"陈诗展义""穷贱易安"是不忘"言志"的表现。

程林兄的绝句不仅在书写农事时表现出色,在言志时同样表现突出,其"志"不动声色地寓于"情"之中。他有一首《山居》的五绝是这样写的:

山中草舍栖,松竹月俱齐。

最可宽心处,相濡子与妻。

这首诗表面上似乎以写景为主,自然流露出对居家环境以及对妻儿的自得之情。究其实,作者也是在不动声色地表达着自己虽然身于当代商海浮沉,而内心却向往淳朴、自然的古老生活的志向。第一联起笔调子较高,地处山中,房屋简陋,但却拥有松风、竹韵与月华,这是城市人千金万金难买的"圣地"!然而,这还不是最重要的,更重要的是妻贤子孝。古语道:妻贤夫祸少,子孝父心宽。信然!

《鹅卵石叹》也是一首情志互见的作品:

本无凌角咋还磨?浪底谁知暗蚀多。

上岸非材堪垫路,携来龙案作弥陀。

这首七言绝句显然属于咏物诗,是否表达了某种确切的或曰单一的"情"与"志",并不是那么一眼就能识出。首句以设问起,次句以"暗蚀"间接作答,似有象征意味;第三句不难索解,难解就在于第四句。"龙案"指什么呢?雕刻有龙

---

① 刘勰:《文心雕龙》吉林出版集团有限公司 2016 年版,第 28 页。

② 钟嵘:《诗品》,见《诗品 人间词话》,哈尔滨出版社 2007 年版,第 3 页。

形花纹的老板桌?也许是。那么这首诗的意旨就比较简单,无非是作者心生怜惜,捡来鹅卵石置于桌案之上供作佛陀。这样理解,自然也体现出作者的向善、惜才之"志"。但我们似乎还可以这样来理解:本是一块"非材"之石,由于上了"龙案"而成了"弥陀",这就有了对用人机制的反思。当然,这极有可能是我的异想天开,但好诗的张力正在如此。作者或许未做此想,读者和评者未必不能作此想。

三、缘政之词,要眇宜修

长期以来,人们对"诗缘情""诗言志"的含义及其相互之间的关系抱有极大兴趣,而对另一个诗学命题"诗缘政"则很少牵涉,更没有深入研究。

孔颖达在《毛诗正义》中多次提出"诗缘政"这一富有时代烙印的诗学命题。如:

"风、雅之诗,缘政而作,政既不同,诗亦异体,故《七月》之篇备有风、雅、颂。"

"诗者缘政而作,风、雅系政之广狭,故王爵虽尊,犹以政狭入风。此风、雅之作,本自有体,而云贬之谓风者,言当为作雅,犹贬之而作风,非谓采得其诗乃贬之也。"

"自然大雅为天子之乐可知。若然,小雅之为天子之政,所以诸侯得用之者,以诗本缘政而作,臣无庆赏威刑之政,故不得作诗。而诗为乐章,善恶所以为劝诫,尤美者可以为典法,故虽无诗者,今得而用之,所以风化天下。"

今天,我们对这个理论主张开始有所意识,则是某种程度上对"家国情怀"的一种回归。

问题是,"缘政"诗词怎样才算好呢?不少人,甚至一些德高望重的名家因为把握不当,最终作品沦为口号式概念式的合律合谱的文字组合而已。

程林兄写有不少"缘政"诗词,尤其是词作占有更大的比重。我们不妨先直接看几首词例:

忆秦娥·纪念长征胜利 80 周年感赋

东风烈,神州践梦春潮热。春潮热,舟翔玉宇,艇游龙阙。头颅血,河山洒遍多豪杰。多豪杰,征途重越,凯歌高捷。

海棠春·中国共产党成立九十六周年纪念

长街灯火飞天镜,七月一,党旗辉映。万里起笙歌,快意山河咏。

为民大计初心定,日月朗,神龙已醒。一啸势惊天,玉宇塞尘净。

沁园春·抗战胜利70周年阅兵

三维俱张,庄肃凛然,正气轩昂。看雄鹰展翅,蛟龙戏浪;神舟环宇,铁马由缰。今日中华,鹏程万里,亿万人民创业忙。兴怀事,叹五湖墨浪,四海平章。

旧时积弱多疮,盗匪貉,惺惺为贼狭。忆辛南条约,伪清割地;卢沟起衅,鬼影豺狼。血雨腥风,无辜被戮,罪恶累累债未偿。阅兵日,问安危何系,践梦图强。

(注:辛南条约:指《辛丑条约》《南京条约》。)

这几首词如果要以风格来划分,无疑属于"豪放派"。无论是《忆秦娥·纪念长征胜利80周年感赋》的慷慨激越,还是《海棠春·中国共产党成立九十六周年纪念》的豪迈雄浑,抑或是《沁园春·抗战胜利70周年阅兵》的气吞河岳,都表现出对"时政"的深度关切。这几首词均章法有度,气韵流畅。这类题材自然也适合用"豪放"风格来表现,真要你写成婉约花间调,恐怕很难。然而,是否气韵上必须"一豪到底",语言上必然瘦削兀立呢?

我们知道,词本以婉约为正,豪放为奇。但自苏东坡一曲"大江东去"之后,豪放风大有压倒婉约调之势。其实,坡翁并非只会写所谓"豪放"一格。像《八声甘州·有晴风万里卷潮来》《水调歌头·明月几时有》《水龙吟·似花还似非花》等都兼有了诗之直接感发与词之要眇宜修的两种特美。即便是纯粹的豪放词,他也写得文采斐然,峻峭多姿。而辛弃疾则善于在一首词中豪婉兼具,允称词坛高手。王国维在《人间词话》里,为词的性质下了这样几句定义:"词之为体,要眇宜修,能言诗之所不能言,而不能尽言诗之所能言。诗之境阔,词之言长。"要眇宜修,指向是一种含蓄的美,一种从内在到外在的"柔美",出自《楚辞·九歌·湘君》。以此观之,程林兄的词作或可在含蓄蕴藉方面进一步"上下求索",以期再上层楼,就像绝句那样找到精彩的最佳呈现方式。

行文至此,本可煞笔,但我想再补充一句:程林兄的诗词,用不同的视角能分析出不同的特色,而我选的视角完全是主观的,甚至是生硬的,因而诗词的许多优秀特质可能会被我所选的看似宏大实乃逼仄的视角所屏蔽,那就留待其他评者来开掘吧!

2018 年 7 月 14 日于文泉书苑

欲将旧韵换新颜

——品读黄春元先生诗词

诗词写好不易，能写出自家面目更是难上加难。眼下"老干风"劲吹，"格律溜"蔓延，不忍卒读。2014年我得到黄春元先生送我的一本《铜人七律自选集》，读完之后，顿觉品格卓异，一扫颓风。这次读了先生发来的若干诗作，更巩固并加深了我最初的印象。

旧体诗历来讲求雅正，尽管代有新变，仍旧不离其宗。近代以来，新变步伐加大，但无论是胡适的白话尝试，还是黄遵宪的诗界革命，都很难称得上成功。直到聂绀弩诗的横空出世，自成一家，此"变"才算得到相对的公认。

我读黄先生的诗，就感觉不乏聂诗的风骨。说黄先生的诗有些"聂味"，我觉得主要表现为两方面。

一、表面上的打油与骨子里的深沉

打油一词通常含有贬义，其实"油"打得好，就是诗的所谓"谐趣"。胡适曾说："陶潜和杜甫都是有诙谐风趣的人，诉说穷苦都不肯抛弃这一点风趣。因为他们有这一点说笑话做打油诗的风趣，故虽在穷饿之中而不至于发狂，也不至于堕落。"①（聂绀弩也是打油高手，在诙谐滑稽的背后，是他在逆境中的不屈人格。黄春元先生的诗亦颇多貌似打油处。在《汤池浴》中，他用这样的句子作结："贵妃曾共浴，太白枉凝眸。"前后两句对照，写出了文人的落拓与不甘。在《爱巢——访程林新居》诗中，起笔就是"纵横不过几平方，半壁江山沙发床"，"纵横"搭配"几平方"，"半壁江山"搭配"沙发床"，无理而妙，表达了先生对友人处境的同情，读来令人唏嘘。《石门峰感吟》一诗，在颈联吟出"冷炙生前等遗弃，铭文死后竞阿谀"之后，尾联转结为"手机电视皆能供，恨未联通服务区"。诗于谐趣中蕴含着很浓的讽刺意味。

---

① 见《胡适文集》第8卷，北京大学出版社1998年版，第319页。

我们再完整地看看黄先生的《体检报告》一诗：

> 胰岛无能尿带糖，偏高血压待商量。
>
> 瓷牙难掩唇间缺，铁胆犹存腹内光。
>
> 骨密堪登西蜀道，眼花好望北冰洋。
>
> 问将何物还家国，一颗丹心共热肠。

先生面对各种疾病鉴定结论的罗列，没有表现出丝毫的怨天尤人，而是在诗的尾联幽默地写出"问将何物还家国，一颗丹心共热肠"这样笑中带泪的句子。这显然脱化自聂诗的"狂言在口终羞说，以此微红献国家"（见《削土豆伤手》）。用革命流行语来评价就是，两者的诗句都充满了"革命乐观主义精神"。如果不嫌牵强，再往深处挖一挖，也未必不是对某些体制机制弊端的隐晦反讽或控诉。

当然，黄先生的诗也并非首首都去追求"微言大义"，有些就是单纯抒写生活情趣的。如《补牙》：

> 前村弹洞口难遮，断壁残垣几颗牙。
>
> 灯影探时僧叩磬，泉声响处佛磨砂。
>
> 尼姑腰细须隆腹，和尚头光要戴枷。
>
> 立项登时先付款，千金一掷汗如麻。

诗的前六句都运用精妙的比喻，读来让人忍俊不禁。补牙本是件很痛苦的事，但诗人写来却妙趣横生，尤其是颔联："灯影探时僧叩磬，泉声响处佛磨砂"，如果不是亲身经历是无法有此特殊感受的；而有了此特殊感受，又不是一般人的笔力能够表达得如此生动且出人意料的。

像这样重在描写生活趣味的诗不在少数。如《某婚礼纪实》中"亲将一口风流印，留下双唇纪念章"，流水对用得自然天成，形象贴切。还有《粽子》诗中的"痴心未改迷三角，红线相牵坠一行"，想象奇特，却又合情合理。

生活本多沉重，诗言志、诗缘政自是诗人的理想，而诗缘情则更应该是诗人的初心。前二者靠思力而为，弄不好难免做作；而后者纯然出乎性情，任意挥洒，尤滋肺腑，直搔痒处。

黄先生早已是闻名遐迩的诗人，但为人却特别谦逊随和。在我写这篇文章时，一再希望我不要只顾溢美，而要帮他找些实实在在的问题。这让我诚惶诚恐。思索良久，终觉得对于一个真诚坦荡的人，我努力去挑点毛病，或许是对他最大的尊重。基于此,我就不避浅陋,拿着放大镜从鸡蛋里随意挑些骨头了。

就我的认识而言,好的意境都会注重虚实相生,"打油诗"恐怕就更是如此了。欲以谐趣出彩,多数情况下当倚重"比兴"手法,因为用好赋笔不是一件容易的事,弄不好会造成"质实"的毛病。黄先生的《老蚕》一诗中的两联对仗就比兴得十分到位:"古书何必埋头啃,真理从来信口编。踏入温馨黑甜梦,咬开清白艳阳天。"特别是颔联依旧保持了先生惯有的讽刺风味。而《深圳食热干面》中的"滚汤下面嗟真爽,陈醋粘唇叹好鲜";《与儿乘凉》中的"笑料多缘微信发,谈资每自手机搜",都写得过实,因而也就流失了诗意的韵味。

二、杂文风格与散文句法

严肃的打油诗可以与杂文是血亲。诗评家常说聂体诗是"杂文的诗"或"诗(体)的杂文"。聂诗这种杂文内核追问到底,并非其首创,而是承自鲁迅一脉并发挥到极致,终是青出于蓝而胜于蓝。钱钟书在《谈艺录》中论及以文为诗时说:"诗文相乱云云,尤皮相之谈。……向所谓不入文之事物,今则取为文科;向所谓不雅之字句,今则组织而斐然成章。谓为诗文境域之扩充,可也;谓为不入诗文名物之侵入,亦可也。"黄先生诗之题材不受限制,涉及洗浴、搬家、坐火车、体检,等等,可谓杂;入诗之词语浑无禁忌,囊括"短裤头""解放区""小皮球""尿带糖",等等,亦是杂。"杂"中含讽,是杂文的内核。这一点在前面已经提及,不再赘言。而以文为诗的特点还体现在"内散外律"的散文句法上。比如,一些新词新语,甚至是俗语入诗,需要有高超的驾驭手段,否则会显得突兀而破坏诗的整体意蕴。聂诗善于用对仗联句缚住那些"出格"的东西,使之为我所用,并于用中出奇制胜。在这方面,黄先生也是深得圭臬的。我们不妨直接欣赏他的《坐火车》一诗:

> 古稀犹似小皮球,一脚凌空挂两头。
> 狂饮三杯非醉驾,酣然一梦是盲流。
> 邻床莽汉吾难忍,隔壁佳人尔好逑。
> 最是街灯无赖甚,偷窥卧榻不知羞。

诗中"狂饮三杯非醉驾,酣然一梦是盲流"的联句,"醉驾"与"盲流"都是新词,却因为对仗的工巧而显得甚为自然。

再比如,诗的七字句多用"二二三"节奏,但有时为了使句读有所变化,诗人故意用"三一三"或者"一三三"节奏。当然这样的变化又必须在快读中归并为"四三"句读，否则就失范了。黄先生亦深得其道，他的很多诗句就是在坚持"底线"的前提下力求变化。如《书癖者》：

> 不嗜烟茶不贪酒，偏将血汗换书归。
>
> 伤财劳命妻儿怨，似醉如痴朋友讥。
>
> 至会意时独感慨，于忘神处自嘘唏。
>
> 多年陋习终难改，抱影寒斋向落晖。

诗中颈联"至会意时独感慨，于忘神处自嘘唏"用的是"三一三"节奏，对仗非常工整，句意十分流畅。

再看《石壕吏读后》：

> 荒村十处九皆空，冷雨孤灯一杜翁。
>
> 血泪千家惊眼底，烽烟万里恸心中。
>
> 笔随家国同歌哭，诗与人民共始终。
>
> 今古骚人音律细，不关疾苦岂为工。

颈联"笔随家国同歌哭，诗与人民共始终"用的则是"一三三"节奏。这些节奏的变化，给人以新奇感，自然也就增加了诗的张力。

当然，聂诗的散文句法还体现在虚字巧用、俗字雅用、化用成句以及直接借句等方面，黄先生不妨以"拿来主义"丰富自己。

不过，学习聂绀弩也并非都要亦步亦趋。聂诗中有些句子是比较粗鲁的，滕伟明先生将其视作"险句"，如以西洋字母入诗，聂翁《有赠》有句云："龄官戏串牢坑里，阿 Q 人生天地间。"这种做法不宜提倡，因为平仄只是针对汉字读音而言的。一定要用，可以沿着鲁迅先生考证"阿 Q"名字到底应该怎么写的思路，将"阿 Q"翻译成"阿贵"或"阿桂"后再入诗。黄先生的《元日戏言》也有如此用法，而且还引入了阿拉伯数字：

> 昨夜昏昏早早眠，酣然一梦又新年。
>
> 心高气盛鸡犹妒，志大才疏狗不怜。
>
> 老朽穷来包袯瘝，阿 Q 抢得巴掌圆。
>
> 横看 8 字双零蛋，十载吟诗未赚钱。

聂翁将字母 Q 拟音为仄，而黄先生则拟音为平。这也从侧面说明字母直接入诗难免失之严谨。而在诗句中引入数字，其实也是聂绀弩的大胆尝试。他在

《九日戏柬逖冬》中的颈联写道:"嵩衡泰华皆 0 等,庭户轩窗且 Q 豪。"个人认为数字直接入诗,与字母直接入诗一样存在弊端。我还是希望保持传统诗词中古汉语的相对纯洁性。

写完对黄先生诗作的品评,文章就应该结束了。但黄先生发来的还有词作,也希望我能一并写点读后的文字。按照行文逻辑,本文应该结构为两部分:一部分评诗,一部分品词,但那样就需要增加许多看似符合逻辑,实际上是空洞无物的过渡性语言。我不想按常规办事,所以就直接加上如下的第三部分内容。

三、摇曳多姿与尚未入定的词风

聂绀弩毕生主攻七律,黄先生的触角近来则伸向词域。其《鹧鸪天·寄诗友》是这样写的:

说起铜人每汗颜,遮羞醉酒半山前。一城药店皆盈利,三镇骚家不值钱。　　心未死,脑将残。近来愈觉作诗难。无须拘泥黄粱梦,留点工夫同病怜。

这首词本就与七律体格相近,先生的写法也几近于七律,与词体相距略远。当然,以诗笔填词也没有什么不好。按叶嘉莹先生的说法,以诗笔填词,苏轼是其代表。只不过苏轼的一曲"大江东去",笔力豪放,如天风海涛之状夺人心魄,历代步其后尘者往往力有不逮。唯其如此,我觉得黄先生倒不如直接写成七律,充分发挥其优势,也许效果更佳。

当然,黄先生的词,并非都用诗笔去填,而是有着炫目的多样性。

我们看他的《临江仙·红菜薹》:

妩媚非关衣紫,风骚不在腰纤。一生冤孽却因甜。开花终妄想,结籽更空谈。湖北半山鲜嫩,世间多少贪馋。佐之腊肉共眈眈。不知饕餮士,几个识羞惭。

词中"妩媚非关衣紫,风骚不在腰纤"句,是很正统的词味;而"佐之腊肉共眈眈"又转入了诗的"油"味,整体就显得并不那么和谐。

再看他的《清平乐·黄鹤楼笔会命赋菊花时恰逢十八大开幕》:

飞云且驻,来共骚人聚。同到谪仙留笔处,改写崔郎诗句。　　挥毫蘸了秋阳,抹成三镇金黄。更透冲天香阵,风流不让虞唐。

这种涉及时政的词很是难写,黄先生写得如此窈窕风流,说明他对词的"要眇宜修"的体性是把握自如的。词中"挥毫蘸了秋阳,抹成三镇金黄"纯然是新诗的路数,而"更透冲天香阵,风流不让虞唐"又回归了传统。将新诗、旧诗风格融合一体,也算是一种探索吧。

黄先生在《虞美人·临别妻语》中描写道:"打针吃药休忘记,切莫生闲气。健康身体事当先,絮絮叨叨字字暖心田。"这就多少带有武锡学式的白话调子。而在《风入松·散步》中,黄先生如此遣词造句:"满街灯影幻红蓝,醉了一家三。晚风摇曳花千树,光斑灿、味也香甜。闲步今宵深圳,梦游昨日江南。"显然,这样的表达很有些类似于李子式的白话风格。

相对于诗,黄先生的词总体上还是比较传统的,尽管词的语言风格比较多样,但那不过是语言之"文"与"白"的选取,所表达的内容和所使用的词语并没有诗那般"叛逆"。以文为词,前人少有探索,是否是个禁区,无法断定,在此也就不做探讨了。

写到最后才确定文章的题目为"欲将旧韵换新颜",这其实是套用毛泽东主席的诗句"敢教日月换新天",但在是选用"敢",还是用"试"抑或用"誓"字时,我还是颇费斟酌的,最后选定用"欲"字。因为"欲"字不仅代表一种追求,也代表"路漫漫其修远兮"的境界。

基于以上分析,我有一点小小建议:黄先生还可继续以七律为重点,继承聂诗风骨,甚至将其发扬光大,就像聂绀弩之于鲁迅一般。果如是,至矣哉!

（原载《心潮诗词》2019 年第 2 期）

写出有设计感的诗词

——我读孙文《帘月集》

孙文是一位小有名气的旗袍设计师,还注册了自己的商标品牌。据她自己讲,学诗主要是为了提升美学修养,从而提高设计水平,最终希望能反哺自己的设计事业。这看似目的性很强,但这个目的却是指向审美的,这就变得高雅了。

她一两年前就打算出诗集,嘱我写篇序文。后来她忙我也忙,事情就一直搁下来了。前些天,她突然来电说,出版社联系好了,就等我的序文了。我这才想起来还未着笔。于是便紧急启动思考机制,看看从什么角度切入为好。提到设计师,我一下子便想到了"设计感"。我这人喜欢胡乱联想,边翻阅她的诗词,边寻找有无设计感。人就怕先入为主,因为提前动了念头,读着读着竟然还真有那么点意思。是否经得起推敲,我想并不那么重要。因为这不是一篇严格意义上的学术论文,随心率意地写,也许还会有意外的收获。孙文诗词的设计感何在呢? 我将其归纳为四个方面。下面就一一道来:

一是合法度但不死板。旗袍成型首先需要设计思路,然后画出图纸,甚至还会描绘出效果图;此后还要进行剪裁和飞针走线。诗词从构思到章法,再到遣词造句,以至最后的修改润色,同样是一个设计过程。好的设计师和好的诗人一样,既要依据法度又要超越法度,做到活而不乱、活而有据。我们来看她的一首七律:

丁酉元月夜

遥望千门灯结彩,游鱼舞凤满园春。

银花欲沸云边水,金鼓频揪梦里人。

塑雪顽童拼巧妙,驭舟老叟抖精神。

倾心最是上元月,点点清辉洗俗尘。

首联就题直起,又涵盖全篇。颔联以描摹声色来渲染气氛,颈联以老少对照来展现花灯的丰富,尾联推开一步转合,意味深长。前人提到过,律诗如果过分讲究章法,结果易生板滞之感。她的这首诗我们读起来感觉灵动有致,大概与她注重色彩的丰富有序搭配，以及声色、老少对照手法的运用有关。这应该就是一种设计感吧！诗而外，她的词也体现出设计的匠心。

定风波·旗袍试穿

阆苑丹花妩媚添，瑶台月下柳纤纤。袅袅纤腰盈一握，唉哟，为谁玉立为谁弯？　　欲把柔情盘作扣。疏秀，轻针细线到君前。浮过暗香罗袖雅。咿呀，相思遗落在江南。

词的上阕描绘出旗袍女的绰约风姿，下阕回写旗袍的精心制作过程。上下阕分工明显，章法有度。而整首词的描写则造句生动，句与句之间既跳跃灵动又衔接紧密，读来如临现场，妙绝风华。

二是立新意但不险怪。眼下，有无创新几乎成了评价诗词高下的标准，虽不能说是唯一，却也是至关重要的。作为设计师的孙文，无疑也不例外。但深谙旗袍设计的她，知道求新不当或者过头，就会成为奇装异服。诗词则既要求新，又不能走险怪之路。她有首写坐飞机感受的绝句，可以拿来佐证我的看法。

机上感怀

青霄直上着凡身，红日蓝天变近邻。

不是舷窗强隔断，扯方云彩作纱巾。

诗的三四句绝对称得上想象特出，可谓出新之笔。再反观诗的一二句，铺垫自然，特别是第二句"承"得相当给力，为第三句的"转"做足了铺垫功夫。另外，云彩与纱巾，二者意象有着很高的相似性，但又在大小方面难以匹配，诗人运用"扯"字与"方"字的巧妙组合，把"比"的手法推向极致。全诗虽然想象新奇，却毫无生涩怪诞之相。她的一首五绝也值得一提：

诗友聚会江城看望不言师兼赏樱花未去吟怀

久慕蓬莱境，花簪天尽头。

此番山水隔，遣梦与同游。

说这首诗有新意，估计很多人不会认可。看了又看，意象、词句和章法都是传统的，新在哪里呢？别急！诗的一二句浓墨重彩地勾勒出想去而未能如愿之地的幽美意境，用力几近"洪荒"了，这样就给三四句的转合收束带来了困难。接着写可惜吧，无疑是老套的；转写期待来年相约吧，似乎也是熟门熟路。这时作者运用自己的想象，"遣梦与同游"，把一种遗憾之情写成了快乐分享。看似轻轻运笔，却于平淡中暗含机巧。

三是工画面但不赘笔。无疑，设计师是最讲画面感的。前面所列举的诗词，无一不画面饱满精工。这里单独拿出来说，是想强调画面的设计讲究详略得当，该工笔时纤毫毕现，该简练时惜墨如金。这种画面感处理得十分和谐的例子，真的可以说俯拾即是。我们分析两首词吧：

踏莎行·丁酉与秋扇师、不言师、无忌先生及梅卿女史结伴访燕子楼分韵得"易"字兼怀关盼盼

念念难消，行行不易，今朝终至相思地。楼前翠柳拂湖堤，丝丝缀满珍珠泪。

袅袅吟怀，离离龁齿，秋心解得谁堪寄？多情最是雁归来，断翎弱羽犹人字。

这首出游吊古的词，将复杂的心理起伏结合一些具体意象连缀成清幽的意境。全词亦如广角和特写镜头交替运用，将作者婉转幽曲的心绪表达得绮丽多姿。又如：

减字木兰花·雪乡

仙乡微醉，几许霜枝云上坠。叠作琼花，印出双双小脚丫。

心思何处，梦到罗浮听笛去，夜色阑珊，一袖梅花不忍眠。

小令虽短，却把雪乡赏雪的情境写得妩媚轻灵却又曲折有致。每一句几乎就是一幅小小的简笔画，精心组合在一起，那种快意与深情便跃然纸上，读来令人怦然心动。

四是有亮点但不炫耀。作画有画龙点睛之说，写诗有诗眼之称。无非都是说"亮点"的重要性。但我觉得，亮点的布局既不能过多，亦不能炫目甚至刺眼，否则就会显得雕饰或无比做作。还是举例来讲吧：

兰　梦

轩窗晓月画楼新，缕缕檀香惜未匀。

枕上半边蝴蝶梦，明朝送与惜花人。

这首七绝主题是"兰"，确切点说应该是"蝴蝶兰"。可能是为了避题的需要，作者把题目减写作"兰"。诗的亮点应为"蝴蝶梦"，既明指蝴蝶兰，又暗合庄周梦蝶之典。诗人没有刻意去凸显这个亮点，而是让其光华乍露还遮，尽显无限风流蕴藉。

驸马茶（咏伉俪情深）

合采云中叶，天香不染尘。

松烟煎玉雪，潮涨一壶春。

此诗的亮点当在结句,字在"潮"和"春",明面上切合"茶",暗地里契合"伉俪情深",可谓借物起兴,浑然天成,细细品嚼,回味无穷。

以上归纳的几条,也许挂一漏万,但若能管中窥豹,也算我没有白白忙活。强以为序吧!

2019 年 4 月 20 日于武昌桂子山

冰涵梦淡合为诗

——周路平诗词赋印象

　　路平兄网名"冰涵梦淡"，涵蕴其志其趣也。他是一个博览群书又创作丰赡的文人，不仅诗词流光溢彩，辞赋也可点可圈。最近欲推出诗词赋文合集，邀我作序，令我十分为难。我还是有些自知之明的。就我这资历、这水平，起码还得历练十年以上，看看能否 hold 住。但我又架不住他再三的"劝进"，就像劝酒一般，只要理由表达得足够充足，最终总是难以拒绝的。我老家英山和路平兄居家之地罗田，仅一山之隔，真正是一衣带水，属于狭义范畴的同乡。且从我几次跟他接触来看，他面相忠厚，举止文雅，属于可交之人。他也算涉足官场，却醉心于诗赋，人生追求，冰涵梦淡，自得其乐。这也是一个"真诗人"才能具备的涵养，或者说，只有具备了这样的涵养才能成为一个"真诗人"。面对这样的一个路平兄，若再推脱就不免失之矫情了。

　　尽管路平兄没有要求我怎么写，但我自度他不是让我专门"点赞"的，因为对他诗词的好评不能说如潮，至少也如溪之涓涓不竭。我这人偏好以己度人，更何况是可交的朋友！我找别人写序之类，都喜欢别人对我的作品进行一个总体观照，特别是能指出不足（现在都改成说"努力方向"了）就更让我感激受用。

　　路平兄的诗以七绝和七律居多，这大概也是他的长项。在我的认知中，七绝有两类写法比较受人待见。一是充满"趣味"的，这里面包括景趣、事趣、情趣、理趣、谐趣等，得其一趣便足可观。二是走王渔洋的"神韵"路数，徐晋如总结为"绝句要诗意不绝，渔洋的处理方法就是结句大都宕开一笔，仅就情景加以渲染勾勒，绝不直接说出主题，而把联想的空间留给读者。即所谓神韵之法。"之所以如此，大概是因为这两种技法能很好地一展绝句之"灵动"本性。路平兄这两种路数都在走。前者如《京中获任笔会改诗小组组长》："秋日京郊起坫坛，何期数日作吟官。私心不道乌纱小，管领生花笔若干。"带有谐趣。再如《游杭州宋城》："宋代衣冠旧帝城，江南犹记小朝庭。千秋一卷精忠册，都是偏安劫后生。"充满理趣。后者如《旅夜》："苍茫客步滞黄昏，冻里云山俱闭门。寂寂青檐风霭里，一襟寒月近河村。"以景转结，蕴藉无限。再如《旅途写意》："驱驰一路向长江,风物无端拥入窗。欲洒诗心约云意,东来击楫下潇湘。"以情附景,余韵悠扬。

路平兄的不少七律沉稳厚重,不以佳句取胜,而是在整体的架构与叙说中凸显家国情怀。这也是七律以其"稳重"区别于七绝"灵动"的地方。

当然,他的七律也不缺吸睛佳句。比如《春思》:

> 昨日春风渡玉关,参差花路向青山。
> 村醪野老三觥醉,梅影孤峰几树闲。
> 独忆朦胧宵露冷,双吟皎洁月眉弯。
> 思藏蕉叶经年后,绿意如诗未可删。

尾联"思藏蕉叶经年后,绿意如诗未可删",构成十字格,比兴巧妙而贴切。再如《城郊夜步》:

> 杯中逸兴晚难收,不寄屏间寄路头。
> 蛙鼓敲圆云外月,霓红烁亮水中楼。
> 亭孤幽隔尘嚣远,露重凉催梦意稠。
> 何处绿窗飞笛韵,一天星语夜私留。

颔联对仗十分工整,且比喻不落俗套。

总体来看,路平兄的七律与七绝自相比较,七律的出彩度似乎略胜七绝。他的七绝还有不少是用七律的笔法在经营,这是一条更加艰辛的跋涉之旅。

路平兄的古风篇幅不多,但仍有突出表现者。比如《黄山九龙瀑歌》:

> 奇峰见说黄山谷,出奇更在九龙瀑。溪壑幽生九龙潭,潭上腾龙倾白玉。罗汉遥扣香炉间,云谷寺中飘云烟。奋翼盘绕倏破雾,遇洪崩摧声震天。日影斑驳见霓彩,青峰轻舞翠峦间。九龙归一风云黯,夭矫而下复冉冉。乱石恒磨皆玲珑,泠然四顾矗天堑。石壁千仞势连云,倾珠泻玉九龙吟。一龙飞下碧潭底,九龙次第入潭深。潭瀑分明昭日月,久旱游龙仍不歇。翠玉妆成碧水池,池下幽幽不可知。击石敲醒龙王梦,龙王妙手化神奇。金星银光波点黛,碧池倏忽挥五彩。龙鳞幻作牡丹花,金蛇狂舞风流态。风吟绿竹问龙灵,飞龙何在此山生?千流撞击花岗石,溪化龙飞出岩层。漂砾冰川藏谷隅,潭畔参差冰白横。万象萦胸缘俯仰,天都罗汉在天上。地气蒸腾百鸟鸣,莫名山花潜送爽。

这构思不亚于东坡的《百步洪》,前半一气贯注,后半曲折多姿。

对于词,路平兄似乎没有像经营诗那么卖力。个人觉得他的小令比较传统和纯粹一些。比如《踏莎行·忆别》：

> 别鸟惊心，流云返顾，声声笛唤离人去。蒙蒙雾撒万千丝，终难牵系梁园住。眉锁春山，思缠碧树，菱花空忆东湖雨。楼头借月做飞舟，今宵暗渡过南浦。

这首令词写的是传统的送别主题，笔调也保留了花间词的纯正风味。

再看《清平乐·有赠》：

> 樱唇虽小，每吐莺声好。诗酒风流都说到，赏听天天惯了。谁知昨日曾经，如从雨雪穿行。软语忽成雷动，轰轰直到天明。

这首小令除了沿用婉约笔调之外，尾结来一句"软语忽成雷动，轰轰直到天明"，犹如异峰突起，但却并不与整体风格违和。这说明路平兄具有极强的文字和语感把控力。

路平兄的长调在集子中收录甚少，他偏爱用《满江红》《念奴娇》《水调歌头》《沁园春》一类的词牌来抒发豪情壮彩。例如《水调歌头·天堂湖遣兴》：

> 佳丽牵心久，追梦到天堂。身如玉鉴泂美，秀逸水天光。方展风鬟绿鬓，又弄栖烟幻沚，对影照霞裳。摇我扁舟处，鸥鹭竞翱翔。豁襟抱，涵古韵，焕新妆。风华荟蔚吴楚，踵接大江长。凝睇似回古国，迎客可凭渊薮，结对有鸳鸯。人物皆湖侣，谁个是檀郎？

这首词的叙写注意到了在豪放的主调中勾兑适度的婉约元素，很有些稼轩风貌。

路平兄对山水田园题材的把握显见得心应手，落笔每见珠玑；而对时政题材的掌控则要拘谨一些。无论是七律《精准扶贫咏叹调七首》，还是七绝《十九大召开时赴京参加〈中华诗词〉金秋笔会》，抑或长调《满江红·我县脱贫通过国家公示即将"摘帽"》均还留有概念类的印记。

这本《清涵集》中还有不少赋文。路平兄以其深厚的古文功底和对辞赋的正确认知，令最难写的赋文风生水起。他认为，要写辞赋必须首先继承好古代辞赋的体式、华彩、行文风格、人文精神等，以铺采摛文之笔来描写当代事物并体现当代思想风貌，简言之就是旧瓶装新酒。比如他的《梅花赋》就是在遵循旧的体式基础上，对表现手法进行了大胆的探索创新，在主题集中、骈句工美的前提下，不是去一力铺叙，而是塑造了四个爱梅人为梅而聚，并先后以各自擅长的方式摘挼梅花特色，从而为其文质注入了浪漫色彩；同时还设计了以对话形式推进全文,以形象之笔描摹出绘画、弹琴、修剪、作歌诵唱等各种颂梅形态、场景和氛围。可以说,《梅花赋》有别于古今既有辞赋之写法,足当独开生面之誉。另外,《临海王士琦赋》中对战斗场景的描写也别具一格,让人如临其境。这种描写在古今辞赋中亦不多见,试摘录如下:

> 击啸三通,劲响马援之鼓;誓捐七尺,复生祖狄之英。时倭军势恶,将士心惊。士琦振臂呼曰:"强敌在前,有进死,无退生!"继而察敌势,明地形。诱之以丛菁蔽日,伏之以山岗丘陵。夺曳桥断其道,纵烈火焚其营。驱电扫风驰,尽溃倭夷之旅;遣龙蟠虎突,悉收朝鲜之城。由是烝民竭蹶而趋,齐欢涂炭之时脱;文吏涕零而感,多颂兵燹之烟平。

对于辞赋,路平兄可谓是"守正容变"的成功践行者,比之当下很多所谓的辞赋作者,包括一些自称辞赋家的人,以为只要会对仗就会写辞赋,真是硬生生地给予了莫大嘲讽。

拉拉杂杂地闲扯一席,希望对路平兄没有带去"负能量"。不当之处还请海涵,至少也请"冰涵"吧。是为序。

2020 年 6 月 6 日于文泉书苑

破译辞赋密码　传授创作心法

——赵薇《赋学微义》[①]述评

最早在互联网上检索到赵薇(笔名凝樱子)这个名字,多少带点猎奇心理。一个七零后的女性,早年毕业于云南文山师范学院外语系,继而自费到四川中医药大学进修针灸与推拿,中途却因机缘巧合而入青城修道,最终还俗归梓于云南文山,潜心辞赋创作并于网上收徒授课,更立志以弘扬传统文化为终身皈依。这是一个在网络上被传为"女神"级的人物。及至经友人介绍系统地听她讲课之后,深感网络并非都是虚拟或虚妄。于是,我便心生无限敬意,并策划出版了这本《赋学微义》。

"在这爽朗的金秋里,净手洁案,置一盏香茗,捧一本好书,从那文雅简洁的娓娓描述中,感受一朵优美的紫薇(因图书封面呈淡雅而高贵的紫色调,故有此称吧——笔者注),从先秦的芽儿,到两汉的骨朵,再到唐宋时的盛开,赋的前世今生,穿越几千年,就这样花开般地,在指尖与心间,从《诗经》到《赋学微义》中绽放开来,尤其骈赋那一朵儿,从状元卷上摘下来,细品其璀璨之际,便已眼漾微澜。于是,心潮暗涌,满是感恩的情怀:无比感恩赵薇老师,将如此美好的阅读感受带给了兰语!"这是一位网名叫兰语的学生甫一拿到《赋学微义》,刚刚读完"赋体流变简论"这一章节后所写下的感言。

而我,则无法用上述"紫薇花"般的文字来写评论。因为我要重在"说理"而非抒情。书评的题目一看就是从图书封面上的"广告语"直接拿过来的。但我却"拿"得很是坦然。因为这是我在审稿与封面设计时冥思苦想的产物。当时考虑到《赋学微义》这个名称太过学理化,我得为其做个比较通俗的补注。下面的文字,便是围绕着这两句话来展开。

一、经典辞赋的密码有哪些?

经典辞赋,我们现在读来是那样宏富精深,文辞华贵。而要真正领会赋文

---

① 赵薇所著《赋学微义》一书由华中师范大学出版社 2014 年出版。

的思想内涵，必须对辞赋的一些密码进行破译。这些密码有宏观的入口，也有微观的锁钥。在这里，我把密码定位为"一眼看不出来"的所在。凡是轻而易举就能看透的，不能算作密码。

赋文之"隐脉"就是一个宏观的密码。

所谓"隐脉"是指文章的段落大抵清楚之后，就要为这些段落找到一个可以串联的主线。这个主线不是技法技巧，而是你的文脉所在，而这些文脉正隐藏在各个段落之中。这也是一篇文章除技法技巧之外最关键的部分，或者说是文章的灵魂所在。关于这个部分，在一些旧塾教育里强调极重，但实际指导与分析并不多。作者认为这部分应该是属于"教无可教"的部分。

一些旧塾针对隐脉传下来一篇理论性短文《隐脉篇》，但却没有什么详细注释，其含义主要靠自己来领悟。现将此篇短文抄录于下：

"天下之物，惟人一心；世间之文，在气一脉。物之无识，敷蛇珠而有灵；文之有分，抟龙象则可贵。辨其高下，舒以元和。扩以肌肤，发而骨血。表道出九天之上，隐机入大隧之中。天马腾空，岂无缰于指掌；晴虹照壁，何有卜于蓍龟。泰之在祥，势则于壮。潦水藏辙，焉无迹乎；灵台泛光，乃善谋也。取以浩浩，先其微微。将出而人神不知，欲拈则巧拙有度。乃此斯文之妙，可无说也哉。"

就"可无说也哉"来论，强调的是靠自己领会分析。有人曾把这篇短文解为做文章要引入兵法之谋，诸如奇正相辅，欲擒故纵等等理论。这么一说，似乎真有点神秘主义的味道。其实不然。接下来作者对此进行了解读：

"隐脉"的关键在于首先要有"脉"。这个脉，在落笔之前已经想好，然后再围绕这个脉选取素材，安排章节，然后通过层层相连，最后牵脉而出。甚至是这个文脉，早已充盈在点点滴滴之中。"至于隐的问题，是指不宜将文章的主脉暴露得太明显或者太早。要作隐兵、奇兵，但通篇的素材又必须围绕这个主脉，也就是所谓的似隐非隐，似显非显。"（《赋学微义》第138—139页）若说得浅显些，即作一篇城市赋时，若想将此赋定位在"祥瑞之城"上，那么使用的所有素材甚至是用词都要围绕这个"祥瑞"做功夫，但是"祥瑞"这两个字又不能直用太多。这就需要在素材上做取舍，在炼词上下功夫。无论是在安排这个城市的风景段、历史段或者是人物段落时，除了是用作对比或反衬的之外，都不能将那些不"祥瑞"的素材纳入。议论发感时，也是这个道理。更不能与"祥瑞"这个文脉发生冲突。而主脉之下如果还需要有副脉的话，那就要尽量使副脉与主脉不发生冲突，并且必须是紧密相关的。比如主脉是"祥瑞"之城，副脉就可以选作"文化之都""孝道之都""风光之地"，等等，这些都是与主脉有关联的内容。

再看微观方面的密码：马蹄律。

"马蹄律"的概念与应用，最早起源于骈文，后广泛应用于骈文、多分句长联及赋类隔句式的句脚字平仄安排。六朝以后，脚字平仄相对已是做骈文的规则之一，所以真正的马蹄规律，其开始的平仄都是相反的。比如起句的脚字为平，对句的脚字就必须是仄，然后相邻句的句脚字平仄与对句相同。比如"平、仄，仄、平。平、仄，仄、平"。如此往复。这就是清人说的"平顶平，仄顶仄"——即一骈之中的对句脚字如果是平，那么第二骈的出句脚字亦当为平。若是仄，第二骈的出句脚字也应是仄。

为什么称"马蹄律"呢？作者给予了有趣的考证：马行走之时，其特点是"斜对角迈蹄"。即如果左前蹄向前之时，其右后蹄亦随之向前，然后右前蹄向前，随之左后蹄向前。如此循环更替。其出蹄的先后次序即是——左前蹄、右后蹄，右前蹄、左后蹄。简单点说，即是"左前右后、右前左后"这样的一个规律。我们如果将左边定义为"平"声，右边定义为"仄"声，即成"平仄、仄平"。同理，如先以右前蹄迈出，即成"仄平、平仄"，这即是马蹄律的声律规则。（参见《赋学微义》第 81 页）作者还列举并分析了《滕王阁序》《讨武氏檄文》的用韵规则，指出其完全是遵循马蹄律规范来安排的。当然，由于赋属韵文，故马蹄律也并非作赋的刚性要求，仅合适在特定的句式中使用，比如"隔句"句式使用马蹄律，确会使文章的音韵更加错致和谐。

二、当代辞赋需要重新编码吗？

人云"盛世修赋"。当下学习赋文写作的人日渐增多，发表的赋文可谓琳琅满目，各级各类赋文比赛亦如火如荼。但真正了解"赋体流变"的人可谓凤毛麟角，因之呈现于笔端的赋体更是五花八门。

从先秦开始，大抵到宋代，赋体文学都没有停止过演变。明代学者徐师曾著有《文体明辩》，其中对赋的辨体认识有较为广泛的影响。他认为"故今分为四体：一曰古赋，二曰俳赋（骈赋），三曰文赋，四曰律赋"。徐师曾的赋体分辨论，立言于诸种赋体的本身特点与写作手法上，但其中的"古赋"一体，包含甚广。可涵盖至"先秦赋""骚体赋"与"汉代散体大赋"。也就是说，自六朝骈赋以前的一切赋体，皆可谓之"古赋"。参考同为明代学者吴讷所著的《文章辨体》来看，徐师曾古赋之说，亦借鉴于吴讷。这说明到了明代，赋体之分类辨体，已渐趋于共识。不过《文体明辩》之赋体分类，其中易至人不明之处在于，古赋中所涵盖的汉散体大赋与另外独辟为一体的"文赋"区分之上。两者之同异处相互参差,使初涉者不便明认。另从文体特点与表现手法来看,"骚赋"与"先秦赋"以及"汉代散体大赋"亦有明显区别。将其尽归于"古赋",便显得过于宽泛。

《赋学微义》的作者认为,综合来看,赋之诸体分类,较为合理的分类方式是在《文体明辩》的基础上,对"古赋"的定义再加以细分。立足点,还是应以文体的本身特点为分类依据,由此可分为"骚体赋""散体赋""骈赋""律赋""文体赋"五个大类。其中的"散体赋"也包括"先秦赋",但主要指向是"汉代大赋"。(参见《赋学微义》第3页)随之,作者又分别指出了各种赋体的特点以及彼此之间的联系与区别。比如,散体赋与文体赋——这两个赋体,常使人混淆。作者指出,两者的共同点是:两体皆常有散句,且份额不少;两体皆对音韵与骈俪无过多要求,但都夹杂了一些骈偶化的句式。此两点是人们容易混淆的重要原因。其实这两个赋体在这些方面有本质的不同。汉时出现的散体赋,是音律学没有形成规范的时期,讲究音韵细节本就无从谈起;体式上,散体赋是继承于先秦赋,并处于散文向骈体的过渡时期。而文体赋,则是故意不追求骈俪与音韵平仄,是在主观上故意向古文靠拢。也就是说,散体赋是处于衍变时期,而文体赋则是一种"返古"行为的产物。具体来说,散体赋时间上早于文体赋。这是第一个区别。再就是,散体赋实际上是指具体手法层面——即以铺陈宏大极尽夸张为特点,并且重视修辞炼字甚至喜用怪僻字。简而言之是追求"散铺宏大"与"华丽夸张"。而文体赋,则主要追求做文章要法契先秦两汉的散文,要求轻文辞骈俪而重文章的直抒,讲究文气畅达不涩。也就是说,散体赋是看重表现形式上的散铺与文辞精细险怪,而文体赋是直契古散文的畅明达意。或者说,文体赋是取法于古散文宏观层次上,而散体大赋是立足雕虫技法上。散体赋通常有泱泱大观而数千言的篇幅,而文体赋通常不过数百言或千余言。如此看来,散体赋与文体赋的差异是非常明显的。

析古而鉴今。那么当代赋文有些什么趋向呢?单从创作风格来看,便有如下数端:

一是传统风格。此类辞赋作者通常有相当的古文功底,对于辞赋理论上的认识,处于努力向古人靠拢的阶段,其中一部分人有较强的诗词功底。作品以骈赋为多,律赋亦不在少数,并有部分散体赋与文体赋。由于当代人的学养尚不能比肩古人,故当代的传统类辞赋作品,作品数量固然可观,但可圈可点者甚少。

二是改革创新风格。文学类的改革与创新,似乎是一个永恒的话题。当代辞赋文体的创新风格作品,在数量上要少于传统风格的作品。作品质量更可堪虞,大多属粗制滥造之类。本来应是传统的辞赋知识普及一定程度时,然后才应有创新之说。创新并不是空洞的理论先行,而应是作品积累到一定数量之后的一种归纳总结与提升。但当代有些辞赋作者在创新的步伐上似乎快了一些,许多人在尚未对传统辞赋有正确认识之前,就已开始"创新"之作。绝大部分的创新作者,对于古代的"小学"知识概莫能知,更谈不上在辞赋文体上的具体应用。而辞赋创新的理论部分,亦仅仅是停留在押不押韵,可否白话口语入赋等等初级的问题上;或是一些空泛的理论观点,诸如要用"本心"写赋之类。创新辞赋作者有相当一部分的人是从现代散文作者转向而来,在转向之初尚缺乏对传统文学的了解。故就作品而言,大多缺乏典雅文采,亦不乏如顺口溜与现代散文者。

三是"我体"风格。所谓"我体",即自我认为是辞赋就是辞赋的作品。"我体"辞赋作品最早出现于网络,早期数量巨大。大多数作者抱有一腔古典文学热情,但因缺乏古代文学的系统知识,常有人误认为凡文言文皆可称辞赋,亦有将骈文与辞赋相混淆的作者,如将王勃的骈文《滕王阁序》认为是辞赋的病例。这部分作者早期作品押韵多平仄不分,句式不论。押韵方式多依简单的现代汉语拼音方案处理,但随着传统辞赋知识的普及,此类现象有所改观。不少"我体"辞赋作者,已开始接近传统类型。

四是学院派风格。由于当今的高等院校中有不少学者研究辞赋文体,故亦有一定数量的辞赋作品问世。但院校的研究者,其研究范畴多集中于辞赋文体的历史渊源与风格流变上,对辞赋的创作细节涉及较少,且多以汉赋为主要研究对象。故借鉴此风格之下的作品多以汉大赋为主。风格上固然取其典雅,但亦不乏故为僻涩之作。

在上述分析的基础上,作者还预测了当代辞赋的走向。指出,大致上来说,当代辞赋已渐趋以骈赋为主。骈赋典雅华丽的风格,骈句抑扬顿挫的声律美,较符合辞赋复兴初期的需要。另一方面则指出,骈赋骈文若过度追求骈字与典故应用,则容易陷入"因骈废意"的地步,这样的结果是与做文章的本意相背驰的。因之归纳来讲,当代辞赋的发展方向,应坚持辞赋的骈对与声律应用紧密结合。在此两点的前提下,谋求适当的"骈散骚"结合发展,应是可取之道。(参见《赋学微义》第19页)

另外,从目前各类赋文比赛的要求来看,当代赋文写作也不得不适应当下的某些新变化。比如,今天的赋文征集方,无论何种体裁,无论是城市赋还是风景区的赋，多要求铺叙全面。这与古代做骈赋律赋时要善于抓重点多少有些不同。所以现在的赋文，其内容容量更大，其腹段的细分也更多。在这样的情况下，做好每个段落的"渡结"，以及段与段之间的衔接功夫，就显得更加重要，否则赋文便会像一盘散沙。因此，处理好继承与创新的关系，在当代辞赋创作中就显得尤为重要。

三、辞赋创作的"心法"何在？

心法，本乃佛教用语。指经典以外传授之法，以心相印证，故名。这里借指作者个人独特的心得。应该说，作者幼承家学，加之自己博览广搜，载于《赋学微义》中的"心法"比比皆是。这里只择要评述一二。

首先，关于赋的取典与化珠技巧。谈到写赋，自然离不开用典。目前一些人一说起文章用典，就会认为是在搬弄学问、掉书袋。作赋擅于用典故，在当今几乎已经是个略带一丝贬义的词汇了。其实，这是完全错误的。在一些旧塾之中，将用典分为"典故"与"典事"。"典故"是指用前代事证今朝之说，或讽或喻皆归此类。"典事"是指引当前事物，来说明自己的看法，或指物或指事。具体来说，在创作时，这个"典"字，除了其"经典"的本意之外，还具有"契""借""引"的动词含义。典故——就是典以旧事（故事），典事——就是典以今事。"典故事"与"典今事"结合起来，就会使赋文显得血肉丰满。

"珠"这个概念在一些旧塾中被分为两种，即骈珠（据典故而自行炼化成骈句的珠）与词珠。所谓词珠，是指通常以两个字为一词组的词汇。词珠的来源可取自任何书籍，要点是通常仅取两字为一词珠，然后分门别类。关键是要在阅读的岁月中不断积累，并且时时温习。这样才永远不会有词穷之日。否则我们在作赋到一定数量时，就难免会感到词穷而不断重复用词。

每一篇古赋文，里面都有可取之词珠。在取骈珠或词珠的过程中，我们不仅学到了历史典故知识，而且对于所取的珠，亦会有较深刻的印象。所以这与翻看查找词典类书籍不同。首先，词典类书籍包括太广，比如《分类字锦》之类，虽然也有分类，但是有相当部分是很常见的词汇，并不适合我们使用。而我们自己做的词珠，则是有选择性的，所选皆有所用，这是最大的区别。其次是词典类书籍，最常见者是词珠类的内容，大多缺乏骈珠。

骈珠是指在词珠的基础上组珠成为骈句。集典化珠的训练方法分为这样几个步骤：分类、析义、做珠（炼化）、寻较、做骈。接下来，作者列举了大量的例证，教会初学者如何取典与化珠。

其次，关于赋文句式的平衡算法。一篇赋文都是由或长或短的句子组成，如何让句子长短搭配、错落有致、气韵流畅呢？有鉴于骈赋、律赋是其他赋体的基础，我们就不妨先了解一下骈赋、律赋的句式。作者依据中唐出现的《赋谱》一书，将其分为壮句（三字）、紧句（四字）、长句（五至九字）、隔句（含分句）、漫句（即散句，不骈对）、发送（含提引、起寓），共计六个大类。这几种句式，应当根据表情达意与音韵和谐的需要，合理运用。怎样才算合理呢？作者指出，句式长短如果调配得当，会有极好的朗读效果。在这方面，古人做了一些探索。旧时一些教塾曾传下了一种"句式平衡算法"。虽然作者觉得颇有些死板，但又认为对于初学者来说，确有一定的帮助。句式调配的最好方法是根据句子的需要来安排——感情需要、描述需要等，到最后做到心笔如一。

我们先看看"句式平衡算法"的理论基础和具体内容。这个算法的理论基础顾及了汉人的蕴气呼吸长短习惯，以及汉文字的韵律特性。它认为，汉文字组合为词然后再组合为句，其长度应有个限度。若句子太长，人们在诵读时，会自然停顿而换气再读。太短，则有气不得尽之弊。需得句子的长短合适搭配之后，才能完美地表现汉文字组合之后的精妙。在这个认识上，"句式平衡算法"亦掺入了"阴阳平衡"的原理。即过长之后，则以短制之；过短之后，则以长助之。如此生生不息，循环不绝。

"句式平衡算法"有一个口诀："三后需四五，四五后七八。六言居中立，九字回头滑。一段一相拮，不可不详察。均分六七合，多去少则拔。"——此口诀下附带有一个批注：骈双句，十四言上下宜；细为两骈，粗为落段皆可。

我们先来分析与领会一下这段口诀的大意：

"三后需四五，四五后七八"——三字句式之后，就应该用四或五字的句式。四或五字的句式之后就应该用七八言的句子。

"六言居中立，九字回头滑"——六个字的句子是属于字数适中的句子。如果用了九字句，那接下来就应该用字数少的句式了，这就叫"回头滑"。

"一段一相拮，不可不详察。均分六七合，多去少则拔"——考量句子的长短是不是合适，要以一个段落为基数，就是写完一段再看。另外按批注的"细为两骈，粗为落段皆可"来分析，计数方式其实可分为粗细两种。粗的算法是按一个段落来计数。细的算法可以从两骈四句就开始计算。平均算下来，单句字数平均在六七字就比较合适（其实可适当放宽到单句平均五至八字皆是合理的长短范围）。如果按一骈两句计算，则在十二至十六言都在合适的范畴。

为了验证，作者选取了范仲淹的《用天下心为心赋》之选段进行了计算，其结果与句式平衡算法基本吻合。作者最后提示："当然，我们可以肯定的是，范仲淹作此赋时，肯定没有这样计算过。此句式平衡法，最早应出现在清代中末。以范文正公的功底，完全可以自然地与之契合。"（《赋学微义》第97页）

　　作为初学者，用此方法做调节句式长短的参考，还是可取的。具体写作时，可在写两骈之后计算一番，然后再根据"亏盈"来调整两骈的长度甚至是句式。这里说的"亏盈"，是指字多出来为"盈"，字少了为"亏"。待到熟练之后，一切皆不在话下了。

　　行文至此，我深感笔力不逮。《赋学微义》的内容如此丰富而又结构谨严，我却硬生生地从中抽出几个片段，欲取管中窥豹之效，令我担心的是，读者的印象也许是豹纹华美而豹却遁形。好在有整本书可供读者品味。咀嚼把玩之际，但愿紫薇花暗香盈怀，长与贯脉；辞赋苑新蕊吐焰，终作燎原。

（原载《中国图书评论》2015年第11期）

附录二　当代诗词创作选评

点评的关键在于抓住作品的"重点"(无论是亮点还是缺点),让读者一目了然,无需旁及过多枝叶。我不太赞成时下有些点评文章,一开始就把诗词的意思复述一遍,或叫用大白话来对诗句"翻译"一遍,这不仅浪费笔墨,还可能影响读者自己的判断。所以,我选取自己近些年应各类报刊、公众号之邀所作的点评文章,供学诗者参考。

闻　蝉
张明新

每自林边过,无端起暗愁。

蝉声应带色,唱白几多头。

段维点评　五绝追求言情真挚,少用兴托之语,文字朴质一点无妨,朴质处亦是动人处。这首五绝大约就是这般路数。一二句直赋其愁绪,三四句宛若补叙"暗愁"导致的结果,听到蝉声都感觉"带色",此即通感,其色理应染白人头,而诗人用的是"唱白几多头",炼就一个字,无理而妙矣。

过玉门关
胡文汉

无人烟处设重关,纵有春风不敢顽。

借问路边杨柳树,当年出塞有谁还。

段维点评　七言绝句风格最是多样。与五绝相比,七绝多讲兴托。但这首绝句纯然赋笔。一二句写的是眼前景、心中感,三四句由今返夕,且以设问出之,引人深长思索。从章法上分析,这种时空转换乃渔洋惯用手段;而今昔对比又是赋笔出彩之关键所在。所以这首小诗看似简单而实则不乏机巧。

重访徐州
熊东遨

万千胜景足观瞻,重就黄花不避嫌。

盖世气场怜楚霸,举贤风范仰陶谦。

窟中泥偶威犹作,湖底云龙影自潜。

未必江山真要捧,我来聊拾一薪添。

段维点评 尾联就成句翻新,闲闲中独见手段。

吊独上景阳冈之武松

向志平

偏不信邪过景阳,英雄借酒露刚肠。

缘何今世途多虎,只为都头早下岗。

段维点评 言在此而意在彼。虽然讽喻之意昭然,却因出自比兴并不显得
那么直露。我对押韵从不苛求,但"岗"字涉及正音问题,故提出来讨论。"岗"
字平水韵只有平声,但"下岗"一词却是当代产物,其中"岗"读上声。那么结句
的"岗"字该怎么读呢?

盘龙谷重阳雅集

杨逸明

翠岭秋来未转黄,人围曲水共流觞。

谁知魏晋时风度,移向盘龙谷里藏。

段维点评 初读首先想到白司马的《大林寺桃花》之"长恨春归无觅处,不
知转入此中来。"再读似乎意在言外:世无魏晋风度也!

闲　居

陈仁德

已惯萧然守一隅,冬来锦褥又新铺。

门前终日无人过。楼外移时有鸟呼。

逝水华年归淡泊,如烟往事忆模糊。

夜深把卷寒窗下,独对荧荧小火炉。

段维点评 诗乍看写得很淡然,正合题目"闲居"。但作者的心境真的是一
个"闲"字了得么?恐怕未必。从首句的"萧然"到颈联的"逝水""如烟",再到尾
联的"寒窗""独对",无不透漏出老人生活的窘境。自觉无奈,我见犹怜。

十一月二十四日漫步用词韵

魏新河

天意原难度,寒于尧舜崩。

上林无一叶，西苑九重冰。

眉夺季常白，气呼平叔清。

更怜枝上鹊，戢羽不能鸣。

段维点评 典雅端庄是新河先生诗词的特质，颈联的借音对还不着痕迹地嵌入人名，足见造句手段。而用词韵写诗，是我所拥护的"正音从严、押韵从宽"的创作主张。但初学者往往不理解，把大好时光用于对押韵的纠结上，实在得不偿失。新河先生可能是怕被揪小辫子吧，在诗题中还标明了"用词韵"，可见其为人比我稳重，我是懒得标注的。

永遇乐·鲁迅故居感怀（步辛弃疾韵）

王玉明

风雨如磬，冻云翻墨，魂魄何处？一缕心香，九重夜色，彼岸扶摇去。瑶台琼府，芳莎巨树，豪杰玉庭应住。立寒宵、栏杆拍遍，俯看尘世龙虎。

权谋胜负，轮回无数，谁屑回眸一顾？只叹黎元，浩茫心事，难觅桃源路。暮秋萧瑟，杜鹃声断，但听群鸦噪鼓。悲凉问、轩辕荐血，昊天晓否？

段维点评 步稼轩之韵，得辛词风骨。感时嫉俗之怀出之于玲珑兴象，豪婉兼具，寄概深长。

水调歌头·重过灾区寄淑萍

周燕婷

劫后人谁在？寂寞菊花天。古城重觅，乔木犹解忆当年。衰草断墙蜗字，落叶西风残照，千里共秋寒。尘世几多梦，失落水云间。　魂未归，天不语，夜何眠？清江冷月，可怜流影已难圆。莫道浮生易变，莫叹世情渐薄，万幸此身全。且看凌霜竹，依旧翠娟娟。

段维点评 唐人水调凄凉怨慕、声韵悲切；宋人水调昂扬酣畅、豪放潇洒。此调宗唐，却剔除悲怨。"莫道浮生易变，莫叹世情渐薄，万幸此身全"，多么淡定与知足！

菩萨蛮·梅店水库晚归

曹国祥

湖边独坐晴光好，芦花阵里寒烟袅。入夕晚归舟，山青螺黛浮。　村边溪上月，夜静银辉雪。诗意有闲余，空林栖鹧鸪。

上阕首句实写"晴光好",其后皆以虚写补缀之,形成"逆提顿"笔法;下阕转写夜景,第三句亦是实写,其余三句皆为虚写,与前后句可构成"正提顿"笔法。然"诗意有闲余"与前后句子是否连贯,尚可斟酌。

张 家 界

姚泉名

一入张家界,群山就变疯。

束腰羞楚女,列阵愧秦公。

猴学孙行者,人皆陆放翁。

红尘太严肃,不似索溪中。

以打油的笔调作五律者并不多见,敢于尝试便该嘉许。中二联四次嵌入人名而无毛刺感。

赋《怀玉堂吟稿》

林 峰(香港)

江左如今纸贵乎? 十年寒夜一灯孤。

书声万里人怀玉,笔底千钧气夺吴。

聱叟有情思太古,阮生无路哭穷途。

君因辞赋纵横意,黄绢题碑价最殊。

中二联颇见笔力,化典用典信手拈来。尾联略欠含蓄。

满江红 · 送坦荡

梅关雪

寂绝三年,任鱼雁,俱沉空碧。忽悸颤,惊雷如咒,裂天之北。宁许忘思人海陌,何堪生死世间别! 送一程、山水望回头,黄泉客。　　纸笔蘸,肝胆色。喉舌借,文章力。写凸凹一页,人间平仄。君骨埋于天一角,君诗阻在地之侧。只而今、欲祭剩张张,隔年墨。

悼念友人之作,写得荡气回肠,出自女性手笔。且诸多自造语未觉生硬,反而独具个性。如"忽悸颤,惊雷如咒,裂天之北";"纸笔蘸,肝胆色";"写凸凹一页,人间平仄"等,足见诗人具有娴熟的语言掌控力。然而,我们用词韵按照"钦谱"或"龙谱"来检测,均有少量出律处,且"别"字属于"第十八部",其余韵字属于"第十七部",无疑出韵了。如果用新声韵检测,出律出韵处更多(作者显然也不是用的新声韵)。那么该如何看待这个问题呢？首先,中华诗词学会曾委托赵京占先生执笔整理出了《宽韵》,并在《中华诗词》2006年第3期发表。宽韵将词韵19部再合并为12部。其中规定了"入声通押"原则,按照这个原则,梅词押韵就完全没有问题了,因为词韵的第十七部、第十八部均属入声韵。虽然我曾认为"入声通押"原则未免过宽,但仍认可根据今人的读音来"选押"的变通作法,像"别"完全可以与"客、色、仄、侧"押韵。其次,按照"方音例外"原则,山东方言中的"别"字读音也是可以与其他韵字相押的。前人就不乏此例。如周邦彦的《品令·夜阑人静》就是"第十一部"与"第六部"通押,姜夔的《长亭怨慢·渐吹尽》则是"第四部"与"第三部"通押。因此,只要持之有据,我们就不必纠结于此了。说得更开一些,即便这首词偶有出韵,也不影响它成为一首优秀词作。

满江红·登临海城墙

方　伟

临海城头,此时正,残阳如泼。城墙上,游人如蚁,笑谈风月。天下太平鸡犬饱,海边无事鱼龙悦。有书生,袖手立苍茫,城之阙。　　昔年事,那堪说,争战处,何其烈。更多时不奈,倭儿猖獗。平地看来壕堑水,当时都是英雄血。愿金瓯,长似月轮圆,休教缺!

段维点评　作者登临海古城墙凭吊,幽情勃发,虽未云拍断栏杆,而"有书生,袖手立苍茫,城之阙"更觉苍凉沉郁。

移　居

楚家冲

放箸擎杯倚望余,佛山禅水见如初。

香山到夕尘霾净,寒水生烟月影虚。

天籁谐鸣归宿鸟,萤灯静好照虫书。

听鼾弱似夜呼息,境入鸿蒙化一鱼。

段维点评　诗人移居于"佛山禅水"之境,所有意象皆信手拈来为主题服务。"萤灯静好照虫书"乃独家体验之言语;尾联化典于《庄子·秋水》篇:"庄子与惠子游于濠梁之上,庄子曰:鲦鱼出游从容,是鱼之乐也,惠子曰:子非鱼,安知鱼之乐?庄子曰:子非我,安知我不知鱼之乐?惠子曰:我非子,固不知子矣,子固非鱼也,子之不知鱼之乐,全矣。庄子曰:请循其本,子曰汝安知鱼乐云者,既已知吾知之而问我,我知之濠上也。"不知其典者亦能感知其妙,真可谓化典无痕。

老 妻

蒋昌典

当年俏脸似红霞，历尽风霜变苦瓜。

老去西施看不厌，皱纹斑点尽成花。

段维点评 诗之最动人者莫过情动于衷，较之，技法则退居其次。这首诗之所以出彩还在于肺腑真情出之于诙谐口吻。绝句求其"趣味"是通向成功的一大捷径。情趣加谐趣，想不出彩都难。在诗人眼里，妻子年轻时那红霞般迷人的脸庞，虽然历经风霜面若苦瓜，却依然是自己眼里的西施，皱纹斑点灿烂如花。真可谓其情也眷眷，其笔也拳拳。

念奴娇 · 扬州赋

钟振振

山川图画，数难尽、千古诗词中国。伯仲之间称上选，大美扬州其一。孤压全唐，春江花月，良夜知何夕？谪仙神往，故人帆远空碧。　　事烟雨迷楼，繁华莫向，廿四桥头觅。百里广陵潮正起，淮海风抟鹏翼。红药亭台，绿杨城郭，云锦从新织。虹飞愿景，紫蓝黄翠橙赤。

段维点评 上片拈来张若虚、李太白，下片引来杜牧之诸大家的诗意来侧写扬州之秀美，用典不露痕迹，此乃浑化之境也。结句"虹飞愿景，紫蓝黄翠橙赤"，自问自答，而答案只用几种颜色叠加，用传统眼光看，也很传统，正合虹有七彩之说；但如果用现代眼光来审视，则颇具后现代派的大色块画风，十分抢眼！

浪淘沙 · 立秋日府谷黄河有记

范诗银

秋水泻长川，一派苍烟。秦云卷过晋风天。绮碎波花生火日，洄旋襟前。相悦有青山，相说晴澜。海红果子绿声蝉。望里高城心底梦，忘却何年。

段维点评 上片有"绮碎波花生火日"，下片有"海红果子绿声蝉"，则全词熠熠也！

喊 泉

胡迎建

屏气徐徐唤起泉，水中一柱直冲天。

我何来此神奇力，却把衰年赌少年。

321

中正之起承转合章法,能写出"却把衰年赌少年"这般不服老境之壮心,着实可嘉!

己亥仲春
廖国华

流云如水每侵檐,斗室无风暖渐添。

病起绳床情自适,声知林鸟舌难箝。

浇花有待看红软,把酒何妨入黑甜。

除却觅诗无甚事,背人堪可捻苍髯。

随意潇洒的笔触写出闲适自由的生活。颈联"红软"对"黑甜"煞是工整。乍看还以为"黑甜"乃网络词语,殊不知其最早出自宋魏庆之《诗人玉屑》卷六引《西清诗话》,"南人以饮酒为软饱,北人以昼寝为黑甜"之中,后释义为酣睡。妙哉!

军 嫂
武立胜

寂寂青灯下,娇儿梦正酣。

一行边塞雁,读到月西边。

"一行边塞雁",借古老的意象代指书信,当然也可以想象成头脑中的"雁字"与现实中的书信意象叠加一处,诗意更加浓郁。而"读到月西边",足见其情何其缱绻焉。

临 江 仙
崔杏花

陌上菜花开满后,依然闷雨愁烟。长条拂水待谁看。怕将憔悴意,来对此山川。　　到底蜗居无好梦,楼台亦觉清寒。听多泪眼说今年。软风吹绿至,你可在春天。

上片描写当下环境"闷雨愁烟",落笔极其典雅,乃至古意盎然。下片直接切入到当下给自己带来的心灵创痛。上片虚中有实,下片基本实写,个人觉得上下片无须变换风格,虚实相生效果更佳。全词用语基调是雅致的,尾结陡地来句大白话"你可在春天",读来是否有失和谐?

独　饮

楚　成

白发凌天立，韶华付水流。

与谁浮大白，独饮一江秋。

段维点评　首句奇崛，成自家面目；结句似化自王士禛《题秋江独钓图》之"一人独钓一江秋"，亦能合辙。读来痛快淋漓！

鹧鸪天·梅雨季

何其三

庭锁轻开看得真，归来已是近黄昏。江南梅雨生潮气，墙角鸣蛙拖湿痕。

花挡路，叶拦门。碧丝无赖扯衣裙。离家不过才三日，藤蔓新抽不认人。

段维点评　这首小令善于造境。前结"墙角鸣蛙拖湿痕"，何其生动形象，"拖"字真是炼到炉火纯青。尾结"离家不过才三日，藤蔓新抽不认人"，未尝不是写透人情世态。这正是一种低回要眇、深隐幽微之美。

鹧鸪天·补衣服一首寄内

天　许

问我归期不可期，他乡日子尚能持。针穿柳色新丝线，学补尘途旧客衣。

伊惜我，我怜伊。近来何事少新诗。愁随岁减春骀荡，惯了人间久别离。

段维点评　自我勾画出"浪子"的外在形态和内心感受。至于对比古代诗人迫于生计的漂泊与当代诗人主观的自我放逐，该如何评价，似不在诗评范围之内。

咏密云银杏

鹰诗王

寒云昨夜迫河皋，临晓长街顿寂寥。

十万风中银杏叶，落如金粉去南朝。

段维点评　这首风格与上首相比又有所不同。前三句基本是客观描写，最后一句"落如金粉去南朝"，用虚笔收束，引无尽遐思。若归为大类，亦属渔洋一脉。

赋得卖花声次黄仲则诗韵

卢象贤

带露挑来一担春，山边诗向市边匀。

听深凄美天犹睡,送尽繁华尔独贫。

自是爷娘能种地,非关颜色不如人。

娇音唱罢灯前倚,也见痴儿转晒频。

段维点评 我对描写底层百姓的诗有着偏好。这首诗起句用语新鲜,颇吸眼眸。颔联继续渲染环境,颈联则抒发感慨,均能打动人心。结句"娇音唱罢灯前倚,也见痴儿转晒频",似用戏笔,却有无限幽思挥之不去。

摊破浣溪沙·寄炉子

辞醉雪

独坐凉阶看晚霞。凉唇微涩抿凉茶。懵懂秋风吹鬓过,冷些些。

常怕经年成淡漠,原来相忘即天涯。满地温柔难拾起,一肩花。

段维点评 小情绪淡淡叙来,于波澜不惊中沁入心脾,勾起对往事的追怀。尾结"满地温柔难拾起,一肩花",最是可人。溯其源,应是花间谱系。故风格无好坏,不过表情达意手段而已。据说辞醉雪是"流年体诗词"代表人物,其名取"似水流年"之意,总体风格是以一种清新的笔触来写少年情思。不过在我看来,似乎还没有到自成一体的地步。

秋日过小汤山窗前即景

江 岚

林表见秋山,娟娟似翠鬟。

终朝两相对,恍惚已多年。

段维点评 化用太白的"相看两不厌,唯有敬亭山"诗意,只不过这里的山已明确化身为女性角色,读来饶有兴味。

隐括《山行》诗致敬刘章老师并贺八十华诞

高 昌

秋日寻诗去,上庄风色佳。

独行无向导,相念到天涯。

境远心泉净,山深石径斜。

斯人永毋老,一路问黄花。

段维点评 隐括本为填词之手法。狭义的隐括是指把一篇文、一首诗整体改编为一阕词;广义的隐括则是指化用他人的诗句入词。前者如苏轼的《水调歌头·呢呢儿女语》一词,它完全由韩愈的《听颖师弹琴》诗隐括而成;后者如周邦彦《西河·金陵怀古》,则隐括了刘禹锡《金陵五题》之《石头城》以及《乌衣巷》里的句子。刘章先生《山行》五绝云:"秋日寻诗去,山深石径斜。独行无向导,一路问黄花。"作者五律诗题名之以诗隐括诗应该算是一种新尝试。不过在我看来这应该算是选取原诗部分句子嵌入新作,或称新作中直接引用了原诗中的句子,简称嵌句或引用可也,但嵌引得如此水乳交融,确属不易!

莫 高 窟

林 峰

断崖壁立插云宵,佛国峥嵘去岁遥。

瑞彩千年犹不改,灵花五色未曾凋。

弦挥袖底昆仑月,管起楼头瀚海潮。

掌上秋高悬白日,漫天红柳马蹄骄。

段维点评 首联张目有致;颈联大气磅礴;尾联色彩丰富,画面感极强。颔联上下句意若能强化其差异性则臻完美。

绮 罗 香

李 子

死死生生,生生死死,自古轮回如磨。你到人间,你要看些什么。苍穹下、肉体含盐;黄土里、魂灵加锁。数不清、城市村庄,那些粮食与饥饿。

跫音纷响之路,只见苍茫远去,阵风吹过。聚会天堂,谈笑依然不妥。是谁在、跋涉长河;是谁在、投奔大火。太阳呵、操纵时钟,时钟操纵我。

段维点评 词的起笔切入生死轮回问题。词句发出"你到人间,你要看些什么"的设问,接下来的句子就是在回答这个问题。"肉体含盐"应该是对人活着不得不挥汗劳作的折射性描写,"魂灵加锁"是对人死盖棺后的压迫感的转换性描述,前结还可以与大饥荒年代联系起来理解。

过片写的似是一种死亡之旅,与后面的"聚会天堂"联系起来形成人生的归宿,而天堂里"谈笑依然不妥",表明不仅仅是人间,即便是天堂里依然有许多禁忌,哪有"自由"可言。接下来的句子乍看显得比较突兀:"是谁在、跋涉长河;是谁在、投奔大火。"我们可以把它当作电影式的蒙太奇画面来看,其实这就是所谓的吴梦窗的"空际转身"笔法。讲的是天堂虽然并不"自由",但依然有那么多的前赴后继者。尾结之太阳操纵时钟,时钟操纵我,从字面上看并不难索解:太阳、地球都在转动,时间流逝,生命也无奈地流逝。这便与开头的起句呼应,形成一个形式上的"闭环",而这恰恰契合宗教上的生死"轮回"之说。《正法念处经》卷七之偈曰:"非异人作恶,异人受苦报;自业自得果,众生皆如是。"这大约可以视为这首《绮罗香》主题生发的"元典"。

对这首词,传统诗人是不太认可的,也无意去评论;而诗词研究者倒是找到了"话题",不过由于他们多数并不创作诗词,缺乏对词体本身结构解析的能力,所以评论起来大都语焉不详,或者空洞地说其带有哲理思考,诸如"悲悯情怀""人生况味",还有的依循作者曾提出的"人类词"概念去与"夸父追日"联系起来,对某些句子甚至词的主题进行扩张性解释。这些评论都不去厘清词句之间深层的逻辑关联,也没有对词的章法进行整体审视。这样的评论无疑是隔靴搔痒式的。

卜算子·湖南的铁轨(用李之仪变格)

独孤食肉兽

寒夜那年冬,远轨明初雪。湘转衡移鉴客来,拓遍风中屐。

遥夜枕沧溟,魂梦犹飞越。要赎人间未死心,磨不尽,荒原铁。

段维点评　兽体是城市词的代表,早些年追求后现代表达,敢于生造词语和嫁接意象。近来逐渐向传统"回归",有将后现代与传统融合的趋势。我个人是比较欣赏这种"中庸之道"的。这首词从语言层面(能指)看,没有什么难懂的;但其所指却并不为能指所拘禁。上片"拓"字依旧保留着"生造"的痕迹,说明这铁轨还是新的,需要继续磨合。

蝶恋花·丹崖山采风

李轶贤

诗梦幽幽幽几许?翠竹行行,一带青无数。回首来时弯曲路,雾深早没烟云处。
山顶偷闲听鸟语,唧唧喳喳,似有衷情诉。抬眼却惊天已暮,翩翩落叶留人步。

段维点评　婉约笔调辅以叠字句,起起伏伏,百转千回。首句之"梦"字易使人以为上阕在虚拟梦境,与题相碍,甚至怀疑其章法失范。细读则所指应该不是诗"梦",而是诗"思"。故以"思"易"梦",自是章法井然。妄加揣度,恭迎商榷。

京西夜泛与友

王　毅

重九京西夜,居庸郭外秋。

流星天际雨，浮霭海边楼。

壑峻风声厉，水寒波泽柔。

与君难得此，碧月荡轻舟。

段维点评 最喜颈联。初看不似流水对，细看二者存在转折关系，因之亦可视为"流水对"，且表意更加含蕴。

悼流沙河先生

沈华维

劫后风尘带笑迎，龙泉无复不平鸣。

眼难似镜分神鬼，笔却如刀系死生。

若论红专非阅历，能逢左右太聪明。

者番惆怅岷峨月，夜雨流沙未绝声。

段维点评 哀悼流沙河的诗很多，这首诗没有落入一般的悲痛哀挽旧套。诗人起笔就出现"带笑"的句子，乍看似与气氛不谐，实则以"乐笔写哀"，忆念先生能笑对苦难的豁达心胸，接着以龙泉剑不再作不平之鸣来比喻先生仙逝，十分巧妙恰切。中二联既对先生的为人为文以"歌"，又对当时甚至是对当下某些现象以"讽"，张力十足。尾联看似写景，实则嵌入先生的籍贯和名字，唯余草蛇灰线，手段了得。尤其结句"夜雨流沙未绝声"，真乃言未尽而意无穷也！

90后，渐渐"苍老"的一代

倪昌盛

当时都市总流连，走到而今不再鲜。

已为三餐忙似狗，犹将一日度如年。

何曾止步休休脚，偶尔抬头看看天。

路上那人无半语，深深吸尽手中烟。

段维点评 有人装嫩，就有人装老。选这个题材自是占得先机。全诗用白话乃至口语写成，恰合"装"之谑味。中二联很好地描摹出90后的心态，而这种心态却并非一个"装"字那么简单，它曲折地反映了现代社会的年轻人因生活重压或者理想缺失而陷入迷惘之境。尾联撷取一个小细节，犹如特写镜头横亘在苍茫的时空，也横亘在读者心上，令人深长思之。

登天台山

刘 郎

九峰排闼一湖开,迎我刘郎今又来。

前度人儿何处去,空留石磴与青苔。

段维点评 充分运用自己的名字生发联想,尽管此刘郎非彼刘郎,但何妨故意混为一谈,陡增趣味。

满庭芳·父亲

高志文

紫燕将雏,红蕖著子,碧流摇荡云天。草青堤岸,杨柳又堆烟。谁记韶华似水?看慈父、白发三千。轻回首,青葱岁月,汝背是吾船。　悠然。槐树下,童真烂漫,童趣翩跹。奈风雨无端,湿了眉弯。阡陌烟尘暗锁,怕迷失、絮语催还。从今夕,高堂灯火,温暖一年年。

段维点评 词以景起,"碧流"一词暗中埋下伏笔,前结"轻回首,青葱岁月,汝背是吾船"与之遥相呼应,小见匠心。换头"悠然"乃自家体验,既是对"汝背是吾船"安全感的诠释,又自然地引出槐树下的童趣,虽说描写并非具象,但两个叠字对仗句却比较好地起到了掩饰作用。所以这首词的过片应该视为"前置",即前结与过片重合。这样的结构手法古今不乏其笔。如苏轼的《卜算子·缺月挂疏桐》、毛泽东的《采桑子·重阳》均是显例。接下来的句子用翻转之笔写出"风雨无端,湿了眉弯",随之又用"怕迷失、絮语催还"再翻转过来。不过"阡陌烟尘暗锁"略显突兀,如果把"阡陌"换成"举目"可能前后勾连更紧密一些。尾结"从今夕,高堂灯火,温暖一年年",虽是平常语,却极其蕴藉温馨。

高阳台·凤凰楼

萧雨涵

何处浮岚,旧时微雨,欹斜石径迢迢。第几番游?依然远出尘嚣。层楼已在苍穹顶,恨云烟,不见兰皋。美州河,太极图中,亨利贞爻。　也休闲摆龙门阵,看江山如此,岂止多娇。记得棠阴,万人元九登高。惠风太息词家语,问而今,心力空抛。且徘徊,竹啸松吟,谱入琴箫。

段维点评 在我的认知中,长调多半不以好词好句取胜,而是以组句技巧和整体意境见长。这首词以景起拍,接下来以"第几番游?依然远出尘嚣"发感,与前面写景的句子组成先虚后实的"正提顿"。"提顿"本是书法名词,指笔法粗细错落,提轻顿重,或提虚顿实,词法借用来指前后句的虚实相映。接下来的"层楼已在苍穹顶,恨云烟,不见兰皋"则为"透过"之笔,进一步浓郁着作者的惆怅之情。前结将地形地貌与太极图联系起来,实是匠心所为。这一句与前一句"不见兰皋"的否定之意又构成"翻转"笔法。只是"元亨利贞"通常认为语出《易经》乾卦的卦辞,原文"乾,元亨利贞。"在《易经》全文中,这四个字的组合出现过相当多的次数,而这里或许是因字数所限,抑或是为了押韵需要去掉了"元"字,便显得有些为用典而用典了。

过片宕开一笔,表明上片所云不过是在闲聊而已,这应该是"戏说"之巧思,接着回到现实,再接着叙写当年元九登高盛况,补缀前句江山"多娇",继而笔锋一转,用"惠风太息"句来虚写自家心意,类似于吴文英的"飞红若到西湖底,搅翠澜,总是愁鱼"(《高阳台·丰乐楼分韵得如字》)。煞拍亦以景语表现了"无可奈何花落去"之情绪,与前句组成先实后虚的"逆提顿",让人读后陡生块垒之梗。全词婉转多姿,风神摇曳,不愧为上等作手。

看汶川大地震十周年电视采访节目转孤儿语

休休子

莫再问当年,三千六百天。

平时俱好过,只怕月儿圆。

段维点评 单看每句很平常,连缀一体却不普通。很有点金昌绪的《春怨》格局。

与妻街边小憩

何 革

趁闲小坐柳荫浓,烟雨一壶濡碧空。

大好心情眼波里,全新事业茗香中。

风光千里归平淡,唇齿百年存异同。

已惯二人成世界,守巢到此暖融融。

段维点评 夫妻街边小憩品茶,事件何其小耳,诗人却写得看似平易却窈窕,的确是一等作手。首句就题直起,柳荫下趁闲小坐,画面感极强;次句用"烟雨一壶"直将碧空濡湿,笔法别开生面。颔联出句平淡中见真情:老夫老妻,秋波依旧,真羡煞人也;对句把放下一切、专心品茶当作一项"全新事业"来看待,甚是诙谐有趣。不过估计对此心领神会的读者不多,原因在于前文阙如足够的铺垫或暗示,小小匠心反而导致些所谓的"隔"。这里如果将"事业"换成"梦想"

虽说不够幽默,却尚能向读者传达真切的心怀。颈联出句作者刻意轻描淡写,结果倒也真还如其意,对句的比兴表达却回味无穷:再好的夫妻也会少不了磕碰,求同存异吧! 尾联把空巢写成其乐融融的"二人世界",读来温暖亦酸楚。全诗纯用白话,但韵味丝毫不白。

初冬晚眺
张孝华

落叶纷飞尽,空余石径长。
山头风卷雪,野际水凝霜。
雾霭遮前路,云烟吞故乡。
贺兰峰影瘦,无力举残阳。

段维点评 整体读下来,感觉还是空灵而又厚重的。然细究之,颔联与首联有脱节之感,若是颔联与颈联之意换位,章法结构就会顺得多。结句"举"字还有烹炼的余地。

减 兰
李利忠

书中红叶,想见当时风猎猎。月下清箫,里六桥西慰寂寥。
重来惆怅,醉里昨宵犹浅唱。芳树朱阑,湖上春山独忍看。

段维点评 以回忆起笔,首句略出人意料。初觉豪气扑面,继而转为凄婉,直贯下阕。煞拍点题,独自怀人也。能于小令中腾挪,调似花间亦不似花间,故堪入目也。

粟裕骨灰安放处
星 汉

百战归来不计功,月光山上守秋风。
国旗四海威扬日,应有将军一角红。

段维点评 这首悼诗亦可归入时政类的颂诗,却整体上出之于形象,结句"一角红"对应于转句的"国旗",既符合历史事实,又激发读者的视觉亢奋,笔力不凡。习惯于概念化、口号化的诗人不妨借鉴以提升,脱胎而换骨。

鹧鸪天·山中听琴
刘庆霖

古寺檀香漫夕林,一人幽谷一张琴。数条溪水流于指,每寸高山贴在心。

松竹石，尽知音，有云宛约远来寻。偶然襟落橙黄果，恰是秋风寄意深。

段维点评 "数条溪水流于指，每寸高山贴在心"，化典不仅浑融，而且生新，成自家手段。

感　　遇
邓世广

习得难经研内经，慈悲如我不沽名。

立身只合存高节，耽酒非关醉太平。

诗减精神知笔老，胁留肝胆向谁倾？

一从南国洪灾后，推拒窗前听雨声。

段维点评 首联以起承之笔直接亮明"慈悲如我不沽名"之立意，中二联均围绕首联铺叙、渲染、生发，尾联"一从南国洪灾后，推拒窗前听雨声"则紧扣现实，淋漓尽致地表露出诗人的大爱仁心。

写在杂志社搬家日
宋彩霞

诗在风云云上头，八年丝雨一声秋。

两三星挂阜成树，六十岁攀东四楼。

谁道电梯间不见，早知尘世外通幽。

燕山自有缤纷术，红紫交加青欲流。

段维点评 诗以发感起承，颔联用数字补叙首联之意，颈联由新来乍到而一时找不到电梯间引申出"早知尘世外通幽"，富于哲思。尾联借景收束，结句尤为奇警，而红、紫、青转首呼应"缤纷"二字亦见匠心。若细斟之，第二句"丝雨"意象与"秋""星"略有抵牾，改作"耘获"窃以为相较妥帖。

看爹娘遗像
陈廷佑

爹娘是我眼中佛，朝霭春晖报未多。

千里烧香寻古庙，何如敬此两弥陀。

段维点评 平凡的题材，朴素的立意，简单的道理，却能感动人心。何故？至情至性也！

湖　思

李树喜

水天碧透紫云轻，山爱崎岖湖爱平。

倘引一支北国去，中南后海可澄清！

段维点评　此诗乍读波澜不惊，细品应有深意。

访 友 不 遇

曾继全

清风伴我访君来，忽入轩扉锁不开。

槐树亦为门外客，花儿谢了一窗台。

段维点评　访友不遇的题材，古人表达惆怅之手法甚多，如李白的"无人知所去，愁倚两三松"；邓承宗的"中有高人结茅住，落叶无声门不开"；徐庭翼的"盘桓松树下，惟见白云闲"，等等，都是在表达诗人主观的遗憾之情。而本诗则妙在将这种情绪转嫁给门外的"槐树"，说它等得"花儿谢了一窗台"。可见视角一经变换，全诗便熠熠生姿。

金缕曲·清风江城受教感记（用昌武先生韵）

秦　凤

好雨知时耳！大端阳、武昌早约，流觞排次。携本清风词稽首，还请筹谋主意。怎言谢、此中深谊。细细推敲兼分说，尽如斯、苦口良言寄。玉不琢，不成器。　　聆听一席将沉醉。灌醍醐、词须有我，笔须贯气。秋月春花徒调笑，传世难凭聪慧。看《呐喊》、力穿纸背。若得灵犀加胆识，上层楼、指日东风起。扶摇处，少年你！

段维点评　这首长调的语言，整体上并非那么精致，小瑕疵甚至还不止一处，却写得独具个性。如下片，"若得灵犀于胆识，上层楼、指日东风起"，豪壮之气旋升，至尾结"扶摇处，少年你"，可谓嘎嘎独造，特别是"少年你"三字并非同义复指那么简单，而是包含了太多的期望和自励，甚至是一幅生动可感的画面。人云摩诘诗中有画、画中有诗，那是通过很多意象或形象描写的词语苦心营造的；而"少年你"三个字仅是名词与代词并列复指，又酷肖祈使句，竟能营造出如此盎然诗意，不能不令人击节。

初冬返佛山闲居自嘲

梦　欣

又到岭南栽薜萝,养些岁月歇奔波。

早茶爱点鲜虾饺,美食还珍卤水鹅。

室有清风留客久,书凭浩气益人多。

浮生已寄桃源外,拾取忧欢自个磨。

段维点评　额联将新词语纳入而无突兀感,自是与对仗范式有关,此乃旧体诗运用新词语之一技也。

山　居

蔡致诚

弃却手中书,悠然卧草庐。

苍山松已老,冷月桂仍疏。

发白无心染,云浮有意蹰。

夜深人好梦,休管实还虚。

段维点评　暂弃市嚣,山居何为?有人说静好读书,静好为文,其实都还是一种"未放下"的心态。诗人弃书静卧,或坐看"苍山松已老,冷月桂仍疏",心境何其恬淡。颈联叙写自家心意,"发白无心染"依旧是脱俗,"云浮有意蹰"是以己度物。尾联应是一种期盼:不管虚实,只要"夜深人好梦"就满足了,这从侧面反映了诗人或未能达到真正的虚空境界。

夕阳图之二

胡祥宋

乡村逢四月,田野着浓妆。

园圃菜蔬绿,枝头果奈黄。

媪翁连夜摘,上市未天光。

物贱愁消慢,回头望夕阳。

段维点评　夕阳下的田园风光甚是迷人,亦令人怅惘!"园圃菜蔬绿,枝头果奈黄"乃写意之笔,色彩浓烈;"媪翁连夜摘,上市未天光"乃流水对,写尽农人辛劳;"物贱愁消慢,回头望夕阳",既是点题,亦表达了翁媪晚景之惆怅。全诗一气呵成,情感自然起伏,显示了诗人较强的结构把控力。

参观西柏坡文物有感（新韵）

齐蕊霞

弱水茫茫托巨船，土墙石碾迹斑斑。

木车虽小万千辆，滚滚推出红政权。

段维点评 时政绝句尤其难写，前三句诗人刻意选取了三个画面，均具有极强的历史画面感，最后一句倚仗第三句托出主旨。这种章法我名之"三并就近层递"，亦如杜牧《齐安郡中偶题》："两竿落日溪桥上，半缕轻烟柳影中。多少绿荷相倚恨，一时回首背西风。"

咏 鹅 卵 石

王远存

纷纷攘攘乱溪河，元出山崖如戟戈。

自以湍流能搏浪，却将棱角尽消磨。

段维点评 咏物而能涵蕴"哲理"，宋人之所长也，此诗可谓得其精髓。

虞 美 人

张 开

鸥汀鹭屿曾相识，半是烟霞客。花开花谢不由人，拍遍阑干长对可怜春。

九天乍见风雷过，破壁终非我。醉乡无奈古今愁，怕道满城凉雨独登楼。

段维点评 小令竟也写得如此豪婉兼具，真好手段！上片前两句笔致窈窕，前结则转为情绪激昂；下片前两句正好相反，先发浩叹，"破壁"句或借用"面壁十年图破壁"之典，但却不着痕迹；尾结以传统意象的"凉雨"和"登楼"回归婉曲之境。一言以蔽之：写得摇曳多姿，读罢心潮起伏。

春 节 归 途

彳亍双人旁

忍泪雨潸潸，年关真是关。

车于高速堵，儿自异乡还。

故宅炊烟袅，高堂衰鬓斑。

同生千里目，望断万重山。

段维点评 这首五律之起与合比较巧妙。"年关真是关"之"关"一字双义，并为颔联张目。尾联转句"同生千里目"，既指自己亦指父母，逼出结句"望断万重山",足见亲情何其伟力!

重阳闲吟
廖志斌

老夫何必赶时髦,山口寒风冷似刀。

漫步庭前闲赏菊,重阳不再去登高。

段维点评 诗之出新大约二途,一曰立意,二曰表达。此绝属于前者。众人登高,我独庭前漫步;若是强为而病,岂不是给家庭给社会增加负担!照顾好自己,就是一种对家国的贡献。曾经以"不服老"为新,如今"服老"亦为新。因为在一个浮躁的当下,服老是一种闲适心态,服老也是一种生活哲学。

老母捎来青豌豆
储昭时

将来豆荚自山村,犹带深深雨露痕。

米寿尚怜花甲我,如饴粒粒咀慈恩。

段维点评 绝句用巧容易出彩,但本绝感人之处首先不在"巧"而在"真"。豆荚带着家乡的雨露,米寿老母犹怜花甲之子,都是真挚感人处。当然"巧"也是有的,第三句的赋笔中对比手法的运用,结句咀嚼"慈恩"暗中与咀嚼豆子的意象契合,均大大提升了表达效果。

写在母亲节
横道子

长记青灯夜补衣,依稀苦菜度春时。

至今犹有掌心茧,垂老仍抽未尽丝。

段维点评 这首绝句成功之处在于转合之巧思。一二句寻常铺垫,三四句则光华乍现。其巧在于将"掌心茧"与结句"垂老仍抽未尽丝"关联,无理而妙!

思 君
韩开景

雨夜抗洪犹未回,一封微信盼人归。

敲窗疑作卿卿到,原是狂风打叶飞。

段维点评 有些重大题材,若是强攻,未必奏效。作者善作迂回侧击,通过发送微信问询这一细节,描绘了家人对外出抗洪人的殷殷牵挂,由牵挂引致神情恍惚,落叶敲窗本是寻常物象,却以为是卿卿归来,该是何等惊喜,而明白真相后的心情却于诗尾断然抹去,胜过万语千言。

蝉

贺以山

盛夏来临始发声,天凉而去任嘲评。

未曾知了春秋事,何故高枝不住鸣。

段维点评 古人咏蝉佳作纷呈,此诗则别开生面,道人所未道也。第三句"知了"一词用得极妙,结句"何故"则嫌问得牵强,改作"故故"则逻辑扣锁严密而光滑。

过儿时小学校(新韵)

朱秦兵

荒草萋萋满校园,铁钟闲挂旧窗前。

一锤敲响儿时梦,琅琅书声到耳边。

段维点评 这首诗难说有多么的匠心,但却唤起儿时回忆,霎时令我怦然心动。杨逸明先生对好诗的定义是:眼前一亮、喉头一热、心头一颤。信然!

无　题

段春光

世如波浪任沉沦,唯有情多累此身。

一念生涯思故土,每逢离别愧佳人。

云间秋雁犹知返,陌上繁花已作尘。

漫向西南窗外望,昆仑为友月为邻。

段维点评 虽曰无题,第二句"情多累此身"却已泄密,如能继续"捂住",则更加蕴藉。中二联分别发感与状景,错落有致。结句表达俊逸与旷达情志,读来颇为爽亮。

夜　市

李育林

灯张鏖市送余霞,物阜原非眼误差。

吆喝贩携尘赶集,徜徉步带月回家。

摊多套路方频劝,囊少浮财敢乱花。

混在底层终不易,小生意也衬繁华。

段维点评 市井题材写好不易,然作者把小贩的艰辛狡黠与作者的窘迫精明交织叙写,意境登时丰厚。"小生意也衬繁华"句式的意义节奏为"三四",诵读节奏则为"四三",变而不破。结意堪称警句也!

水调歌头·登北固楼

于文清

凭槛一萧爽,万里大江秋。金焦两点犹在,相望获芦洲。解识琼花瑶草,放浪烟鬟雾髻,柳岸弄扁舟。最好二三子,心事在沙鸥。

美人怨,名士恨,几时休。百年强半,谁又沉醉立高楼。说甚飘零书剑,抑或留连诗酒,渺矣古风流。大雅今难再,天地且淹留。

段维点评 凭栏怀古,目及四野,心驰万里;伺机发感,内心天地,收放自如。全词语句典雅流丽,允称作手!

村中一留守人家年关小情景

范学东

打工人报不回家,噙泪妞妞嘬嘴巴。

忽又喃喃翻相册,里头有爸有妈妈。

段维点评 标准的起承转合章法,找不出有多少"新"元素注入,但却感人至深。何故?贵在真情流露,妙在儿童视角。孩子见不到家长归来,眼里噙满委屈的泪水,可惜无人劝慰,只好自找台阶,"忽又喃喃翻相册,里头有爸有妈妈",沉痛语也。

己亥端午后一日谒寅恪先生故居感作

洪子文

久慕风标趁快晴,菖蒲节后谒先生。

幽兰独立真遗世,溟鹄自由堪正名。

旧箧芸编半炉烬,零筇瞽叟一愁城。

方嗟五秩轮回逼,南徼明朝怒水横。

段维点评 首联就题直起,中二联凸显寅恪先生的人格与遭际,尾联发如天问,结句"南徼明朝怒水横"作天风海涛之声,震人心魄。这种作法,要求作者具有充沛的感情,否则起得突兀,后面会承接不上来,尾联就更加压不住阵脚。

家山晚步口占

铉鼎斋

食罢柴烧饭,携儿逐晚凉。

一天星在水,半岭月分光。

枣亦随秋熟,瓜因得地香。

明朝人又别,小摘置行囊。

段维点评 当下田园诗的写作路径是什么呢?写农村新变化、新面貌、新气象,具体到美丽乡村建设、脱贫攻坚和致富奔小康,这当然是"主流"。但这种题材极易写成大话空话套话。其实,诗人的视角不妨"窄"一点,写写自己的家园,甚至写写自己的家人。因为这种切身感受不可能与别人完全一样,写出来的作品自然也就独具个性。

这首五律从章法上看没有什么特别,不过以"时间"为序铺展开来;从语言方面看也没有什么特别的句式与华丽的辞藻。然其动人之处何在耶?在其自然朴拙,在其泥土芬芳,在其可怜天下父母心耳!首联即写出父子饭后漫步的天伦之乐,颔联"一天星在水"当化自陆游《城西晚眺》之"水浸一天星";"半岭月分光"乃自造语,十分贴切生动。颈联用的是散文句式,朴实无华。我读着读着不禁想起元代诗人吴澄《次韵息窝道人》中句"枣梨秋熟供新饭,桃李春荣满旧家",思乡之情油然而生。尾联就颈联之意转合,最是紧密,虽然将惜别之情写得云淡风轻,却让人久久萦怀,挥之不去。

减字木兰花·理发

红炉添雪

因何纷落,流岁几曾知灼灼。却记银刀,如韭悲欢掌上消。

额前一绺,犹是深心留独守。镜里新人,睇望尘寰假与真。

段维点评 近来,有关诗词书写"大我"与"小我"的话题渐热。从社会—历史批评角度看,"大我"当然更具社会价值;而用艺术审美标准来衡量,"小我"或许更能打动人心。大耶小耶,当看题材属性、诗人心性及其表达个性,不好一概而论。个人认为,就词的体性而言,书写"小我"或许更贴近词体"要眇宜修"之要义。

理发,日常小事也。词的上阕起句以"因何纷落"发问,次句忆及昔日流金岁月,不答而答。前结用"悲欢"暗合"烦恼丝"之说,青丝如韭,亦甚是形象。句式虽然高度压缩,却不影响人们凭经验去补充、连缀而后理解其意蕴,实乃造句高手。过片语气略略一转,"额前一绺,犹是深心留独守",烦恼也好,眷恋也罢,终是独留那么"一绺"于深心。尾结表面上写的是理发后自照镜子的感受:自觉面貌一新,却又怀疑是不是真实的自我。词若如此一以贯之地来写"小我",其实亦能映照出"大我"。可能作者太急于过渡到"大我"了,以"镜里新人"搭配"睇望尘寰",意欲做哲学上的升华,却反而令句意生"隔"。

留 守 猫

江湖浪人 179

街角纤纤影,喵喵声何柔。

声声呼主人,主人天那头。

声声呼饥渴,一餐何处求?

主人山东客,江南久淹留。

夫妇营蔬果,赁屋在城陬。

所营乃蝇利,所业在黔娄。

今岁逢大疫,生计若蜉蝣。

犹然惠食我,忽忽又经秋。

腾挪添些乐,嬉戏不知愁。

讵料数日前,关门一去休。

临行多抚摸,有语咽在喉。

去去千里矣,剩我若浪浮。

百匝绕故屋,长夜鸣啾啾。

段维点评 余曾述及,古风的格律相当自由,若硬要讲出一定之规,那就是诗句的平仄以避免入律为宜。如果不能句句避免入律,最好不让出句和对句同时入律,即所谓的以对句救出句,或以出句救对句是也。其章法也不必像格律诗那样构建"起承转合"的闭环,而是注重逻辑性地叠加。

这首五古基本上符合上述"路数"。比如首联出句入律,对句则不入律;而尾联出句、对句都不入律。章法则是前三联为第一结,状写猫咪当下之可怜情态;第四至第九联为第二结,转作回忆过往情形;第十至十三联为第三结,又转回到现实描摹,而且尾联写到猫咪的失魂落魄处便戛然而止。全诗一韵到底,转结处本可换韵,然不换则气韵最是流转。诗之长处更在于,以动物的视角来反映打工者生存的艰辛以及人与动物关系的变迁,这比通常以人的全知视角叙写要高明得多。新诗或小说常常采用变异视角,古诗恐怕少见先例。人道创新难,然创新之途多矣,此则乃尔。

食江苏溧阳董汤包有赠

醇 酒

　　切肉,糜肉。乃包,乃熟。三更起,不得宿,曙色动天香出屋。董君贤主人,早餐为我陈。竹屉密藕孔,各冒白荷新。鲜苞浥香气,未食半见熏。才唼津涨口,忽而腹始扣。诸客同予箸舞风,笼蒸笼空一何频。董君自言业此十八春,日日唯与炉火亲。行年五十容六十,胼胝不消极苦辛。虽苦尤喜衣食足,爱女学入名黄门。平生诚信居无愧,饐餲馁败岂食人。我感此言深为佩,何怪一城誉相闻。

段维点评　这首诗显然属于古体诗范畴。起首四句二言正是古体诗发端时的模样。一如《吴越春秋》中的《弹歌》:"断竹,续竹。飞土,逐肉。"这写的是狩猎的过程。而"切肉,糜肉。乃包,乃熟。"这几句则相当于一种总领式的概括,可以作为第一节来看待。接下来以三言加七言句式点明店主的辛劳,继之用五言加七言来描写出笼汤包的形色香味以及食客的感受,到此可为第二节。第三节则以店主自话的方式叙述其为业的经历与艰辛,全部为七言句式。最后两句以诗人发感收束,是为第四节。这首古体诗虽然不长,但写得起伏跌宕。从内容上看,有作者的旁观,有店家的自叙,还有诗人的感喟,打破了平铺直叙的呆板;从语句上看,有二言、三言、五言和七言递进运用,使得音韵上顿挫与舒缓兼备。全诗写的虽是俚俗小事,语言却甚是温文尔雅。

桃 林 苗 寨

梦 思

　　吊脚楼居翠微里,时传歌鼓兴悠哉。

　　院中鸡犬无心事,常与白云相往来。

段维点评　子曰:不学诗,无以言。吾学舌曰:不创新,无以诗。或曰:创新难矣哉! 实则,创新大致包括二途,即内容和形式。内容主题创新确实有难度,比如山水题材,古今无异也;工业题材虽别于前代,但没被当下诗人搜罗出来并吟咏的少之又少矣。而形式或曰语言表达则不然,同样的题材立意,却有着五彩缤纷的表达。故《著作权法》不保护作品的内容而只保护内容的表达形式,也从法律角度认可了表达形式方面具有极大的创新空间。

这首绝句题材并不稀奇,立意与陶渊明"采菊东篱下,悠然见南山",黄庭坚"万里归船弄长笛,此心吾与白鸥盟"相仿佛,但表达却各有自己。苗家依旧一派与世隔绝的桃源意境,"吊脚楼"和"歌鼓"点出民族特色,因高居"翠微"之中,故鸡犬终日悠游于白云之际,毫无钩心斗角之虞。何其恬淡优美的画面!细细品味之后,我们不难体察出诗人对现代社会人心不古的抗拒,借苗寨风光抒发自身感慨的精构。

初冬过友人庄

石 梅

红枫秋已过,白苇失凭将。

欲展泠泠善,频翻寸寸香。

冬风茅叶瘦,暮雨柳条狂。

访旧躬修问,谈文未晚方。

遗风千载表,往事数行彰。

句拙宣麻纸,情真墨玉堂。

重围描殿角,带绕学宫商。

又道归时礼,犹疑补处章。

临行醑酒饮,此去夜湖航。

破浪观汀景,凌风舞汉装。

段维点评 毋庸讳言,诗是形象化的产物,然逻辑性自始至终贯穿其中。这里的逻辑至少可细分为四个层面,即形式逻辑(字面或结构)、事实(生活或历史)逻辑、艺术逻辑(无理而妙等)和辩证逻辑(不走极端等)。李商隐的七律被公认为不太好懂,但丝毫不减人们的喜爱之情,其中比较关键的一点就是合乎形式逻辑,也就是说字面上是讲得通的,而且看上去和吟起来都很美。非如此,其诗不可能千载流传。还有些诗看似不合事实逻辑,其实是遵循艺术逻辑的,即"无理而妙"是也。如李益《江南曲》之"早知潮有信,嫁与弄潮儿";李贺《南园》之"可怜日暮嫣香落,嫁与东风不用媒"均是如此。

这首古体诗的第二联很有可能想运用上述技法,但因为"绕弯"过多或者说缺少铺垫和衬托,造成人们常说的"隔"。我们知道,《江南曲》中潮起潮落有其规律,故与"信"很容易挂上钩;《南园》中风确可传递香气,与"媒"也易于搭上线。回头再看本诗的次联,善与香有什么逻辑关联吗?有的。汉代孔安国《孔子家语·六本》载，子曰："与善人居，如入芝兰之室，久而不闻其香，即与之化矣"，只是这里的"弯"也转得太多了，且"善"与上联的"苇"又是什么关系呢？我们找不到任何依凭或者挂靠。

不过，这首诗总体上还是让我心生欢喜。诗中色香形味俱全，书画歌舞尽有，共同渲染着与故人的雅好情缘。一见又别，笔墨重在写"见"，辞别只有短短的收束四句，却能塑造出文人狂放不拘的形象，感人深者，最是那凌风起舞的痴情。

参考书目

1. 沈兼士主编. 广韵声系(上下卷). 中华书局,1985.

2. 杨伯峻,何乐士. 古汉语语法及其发展. 北京:语文出版社,1992.

3. 胡安顺. 音韵学通论(第 2 版). 北京:中华书局,2006.

4. 刘勰著,龙必锟译注. 文心雕龙全译. 贵阳:贵州人民出版社,1992.

5. 钟嵘著,周振甫译注. 诗品. 南京:江苏教育出版社,2006.

6. 袁牧著,雷芳注译. 随园诗话. 武汉:崇文书局,2007.

7. 王国维. 人间词话. 哈尔滨:哈尔滨出版社,2007.

8. 韩宏滔.《毛诗正义》研究. 北京:中国社会科学出版社,2009.

9. 杨金花.《毛诗正义》研究——以诗学为中心. 北京:中华书局,2009.

10. 蔡宗齐著,陈婧译. 汉魏晋五言诗的演变:四种诗歌模式与自我呈现. 北京:北京大学出版社,2015.

11. 何文焕辑. 历代诗话(第 2 版,上下册). 北京:中华书局,2004.

12. 王福保辑. 历代诗话续编(第 2 版,上中下册). 北京:中华书局,2004.

13. 王夫之等撰. 清诗话(全 2 册). 上海:上海古籍出版社,1978.

14. 郭绍虞编选,富寿孙校点. 清诗话续编(上下册). 上海:上海古籍出版社,1999.

15. 张璋,职承让等编纂. 历代词话(上下册). 郑州:大象出版社,2002.

16. 张璋,职承让等编纂. 历代词话续编(上下册). 郑州:大象出版社,2005.

17. 沈雄著,孙克强,刘军政校注. 古今诗话. 上海:上海古籍出版社,2009.

18. 〔清〕王尧衢注,单小青,詹福瑞点校. 唐诗合解笺注. 石家庄,贵阳:河北大学出版社,贵州人民出版社,2010.

19. 闻一多. 唐诗杂论. 北京:中华书局,2009.

20. 俞陛云. 诗境浅说. 北京:中华书局,2010.

21. 吴梅. 词学通论. 北京:中华书局,2010.

22. 朱自清,吴梅,闻一多. 诗词十六讲. 北京:中国友谊出版公司,2009.

23. 吴梅. 吴梅词曲论著集. 南京:南京大学出版社,2008.

24. 缪钺. 诗词散论. 西安:陕西师范大学出版社,2008.

25. 龙榆生. 中国韵文史. 上海:上海世纪出版集团,2010.

26. 龙榆生. 唐宋词格律. 上海:上海古籍出版社,1978.

27. 龙榆生. 词曲概论. 北京:北京出版社,2011.

28. 龙榆生. 词学十讲. 北京:北京出版社,2014.

29. 王力. 汉语音韵. 北京:中华书局,2003.

30. 王力. 诗词格律(第 2 版). 北京:中华书局,1977.

31. 王力. 王力近体诗格律学. 太原:山西古籍出版社,2003.

32. 王力. 王力词律学. 太原:山西古籍出版社,2003.

33. 王力. 古体诗律学. 北京:中国人民大学出版社,2004.

34. 王力. 曲律学. 北京:中国人民大学出版社,2004.

35. 叶嘉莹. 词学新诠. 北京:北京大学出版社,2008.

36. 叶嘉莹. 清代名家词选讲. 北京:北京大学出版社,2007.

37. 叶嘉莹. 说诗讲稿. 北京:中华书局,2008.

38. 叶嘉莹. 叶嘉莹谈词. 天津:南开大学出版社,2013.

39. 叶嘉莹. 唐宋词十七讲. 北京:北京大学出版社,2007.

40. 叶嘉莹主编,王双启编著. 晏几道词新释辑评. 北京:中国书店,2007.

41. 叶嘉莹主编,王强编著. 周邦彦词新释辑评. 北京:中国书店,2006.

42. 叶嘉莹主编,张秉戌编著. 纳兰性德词新释辑评. 北京:中国书店,2001.

43. 叶嘉莹主编,徐育民编著. 吴文英词新释辑评(上下册). 北京:中国书店,2007.

44. 叶嘉莹主编,刘乃昌编著. 姜夔词新释辑评. 北京:中国书店,2001.

45. 叶嘉莹主编,高献红编著. 王沂孙词新释辑评. 北京:中国书店,2006.

46. 叶嘉莹主编,徐培均编著. 秦观词新释辑评. 北京:中国书店,2003.

47. 叶嘉莹主编,杨敏如著. 南唐二主词新释辑评. 北京:中国书店,2003.

48. 叶嘉莹主编,马大勇编著. 史承谦词新释辑评. 北京:中国书店,2007.

49. 叶嘉莹主编,程郁缀编著. 徐灿词新释辑评. 北京:中国书店,2003.

50. 叶嘉莹主编,王强编著. 王国维词新释辑评. 北京:中国书店,2006.

51. 叶嘉莹. 古典诗歌吟诵九讲. 桂林:广西师范大学出版社,2014.

52. 〔美〕蔡宗齐. 汉语与诗境——汉语艺术之破析(上卷). 北京:中华书局,2021.

53. 〔美〕宇文所安. 初唐诗. 北京:生活·读书·新知三联书店,2004.

54. 〔美〕宇文所安. 盛唐诗. 北京:生活·读书·新知三联书店,2004.

55.〔美〕宇文所安.中国"中世纪"的终结:中唐文学文化论集.北京:生活·读书·新知三联书店,2006.

56.〔美〕宇文所安.晚唐:九世纪中叶的中国诗歌(827—860).北京:生活·读书·新知三联书店,2011.

57.〔美〕宇文所安.追忆:中国古典文学中的往事再现.北京:生活·读书·新知三联书店,2004.

58.张中行.诗词读写丛话.北京:中华书局,2005.

59.施蛰存.唐诗百话(上中下).西安:陕西师范大学出版总社有限公司,2014.

60.陈良运.中国诗学批评史(第3版).南昌:江西人民出版社,2007.

61.刘梦芙.二十世纪名家词述评.合肥:安徽文艺出版社,2006.

62.莫砺锋.杜甫诗歌讲演录.桂林:广西师范大学出版社,2010.

63.钱志熙.唐诗近体源流.北京:北京大学出版社,2015.

64.尚永亮.唐诗艺术讲演录.桂林:广西师范大学出版社,2008.

65.胡迎建.民国旧体诗史稿.南昌:江西人民出版社,2005.

66.易闻晓.中国古代诗法纲要.济南:齐鲁书社,2005.

67.易闻晓.中国诗句法论.济南:齐鲁书社,2006.

68.王瑛.古典诗词特殊句法举隅.北京:语文出版社,2014.

69.韩军.跨语际语境下的中国诗学研究.武汉:华中师范大学出版社,2009.

70.陈建军,冯思纯编订.废名讲诗.武汉:华中师范大学出版社,2007.

71.陈东有.《元曲选音释》研究.北京:中国社会科学出版社,2001.

72.张忠纲编著.杜甫诗话六种校注.济南:齐鲁书社,2002.

73.陈以滨编著.百谱千词注.海口:海天出版社,2006.

74.徐晋如.大学诗词写作教程.桂林:广西师范大学出版社,2007.

75.尤振中,尤以丁.清词纪事会评.合肥:黄山书社,1995.

76.张相.诗词曲语辞汇释.上海:上海古籍出版社,2009.

77.王锳.诗词曲语辞例释(第二次增订本).北京:中华书局,2005.

78.张崇琛主编.名赋百篇评注(第2版).西安:三秦出版社,2003.

79.钱理群,袁本良注评.二十世纪诗词注评.桂林:广西师范大学出版社,2005.

80.李遇春.中国当代旧体诗词论稿.武汉:华中师范大学出版社,2010.

81. 季世昌,徐四海编著. 毛泽东诗词唱和. 郑州:河南文艺出版社,2015.

82. 李元洛. 诗美学(修订版). 北京:人民文学出版社,2016.

83. 李元洛. 唐诗之旅. 北京:中国青年出版社,2013.

84. 李元洛. 宋词之旅. 北京:中国青年出版社,2013.

85. 李元洛. 元曲之旅. 北京:中国青年出版社,2013.

86. 罗辉. 诗词格律与创作. 武汉:华中师范大学出版社,2014.

87. 张其俊. 诗艺管锥. 北京:北京燕山出版社,2009.

88. 张本义. 吟诵拾阶. 桂林:广西师范大学出版社,2013.

89. 雷仲篪. 诗词曲联格律新论. 北京:中国文联出版社,2012.

90. 徐胜利. 宋词创作概观. 长春:济宁人民出版社,2018.

91. 郭恒,董首一,赵娟茹,等. 中西诗学"文学性"研究. 成都:四川大学出版社,2016.